UNDERGROUND

S. L. GREY

UNDERGROUND

Traduit de l'anglais
par Michel Pagel

fleuvenoir

Titre original :
UNDERGROUND

ISBN : 978-2-265-09882-4

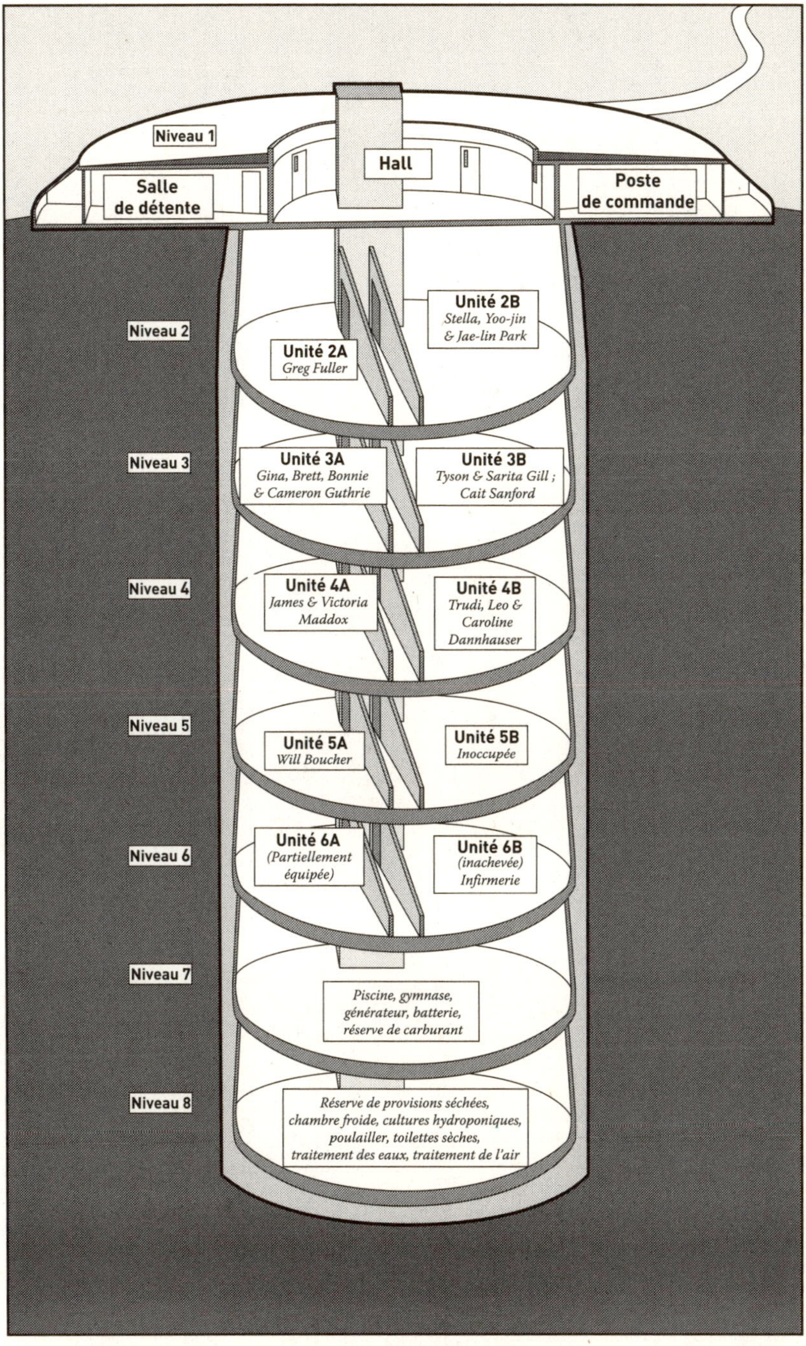

PLAN DU SANCTUAIRE

Prologue

Sarita ouvre les yeux mais ne voit toujours rien. Elle s'assied et tâtonne autour de son oreiller à la recherche de ses jouets. Strawb est là, pas Simba. La fillette ne veut pas faire de bruit, pas réveiller Papa, mais il faut qu'elle trouve Simba.

Quand elle repousse la couette et que l'absence se confirme, elle se met à pleurer. Mais en silence. Elle doit réfléchir comme une grande pour résoudre ce problème. Papa sera furieux si elle le réveille à cause de ça.

Caity va peut-être l'aider, elle. Sarita jette un coup d'œil au réveil : trois heures dix-sept du matin. C'est trop tôt. Caity lui a demandé d'essayer de ne pas la réveiller avant que le premier chiffre ne soit un six. Sauf en cas d'urgence, bien sûr.

S'agit-il d'une urgence ?

Papa penserait que non. On finira par le retrouver, dit-il dans ces cas-là.

Bon, elle va réfléchir comme une grande. Caity lui conseille toujours : pense au dernier endroit où tu l'as vu. Où étais-tu la dernière fois que tu l'avais dans les bras ? Ce n'était pas pendant la lecture de l'histoire, ni pendant le bain, ni pendant qu'elle regardait la télé, ni pendant le dîner. C'était avant, quand Caity l'a emmenée en bas, à la piscine : Simba et Strawb étaient couchés sous le palmier en plastique. Simba doit encore y être. Elle va aller le chercher elle-même. Caity et Papa seront fiers d'elle.

Elle passe la main dans le tiroir supérieur de la table de chevet, là où elle range son album photo, celui avec les portraits de Maman. Il s'y trouve encore. Sarita se glisse hors du lit et jette un coup d'œil dans la chambre de Caity. La lumière de la cuisine est allumée, aussi voit-elle la jeune femme étendue sur son lit, couverte d'un drap froissé. Puis elle regarde dans la chambre de Papa ; il n'est pas là. Elle ferait mieux de se dépêcher : elle ne veut pas le mettre en colère. Marcher sans bruit dans cet appartement est très facile car la moquette est épaisse et le sol bien dur, d'un seul bloc, pas comme le parquet grinçant à la maison.

Sarita franchit la porte d'entrée et la referme sans bruit. Elle veut se conduire en grande fille. Elle veut qu'ils soient fiers. Dans le couloir, la lumière s'allume comme par magie. En marchant, la fillette fixe les motifs rouge et noir de la moquette dont elle sent la douceur sous ses pieds nus.

Là où devrait se trouver l'ascenseur se dresse une palissade d'où pend une bande déchirée de ruban adhésif jaune, aussi pousse-t-elle la porte de l'escalier qui claque derrière elle. Cette fois, elle doit sauter sur place et agiter les bras pour que la lumière consente à s'allumer. Le sol nu est froid et rugueux sous ses pieds, pas doux comme la moquette. Elle prend soin de ne pas poser les bras sur les rampes métalliques afin de ne pas salir son pyjama. Son souffle résonne plus fort que dans le couloir ; on entend l'écho de ses pas.

— Ouah ! lance-t-elle, pas trop fort, juste pour entendre le bruit amusant de sa voix dans l'escalier.

Tandis qu'elle descend encore et encore, les lumières magiques la suivent, comme il se doit.

Lorsqu'elle s'estime arrivée au bon étage, elle sort de la cage d'escalier et regarde autour d'elle. Les lieux n'ont pas le même aspect que dans la journée. Les abords de la piscine sont très éclairés ; le couloir qu'elle découvre n'abrite qu'une vague lueur orangée. Derrière un encadrement de porte couvert d'une bâche translucide, une lumière à l'intensité variable brille dans les profondeurs. Sarita regarde à travers le plastique. Est-ce Simba qui donne une fête ? Il doit aller au lit à présent, sinon il sera fatigué. La fillette écarte la bâche et entre sur la pointe des pieds.

Voilà que certaines histoires qui font peur lui reviennent en mémoire. Celle des monstres effrayés par une souris. Celle de la bête, dans la pièce obscure, dont les yeux brillants appartiennent en fait à des chatons.

Mais elle ne veut pas penser à ces histoires. Elle préférerait retourner au lit et revenir ici demain matin avec Caity si l'idée de repartir sans Simba ne la dérangeait pas tant. Elle va le retrouver et remonter aussitôt.

Caity dit que Maman continue de veiller sur elle.

Elle traverse la pièce froide en direction de la lueur vacillante, dépasse des placards en métal luisants. Un gros effort de volonté lui est nécessaire pour franchir un nouveau seuil et pénétrer dans une salle de bains. La lumière irrégulière provient d'une lampe électrique posée par terre qui, soudain, s'éteint tout à fait. Sarita voudrait s'enfuir, mais elle reste sur le pas de la porte, ne sachant où aller.

Quand la torche se rallume, au bout d'une minute, la fillette remarque quelque chose près de la baignoire : on dirait un tas de vêtements et une paire de bottes. Elle avance de deux pas. Non, en fait, on dirait plutôt une personne endormie. Comme elle s'approche encore, la lampe ne cessant de s'éteindre et de se rallumer, elle distingue un homme en veste à carreaux rouges. Que quelqu'un d'autre soit là la soulage. Peut-être ce monsieur pourra-t-il l'aider à retrouver Simba.

Mais pourquoi dort-il dans cette salle de bains ?

— Monsieur ? appelle Sarita.

Pas de réponse. L'homme ne bouge pas.

— Vous dormez ? Hé, monsieur…

Il ne répond toujours pas. Elle franchit les deux derniers pas qui les séparent. Un liquide sombre est répandu autour de la tête du dormeur, peut-être de la peinture ou du ketchup. Et ça sent mauvais. Le pipi. La viande crue.

— Monsieur ?

La fillette ne sait que faire. Sentant quelque chose se glisser sous ses orteils, elle baisse les yeux : la flaque poisseuse a atteint ses pieds.

La torche s'éteint d'un coup, la laissant dans l'obscurité.

Sarita se met à hurler, et son cri fait voler en éclats l'air immobile.

1

GINA

J'ai consacré toute ma matinée à nettoyer l'appartement, désinfecter les surfaces planes, passer l'aspirateur sur les tapis, les lambris et les rideaux inutiles. Il n'y a pas de fenêtres ici en bas, pas de lumière naturelle. Ces rideaux ne couvrent que les écrans qui affichent des images animées : une scène forestière sur l'un, une montagne enneigée sur un autre, et sur le suivant, une plage tropicale. Ils me donnent la nausée.

Et des placards intégrés partout.

Des draps épais, frais, et des placards intégrés. Un luxe tel que je devrais être enchantée, comme si nous passions des vacances de rêve, mais je déteste déjà ce logement. Je voudrais rentrer à la maison. Je voudrais que Papa ne l'ait jamais acheté.

Maman a changé quand on a quitté la ville pour emménager dans la caravane, à la ferme de M. Harber. Je n'ai jamais bien compris pourquoi on avait dû partir ; je suppose que c'était en rapport avec le fait que Brett ait encore été suspendu du lycée. Et Maman était furieuse quand elle s'est aperçue que Papa avait dilapidé son héritage pour acheter un appartement ici plutôt que la maison familiale dont elle avait toujours rêvé.

— Quel intérêt d'avoir un domicile où on ne pourra vivre que quand ce sera la fin du monde ? l'ai-je entendue demander, en pleurs. Et maintenant, Cam ? Et maintenant ?

Elle haussait rarement la voix devant Papa : il n'aimait pas cela du tout. Et puis elle savait aussi bien que lui que la vie telle que nous la connaissions était terminée. À partir de là, elle a couvert toutes ses récriminations avec des prières.

Elle paraissait si fatiguée quand on est arrivés au Sanctuaire que je me suis portée volontaire pour faire le ménage afin qu'elle puisse se reposer.

— Tu es sûre, ma chérie ? a-t-elle demandé en se couchant et en remontant le dessus-de-lit jusqu'à son menton. Tu seras bien là, dehors, avec *lui* ? (J'ai répondu que je serais très bien.) Tu viens me voir si tu as peur, d'accord ?

— D'accord, Maman.

Je termine de laver et d'essuyer la vaisselle – des services tout neufs d'assiettes, de verres, de tasses à thé, d'ustensiles en acier épais et de couverts en inox luisants –, puis je nettoie les étagères des placards avant de les remettre en place.

— N'oublie pas les poignées de portes, Gina, dit Papa. Il faut qu'on fasse en sorte que tout soit nickel. On n'a pas envie de cohabiter avec les microbes d'un maçon mexicain.

Il le dit de cette manière pour m'inclure, pour en faire une espèce de plaisanterie entre nous, et bien qu'il me traite comme une gamine, j'apprécie son geste. Ici, on doit encore plus se soutenir les uns les autres que lorsqu'on était à la ferme.

— T'en fais pas, Papa.

Brett et lui ne font toutefois rien pour m'aider : ils restent assis devant le comptoir où on prend le petit déjeuner à boire du café et à manger des sandwichs en discutant politique et football.

— Tu crois qu'on rentrera à temps pour la saison, P'pa ? demande Brett.

Il agite le genou, un M1911 posé sur le comptoir devant lui, encore agacé que M. Fuller nous ait demandé de lui confier nos armes. Papa a accepté qu'elles soient enfermées dans le coffre quand on sera installés, mais je ne vois pas Brett capituler sans combattre. Je le fixe, souhaitant comme toujours qu'il me regarde et se rappelle qui je suis – sa sœur jumelle –, malgré la manière dont il a changé depuis deux ans, malgré ce qui s'est passé alors. Nous étions toujours ensemble, nos esprits communiquaient directement. Mais il ne se retourne pas.

— Ils en étaient déjà aux essais, mais peut-être...

Papa fronce les sourcils et prend plusieurs longues inspirations avant de répondre :

— Je ne suis pas sûr qu'il y ait une saison, fils. Rien ne sera plus pareil quand on rentrera : ce n'est pas une simple grippe. Tout va changer. On peut s'attendre à un effondrement de l'ordre social dans les quinze jours qui viennent – pillages, émeutes, destruction. Bientôt la loi martiale sera instaurée. Il y aura un taux de victimes significatif qui affectera même les services de base. Il faudra qu'on se bâtisse une nouvelle vie là-bas quand on sortira d'ici. (Sa voix se fait plus profonde et plus forte, comme quand il parle politique avec ses amis.) Mais on tiendra le coup, on sera forts et prêts à prendre notre place dans l'ordre nouveau. (Brett hoche la tête.) La situation va encore empirer avant de s'améliorer. Mais elle s'améliorera.

— C'est la faute des Chinetoques, dit mon frère. Ils n'ont que ce qu'ils méritent.

— Ouais. Mais tu vois à quelle vitesse le virus se répand aux États-Unis. C'est une menace malveillante, créée par des militaires. Elle va nous frapper, et nous frapper fort. Plus que là-bas. C'est nous qui sommes visés.

— Mais comment ça se fait que leur population meure aussi, Papa ?

Je me suis risquée à demander cela le plus courtoisement possible, afin qu'il comprenne bien que je ne discute pas ses propos. Il hausse les épaules.

— Un accident. Ils ont laissé tomber une fiole ou quelque chose comme ça.

— Je parie qu'ils font des expériences sur leurs propres citoyens, dit Brett. C'est le genre de conneries qu'ils font, les Chinetoques, P'pa.

Comme si la situation mondiale n'avait aucun secret pour lui. J'ai remarqué qu'il s'était mis à appeler Papa « P'pa ». Et à discuter avec lui comme si c'était un de ses potes du stand de tir.

— Le fait est qu'il faudra des mois avant qu'on trouve un remède, répond Papa. C'est ce qu'on attendait. Tout ça n'a pas été inutile.

Il agite la main devant lui.

J'ai envie de lui demander pourquoi avec Brett ils ont été forcés d'abattre les chevaux, mais je me retiens. Je sais qu'il me crierait dessus. Et de toute façon, je sais ce qu'il dirait. *Tu aurais préféré qu'ils meurent de faim, Gina, ou qu'ils soient tués pour la viande pendant notre absence ? Tu aurais voulu avoir ça sur la conscience ?*

Je monte sur l'escabeau pour ranger une pile d'assiettes propres dans le placard au-dessus de la cuisinière. Comme je prends appui sur sa porte – très légèrement ; sans blague, je la touche à peine –, le gond supérieur se détache. Le battant me heurte la tête, j'ai un mouvement de recul et l'assiette du haut glisse de la pile pour tomber sur le plan de travail dans un vacarme infernal. Je parviens tout juste à pousser le reste de la pile sur l'étagère avant de dégringoler de l'escabeau. À peine au sol, je me mets à ramasser les morceaux avant que Papa ne commence à m'engueuler.

— Fais attention, ma fille ! rugit-il. (Il s'approche pour inspecter la porte fautive.) Non mais regarde-moi un peu ça !

— Je suis désolée, dis-je en me faisant toute petite.

Je sais qu'il a juste été choqué par le bruit. Sa colère mourra aussi vite qu'elle s'est déchaînée, mais il faut que je reste hors de sa portée en attendant.

Maman sort de la chambre, jette un coup d'œil à Brett et à Papa puis se précipite vers moi.

— Qu'est-ce que tu as fait ?

Je ne dis rien. *Merci de ton soutien, Maman.* Accroupie, je vois Brett, toujours assis sur son tabouret de bar. Il n'y a pas si longtemps, il m'aurait aidée. À présent, il regarde ailleurs.

Plus tard, Papa et Brett partent inspecter le périmètre avec M. Fuller. Papa est très fier qu'on soit les premiers sur place, cela se voit. Il dit qu'avec une bonne préparation, la bataille est à moitié gagnée. Maman est dans sa chambre, encore endormie. Le déjeuner est prêt, tout est propre et Papa a réparé le placard à l'aide d'un tournevis. Je n'ai pas parlé des crottes de rat que j'ai vues quand je nettoyais les étagères : il trouverait le moyen de dire que c'est ma faute.

Je n'arrive toujours pas à me sortir les chevaux de la tête. Les grands yeux de Reggie et les flancs pommelés de Dwight, pareils à de la glace aux copeaux de chocolat. Pour me distraire, je feuillette à nouveau la brochure d'accueil posée sur le comptoir. « Bienvenue au Sanctuaire ! Votre luxueux appartement de survie, synonyme de tranquillité d'esprit ! » Quand on est arrivés hier, M. Fuller n'a pas arrêté de répéter que le Sanctuaire est autonome, il a parlé des légumes qui poussent tout en bas, sous les néons, et des toilettes sèches au dernier sous-sol, d'où on tire le compost pour alimenter les cultures. Ça me paraît sale, mais on mettait bien de la bouse de vache sur les plantes à la maison, alors... Il y a même un poulailler, et M. Fuller m'a dit que je pourrais aider à soigner les volailles. Je n'ai pas encore posé la question à Papa. Je me demande s'il acceptera. Cela me donnerait une excuse pour sortir de l'appartement. Ce n'est pas juste : parce qu'il est un garçon, mon frère peut sortir quand il en a envie alors que je dois demander la permission. Il m'a promis de m'emmener voir la piscine tout à l'heure, mais pourquoi dois-je attendre ? Si Maman se réveille, elle pourra se débrouiller seule une minute.

Avant de perdre courage, j'entrebâille la porte d'entrée de l'appartement – elle ne grince pas comme celle de la caravane – et je me glisse dans l'obscurité absolue du couloir. On ne croirait jamais qu'il est l'heure du déjeuner. Au Sanctuaire, il fait toujours nuit. Comme je referme derrière moi, les détecteurs de mouvement me repèrent et la lumière s'allume.

À titre d'essai, je pose le pouce sur la plaque sensible fixée près du chambranle. La serrure cliquette et la porte pivote quand je la pousse. Je sais donc au moins que je pourrai rentrer.

Je me fige en entendant un bruit furtif.

— Hé ho ? fais-je dans un murmure.

Je retiens mon souffle mais je n'entends plus rien sinon le bourdonnement de la climatisation. Il fait plus froid dans le couloir que dans l'appartement, au point que j'en ai la chair de poule sur les bras – j'aurais dû emporter un pull.

Notre logement est au niveau trois, la piscine et le gymnase au niveau sept, bien plus bas. Faute de pouvoir prendre l'ascenseur condamné, je gagne l'escalier à pas de loup. Les lumières s'allument quand j'ouvre la porte d'accès et m'avance sur le palier. Je commence à descendre, sentant sous mes pieds le froid du ciment nu. Une porte semblable s'encadre à chaque étage. J'arrive vite au niveau six où sont censés se trouver un autre appartement et l'infirmerie – pas encore achevés selon M. Fuller –, puis j'hésite, attendant que le détecteur de mouvement suivant élimine les ténèbres en contrebas.

J'entrouvre la porte pour jeter un coup d'œil dans le couloir. Là, les murs sont peints sur leur moitié inférieure seulement, les entrées des unités obstruées par d'épaisses bâches en plastique. Un claquement retentit. Je sursaute et recule dans la cage d'escalier, laissant la porte se refermer en grinçant. Le bruit semblait venir de derrière les bâches, mais c'est impossible : M. Fuller a dit que nous étions seuls ici.

2

JAE

Ce coup-ci, tu es morte, salope.

Jae plonge derrière un pilier, se fondant dans les ombres. Peut-être est-ce là son unique chance d'éliminer la sorcière, enfin à court de sorts de défense. Il s'apprête à la paralyser avec un KS[1] quand l'arène disparaît au profit de la page d'accueil. Stupéfait, il reste quelques secondes à fixer le message « Vous avez été déconnecté du serveur ».

— Enculé !

— Jae ! (Sa mère lui lance un regard courroucé depuis la cuisine.) Tu sais ce que je pense de ce langage de voyou.

D'habitude, elle ne s'en prend pas à lui comme ça.

— Désolé, Maman, mais le wi-fi est carrément nul. Je croyais qu'on était censés avoir du longue portée.

N'arrivant même pas à obtenir un signal dans sa chambre, il a été obligé de s'installer sur le comptoir où ils prennent leur petit déjeuner, en plein dans les jambes de ses parents.

— Ce n'est pas une excuse pour dire des gros mots, soupire sa mère. Et tu vas t'abîmer les yeux si tu n'arrêtes

1. KS, *kidney shot* ou « aiguillon perfide » en français : nom donné à un coup utilisé dans le jeu en ligne *World of Warcraft*, qui sert à étourdir la cible en un instant. *(N.d.T.)*

pas un peu avec ce jeu. Tu n'as rien fait d'autre depuis qu'on est arrivés.

— Mes yeux vont très bien, Maman. Dix sur dix et tout ça.

— Greg dit qu'il y a un ou deux ados ici, reprend-elle. Pourquoi tu n'essaies pas de les trouver ?

— Et si c'est des cons ?

— Jae !

Son mari, qui l'aide à vider la glacière, lance un clin d'œil à leur fils.

— Vu, Yoo-jin, dit-elle sur un ton de reproche – mais avec un sourire.

Il lui prend la main et l'embrasse. Excessif, comme toujours. Naguère, Jae appréciait leurs incessantes démonstrations publiques d'affection. Jusqu'au jour où, alors qu'il était en sixième et que son père sortait encore de leur appartement plus d'une fois par mois, il avait surpris un élève de troisième en train de se moquer d'eux. Ce pourri avait même lancé : « Visez un peu Moby Dick et Jackie Chan qui se pelotent, là-bas. » Chaque fois qu'il y repense, le feu lui monte aux joues.

Quand il se reconnecte au jeu, son cœur s'emballe. Scruffy est en ligne. *Enfin.* Depuis un moment, il rassemble son courage pour lui demander si elle veut bien qu'il l'appelle par Skype ou Viber, mais il ne se sent pas encore tout à fait capable de sauter le pas. Il tape :

<Où t'étais, Scruff ? T'as eu mon message hier soir ?>

<Salut Jae. Je dormais. Ça va ?>

<Question de point de vue>

<Il paraît que ça se répand aux États-Unis. Je m'inquiète pour toi>

Une bouffée de chaleur envahit Jae.

<Merci. À ce qu'on dit, ça pourrait atteindre bientôt la côte Est>

<T'as vu les images des sacs à cadavres en Asie ? C'est du délire. ☹>

<J'ai vu ça>

Ce n'est pas tout à fait vrai. Il n'a jeté qu'un rapide coup d'œil à CNN hier soir, et il a évité Reddit. Il ne voulait pas voir ça. Ce n'est pas qu'il ait encore de la famille en Corée – ses grands-parents paternels sont morts depuis des années, après avoir émigré au Canada et alors que son père s'était déjà mis en ménage avec sa mère –, mais songer à tous les gens qui meurent là-bas lui laisse quand même un grand vide à l'intérieur.

<Alors... c'est comment ce bunker ?>

<Ça va>

<Sois pas chiant ! Raconte !>

<Imagine un immeuble résidentiel chic mais souterrain. En gros, c'est ça>

<DES DÉTAILS>

<Okayyyyy... On ne voit rien de l'extérieur – juste la porte d'entrée blindée qui ressemble à celle d'une chambre forte (nul) et une éolienne. Des écrans à LED à la place des fenêtres (nul), des portes façon sous-marin (ultra-nul), un système de serrures biométriques (assez cool) et de la déco qui se voudrait classe. Ah oui, il y a une salle de détente, un gymnase et une piscine où je ne suis pas encore allé. Tu verrais le poste de commande ! Des murs couverts d'écrans de vidéosurveillance en circuit fermé, de la vraie sécurité de parano. Qui irait se faire chier à nous cambrioler ici, franchement ? C'est à des kilomètres de la civilisation. Au beau milieu du Maine. Rien que des forêts et des champs. Un peu comme si on était en Terre du Milieu ou quelque part comme ça LOL>

Il hésite puis efface le LOL. Comme beaucoup de joueurs qu'il connaît, Scruff est une vraie nazie de la grammaire ; les fautes d'orthographe et le langage texto la mettent en rogne.

<Vous êtes à quelle profondeur ?>

<Dans les 15 ou 20 mètres>

<Tu peux m'envoyer des photos ?>

<Ouais, bien sûr. T'as qu'à rester connectée>

<Combien de temps vous allez rester là ?>

<Aucune idée. Mes parents sont carrément flippés, même s'ils essaient de faire comme si on était en vacances>

<T'as rencontré d'autres habitants ?>

<Pour l'instant, il n'y a qu'une seule autre famille. Greg (le gars qui gère tout ici) dit qu'il y en a d'autres en route. Youpi. Ils vont tous être du genre survivalistes paranos>

<Ouais, mais des survivalistes paranos RICHES>

Comme Papa, pense Jae en rougissant de son absence de loyauté. Quand il avait entendu son père suggérer avec précaution à sa mère qu'ils consacrent un million et demi à l'achat d'un luxueux appartement de survie dans le Maine, Jae avait cru que celui-ci plaisantait. Bien sûr, l'angoisse que lui inspirait ce qu'il appelait « l'inexorable chute de la société occidentale » avait empiré lors des dernières années, mais Jae avait cru qu'il s'agissait juste d'une nouvelle bizarrerie, à ranger avec le fait qu'il ne quitte plus l'appartement à moins d'y être obligé, ou qu'il ait installé un an plus tôt une pièce sécurisée derrière la chambre d'amis, ou encore qu'il remplisse de boîtes de conserve un débarras que Jae et sa mère appelaient en riant le « cabanon de l'holocauste ». Cette fois, cependant, sa mère n'avait pas ri. Ni retenu son père.

Jae en est arrivé à la conclusion que la relation qui unit ses parents n'est pas tout à fait saine. L'une laisse déraper les conneries survivalistes de l'autre, qui omet de lui reprocher son addiction au cheesecake à la cerise Sara Lee, bien que cela lui ruine la santé.

<Quoi de neuf de ton côté, Scruff ?> tape-t-il pour changer de sujet.

Le signal wi-fi vacille encore un peu, si bien qu'il faut vingt secondes à la réponse de Scruff pour apparaître.

<Pas encore de cas au Royaume-Uni. Mais on commence à nous montrer des spots disant quoi faire si un membre de la famille tombe malade. Ça fout les jetons. Il paraît que le bahut pourrait fermer un moment. Ça, c'est cool>

Jae a vu des photos du lycée de Scruff sur Facebook – un établissement huppé, réservé aux filles, juste à la sortie de Londres. Il sait que c'est idiot, mais il rêve de lui rendre visite quand il aura fini sa terminale. Il faudra d'abord qu'il perde un ou deux kilos – la photo sur son profil date de l'année dernière, avant que ses joues n'aient commencé à ramollir – mais il se voit bien arriver devant son lycée sur une moto de folie et l'emmener. Ils pourraient visiter l'Europe. Explorer Paris ensemble, peut-être. Ça, ce serait cool.

<Attends. Faut que j'y aille>

Scruffy se déconnecte avant qu'il ne puisse répondre. Il ouvre son journal intime sur Dropbox et parcourt l'entrée de la veille. Se rappeler ce qu'il pensait ou faisait le jour précédent est toujours un peu troublant. Parfois, il tombe en transe pendant qu'il écrit – il ne se rappelle même pas ce qu'il a noté. Pour hier, c'est schématique, juste deux paragraphes consacrés au classement de Scruffy dans l'arène, rien sur la vie réelle. Il complétera ça plus tard ; pour l'instant, il n'est pas d'humeur. En outre, il n'est pas sûr d'avoir tout assimilé. Il a vu les images à la télé, oui, et la perspective que les scènes tournées à Séoul et Tokyo se reproduisent ici lui fait peur, mais dehors, pendant le trajet en voiture qui les a amenés ici, ce n'était qu'une journée d'automne normale. Pas de cadavres dans les rues. Qui sait à quel point la situation va empirer ? Le virus ne se répandra peut-être même pas jusqu'ici. Scruffy n'est toujours pas de retour en ligne, et il n'a pas envie de se connecter au jeu juste pour être déconnecté aussitôt. Et merde. Peut-être devrait-il aller dans la salle de détente, voir si le signal y est plus fort.

Il glisse le Lenovo dans son sac à dos.

— D'accord, vous avez gagné. Je me tire.

Sa mère lui lance un sourire tendu. Elle a le visage marqué et luisant de sueur – le long trajet depuis Boston l'a épuisée. Pour une professionnelle de la médecine, elle néglige beaucoup sa santé ; il y a longtemps qu'elle n'a pas paru au mieux de sa forme et elle a bien pris neuf ou dix kilos cette année.

— Ne te perds pas, lui recommande son père quand il passe la porte. C'est grand.

Jae sent qu'il masque la déception que lui inspire le Sanctuaire, loin d'être aussi reluisant que le promettait le site Web.

Une seconde après que le garçon est sorti dans le couloir, les détecteurs de mouvement entrent en action et la lumière s'allume. Savoir qu'ils se retrouveront dans une obscurité absolue en cas de panne de courant le terrifie. Il sort son iPhone, met un vieux morceau d'Azealia Banks et, tout en chantonnant les paroles de *212*, monte l'escalier d'un pas léger. L'air est imprégné d'une puanteur de peinture et de ciment frais qui, pour Jae, a toujours évoqué la pisse.

Il pénètre sans bruit dans la salle de détente et soupire de soulagement en la découvrant vide. On dirait le foyer d'un hôtel de classe moyenne : des canapés solidarisés, un long bar rétroéclairé, l'image animée d'une cascade projetée sur un mur. La brochure affirme qu'en conjonction avec les plafonds hauts, les fausses fenêtres à LED et la lumière artificielle modulée avec soin, de telles images aident à éradiquer la claustrophobie. À Jae, cela donne juste envie de pisser.

Il se dirige vers l'espace télé et divertissement. La batterie du Lenovo est presque épuisée et, s'il doit participer à un raid, il faut qu'il la recharge. Quelqu'un a laissé la télé allumée. Le son est coupé mais le texte qui défile en bas de l'écran sur Fox News proclame : « Plusieurs cas d'AOBA confirmés à Los Angeles, San Francisco et Seattle. L'OMS qualifie l'épidémie du virus AOBA de “menace pour la santé publique” potentiellement “incontrôlable”. Il est conseillé de rester chez soi. » Les images diffusées montrent des hommes et des femmes en combinaison blanche et masque respiratoire qui s'entassent dans un avion ; un enfant hurle alors qu'on le tire hors d'une voiture.

Jae sursaute en entendant une voix derrière lui. Greg sort du poste de commande en aboyant dans un téléphone satellite.

— Vous disiez qu'on aurait les pièces détachées la semaine dernière. Je comptais… (Il s'interrompt en voyant le garçon.) Je vous rappelle.

Greg se plaque un sourire sur le visage, mais Jae ne s'y trompe pas : il était en plein milieu d'une conversation importante.

— Salut, Jae. Alors, ça avance, cette installation ?

— Pas de problème.

— On dirait que ça va franchement mal, ajoute Greg en jetant un coup d'œil à l'écran.

Le garçon hausse les épaules. L'actualité donne raison à tous les paranos, les malades des préparatifs de survie – oui, comme son père : le Grand Événement qu'ils attendaient est enfin arrivé.

— Vous êtes au bon endroit, continue Greg. Ici, il n'y a rien à craindre. (Un accent d'hypocrisie s'est insinué dans sa voix, comme s'il ne croyait pas tout à fait à ce qu'il disait.) Tu as déjà rencontré les enfants Guthrie ?

— Non.

— Ce sera super pour toi d'avoir des gens de ton âge avec qui parler. Ce sont de braves gosses, ils te plairont.

— Génial.

Un silence un peu gênant s'installe. Jae se prépare à endurer encore un peu cette conversation en mode adulte qui tente d'établir un lien amical avec un ado.

Greg jette un coup d'œil à son téléphone.

— Tu es allé voir la piscine ?

— Non.

— Tu devrais.

— D'accord.

Jae n'a pas très envie de descendre huit étages à pied – en les accompagnant à leur appartement, le maître des lieux leur a annoncé que l'ascenseur n'était pas encore opérationnel –, mais il saisit l'allusion. Greg lève le pouce à son intention quand il repasse la porte de la cage d'escalier.

Plus on descend, plus il fait froid. Le garçon tente de ne pas penser à ce qui arriverait s'il y avait un tremblement de terre et si tout ce béton s'effondrait sur lui.

Il s'interrompt pour photographier un encadrement de porte obstrué par une bâche en plastique, puis tape un message :

<Regarde ça Scruff : je suis dans une version réelle d'Asylum>

Merde. Pas de signal. Il faudra qu'il envoie ça plus tard.

Juste un instant, seul au milieu de cette boîte en béton, il sent se planter en lui une authentique pointe de panique. Forçant l'allure, il atteint le niveau sept un peu essoufflé. Il pousse la porte de l'épaule et pénètre dans un vaste espace qui accueille en son centre une piscine avec plongeoir et, dispersé tout autour, un assortiment d'appareils de gymnastique. Deux ados – une fille aux longs cheveux noirs et un garçon costaud – se tiennent sur le petit terrain de basket, dans un angle du fond. Ils cessent de discuter quand la porte claque derrière Jae, qui sent son estomac se contracter. Il n'est pas asocial, mais rencontrer de nouvelles personnes l'angoisse toujours. Sans doute a-t-il hérité ça de son père.

— Salut, dit la fille.

Elle est mignonne. Mince, plus petite que lui de quelques centimètres et vêtue du genre de tenue pour lequel tueraient les gamines branchées de son lycée – sauf que Jae est certain qu'elle porte sans aucune ironie son tee-shirt Mickey et son jean taille haute. Le garçon, c'est autre chose. Il a l'air plus âgé, les cheveux en brosse, le nez retroussé, et des muscles par-dessus les muscles.

— Salut, dit Jae.

Le garçon le détaille de la tête aux pieds, sans expression, puis s'empare d'un ballon de basket dans une caisse.

La fille s'essuie les mains sur son jean.

— Tu viens d'arriver ?

— Il y a deux heures.

— Salut. Je m'appelle Gina Guthrie. Lui, c'est mon frère, Brett.

Brett. Ce mec a bien une tête à s'appeler Brett. Ou Butch.

— Moi, c'est Jae-lin. Mais on peut m'appeler Jae.

La fille hoche la tête tout en traînant un pied sur le sol. Jae cherche quelque chose à dire.

— Et vous, vous êtes arrivés quand ?

— Hier.

— Cool. Et qu'est-ce que vous en pensez ?

Gina manipule une mèche de ses cheveux et hausse les épaules.

— C'est bien.

— Ouais, c'est ça, intervient Brett. Tu n'arrêtes pas de t'extasier. À croire qu'on est dans un grand hôtel.

— C'est pas vrai ! dit Gina. Mais c'est tellement… nouveau.

— La plupart des hôtels que j'ai fréquentés avaient des fenêtres. Et des toits, déclare Jae en espérant ne pas passer pour un imbécile.

— T'es d'où, Jae-Jae ? grogne Brett.

— De Vancouver. Mais on s'est installés à Boston l'année dernière.

— Non, je veux dire : t'es d'où *à l'origine* ? insiste-t-il en faisant rebondir le ballon par terre.

Jae ignore si ce mec le fait marcher ou s'il est ignorant.

— Comme je disais : du Canada.

— T'es chinois ?

Il se force à adopter une expression impassible. *Merde, y en a vraiment des comme ça ?* Il n'a encore jamais été confronté au vrai racisme, seulement les conneries des trolls sur les forums de World of Warcraft, et ça, il s'en accommode.

— Mon père est né en Corée.

Brett lance son ballon vers le panier. Jae réprime un sourire en le voyant manquer son coup.

— Il y a plein de gens qui meurent là-bas.

— Je sais. *(C'est le moment d'y aller.)* Bon, content d'avoir fait votre connaissance, mais là, faut que je retourne…

— Oh, sois pas comme ça, Jae-Jae. (Brett sourit d'un air narquois.) Reste un peu, fais quelques paniers avec nous.

Il tente un nouveau tir, qu'il manque aussi.

— Non, c'est bon. Merci.

— Quoi ? T'as peur de perdre ?

La porte s'ouvre derrière Jae qui se retourne pour voir entrer un homme.

— Gina, c'est l'heure de…

Le type se fige en découvrant Jae. C'est forcément Guthrie Senior. Les mêmes yeux bleus et durs. La même attitude « Fais pas chier ». Le treillis. Un couteau de survie sur la hanche, comme s'il se prenait pour Walker Texas Ranger.

Gina triture son jean.

— Voici Jae, Papa. Sa famille est arrivée aujourd'hui.

— Vraiment ?

— Content de vous connaître, dit Jae.

Les yeux laser de Guthrie Senior plongent dans les siens.

— T'es dans quel appartement, fiston ?

— Le 2B.

— C'est une des unités à trois chambres ?

— Je crois bien.

Jae doit faire un gros effort de volonté pour ne pas baisser les yeux. Enfin, Guthrie se tourne vers sa fille.

— Gina, retourne à l'appartement.

— Mais Papa, tu as dit que je pouvais…

— Vas-y. Tout de suite.

Elle lance un regard timide à Jae et rougit. Pour de bon : le rose inonde ses joues. Guthrie Senior, lui, salue l'adolescent d'un bref signe de tête avant de la suivre dans l'escalier.

La dernière chose dont Jae a envie, c'est de rester tout seul avec Psycho Boy, mais s'il s'en va tout de suite, il passera pour une mauviette. Dieu sait combien de temps ils vont rester coincés ensemble dans ce trou ; il faut qu'il tente de créer des liens à un niveau quelconque. Peut-être que la psychose apparente de Brett n'est qu'une attitude à la con.

— Alors, Brett. Où est-ce que tu…

— Attrape !

Brett balance soudain la balle de toutes ses forces à la tête de Jae, qui n'a pas le temps de se baisser : elle lui rebondit sur le nez et il n'évite que de justesse de lâcher son ordinateur portable. La douleur envahit son visage. Quand il renifle, il sent le goût du sang.

— Pourquoi t'as fait ça ?

L'autre affiche un air innocent.

— Hé, je t'ai dit de l'attraper.

Jae ne peut en aucun cas affronter physiquement Brett, qui pèse au moins vingt kilos de plus que lui. Pour la première fois, il regrette d'avoir renoncé à ses cours de ninjutsu (déjà qu'il joue en ligne, il ne voulait pas compléter le cliché de l'ado asiatique).

— Comme tu veux, mec, marmonne-t-il.

Un filet de sang coule sur sa lèvre supérieure. La tête basse, il se dirige vers la porte, et le rire de Brett le suit à l'extérieur.

Le calvaire ne fait que commencer. Il en est convaincu.

3

CAIT

Le bouchon sur la voie d'accès à l'aéroport nous apprend qu'il y a un problème. Tyson soupire en pianotant sur le volant, pour le cas où je n'aurais pas remarqué qu'il est excédé. Comme si c'était ma faute.

J'aurais volontiers pris un taxi, mais Sarita a supplié qu'on la laisse venir à l'aéroport pour me voir partir. Et me voilà soumise à une nouvelle bouderie de Tyson.

Pour passer sa mauvaise humeur, il accélère quand la file de voitures ininterrompue avance de quelques centimètres et ne s'arrête que de justesse, manquant à chaque fois de percuter la Cadillac qui nous précède – et dont le conducteur blond décoloré le fixe dans son rétroviseur.

Enfin, nous arrivons sur le site du terminal où nous découvrons les pancartes électroniques clignotantes : « Tous les vols retardés. »

— Tous les vols ? dis-je. Pourtant j'ai vérifié ce matin, la correspondance pour JFK restait annoncée. On n'avait annulé que les vols en provenance de la côte Ouest.

— Et merde ! lâche Tyson.

Sarita relève les yeux, surprise. Je lui tapote le bras, comme si cela pouvait neutraliser l'énergie négative de son père. Mais je suis malade au fond de moi. Je veux rentrer à la maison, voilà tout.

— Put…

Tyson se reprend. Il inspire à fond, mais cela ne lui retire pas ses couleurs. Histoire de tout arranger, il est trop tard pour faire demi-tour : nous sommes coincés dans un bouchon sur une seule voie, condamnés à longer le terminal pour ressortir à l'autre bout de l'aéroport. Quand nous dépassons les portes, je découvre la foule dans le hall dont les panneaux d'affichage sont un cafouillis de rouge qui palpite comme une migraine. Je baisse ma vitre et hèle un des agents de sécurité qui marchent le long de la zone de dépose rapide des passagers.

— S'il vous plaît ? S'il vous plaît ?

Il se tourne vers nous, me remarque sur le siège arrière et lève le menton.

— C'est vrai ? Tous les vols sont annulés ? Je devais prendre une correspondance pour JFK. Elle était censée partir à l'heure.

Comme si mes arguments rationnels pouvaient inciter cet homme à changer la réalité ! Ces derniers temps, il y a souvent des annulations de vols à la plus petite alerte. Mais on pourrait bien me laisser passer, moi. Je veux juste rentrer à la maison. Je ne dérangerai personne.

L'agent détourne les yeux vers l'entrée noire de monde.

— Tout le trafic aérien, madame.

Pénétré de son importance, il toise les voitures coincées dans l'embouteillage et leurs passagers.

Je cherche le regard de Tyson dans le rétroviseur, mais il consulte son téléphone. Quand la voiture qui nous précède avance, il comble l'espace libéré sans regarder devant lui.

— Alors tu ne pars pas, Caity ? demande Sarita.

— Peut-être pas aujourd'hui.

Je tente de lui sourire, mais une pierre s'est écrasée dans ma poitrine. Plutôt que de nourrir cet affolement croissant, je me concentre et cherche le numéro de la compagnie aérienne sur mon téléphone merdique. Tyson, lui, crispe les mâchoires tandis que nous nous traînons derrière un camion de marchandises sur Post Road. Quand j'obtiens enfin ma communication, je tombe sur un répondeur, un message généré par ordinateur qui répète sur un ton monotone : « Laissez votre question et votre numéro après le bip, nous vous rappellerons. » Mais le bip ne vient jamais.

Tyson double malgré la ligne continue et prend la direction de la 95 en marmonnant dans sa barbe. Je réussis à me connecter au site de la compagnie aérienne et j'obtiens confirmation que le vol de JFK à Johannesburg est lui aussi retardé « jusqu'à nouvel ordre ». Ma peau me brûle quand la vague de panique déferle sur moi. Je n'arrive pas à y croire. J'ai raté mon vol alors qu'un virus meurtrier sera bientôt sur nous. Tout le monde dit toujours que l'Afrique est emplie de crimes, de violences et de maladies, mais aujourd'hui je ne me sentirais nulle part plus en sécurité qu'à la maison. Elle me paraît soudain si loin.

J'aurais dû écouter les amis qui se moquaient de moi. « *Jeune fille au pair ?* Tu rigoles ? Non, non, c'est pas pour toi, Cait. » J'aurais dû les écouter même si, à ma grande surprise, le travail m'a plus convenu que je ne l'aurais cru. Cependant mes six mois sont achevés, et il est temps pour moi de reprendre le cours de ma vie. J'ai eu un mal fou à travailler pour Tyson – désagréable, toujours au bureau, jamais le temps de s'occuper de sa fille ni même de pleurer sa femme –, mais j'ai noué de vrais liens avec Sarita. Je me sens coupable de l'abandonner en rentrant chez moi, mais je sais que Tyson me remplacera par quelqu'un de plus qualifié pour veiller sur elle.

— On joue aux princesses ninjas ? propose-t-elle.

— Oui, si tu veux.

Quand Tyson dépasse l'échangeur 195, je relève les yeux.

— Vous avez oublié de tourner.

Peut-être nous emmène-t-il à son bureau, comptant sur moi pour m'occuper de Sarita ou pour la ramener à la maison. En sommes-nous donc là ? Nous avons à peine échangé trois mots depuis que j'ai donné ma démission la semaine dernière, et je subis depuis son agression passive. Je sais qu'être obligé de trouver une autre nourrice ne l'amuse pas, mais j'ai mes propres problèmes à régler.

— Vous nous ramenez à la maison, hein ?

— Je vous en prie, Cait, se contente-t-il de siffler.

Nous dépassons le Dunkin' Donuts Center – j'y ai emmené Sarita voir *Disney on Ice* et oui, on a mangé des donuts –, donc nous ne nous dirigeons pas vers le centre-ville.

— Qu'est-ce que vous faites, Tyson ? Allez, ramenez-nous à la maison.

Mais il continue tout droit, planté sur la file rapide, collant un pick-up conduit par un type avec une queue de cheval.

— Faites demi-tour, Tyson, s'il vous plaît. C'est ridicule.

Je passe la main entre les sièges pour lui attraper le bras.

— Ne faites pas ça, dit-il sèchement.

Sarita écarquille les yeux et se met à pleurer. Lui prenant la main, je fais un gros effort pour lui adresser un sourire rassurant.

— Ce serait bien que ton papa nous dise où on va, hein ?

— Oh oui, acquiesce-t-elle en reniflant. Dis-nous, Papa.

— On… euh… On va chez Grand-Grand, d'accord ? répond-il.

— Quoi ? Vous venez de décider ça maintenant ?

— Oui. (Il soupire.) Écoutez, les vols n'ont pas été annulés pour rien. On sera plus en sécurité hors de la ville.

— Vous croyez que ça craint à ce point-là ? Vous ne pensez pas que les gens exagèrent ?

— Vous n'avez pas regardé les infos, Cait ?

Hier soir, j'ai fait mes bagages, donc non. Mais j'avais vu un bout de *Good Morning America* dans la matinée, et on n'y parlait que de l'épidémie asiatique. Ensuite, les vols transpacifique ont été annulés, mais j'ai cru à une simple mesure de précaution. Je ne pensais pas qu'il y avait un danger immédiat ici.

— Mais comment vais-je prendre mon avion, alors ?

— Vous l'avez vu vous-même : les vols sont annulés.

— Ça peut changer.

— Dans ce cas, je vous ramènerai. (Il pousse un nouveau soupir et se radoucit.) Écoutez, je sais que ça a l'air d'une décision irréfléchie, mais je pense vraiment que c'est préférable.

Je me laisse aller au fond de mon siège, un peu calmée.

— Et les vêtements de Sarita ?

— Ne vous en faites pas pour ça.

Ce n'est que plusieurs kilomètres plus tard, une fois en pleine cambrousse après Attleboro et Manchester Pond, que Tyson semble se détendre un peu. La circulation est plus fluide et il branche le régulateur de vitesse de la Lexus. Nous avons emmené Sarita à la campagne pour ses quatre ans le mois dernier, mais ce jour d'été me paraît bien loin. Les arbres perdent leurs feuilles ; l'eau reflète un triste ciel gris.

Un bras passé autour de la fillette, je contemple le décor peu familier qui défile en songeant à ma maison. Ça fait un moment que je suis séparée de chez moi par un appel téléphonique ou un trajet en avion, mais à présent, tandis que nous traversons cette vaste campagne, la distance commence à me paraître encore plus grande. J'ai sans doute été égoïste de laisser Maman et Megan si tôt après la mort de Papa, mais j'avais besoin d'un break, et Maman a été super : « Tu as fait tout ce que tu as pu, ma chérie. Tu as été là pour lui et pour moi. Va, tu mérites de faire une pause. » Je comptais travailler comme jeune fille au pair pendant l'été puis revenir, prête pour la rentrée universitaire suivante. Je n'avais pas prévu d'apprécier à ce point mon escapade ni de m'attacher autant à Sarita.

Elle s'est enfin endormie sur son siège-auto, sa tête rejetée en arrière selon un angle inconfortable. Tyson jette un coup d'œil au GPS puis prend à gauche, un chemin à peine visible qui traverse la forêt.

Quand on s'est arrêtés pour prendre de l'essence et faire pipi dans la station-service d'un minuscule village du New Hampshire, il a acheté à la boutique des tee-shirts et des pantalons de jogging pour enfant par paquets de trois, ainsi qu'un sac de coupe-faim. J'ai alors eu un mauvais pressentiment qui ne m'a pas quittée. Cela fait des kilomètres qu'on ne voit aucune trace d'habitation – la grand-mère de Sarita peut-elle vraiment habiter une région aussi reculée ? Les quelques photos d'elle que j'ai vues dans l'album de la fillette montrent une femme aux yeux tristes, élégante et raffinée, pendant ce qui semble être le mariage de Tyson et de Rani. Je n'arrive pas à l'imaginer vivant dans un tel trou perdu : ce n'est même plus ce qu'on appelle une zone rurale. Si la compagnie aérienne téléphone pour annoncer que le trafic a repris, que mon vol est de nouveau programmé, comment arriverons-nous à l'aéroport à temps ?

— C'est encore loin, Tyson ?

J'obtiens en réponse un grondement qui peut aussi bien vouloir dire « non » que « oui ». Le père de Sarita est penché en avant, ses doigts tambourinent sur le volant.

— Tyson ? Où sommes-nous exactement ? (Il ne répond pas.) Hé ho ? Tyson ?

— On y est presque, déclare-t-il d'une voix plate.

Ce n'est pas ce que je lui ai demandé.

Il ralentit alors que nous arrivons en vue d'une haute clôture grillagée, surmontée sur toute sa longueur de fils de fer barbelés. À travers j'aperçois une clairière au milieu de laquelle s'élève une espèce de bâtiment bas en béton. Deux tranchées avec passages canadiens ont été creusées en travers du chemin que bloque un solide portail en métal noir. Quand une des caméras de télévision en circuit fermé fixées en haut de la clôture se braque lentement vers nous, une froide nausée m'envahit.

Sarita s'agite, dérangée par le silence soudain. La voix cassée, je demande :

— Où sommes-nous, Tyson ?

Ces mesures de sécurité institutionnelles m'évoquent un asile psychiatrique grotesque. Peut-être est-ce cela… Peut-être Rani n'est-elle pas morte comme il le dit, et l'a-t-il fait interner ici. Ou, pire, peut-être s'agit-il d'un orphelinat où il compte laisser Sarita.

Arrête. Je suis ridicule. Il y a forcément une explication rationnelle.

— Tyson ? (Je cherche mon téléphone dans mon sac – pas de réseau. *Merde.*) Tyson, il faut que je rappelle ma mère. Je veux être sûre qu'elle a bien eu le message à propos de mon vol annulé.

— Vous ferez ça quand on sera entrés.

— Entrés dans quoi ? Vous disiez qu'on allait chez les grands-parents de Sarita.

Pas de réponse. Il a la nuque trempée de sueur.

Le portail pivote vers l'intérieur pour nous laisser passer. J'aurais dû empoigner mes bagages, sauter de la voiture et tenter ma chance à l'aéroport.

Deux pick-up gris et une berline noire luisante stationnent derrière le bloc de béton. Nous nous garons près d'eux et quand Tyson ouvre la portière, un délicieux parfum de pin et de fraîcheur envahit la voiture. Quel soulagement, après avoir respiré de l'air recyclé pendant quatre heures !

Le bâtiment est muni d'une sorte d'écoutille dont la surface métallique reflète la lumière du soleil. On dirait la porte d'un coffre-fort géant. Un blond corpulent dont la chemise de fermier ne masque pas le ventre proéminent la franchit et se dirige vers nous.

— Salut, Tyson, content de vous revoir.

Il serre la main de mon employeur puis me sourit.

— Voici sans doute Mme Gill.

— Non, non, le détrompe Tyson. Je vous présente Cait Sanford. Elle s'occupe de ma fille. C'est elle, là, sur la banquette arrière, Sarita. (Son regard se perd dans le lointain.) Rani… euh… est décédée au mois de mai.

— Oh, merde, désolé, dit l'inconnu en lui posant la main sur l'épaule. Ça a dû être très dur pour vous.

Quoique j'aie l'impression de vivre un mauvais rêve et de ne pas réussir à me réveiller, ou pire encore d'être coincée dans un documentaire du Discovery Channel, je ne peux m'empêcher d'espérer que le gros type va poser la question qui me brûle les lèvres depuis que j'ai pris mes fonctions : *Qu'est-il vraiment arrivé à Rani ?*

Tyson hoche la tête.

— Je constate que nous ne sommes pas les premiers, dit-il avec une gaieté factice.

C'est un expert dans l'art de changer de sujet.

— En effet, répond l'homme. Le danger est identifié et il arrive sur nous. C'est exactement pour ça que nous sommes ici. (Avec un sourire de représentant de commerce, mais le regard assuré en moins, il s'approche de moi qui suis restée debout près de la portière arrière.) Enchanté, Cait. Je m'appelle Greg Fuller.

J'ignore la main qu'il me tend. En moi, la colère éclipse la peur.

— Pour la dernière fois, Tyson, où sommes-nous, bordel de merde ?

Tyson fronce le nez devant ma grossièreté. Parfait.

À présent éveillée, Sarita explore son nouvel environnement d'un œil encore ensommeillé.

— Caity ? Est-ce qu'on est arrivés chez Grand-Grand ?

Greg nous regarde tour à tour, Tyson et moi.

— Vous êtes dans le premier établissement de sécurité anticatastrophe de la Nouvelle-Angleterre, Cait. (Il écarte les bras.) Bienvenue au Sanctuaire.

Qu'est-ce que c'est que ces conneries ? Le cœur battant à tout rompre, je pivote d'un bloc pour faire face à Tyson.

— Vous nous emmenez dans une espèce de… *bunker* ?

Il lève les mains.

— Vous avez vu ce qui se passait à l'aéroport, Cait.

— Vous n'aviez pas le droit de m'emmener ici sans mon consentement, Tyson !

— Allons, Cait, ce n'était pas prévu mais votre vol a été annulé. Je n'ai pas eu le choix. Sarita a besoin de vous. J'ai besoin de vous. C'est bon ?

— Non, ce n'est pas bon, put… (Je ravale une nouvelle grossièreté.) Nom d'un chien !

Mais en toute honnêteté, je me crois incapable de laisser Sarita seule ici avec lui.

— Combien de temps comptez-vous rester ?

— Madame, intervient Greg, je vous garantis que vous ne pourriez être plus en sécurité ailleurs. Le virus se répand à toute vitesse. On ne parle que de ça aux infos.

J'ignore si c'est vrai ou non, Tyson n'a pas allumé la radio dans la voiture.

— C'est si grave que ça ?

— Oui, répond Greg, presque joyeux. Si ça nous tombe dessus comme en Asie, et tout indique que ce sera le cas, vous avez intérêt à rester ici.

— Caity ? pleurniche Sarita. Caity, j'ai laissé tomber Strawb.

Je gagne son côté de la voiture.

— Dès qu'il y aura de nouveau des vols, je vous promets que vous monterez à bord du premier avion, ajoute Tyson.

Je suis incapable de savoir s'il est sincère ou non. Cela dit, je n'ai pas vraiment le choix : je pourrais partir en voiture, mais je n'ai nulle part où aller. Et si le virus se répand jusqu'à la côte Est, je suppose que je serai plus en sécurité ici.

J'entends un coup sourd puis un raclement et je me tourne vers la porte blindée. Un adolescent à l'air dur la franchit, suivi par une version plus âgée de lui-même.

Les deux arrivants sont rougeauds, costauds, et ont de petits yeux. On dirait des avants de rugby.

Greg nous les présente – les Guthrie –, mais il est clair que Tyson et le plus âgé des deux, Cam, se connaissent déjà.

— Donne un coup de main à la dame, Brett, dit le père.

— D'accord, P'pa, répond le garçon d'une voix traînante.

Il me reluque de la tête aux pieds avec une telle absence de retenue qu'un instant j'en perds le souffle. Je sens la chaleur qu'il dégage ainsi que son odeur de sueur aigre et de fumier. Son regard direct m'évoque un animal. Aucun effort de civilité. Je brûle soudain d'embarras. J'avais mis la tenue idéale pour l'aéroport ce matin. Ici, je me sens gênée, ce qui me met en colère contre moi-même. Je dois me reprendre.

— Un coup de main, madame ? propose-t-il en me fixant comme s'il en avait le droit tandis que je me dirige vers la portière de Sarita.

— Non, merci, dis-je en tirant mon tee-shirt pardessus la ceinture de mon jean.

Tyson va pêcher un grand sac en toile dans la malle de la voiture. Je cale Sarita sur ma hanche droite, passe mon sac à main en bandoulière et, tirant derrière moi ma valise à roulettes, je franchis la porte blindée pour me retrouver dans un espace exigu.

— Je suis très contrariée, Tyson.

— On en parlera plus tard, dit-il.

Je porte Sarita et traîne ma valise dans le vestibule qui sépare l'entrée d'une autre porte en métal massive, celle-là peinte d'un vert éclatant. Je réalise que nous sommes dans un sas long de quelques mètres, ce qui est très insuffisant avec l'adolescent qui ricane derrière moi – *hi hi hi.* Ce son bas, sinistre et dépourvu d'intelligence me fait dresser les cheveux sur la nuque. Ou bien c'est l'air froid qui nous balaie quand Greg ouvre la porte verte. Une fois que nous l'avons franchie, il la referme, et mes oreilles tintent sous l'effet du changement de pression atmosphérique. J'essaie de ne pas songer à tout ce qui est susceptible de se trouver dehors, tout ce qui rend ce sas indispensable.

Nous descendons en file indienne un escalier métallique escarpé, bordé de petites ampoules à fluorescence. Alors que je m'attends à découvrir un espace utilitaire façon bunker, nous débouchons dans un salon douillet et haut de plafond ; on se croirait dans une sorte de club de vacances bizarre.

Laissant tomber mes bagages, je dépose Sarita sur un divan.

— Je dois vous demander de me remettre toutes vos armes. Nous les enfermerons dans le coffre, reprend Greg.

Toutes nos armes ?

— Nous n'avons pas...

Je n'ai pas le temps de finir ma phrase : Tyson tire un pistolet de son porte-documents. Il le manipule un peu puis le tend à Greg Fuller, la crosse en avant.

— C'est sans doute une bonne idée.

Cam Guthrie pousse un grognement désapprobateur.

— Je ne crois pas. Ça ne me plaît pas. Mais c'est la règle pour l'instant.

Greg s'esclaffe, comme s'il s'agissait d'une blague récurrente qu'il partage avec les Guthrie.

— Vous savez qu'il n'y a que nous ici, Cam. Si jamais une menace arrive de l'extérieur, nous pourrons utiliser nos armes.

Je lance à mon employeur un regard furieux.

— Vous aviez un flingue sur vous pendant tout le...

— Viens, Brett, interrompt Cam Guthrie. (Je suis sûre qu'il fait preuve de solidarité masculine : il faut sauver Tyson de cette bonne femme acariâtre.) Aidons ces braves gens à s'installer.

Les yeux de Brett s'attardent sur ma poitrine, mais je ne veux pas me laisser intimider.

— Regarde la cascade, Caity, dit Sarita. Est-ce que je peux aller la voir avec Strawb et Simba ?

— Bien sûr, ma chérie. Mais ne va pas plus loin, d'accord ? Reste là où je peux te voir.

Dès qu'elle est hors de portée de voix, et tandis que les Guthrie transportent nos bagages vers une porte menant à un escalier, je reprends la parole.

— Comment pouvez-vous emmener votre fille dans un endroit pareil, Tyson ? À quoi pensez-vous ?

Je maîtrise ma voix afin que Sarita ne remarque pas la tension qui nous oppose.

— J'ai investi beaucoup d'argent dans ce filet de sauvetage, dit-il. Vous devriez vous estimer heureuse d'y être…

Je pense qu'il va achever sa phrase… *à la place de Rani*, mais il ravale ces mots-là.

Heureuse ?

— Je devrais être chez moi, dis-je, à personne en particulier – mais je regarde Sarita qui se tient debout, là-bas, ensorcelée par la lumière artificielle.

4

JAMES

— Tu ne peux pas aller plus vite ? demande Vicki pour la vingtième fois au moins.

Respire à fond, ne te mets pas en rogne, mais nom de Dieu ! combien de fois encore, merde ?

— Tu sais que je ne veux prendre aucun risque, chérie.

La voiture est conçue pour ce type de terrain, mais James non. Il sait que le 4 × 4 a peu de chances de déraper, mais il a l'impression de conduire sur la glace sans chaînes ; ses roues arrière dérapent à chaque plaque de gravillons. Ses doigts lui font mal à force d'être crispés autour du volant et il a le cul engourdi.

Tous les deux s'apprêtaient à partir travailler quand un de leurs contacts à la Société survivaliste de Boston les a appelés pour leur transmettre une rumeur de quarantaine prochaine dans toute la ville. Vicki a insisté pour qu'ils partent sur-le-champ. James déteste conduire – ce n'est pas pour rien qu'ils ont un contrat avec une agence de limousines –, mais ils ne pouvaient en aucun cas laisser un chauffeur inconnu connaître leur destination. Et de toute façon, leurs sacs de voyage tout prêts occupaient déjà la malle du 4 × 4 garé dans le parking souterrain de leur immeuble.

James ne peut même pas se calmer les nerfs avec une cigarette. Vicki péterait un plomb si elle savait qu'il a recommencé à fumer. Sa chemise lui colle aux bras, un étau lui comprime la poitrine. Toute la voiture est imprégnée d'« eau de shihtzu » et s'il ne respire pas très vite un peu d'air frais, il craint de vomir sur sa veste Paul Smith. Sans quitter la route des yeux, il cherche à tâtons le bouton d'ouverture de la vitre.

— Qu'est-ce que tu fais ? demande sèchement Vicki.

— Je ne peux pas respirer là-dedans.

— Il peut y avoir n'importe quoi dans l'air. Des microbes… n'importe quoi.

— Tu es parano. Il n'y a pas encore de cas à Boston, et de toute façon, ça ne s'attrape pas comme ça.

— Qu'est-ce que tu en sais ? Est-ce que tu en es vraiment sûr, James ?

Son accent anglais s'accentue, ce qui n'arrive que lorsqu'elle est furieuse, excitée sexuellement ou – comme il le découvre – terrifiée.

— Si tu me laissais écouter cette putain de radio, je le saurais, non ?

— Ne parle pas si fort. Tu énerves Claudette.

Quelle connerie. La langue de la chienne pend hors de sa gueule, ses yeux ronds et vides sont à peine visibles sous sa frange toilettée. James est certain que les statuts du Sanctuaire incluent une clause « pas d'animaux familiers ». Bon, s'ils restent coincés là-bas plus longtemps que prévu, ils pourront toujours bouffer les boîtes de nourriture de cette saloperie (elles sont assez chères), ou – au pire – la chienne elle-même. *Tu l'aimes comment, le shih tzu, chérie ? À point ou saignant ?* Un petit rire lui échappe.

— Il y a quelque chose de drôle, James ?

— Non.

— Tu pourrais au moins te concentrer sur ta conduite.

Il enfonce l'accélérateur avec fureur et le quatre-quatre bondit en avant.

Un sentiment de triomphe traverse James quand Vicki se rattrape au tableau de bord, manquant de laisser choir la chienne de ses genoux.

— Ralentis !

— Je croyais que tu voulais que j'aille plus vite ?

— Je ne voulais pas dire…

Un bruit sourd retentit et soudain la voiture tire à droite, sa carrosserie racle la végétation qui borde le chemin de terre creusé d'ornières. James écrase le frein et durant une seconde atroce, juste avant que l'ABS ne réponde, le volant lui fait l'effet d'un morceau de gelée entre ses mains. Il relâche la pédale, laisse le quatre-quatre s'arrêter cahin-caha au bord du chemin, puis assène un coup de poing sur le tableau de bord.

— Merde !

— Qu'est-ce qu'il y a ? On a touché quelque chose ?

— Je crois qu'on a crevé.

Il a les mains qui tremblent. *Bon Dieu.*

Vicki ne fait pas mine de chasser la chienne de ses genoux ni de déboucler sa ceinture.

— Tu sais changer une roue ?

Le sait-il ? Voilà des années qu'il n'a pas été obligé de faire un truc pareil. Faut-il mettre le frein à main ? Impossible de se rappeler.

— Cherche ça sur Google, OK ?

— Tu veux que je trouve sur Google comment on change une roue ?

— T'es sourde ou quoi ?

— Tu n'as aucune raison d'être aussi désagréable, James.

J'ai toutes les raisons, oui, espèce de garce. C'est elle qui est censée être le maillon fort du couple. Le bouledogue du conseil d'administration. L'actionnaire principal dans tous les sens du terme.

Elle fouille avec humeur dans son sac puis manipule un instant son téléphone.

— Il n'y a pas de wi-fi.

Sans blague ? En plein milieu du trou du cul du monde ? Quelle surprise !

— Utilise ton forfait.

— Pas de réseau.

Merde.

James descend de la voiture, furieux, priant pour que la roue de secours soit gonflée. Pourquoi n'a-t-il pas pensé à vérifier avant le départ ? De fins fils métalliques étincellent sous le caoutchouc du pneu avant gauche déchiré. Pas moyen de rouler là-dessus. Le 4 × 4 devrait être équipé de pneus anticrevaisons : quand tout ça sera terminé, il va faire un de ces procès au concessionnaire qui le leur a vendu !

Il ouvre le coffre et doit sauter en arrière pour éviter le pack de douze bouteilles d'Évian pétillante qui en dégringole et manque son pied de quelques centimètres. Ensuite, déplacer toutes les merdes que Vicki a entassées sur le logement de la roue de secours lui prend une éternité.

— Je veux bien un peu d'aide, là, crie-t-il.

Pas de réponse.

Il porte les cartons de nourriture gastronomique pour chien de Claudette (« foie de bison et caviar », ou une connerie comme ça) au bord du chemin, puis les vanity-cases de Vicki, leurs sacs de voyage… Et nom de Dieu, qu'a-t-elle encore fourré là-dedans ? Une caisse de Roederer Cristal, deux sèche-cheveux, une caisse de Stolichnaya et un bocal de tomates séchées au soleil. Des tomates séchées au soleil, bordel ! Pour qu'ils ne soient pas privés de mets délicats pendant que les entrailles du reste de la population se changent en bouillon.

Quand il réussit enfin à dégager assez d'espace pour déclipser le couvercle du logement de la roue – qui, Dieu merci, paraît en bon état –, James est en nage. Il déniche la clef en croix, mais où diable est le cric ?

— Qu'est-ce qui te prend si longtemps ? appelle Vicki.

Serrant toujours contre elle son putain de chien, elle se dirige vers lui avec sa jupe droite et ses Louboutin. Ses fringues de bureau. Elle ne leur a même pas laissé le temps d'enfiler une tenue plus appropriée.

— Tu étais obligé de tout éparpiller ? Ça va être couvert de poussière.

— Je ne trouve pas le cric.

— Le quoi ?

— Le *cric*. Tu crois que tu pourrais t'abaisser à m'aider à le chercher ?

Elle soupire et repousse ses lunettes de soleil sur le sommet de son crâne. Ainsi, elle fait vraiment son âge – le soleil de midi met en relief les rides de sa bouche (le Botox a ses limites, après tout).

— Et Claudette ?

— Tu n'as qu'à laisser ta putain de chienne dans la voiture.

Vicki fait volte-face.

— Où est-ce que tu vas, merde ?

— Attendre dans la voiture.

— Attendre quoi ?

— Que quelqu'un passe.

— Qu'est-ce qui te fait croire que quelqu'un va passer ? demande James, dédaigneux. On est au milieu de nulle part.

D'après le GPS, leur destination se trouve encore au moins à vingt-cinq kilomètres. Pourquoi n'ont-ils pas investi dans un téléphone satellite ?

— Il n'y a qu'une seule route qui mène au Sanctuaire. On ne peut pas être les seuls à y aller.

— Vraiment ? Tu en es persuadée, hein ?

— James, ton esprit négatif n'est d'aucune utilité.

Il la foudroie du regard tandis que, sûre de son bon droit, elle s'en retourne d'un pas léger vers la portière côté passager. Voilà qui lui ressemble bien : l'accuser d'être hystérique en oubliant fort à propos qu'elle a passé la journée à flipper. Il couve du regard le sac de voyage dans lequel il a caché une cartouche de cigarettes mentholées ainsi que son Glock 18 flambant neuf. Il a acheté le pistolet le mois dernier sur un coup de tête et n'en a toujours pas parlé à Vicki. Encore un de ses petits secrets.

Cela dit, il doit admettre que sans Vicki, ils n'auraient pas acheté de logement au Sanctuaire. Dieu sait ce qu'ils seraient en train de faire s'ils n'avaient pas investi dans leur « luxueux appartement de survie » – se barricader chez eux, acheter des masques chirurgicaux en gros, éviter les contacts sociaux et contrôler leurs signes vitaux toutes les dix minutes.

C'est Vicki qui a attrapé la première le virus du survivalisme. Tout a commencé comme une plaisanterie – un jeu. Elle a cherché sur Google des scénarios de fin du monde après être tombée sur un documentaire de Discovery Channel consacré aux gens qui attendent l'Apocalypse. *Hé, James, devine combien il y a de manières de mourir ?* Sans parler des agressions, des accidents de la route et du cancer, que dire de ces « grands événements » susceptibles de sortir de nulle part ? Sans rien voir venir, on pouvait se retrouver à griller sous une éruption solaire ou à se battre pour une boîte de haricots après une crise économique. Elle s'est inscrite à des groupes de discussion et lui a lu les théories les plus délirantes au lit, pour qu'ils en rient ensemble. Il ne se rappelle pas quand ça a cessé d'être une plaisanterie – sans doute quand elle a suggéré qu'ils apprennent à tirer. Ils ont tous deux été surpris par la rapidité avec laquelle leur visite hebdomadaire au stand de tir de Winston est devenue le meilleur moment de la semaine. Il y avait quelque chose de cathartique (et de sexuel, n'oublions pas l'aspect sexuel) à tirer sur une silhouette en carton après avoir passé des jours et des jours à discuter d'achat de titres dans des salles de réunion stériles, toutes de verre et de chrome.

Leur premier stage de « Techniques primitives et de survie », un week-end organisé par la Société survivaliste de Boston, a été une révélation. Dormir à la belle étoile et apprendre à faire du feu a réactivé leur vie sexuelle comateuse. Certains jours, imaginer Vicki dans sa tenue de guerrière du dimanche – treillis Ralph Lauren et bandana – suffisait à le faire bander. Et le survivalisme était leur secret : qui aurait imaginé que James et Victoria Maddox de Maddox & Maddox, avec leurs lithographies de Georgia O'Keefe, leur cave de vins argentins et leurs meubles Jasper Conran, prenaient leur pied à baguenauder dans la brousse pour dépiauter des lapins ?

Ça a été génial un certain temps, puis tout est reparti en eau de boudin. Vicki a repris sa bonne vieille habitude de l'engueuler au moment où il s'y attendait le moins, de le culpabiliser à la moindre occasion.

Le grondement d'un moteur le fait sursauter, le tirant de ses pensées.

— James ! s'écrie Vicki. Une voiture ! Arrête-la !

Elle se hâte de le rejoindre. Un pick-up vert franchit le dernier virage, ralentit et s'arrête à leur hauteur. La vitre du conducteur s'abaisse, révélant un homme entre trente et quarante ans qui porte une casquette John Deere et des lunettes de soleil miroir.

— Vous avez besoin d'un coup de main ?

— Ce serait sympa de votre part, acquiesce James. On a crevé. Et je ne trouve pas le cric.

L'homme hoche la tête puis va garer son pick-up au bord du chemin, devant eux.

— Ah, Dieu merci, murmure Vicki.

Le nouveau venu sort de son véhicule, récupère un cric sur le plateau du camion puis s'approche d'eux d'un pas tranquille, la main tendue.

— Will Boucher.

La dernière chose dont James a envie, c'est de serrer la main d'un inconnu, mais il maîtrise sa paranoïa.

— James Maddox. Et voici ma femme, Victoria.

— Ravi de vous connaître.

Will a la poignée de main brève mais ferme. Bien qu'il mesure une demi-tête de moins que James, il donne l'impression d'être plus grand. Assez bel homme, athlétique, un duvet de barbe brune, un jean élimé, des bottes de travail… James croit détecter un vague arôme d'alcool qui émane de ses pores et son accent sent le plouc de Nouvelle-Angleterre à plein nez. Ce type n'a pas l'air de pouvoir se payer une place au Sanctuaire, mais les apparences sont parfois trompeuses. Quand on regarde certains de leurs clients les plus riches, on croirait qu'ils font toutes leurs courses dans des dépôts-ventes.

— Vous allez chez Greg ?

— Vous êtes propriétaire d'un appartement au Sanctuaire, Will ? interroge Vicki dont les pensées reflètent comme toujours celles de son mari.

— Non. J'ai travaillé dessus un moment. Chef de projet.

— Et je suppose que vous y allez en ce moment ?

— Oui. Greg m'a demandé de l'aider un jour ou deux.

— Alors vous connaissez tous les secrets du Sanctuaire ?

James jette un coup d'œil à Vicki : serait-elle en train de flirter avec ce type ?

— Une partie.

— En tout cas, merci de vous être arrêté. C'est vraiment très gentil de votre part.

— N'importe qui en aurait fait autant.

— N'en soyez pas si sûr.

James doit se retenir pour ne pas hurler *Arrêtez de bavarder, il y a un virus sur le sentier de la guerre*, mais, puisque Will ne semble pas pressé d'atteindre le Sanctuaire, peut-être devrait-il se calmer un peu. Ils ont envoyé un texto à Greg un peu plus tôt pour l'avertir qu'ils étaient en route et il n'a pas parlé de verrouiller les portes après une certaine heure. Et même s'il les verrouillait, James ne l'imagine pas refusant de les laisser entrer. Il n'a pas intérêt : Vicki et lui ont investi deux ans d'économies dans leur appartement. Pour le même prix, ils auraient pu acheter un château en Provence.

— Bon, eh bien, autant s'y mettre, décide Will Boucher. Le frein à main est serré ?

— Euh…

James se tortille, mal à l'aise. Son interlocuteur se penche par la fenêtre du passager, serre le frein puis se dirige vers le pneu à plat.

— Je peux le faire, reprend James qui se sent guindé et inutile dans son costume.

— Pas de souci.

Will se met au travail, dégageant l'enjoliveur et desserrant les boulons de la roue avec des gestes souples et efficaces qui font jouer les muscles durs de ses avant-bras. Il n'a pas un gramme de chair en trop sur le corps. James remarque qu'il porte un anneau d'or à l'annulaire de la main gauche.

— D'où êtes-vous ? demande-t-il en rassemblant les écrous dans l'espoir de paraître utile.

— J'habite à la sortie d'Augusta. (Will s'éclaircit la voix.) J'ai entendu qu'on allait mettre en place des barrages, fermer la frontière du New Hampshire. Vous avez vu ça en chemin ?

James a l'impression qu'il tente de détourner la conversation des sujets trop personnels.

— Non, Dieu merci, répond Vicki. Mais plus tôt on mettra le pays en quarantaine, mieux ce sera.

Un peu d'autosatisfaction transparaît dans sa voix – et pourquoi pas ? Ils ont eu la présence d'esprit de se préparer. Des millions de gens ne peuvent pas en dire autant.

Comme la chienne se trémousse entre ses bras, Vicki la pose par terre en douceur.

— Va faire pipi pour Maman, Claudette.

James grimace mais Will ne réagit pas à cette démonstration écœurante. L'animal s'approche de la voiture en reniflant, ses poils traînant dans la poussière.

— Fais attention que ton monstre ne pisse pas sur le pneu, Vicki.

— Ne la traite pas de monstre.

James se mord la langue. Saleté de chienne. C'est depuis l'arrivée de Claudette dans leur vie que les vieilles habitudes sont revenues. Les habitudes présurvivalistes. Ils n'ont pas pu participer au dernier week-end de techniques primitives parce que « Claudette n'aime pas être dehors ». Ils n'ont pas pu aller au stand de tir parce que « Claudette aura des angoisses si on la laisse dans la voiture et le bruit pourrait lui faire mal aux oreilles ». D'après lui, c'est la faute de cette satanée Claudette si leur vie sexuelle bat de l'aile et s'ils recommencent à se disputer. Bon, de la chienne et des... plaintes de Vicki. Mais il a fait attention ces derniers temps – il n'a craqué qu'une seule fois au cours des six derniers mois – et il serait au courant si elle avait découvert cette aberration assez mineure. Elle la lui aurait fait payer. En général, elle n'y manque pas.

— Vous aimez les animaux, Will ? demande-t-elle.

— Ils ne me dérangent pas. Les animaux familiers sont autorisés au Sanctuaire ?

Vicki se raidit.

— Pourquoi pas ? On n'a pas d'enfants.

— Vous avez sans doute raison, là, madame.

— Appelez-moi Vicki, je vous en prie, dit-elle, radoucie.

Will met la nouvelle roue en place sur l'essieu et serre les boulons.

— Et voilà.

Il dépose le pneu abîmé à la place de la roue de secours puis commence à empiler les bagages par-dessus. James se précipite pour l'aider, submergé de honte quand il réalise à quel point les cartons de nourriture de luxe pour chien et le champagne doivent paraître décadents à cet homme.

Will essuie ses mains sales sur son jean.

— Autant que vous me suiviez le reste du chemin, des fois que vous ayez encore des ennuis.

— Ce serait merveilleux ! s'exclame Vicki.

Will hoche la tête et ôte enfin ses lunettes de soleil, révélant des yeux un peu injectés de sang.

James remonte au volant et quitte sa veste d'un geste vif. Vicki lui sourit après avoir installé Claudette sur ses genoux. Un vrai sourire – peut-être le seul qu'elle lui ait adressé depuis des mois.

James démarre et laisse Will prendre un peu d'avance pour éviter la poussière.

— Alors, que penses-tu de notre sauveur ? demande Vicki.

— Un homme laconique, répond-il en haussant les épaules. Le Zorro des chemins de traverse.

— Boucher. C'est un nom français, non ?

— Oui, je crois bien, dit-il avec un nouveau haussement d'épaules.

— Je t'ai vu le mater, au fait.

— Quoi ? C'est pas vrai ! s'exclame-t-il, instantanément sur la défensive.

Elle éclate de rire et lui presse la cuisse. *Oh merde, ouf.*

— Tu crois qu'on va croiser certains de nos vieux copains de l'atroce week-end portes ouvertes qu'avait organisé Greg ?

James se force à ricaner.

— Bon Dieu, j'espère que non.

— Je ne me rappelle même pas ce qui nous a pris d'y aller. On avait déjà versé l'acompte. (Elle vérifie son maquillage dans le miroir de courtoisie.) Comment s'appelait ce type, déjà ?

— Lequel ? interroge-t-il, parvenant à conserver un ton léger.

— Le républicain au flingue. Tu sais bien : on avait tout le temps l'impression qu'il allait nous demander si on connaissait son pote Jésus.

— Guthrie, je crois, souffle-t-il.

— Ah, oui, Guthrie. Cela dit, ils n'étaient pas tous aussi mauvais. J'ai bien aimé le vieux avec un accent européen. Il avait quelque chose de… charismatique et mystérieux, tu n'as pas trouvé ?

Détends-toi. Elle ne sait rien.

— Si.

Claudette gémit et Vicki la console comme un bébé. Pour la première fois, James se réjouit qu'ils aient emmené la chienne.

Tout ira bien. Il est juste parano.

Enfin, la clôture arrive en vue : « La première ligne de défense », d'après le site Web du Sanctuaire. Du grillage surmonté de barbelés et de caméras de sécurité. Rien qui puisse résister à une pince coupante, mais qui va trouver cet endroit de toute façon ?

— On y est, dit Vicki. Tout va bien se passer, hein, James ?

— Bien sûr, chérie, répond-il, sentant le nœud d'angoisse créé par le trajet commencer à se relâcher. On fait partie des chanceux.

5

WILL

Will lâche son sac sur le comptoir du petit déjeuner et jette un coup d'œil rapide à l'appartement. Quoique épuisé – il est resté debout jusqu'à quatre heures du matin à s'occuper de Lana –, il ne peut s'empêcher d'évaluer le travail : plusieurs portes de placards sont posées de guingois et les moulures du plafond ont été peintes à la va-vite. Le logement voisin du sien est à peine plus qu'une coquille vide : les prévisions de Greg ont dû partir à vau-l'eau ; tous les travaux devaient être terminés il y a trois mois.

Will empoigne son portable et appelle chez lui sans réfléchir – mais il n'y a pas de couverture réseau ici en bas, bien sûr. Cela a provoqué des problèmes incessants pendant la construction : son équipe devait utiliser des talkies-walkies bon marché et peu fiables. Il se connecte donc sur Skype et écoute la tonalité de la numérotation.

L'infirmière répond à la huitième sonnerie alors que l'anxiété de Will atteint un tout nouveau palier.

— Résidence Boucheron ?

On la jurerait en train de manger.

— C'est Boucher. Ici Will Boucher.

— Oh, bonjour, monsieur Boucher. Votre épouse va bien. Elle dort.

— Vous savez que vous devez la réveiller à sept heures pour lui donner ses comprimés ?

— Oui, bien sûr, c'est sur la liste. Ne vous en faites pas. (Le jingle de CNN résonne en fond sonore.) C'est affreux, ce qui se passe, hein ? Tous les professionnels de santé sont en alerte rouge. Vous croyez que ça va atteindre le Maine ?

— J'en doute. On est en train de fermer les frontières.

— J'ai entendu ça.

— Je vous rappellerai régulièrement. Vous avez le numéro du spécialiste ?

— Oui, monsieur Boucheron. Il est sur la liste.

Il ne se soucie pas de la corriger à nouveau. Le signal faiblit et, durant une seconde, il croit avoir perdu l'infirmière.

— Il n'y a pas de réseau téléphonique là où je me trouve, mais je relèverai souvent mon courrier électronique. Je rentre après-demain.

— Je sais. Et ne vous en faites pas : tout va bien.

Il raccroche en priant pour que ce soit vrai. Jamais encore il n'a eu affaire à cette agence ; celle qu'il emploie d'habitude n'avait personne de disponible aussi vite, et l'infirmière qui s'est présentée chez lui avait presque l'air d'une adolescente. Il n'a cependant pas d'autre choix que de la croire compétente : il a besoin de ce travail.

On frappe à la porte. Will hésite avant d'ouvrir, résistant à l'appel de la bouteille de J&B au fond de son sac. Il sait qui est là. Il n'a pas encore eu le temps de discuter avec Greg Fuller. Les Maddox ont accaparé l'attention de Greg dès leur arrivée, se plaignant avec force de l'absence d'ascenseur et s'offusquant que la décoration de la salle de détente ne corresponde pas à la description de la brochure. James et Vicki sont tout à fait le genre d'individus que Will imaginait propriétaires d'un appartement dans un endroit pareil. De riches paranoïaques. Si Greg est contrarié qu'ils aient emmené un chien, il l'a bien caché.

Il entre d'un pas lourd et lui donne une claque sur l'épaule.

— Content de te revoir, Will. Désolé de te demander ça, mon pote, mais, comme je te disais, j'ai besoin de quelqu'un à qui je puisse faire confiance. (Son visage buriné se plisse. Ce n'est pas un homme qui sait cacher ses émotions.) Je sais combien c'est dur pour toi de quitter Lana.

Non, tu n'en sais rien du tout. Le chagrin de Will, un monstre noir toxique qui hiberne dans sa poitrine depuis six mois, sort ses griffes. Suivi par la culpabilité, presque encore plus difficile à supporter. Sa culpabilité d'être soulagé d'avoir une excuse valable pour partir un jour ou deux.

— Je ne dispose de l'infirmière que pour quarante-huit heures.

— Je sais. J'ai juste besoin d'un coup de main pendant que tout le monde s'installe. Au cas où ils seraient nerveux, tu vois le genre ? Tu sais gérer les gens, Will. Regarde la manière dont tu as réglé l'embrouille avec le type du système de filtrage. Comment il s'appelait, déjà ?

— Kenneth Collier.

— C'est ça. (Greg se passe la main sur le visage.) Je vais être franc, Will. Le Sanctuaire n'est pas aussi opérationnel que je l'aimerais. Le mec que j'ai engagé quand tu as démissionné, ce n'était pas une pointure, pour ne rien te cacher. Ce sera bien que tu sois ici au cas où il y ait un problème de mise en route. Il y a un bonus pour toi à la clef.

Will n'ignore pas que Greg porte sur les épaules tout le poids de l'entreprise – il a financé la construction du Sanctuaire en vendant son entreprise de sécurité. Et, d'après l'expérience de Will dans le bâtiment, on n'en a jamais que pour son argent. Le peu qu'il a vu pour l'instant lui prouve que Greg a rogné sur les bords.

— Tout le monde est arrivé ?

— À part une famille, les Dannhauser. Ils ont dit être en route, mais on ne les a pas encore vus. Même si le portail est verrouillé, tout le monde commence à être nerveux, et je vais être obligé de boucler pour de bon bientôt. Rassemblement général dans la salle de détente d'ici un quart d'heure pour un briefing, mais j'ai une course à faire d'abord. J'apprécierais ton aide.

Will suit Greg dans l'escalier et décide de passer sous silence la cage d'ascenseur condamnée – un ajout au bâtiment d'origine, à savoir un projet gouvernemental abandonné à mi-construction dans les années quatre-vingt, pendant l'hystérie de la guerre nucléaire. Selon Greg, il devait s'agir d'un refuge pour personnalités en vue. Will n'a pas supervisé les dernières étapes de la réfection – Lana avait besoin de lui –, mais il suppose que l'ascenseur est une autre victime de l'insuffisance budgétaire.

Greg frappe à la porte d'une unité du niveau trois qu'ouvre un homme corpulent au teint rougeaud. Pas aussi grand que lui, mais bâti en athlète.

— Salut, Cam. Voilà Will Boucher, mon premier chef de projet. Will, je te présente Cam Guthrie.

C'est donc lui, le fameux Cam Guthrie. Will se rappelle que Greg lui en a parlé : un des premiers à avoir acheté un appartement au Sanctuaire, et qui a dû vendre pour cela tous ses biens, même avec une réduction. Guthrie tend une patte aussi grosse qu'un jambon.

— Enchanté, Will. Vous avez fait du bon boulot ici.

— C'est gentil de le dire.

— Qu'est-ce qu'on peut faire pour vous, Greg ? demande Cam. Est-ce qu'on ne va pas tout boucler bientôt ?

— Si. C'est de ça que je veux vous parler. Vous vous rappelez qu'on a décidé d'enfermer vos armes dans le coffre pendant quelques jours, le temps que tout le monde s'installe ?

Will s'attend à ce que Cam Guthrie réponde qu'il faudra « les lui arracher des mains quand il sera mort[1] » ou quelque chose comme ça, mais le colosse se contente de hocher la tête.

— Entrez.

— Merci beaucoup, Cam, dit Greg quand il recule pour les laisser entrer.

L'appartement des Guthrie est une des plus petites unités à deux chambres. Le chauffage y est réglé haut, et Will sent une odeur de viande grillée sous celle de la peinture fraîche. Une adolescente, assise sur le canapé près d'une femme émaciée aux cheveux noirs sans volume, lève les yeux à leur entrée et leur adresse un sourire nerveux. À la télévision, un prédicateur en costume blanc s'essuie le front et lève les mains vers le ciel.

— Bonjour Gina, bonjour madame Guthrie, dit Greg d'une voix rocailleuse. Comment allez-vous ?

— Qui est-ce ? demande la femme en jetant à Will un regard soupçonneux.

— Je m'appelle Will Boucher, madame. J'aide Greg pendant que tout le monde s'installe.

— On est déjà installés, dit-elle.

1. Citation de Charlton Heston, ex-président de la National Rifle Association, l'association de promotion des armes individuelles aux États-Unis. *(N.d.T.)*

— Bonnie, va donc dans la chambre avec Gina. Il y a du linge à plier, intervient Guthrie avant que Will ne puisse répondre.

— Viens, Gina.

Bonnie Guthrie se met sur ses pieds, sa fille la suit sans résistance. Bonnie marque une pause sur le pas de la porte et jette à nouveau sur Will un regard méfiant.

— Nous maîtrisons la situation. La seule aide dont nous avons besoin, c'est celle du Seigneur.

Will n'est pas très copain avec Dieu depuis que Lana est tombée malade, mais il doute que cette femme apprécie de l'entendre.

— Brett ! appelle Cam.

Une version plus jeune de Cam Guthrie apparaît sur le seuil de la deuxième chambre, salue l'homme qu'il connaît d'un signe de tête puis dévisage celui qu'il ne connaît pas. Will lui donne dix-sept ou dix-huit ans.

— Salut Brett, lance Greg. Ça va ? Je te présente Will, mon bras droit.

L'adolescent observe ledit Will avec méfiance.

— Bonjour, monsieur.

— Ils veulent mettre nos armes à feu dans le coffre, lui apprend son père.

— Personne ne me prendra mes flingues, répond Brett d'un ton sans réplique.

— Hé, fiston, s'esclaffe Greg, je vais juste les ranger dans le coffre pour quelques jours.

L'adolescent a une expression si haineuse que Will en a presque le souffle coupé.

— Pas question !

— Allons, Brett. Rien ne nous menace ici.

— C'est la première chose que tu m'as apprise, P'pa, reprend-il sur le même ton plat. Ne laisse jamais personne te prendre tes armes.

Cam hoche la tête.

— Tout à fait. Mais pas dans notre situation. Maintenant fais ce que je te dis. C'est un ordre.

Les joues de Brett s'empourprent mais il obtempère et entre dans la chambre principale, le dos voûté. Greg parle de tout et de rien, mal à l'aise, tandis qu'ils attendent et que le prédicateur de la télé gesticule en silence. L'adolescent revient, portant deux *drag bags*[1] volumineux qu'il lâche aux pieds de Will. Ce dernier se baisse pour en ramasser un et vacille sous le poids, ce qui lui vaut un sourire méprisant.

— Elles y sont toutes ? s'enquiert Greg.

— Vous voulez fouiller l'appartement ? interroge Cam sur un ton qui hurle : *Tu me traites de menteur ?*

— Non, votre parole me suffit.

— Bien.

Guthrie les raccompagne. Une fois qu'ils sont sortis, Will attend des commentaires sur ce qui vient de se passer, mais Greg se contente d'un petit rire tout en ajustant la sangle du *drag bag* qu'il porte.

— Ce serait vraiment bien d'avoir l'ascenseur, là.

— Qu'est-ce qui s'est passé à ce sujet, Greg ?

— J'ai eu quelques problèmes. Le type que j'ai engagé pour dessiner les plans s'est planté dans les dimensions.

Will n'insiste pas : il sait reconnaître un mensonge quand il en entend un. Ils descendent de plus en plus bas et la sangle du sac lui scie l'épaule. Quand ils atteignent le niveau huit, Greg est hors d'haleine, le visage écarlate.

— Ça va ?

— Bien sûr. (Il pousse la porte d'un coup d'épaule, avec un large sourire.) Tu te rappelles cette salle ? Elle

1. Sacs servant à transporter des armes à feu. *(N.d.T.)*

ne ressemblait pas à ça la dernière fois que tu l'as vue, hein ?

Will acquiesce en une appréciation feinte. Des odeurs d'humidité et de crottes de poule montent à ses narines tandis qu'il observe les étagères métalliques bon marché montées à la hâte dans la réserve ainsi qu'une chambre froide visiblement d'occasion.

Greg désigne les bandes de plastique superposées qui ferment une des issues de la salle principale.

— Par là, il y a les cultures hydroponiques. On a aussi quelques poules.

Will découvre à travers les rubans translucides des installations hydroponiques à moitié achevées. Ses yeux s'emplissent de larmes sous l'éclat des lampes. Les volailles, enfermées dans des cages façon élevage industriel, lui adressent des caquètements désespérés. Greg n'a mentionné aucun employé, mais il faut bien que quelqu'un s'occupe de l'entretien. À moins que…

— Tu habites ici, Greg ?

L'intéressé hausse les épaules, l'air contrit.

— Ouais.

— Tu dois te sentir seul.

— Je sors me balader.

— Il y a une sacrée trotte jusqu'à South Paris.

— Autant que je te l'avoue. En fait, j'ai été obligé de vendre ma maison. Le Sanctuaire a bouffé mon fric plus vite que je ne l'aurais cru. Il y a des trucs qui ont merdé, des conneries, des gens qui n'ont pas fait leur boulot, tu vois. Par exemple pour l'ascenseur. Je n'ai même pas pu payer la cabine. J'ai besoin que ce projet fonctionne. Il faut que je vende les dernières unités pour rentrer dans mes frais.

Will ne sait pas quoi dire. Dès le départ, le Sanctuaire lui a fait l'effet d'un caprice de riche, et il n'a jamais compris comment on pourrait gagner de l'argent avec. Bien sûr, la porte blindée à la pointe du progrès et celles en tungstène des appartements ont été récupérées de l'ancienne entreprise de sécurité de Greg, mais il a vu les factures du système de filtrage de l'eau, des fausses fenêtres à LCD fantaisie, des systèmes de secours et de la clôture périphérique – que Greg estimait indispensable –, et tout ça atteignait un nombre à sept chiffres. Tout ce qu'il trouve à dire, c'est :

— Désolé d'apprendre ça.

— Je m'en sortirai. Par ailleurs, avec tout ce qui se passe dehors, bâtir le Sanctuaire est ce que je pouvais faire de mieux. Ça va nous sauver la vie. Viens, allons ranger ces armes.

Le coffre, de la taille d'un placard, inséré dans un renfoncement discret près de la chambre froide, est à l'évidence du haut de gamme.

— Pas mal.

— Je l'ai fait fabriquer spécialement.

Greg tape la combinaison et la porte s'ouvre pour révéler un présentoir garni de fusils, plusieurs armes semi-automatiques, une myriade de boîtes de munitions ainsi que, sur l'étagère du haut, ce qui ressemble à un détonateur.

— C'est ce que je crois, ça, Greg ?

— Ouais. Un reste de la construction. Je ne pouvais pas le laisser traîner. Maintenant, écoute bien : je vais te donner la combinaison, Will, au cas où ça tournerait mal et où j'aurais besoin que tu me soutiennes.

— J'espère qu'on n'en arrivera pas là.

— J'en doute, mais je préfère quand même te la donner. Tu la garderas pour toi, hein ?

— Bien sûr.

— D'accord, donc elle est simple : un, neuf, huit, quatre.

— Mille neuf cent quatre-vingt-quatre ?

— Ouais.

— Comme le livre ?

— Hein ? Oh, oui, je vois. Mais non. C'est l'année où je me suis engagé dans les Marines. Tu crois que tu t'en souviendras ?

— Pas de problème.

— Alors rangeons tout ça et allons rejoindre les autres.

Un petit groupe – dont les Guthrie mâles, Gina et les Maddox – est déjà rassemblé autour de l'écran de télévision quand les deux hommes entrent dans la salle de détente pour le briefing. Greg baisse le son de la télé puis répète son discours du « bras droit ». Vicki et James Maddox – sans leur chien – saluent Will comme un vieil ami, tandis qu'un Asiatique nerveux bondit sur ses pieds, la main tendue.

— C'est un honneur de vous connaître. Je suis Yoo-jin Park. Vous pouvez m'appeler Eugene[1].

— C'est pas un prénom de Blanc, ça ? marmonne Brett Guthrie.

— Allons, lui reproche son père. Il faut s'entendre avec tout le monde ici.

Il sourit à Yoo-jin mais ses yeux restent froids.

L'Asiatique, c'est tout à son honneur, ne semble pas démonté par l'impolitesse de Brett.

— Voici mon épouse, Stella, et notre fils, Jae.

Stella – une grande blonde en surpoids – lui adresse un large sourire. Le fils, qui a hérité les traits de son père et la taille de sa mère, lève les yeux de son ordinateur

1. En anglais, Yoo-jin et Eugene se prononcent tous deux *youdjine*. *(N.d.T.)*

portable et lance à Will un signe de tête ironique accompagné d'un « Salut ».

— Vous êtes ici tout seul, Will ? demande Stella Park.

— Oui.

Il décide de ne pas mentionner Lana. Lors des derniers mois, il a encaissé toute la pitié qu'il se sent capable de supporter.

Greg se frotte les mains.

— Mesdames et messieurs, permettez-moi de vous féliciter une nouvelle fois d'avoir eu la présence d'esprit d'acheter un appartement au Sanctuaire. Comme vous le savez, notre devise a toujours été…

Il s'interrompt quand un homme proche de la cinquantaine et une jolie rousse tenant une jeune enfant par la main entrent dans la salle.

— Ravi que vous puissiez nous rejoindre, Tyson, lance Greg. (Il agite la main à l'intention de la fillette.) Alors, Sarita, est-ce que ta chambre te plaît ?

L'enfant plaque la tête contre la cuisse de la femme. Elle a la peau sombre et les yeux les plus noirs que Will ait jamais vus, et ne ressemble à aucun des deux adultes – par ailleurs mal assortis : la rouquine, sur les nerfs, semble éviter de regarder son compagnon. Au moment des présentations, Will est presque sûr de voir l'homme blêmir quand il découvre les Maddox.

— Vous aurez tout le temps de faire connaissance, conclut Greg. Et si nous verrouillions le Sanctuaire ?

— Euh… Est-ce qu'on ne devrait pas dire quelque chose avant de s'enfermer ? Une prière ?

C'est Gina Guthrie qui a parlé. L'adolescent asiatique lève à nouveau la tête. Will s'attend à ce qu'il se moque d'elle, mais il lui sourit au contraire. Elle rougit et détourne les yeux.

Greg hoche la tête.

— Ça me paraît être une excellente idée, Gina.

— Est-ce vraiment nécessaire ? interroge Vicki. On devrait s'en occuper tout de suite, non ? Il est plus que temps que vous nous enfermiez.

Le sourire de Greg ne vacille pas.

— C'est vrai. Mais même si la porte blindée n'est pas verrouillée, la suivante est doublée et…

— Vous avez vu à quelle vitesse ça va ?

Vicki désigne l'écran sur lequel une journaliste de la Fox gesticule, le visage couvert d'un masque blanc. Derrière elle, des hommes et des femmes en treillis déchargent des sacs à cadavres de camions. En bas de l'image, un texte défile : « La côte Ouest se prépare à une hécatombe. »

— Ça va être le chaos, là-dehors.

— On est au milieu de nulle part, marmonne Jae sans lever les yeux de son portable.

Vicki le foudroie du regard avant de se retourner vers Greg.

— Vous croyez que personne ne connaît l'existence du Sanctuaire ? Et les ouvriers qui y ont travaillé ? Les habitants des villages voisins ? Quel est le premier endroit où ils viendront si la situation s'aggrave ?

— Madame Maddox, Vicki, laissez-moi vous tranquilliser. Hormis vous-mêmes, qui avez eu la bonne idée d'acheter un appartement dans le Sanctuaire, personne n'en connaît la position exacte ni les coordonnées GPS. (Vicki ouvre la bouche pour l'interrompre mais Greg la fait taire en levant une main.) Les ouvriers qui ont travaillé ici étaient itinérants ; ils sont retournés dans leur pays ou partis en ville pour chercher d'autres emplois. Les employés cruciaux, comme Will ici présent, sont des gens à qui je confierais ma vie. Nous sommes à cinquante kilomètres de la première agglomération et nous serons avertis bien à l'avance si quiconque approche du périmètre. Soyez sûre que nous avons sans conteste le temps de faire une petite prière.

Vicki fait la moue, donne l'impression de vouloir protester à nouveau, puis hausse les épaules.

— Très bien.

Tout le monde se lève avec une bonne volonté variable. Will, attiré dans le cercle, ne manque pas de remarquer que la jeune Guthrie s'est placée près de l'adolescent asiatique en ignorant soigneusement les regards noirs de son père.

La rouquine hisse l'enfant sur sa hanche et prend la main gauche de Will. Sa paume est sèche mais elle tremble.

— Je peux vous demander d'officier, Cam ? demande Greg à Guthrie.

Ce dernier cesse à regret de regarder sa fille et baisse la tête.

— Nous te remercions, ô Jésus-Christ, Notre Seigneur, de nous avoir procuré ce refuge, et nous croyons que Dieu, dans sa sagesse et sa bonté, nous gardera en sécurité. Amen.

— Amen.

— Merci, Cam, reprend Greg. Tous ceux qui le veulent peuvent monter avec moi pour me voir fermer la porte blindée.

Guthrie se tourne à nouveau vers sa fille.

— Gina, retourne auprès de ta mère.

— Mais Papa, est-ce que je ne pourrais pas…

— Fais ce que je te dis.

L'adolescente rougit et file vers la cage d'escalier. Stella Park renonce aussi à l'expédition, de même que son mari. James Maddox hésite, murmure quelque chose à l'oreille de sa femme puis se laisse tomber sur le canapé.

Greg guide les autres jusqu'au poste de commande.

— Je réinitialise tous les jours le code de la porte blindée, dit-il. Il sera envoyé au terminal de vos chambres. Le Sanctuaire prend au sérieux la sécurité de ses pensionnaires. À présent…

— Greg ! lance Jae qui fixe un des écrans de sécurité. Il y a des gens dehors.

Will découvre une Range Rover arrêtée en diagonale devant le portail principal, au bas de la pente. Autour se tiennent un vieil homme coiffé d'un chapeau de feutre démodé ainsi qu'une femme mince qui semble en soutenir une autre, âgée et bien plus corpulente. L'homme se penche dans la voiture et en sort ce qui ressemble à un pied-de-biche.

— Ce sont les Dannhauser, annonce Greg. Ils sont arrivés. (Il fronce les sourcils.) Je ne sais pas trop pourquoi les détecteurs de mouvement du premier périmètre ne m'ont pas alerté.

Jae tapote la souris et zoome. Le vieillard a introduit son outil entre le portail et le poteau de la clôture. L'image est claire – c'est comme un film muet en noir et blanc.

— Il n'arrivera à rien avec ça, dit Greg. C'est du tungstène.

L'homme interrompt ses efforts et regarde droit vers la caméra, comme s'il se sentait observé. La vieille femme se plie en deux, toussant ou peinant à respirer, tandis que la jeune la prend par la taille afin de l'empêcher de tomber.

Greg ouvre le capot du panneau de contrôle et commence à taper un code.

— Attendez ! (Vicki Maddox l'empoigne par le bras.) Qu'est-ce que vous faites ?

— Je désactive le verrou du portail.

— Vous ne pouvez pas faire ça. Cette femme tousse, elle est peut-être malade, elle a peut-être…

— Je ne peux pas les laisser dehors. Ils ont le droit d'entrer ici.

— La dame n'a pas tort, intervient Cam Guthrie à qui Vicki lance un regard reconnaissant. Cette vieille femme a l'air malade. Elle a pu contaminer les deux autres. Il faut songer à protéger les nôtres.

— Belle charité chrétienne, murmure Jae, ce qui lui vaut un regard venimeux de Brett.

Greg se passe les mains dans les cheveux.

— Ces gens ont besoin d'aide. Je ne peux pas les laisser…

— Pas question que vous sortiez, interrompt Vicki. Je vous l'interdis. J'ai payé une fortune pour être ici.

— Moi, j'irai, déclare Will, se surprenant lui-même.

Vicki ferme la bouche en claquant des dents. Durant quelques secondes, on n'entend plus que le bourdonnement de la climatisation.

— Quand je serai dehors, s'ils ont l'air malades, je prendrai une décision.

— Comment ça, *une décision* ? C'est de la folie !

— Oh, merde, souffle Jae.

Will se retourne vers l'écran. La femme mince titube sous le poids de sa compagne, elle perd pied… et la malade s'effondre, heurtant de la tête le capot de la Range Rover.

6

TRUDI

— Pas trop tôt, marmonne Trudi quand le portail s'ouvre enfin à une allure d'escargot.

Sa mère est effondrée sur le siège passager, la jambe gauche à moitié sortie par la portière, la respiration sifflante, une main pressée sur la coupure de son front. Dieu merci, ce n'est pas trop grave : certes, les joues de Caroline arborent un déconcertant mélange de rouge et de gris, mais sa fille l'a déjà vue bien plus mal.

— Leo, murmure Caroline. Je veux rentrer à la maison, Leo.

On dirait une enfant. Trudi s'accroupit près de la portière et lui prend les mains.

— Chut, Maman. On va trouver de l'aide.

Bien qu'elle juge atroce la vision de cette vieille femme avec du sang séché sur les joues, elle ne peut la quitter des yeux.

— Monte, ordonne Leo.

Il a déjà démarré la voiture. Sans doute rend-il Trudi responsable de la chute de Caroline, mais il aurait dû savoir qu'elle n'avait pas la force de la soutenir. Cela dit, son père n'a jamais eu besoin d'une excuse pour se montrer désagréable. Depuis le début de cette histoire, il n'a montré que son habituelle détermination empreinte de gravité et de colère, et elle doit reconnaître qu'en de telles circonstances, c'est assez réconfortant. Elle a toujours considéré le bunker de Leo comme une curieuse lubie paranoïaque, mais, à présent qu'ils ont une raison d'y venir, elle est soulagée de n'avoir pas à affronter ce qui va se passer en ville.

Trudi monte sur la banquette arrière, près de sa mère qui se met à tousser comme si elle avait quelque chose de coincé dans la gorge. Il va falloir la mettre sous oxygène dès qu'ils seront entrés.

Une fois le portail assez ouvert, Leo fait ronfler le moteur et accélère pour le franchir. Il pile presque aussitôt, évitant de justesse de percuter le pick-up vert qui s'arrête dans un dérapage à quelques centimètres de leur voiture, et Trudi doit se rattraper au siège avant. Son estomac se contracte quand un conducteur au visage dissimulé par un masque à gaz sort de l'autre véhicule. Les cercles de plastique transparent à l'emplacement des yeux lui donnent un sinistre aspect insectoïde.

— Qui est-ce, Papa ? demande Trudi. Pourquoi porte-t-il ce masque ? Il ne peut pas croire qu'on est…

Leo l'ignore et ouvre sa portière, mais l'homme lui fait signe de rester où il est.

— M. Dannhauser ?

— Oui.

— Je m'appelle Will Boucher. Je suis le… euh… chef de projet de Greg Fuller. (Le respirateur confère à sa voix une tonalité robotique, comme celle d'un extraterrestre. Il contourne la voiture, fixe Trudi de ses yeux d'insecte et lui adresse un signe de tête.) Désolé pour le contretemps monsieur, mais nous sommes obligés de prendre des précautions. Depuis combien de temps la dame est-elle malade ?

L'homme regarde Trudi mais parle à Leo, ce qui agace la jeune femme.

— Elle n'est pas contaminée par le virus, dit-elle d'un ton sec. Elle a un emphysème. Elle en souffre depuis trois ans.

Trois longues années.

— Et elle vient de se blesser, ajoute Leo. Elle a besoin de soins médicaux d'urgence.

Se blesser. Trudi note le choix des mots. Caroline a toujours fait son propre malheur, n'est-ce pas ?

Will Boucher hoche la tête.

— Je comprends. Mais certains craignent que vous… que votre groupe soit infecté. Je dois rassurer les autres résidents.

Leo, qui s'appliquait à garder un ton neutre, explose soudain.

— C'est absurde ! Regardez ma femme, elle est tombée, elle est blessée !

— Je sais, monsieur. Nous avons vu l'accident.

— Et vous nous avez quand même laissés attendre devant le portail ?

Le soupir de Will, à travers le masque, produit un sifflement métallique.

— Nous n'étions pas tous…

— Il faut la faire entrer, l'interrompt Trudi qui sent la colère de son père s'intensifier. Désinfecter sa blessure et lui donner de l'oxygène. Allez-vous nous aider, monsieur Boucher ? Ou devons-nous faire demi-tour et rentrer chez nous ?

Will hésite quelques secondes puis se décide.

— Bien sûr. Suivez-moi, s'il vous plaît.

Il regagne le pick-up, exécute un demi-tour rapide en trois manœuvres et remonte l'allée herbue qui mène au cube en béton dressé au sommet.

Leo se rassoit mais ne fait pas mine de démarrer. Les mains crispées sur le volant, il marmonne à voix basse.

— On ne le suit pas, Papa ? demande sa fille – elle sait exactement quel ton elle doit employer.

Le vieil homme met la voiture en prise et la laisse avancer. Trudi prend la main aux doigts froids de Caroline qui ne réagit pas. Elle doit ravaler ses inquiétudes tant qu'elle n'a pas escorté ses parents à bon port.

Leo se gare à côté du pick-up. À la seconde où le moteur s'éteint, la jeune femme descend de la voiture et se hâte de la contourner pour ouvrir la portière de sa mère.

— Un coup de main, Papa.

Leo la rejoint mais ils n'ont pas assez de place pour soutenir tous les deux Caroline tandis qu'elle s'extirpe de son siège, si bien que Trudi se retrouve encore à porter la plus grande partie du poids de sa mère.

— Laissez-moi vous aider, propose Will Boucher, mais comme il s'approche, la blessée a un mouvement de recul.

— Qu'est-ce qui se passe ? Qu'est-ce qui se passe ? gémit-elle en agitant violemment la tête d'avant en arrière, les yeux voilés par la désorientation.

— Du calme, murmure Leo en prenant la place de Trudi. Tu ne risques rien. Ce monsieur est là pour nous aider.

Elle se laisse aller et Will et Leo peuvent la porter vers une écoutille gris acier qui évoque à Trudi une version géante du coffre-fort de son père. Alors qu'ils vont l'atteindre, trois hommes imposants la franchissent, un masque à gaz sur le visage et une arme à la ceinture. La jeune femme a beau les observer avec attention, elle ne distingue pas leur expression.

— Greg ? interroge Leo en fixant le plus grand des trois. C'est vous ? Comment pouvez-vous nous faire attendre ainsi ?

— J'en suis désolé, Leo, répond l'homme. Vraiment. Mais vous devez comprendre qu'il nous faut être prudents.

— Nous ne sommes pas contaminés !

— Entrez, vous et votre famille. Ensuite, nous parlerons. (Greg se tourne vers le plus corpulent de ses deux compagnons.) Cam, est-ce que vous et Brett pourriez aider les Dannhauser à porter leurs bagages ?

— Tu as entendu, Brett ? dit l'homme, dont le masque atténue l'accent traînant.

En dépit de sa carrure, le dénommé Brett ne doit être qu'un adolescent, réalise Trudi. Cam est sans doute son père – ils sont habillés de manière presque identique, pantalon de treillis et bottes montantes.

— Cam ? Cam Guthrie ? demande Leo. On s'est rencontrés pendant le week-end portes ouvertes du Sanctuaire.

— Je me rappelle, répond l'autre d'une voix sans timbre.

— C'est votre fils ?

— Oui.

Leo adopte un ton mielleux exaspérant, mais il a passé sa vie à faire des affaires : Trudi sait qu'il est déjà en train de travailler les parties en présence, de manœuvrer pour forger un lien avec cet homme et détendre l'atmosphère. S'il est une chose dont elle est persuadée, c'est qu'il sait en toutes circonstances reconnaître et exploiter le pouvoir.

Cam, toutefois, ne joue pas le jeu. Brett sort les valises du coffre de la voiture et les jette à l'intérieur du bâtiment. Son père demeure en arrière quand Greg fait entrer tout le monde, la main sur le couteau qu'il porte à la ceinture comme s'il avait affaire à de dangereux fugitifs. Sans avoir eu le temps de réfléchir, Trudi et ses parents se retrouvent entassés dans un couloir aux murs nus.

Caroline s'affaiblit et ses jambes se dérobent sous elle tandis qu'elle recommence à tousser et à haleter. Leo trébuche, si bien que Will se retrouve à soutenir une charge plus lourde et pousse un grognement.

— Il faut se dépêcher, dit Trudi.

— Nous maîtrisons la situation, madame. Que tout le monde recule un peu, s'il vous plaît.

Greg se faufile devant elle pour taper un code sur un pavé numérique inséré près de la porte blindée. On entend un claquement, le sifflement d'un système hydraulique puis le bruit du lourd battant métallique qui se referme. Trudi frissonne.

— Tu t'en sors avec les sacs, fiston ? demande Greg à Brett.

— Pas de problème, monsieur, répond Brett, quoique, de toute évidence, il peine.

Pour un adolescent, même aussi robuste que lui, il porte beaucoup de bagages. Trudi tend la main pour le soulager d'un sac mais il s'écarte brusquement. Peut-être avec colère : elle ne voit pas son visage à travers le masque.

— Il faut conduire tout de suite ma femme à l'infirmerie, dit Leo.

— On va prendre bien soin d'elle, affirme Greg de sa voix robotisée.

Le ton évasif n'échappe pas à son interlocuteur.

— Le Sanctuaire dispose d'une infirmerie entièrement équipée et d'un médecin résident, n'est-ce pas ? C'est bien ce que vous avez promis ?

Greg ne répond pas.

Une deuxième porte s'ouvre devant eux, puis on les guide jusqu'au bas d'un escalier métallique étroit. Les gémissements de Caroline, toujours soutenue par Will et Leo, se font plus aigus. Trudi sent dans son dos une main, voire quelque chose de plus dur. Sa poitrine se serre. Elle craint de perdre l'équilibre et que celui qui la pousse ne lui tombe dessus.

— Un instant… attendez… commence-t-elle.

— Continuez d'avancer.

C'est Cam – la voix basse, traînante, menaçante. Enfin, le petit groupe débouche dans une salle spacieuse – une espèce de foyer, à première vue. La lumière artificielle, trop vive, éblouit la jeune femme. L'image animée d'une cascade chuinte contre un mur, déplacée, aussi fausse qu'un décor de théâtre. Trudi regarde derrière elle Caroline qui a cessé de tousser mais dont le souffle reste oppressé. Brett la fixe avec méfiance, presque avec le désir pervers de confirmer ses soupçons. Trudi sent sa gorge la piquer. Elle combat la sensation aussi longtemps qu'elle le peut, mais quand ses yeux s'emplissent de larmes et qu'elle menace de s'étouffer, elle est contrainte de tousser. L'adolescent recule d'un pas.

Greg les escorte en direction d'une autre cage d'escalier. Leo a le visage couvert de sueur. Quoique robuste et dominant Will d'une bonne tête, il a plusieurs dizaines d'années de plus : la masse de sa femme commence à peser.

— Est-ce qu'on peut prendre l'ascenseur pour aller à l'infirmerie ? halète-t-il.

— Ce n'est plus très loin, Leo, répond Greg.

On les contraint à descendre encore trois étages. Will et Leo grognent à chaque marche en soutenant Caroline. Quand Greg leur ouvre enfin la porte d'un palier, ils pénètrent au sein d'un couloir à la moquette sombre, où la lumière s'allume.

— Ce n'est pas l'infirmerie, constate Leo.

— Leo, je vais avoir besoin que vous coopériez un peu.

Greg pose le pouce sur la plaque sensible fixée près d'une autre porte. Il attend qu'un *clic* retentisse puis pousse le battant d'un coup d'épaule, révélant un appartement très moderne aux murs couleur taupe.

— Recule, Will, intime Greg.

— Je peux les aider à entrer.

— Reculez, répète Cam Guthrie.

Will obéit sans enthousiasme et Trudi se hâte de prendre sa place. Quand sa mère s'appuie sur elle, elle titube un instant avant de se caler sous le poids.

Cam avance d'un pas, la main sur la poignée de son couteau.

— Entrez.

— Allez-y, Leo, ordonne Greg.

Le vieil homme a une expression résignée, sachant qu'ils n'ont pas le dessus pour le moment. Trudi et lui traînent à demi leur compagne dans l'appartement. Brett lance les bagages dans l'entrée et ferme la porte. Le verrou se met en place dans un claquement magnétique étouffé. Une fois son épouse allongée dans une des chambres, Leo retourne tambouriner du poing à la porte.

— Hé ! Hé ! Ouvrez !

Caroline tousse moins fort mais elle peine à respirer, les mains crispées sur les couvertures. Trudi lui cale le dos contre des oreillers puis court aux bagages dont elle extrait le masque à oxygène. Elle ne prête qu'une vague attention aux cris de son père, à la manière dont l'accent allemand qu'il réprime avec tant d'efficacité lors de ses négociations avec des Américains ressort quand il perd son calme. Après avoir fixé les tuyaux et constaté que Caroline respire avec une aisance relative, la jeune femme peut enfin récupérer un gant de toilette et du désinfectant afin de soigner la coupure de sa mère : elle n'est pas trop profonde mais nécessitera peut-être des points de suture et provoquera sans aucun doute une vilaine ecchymose.

— Comment te sens-tu, Maman ? s'enquiert Trudi d'un ton apaisant en nettoyant la blessure, inquiète que sa mère ne sursaute même pas alors que le désinfectant touche la chair à vif. Tout va bien à présent.

Caroline ne réagit pas. Durant tout ce temps, Leo a continué de tambouriner à la porte et sa fille aimerait qu'il cesse. Après tant d'années passées à vivre en compagnie de ces deux vieillards, juste environnée d'un bouillon de souvenirs, elle ne trouve que trop facile de s'abstraire du présent. Elle regarde sa mère respirer avec lenteur, son visage adopter un teint plus gris tandis que la rougeur violacée de ses joues diminue. Les cris, hors de la chambre, lui parviennent comme si elle les entendait depuis une distance désincarnée, comme si elle regardait un poisson dans un aquarium. Ou, mieux encore, comme si elle flottait, sereine, au sein d'un énorme réservoir amniotique, tandis que dehors le monde s'agitait sans elle.

Boum ! Boum ! Boum !

— On a besoin d'un médecin tout de suite ! Laissez-nous sortir ! Vous ne pouvez pas nous garder ici !

Boum ! Boum ! Boum !

Caroline tressaute tout entière, se soulève une fois, puis s'immobilise.

— Maman ?

Trudi lui prend le bras, qu'elle trouve flasque. Elle se hâte de chercher le pouls de sa mère à son poignet et, Dieu merci, le sent, faible mais bien présent.

— Maman ?

Doit-on la laisser dormir ?

Dehors, les coups s'interrompent. On entend un bruit de serrures qui cliquettent, puis la voix de ce Greg Fuller, le grand patron, chaleureux à la manière d'un sympathique charlatan qui vend des remèdes inefficaces.

— Reculez, Leo, s'il vous plaît.

— Je ne…

— Reculez, monsieur !

Devant l'absence de réaction de Leo, Trudi se lève et jette un coup d'œil dans le salon. Brett et Cam bloquent la sortie, toujours équipés de leurs masques à gaz. Cette image lui rappelle les attentats au gaz toxique dans le métro de Tokyo. De quand cela date-t-il ?

— Comment osez-vous ? s'indigne Leo. Nous avons payé une fortune pour ce *service*, vous ne pouvez pas nous traiter comme ça.

— Attendez une minute, monsieur Dannhauser, dit Greg Fuller. Vous allez recevoir toute l'aide possible. On a demandé au docteur Park de venir vous voir.

— Et qui est le docteur Park ?

Le fermier et son fils s'écartent pour laisser passer une femme corpulente, vêtue d'une veste en laine aux motifs voyants très mal assortie au masque à gaz qui couvre son visage.

— Voici le docteur Park, la présente Fuller.

— Je suis désolée de ce qui se passe, dit-elle. Mais, pour être franche, je ne suis pas vraiment sûre de servir à grand-chose.

Trudi éprouve une pointe de soulagement immédiat : cette personne a un ton compatissant.

— Réparez-la, doctoresse, enjoint l'adolescent en lâchant un petit rire sans humour, comme l'aboiement d'un gros chien lent.

La cible de sa moquerie pivote vers lui, mais avant qu'elle ne puisse répliquer, Cam tranche :

— Mets-la en veilleuse, Brett.

Puis il claque à nouveau la porte.

La grosse femme marmonne ce qui évoque un juron puis demande à être conduite auprès de la patiente. Elle suit Leo jusqu'au lit où repose Caroline. La chambre donne aussitôt l'impression d'être pleine à craquer.

Leo s'assied près de son épouse et lui pose la main sur le front.

— Qu'est-ce qu'elle a, à votre avis ? demande le médecin sans ausculter la malade.

Le vieil homme lui lance un regard furieux.

— À vous de me le dire, docteur.

Ses cheveux argentés pendent mollement sur le côté de sa tête.

— Monsieur Dann…

— … hauser. Dannhauser.

— Monsieur Dannhauser, je ferai de mon mieux, mais vous devez savoir qu'en fait, je suis dentiste.

Leo appuie deux doigts sur son front. Après un effort, il adopte une voix plus calme pour déclarer :

— Alors, vous avez raison. Vous ne pouvez rien pour elle. Partez, s'il vous plaît.

Un instant, Trudi pense que leur visiteuse va le prendre au mot, mais elle s'approche tout de même de Caroline.

— Nom d'un chien, Papa, tu pourrais coopérer un peu, intervient Trudi. Elle souffre d'emphysème chronique, docteur. Les voyages ne lui réussissent pas.

— Je vous en prie, appelez-moi Stella, dit le docteur Park en levant les yeux vers elle.

— On nous avait promis qu'il y aurait un médecin parmi le personnel, aboie Leo.

— Papa, s'il te plaît, implore Trudi.

Soudain, elle comprend à quoi elle a consacré les six dernières années de sa vie : *du baby-sitting*. Elle a surveillé ce vieillard grognon, protégé sa douce mère de ses colères et de son manque d'empathie au lieu de vivre sa propre vie. Se reprenant, elle respire à fond, prête comme toujours à tenir le rôle de l'adulte rationnel.

— Ce qui nous inquiète surtout, c'est sa blessure. Elle est tombée et s'est cogné la tête juste après notre arrivée. Elle n'était déjà pas bien, mais maintenant, elle va vraiment mal. Vous croyez que c'est une commotion ?

— Comment est-ce qu'elle le saurait ? lâche Leo.

— J'ai reçu une formation médicale générale, assure Stella Park. Et par ailleurs, je sais faire preuve de bon sens. On va s'en sortir. A-t-elle perdu connaissance après la chute ?

— Je ne crois pas, non, dit Trudi.

— Vomissements ? Désorientation ?

— Pas de vomissements. Mais elle était désorientée, oui.

— Quel est son prénom ?

— Caroline.

Stella prend doucement la main de sa patiente, pose les doigts sur son poignet et consulte sa montre.

— Bonjour Caroline. Vous m'entendez ? (Elle lève les yeux vers Leo.) Son pouls est faible mais régulier. Est-ce qu'elle prend des médicaments ?

— De l'aspirine pour fluidifier le sang. Et on la met sous oxygène quand elle peine à respirer. On a apporté une bouteille de rechange en supposant qu'il y en aurait d'autres ici, à l'infirmerie.

— Savez-vous ce qu'elle a pris aujourd'hui comme médicament ?

Leo interroge sa fille du regard.

— Je n'en suis pas sûre, dit Trudi. Nous sommes partis tellement vite… Attendez.

Le sac à main de Caroline gît près de la porte. Trudi le ramasse et cherche le flacon d'aspirine. Elle le secoue : il ne reste plus qu'un comprimé.

— Elle arrive à court.

Soudain, Caroline bat des paupières.

— Où suis-je ? (Elle se met à sangloter et tente de s'écarter de Stella.) Qui est-ce, Trudi ?

— Je suis là, Maman, répond sa fille. Le docteur va prendre soin de toi.

— Bon, soupire Stella, je ne veux pas vous inquiéter, mais il est possible qu'elle ait eu un petit AVC. C'est peut-être ce qui l'a fait tomber, même si ça ne semble pas avoir produit de gros dégâts. Elle n'a pas de défaut d'élocution, ce qui est bon signe, et je ne vois aucune trace de commotion, quoique cela puisse apparaître plus tard.

Trudi court chercher un verre d'eau dans la salle de bains. Caroline jette toujours au médecin des regards désorientés mais son souffle s'apaise, et la jeune femme parvient à lui faire avaler le comprimé.

— Et maintenant ? interroge Leo.

— S'il s'agit bien d'un petit AVC, l'aspirine devrait lui faire du bien. Je veillerai à ce qu'on vous en apporte. Surveillez-la bien. (Stella se lève.) Vous n'êtes pas seuls : si vous avez besoin de moi, je suis disponible.

Le vieillard grommelle un remerciement et la raccompagne à la porte où Cam Guthrie attend pour l'escorter et verrouiller l'appartement derrière elle. Caroline desserre les poings et frissonne. Trudi lui caresse le front et elle finit par fermer les yeux.

Leo rentre dans la chambre. Sa fille ne l'a jamais vu paraître aussi âgé.

— Et si on s'en allait, Papa ?

Leurs sacs sont encore dans l'entrée. Les défaire signifiera qu'ils acceptent leur emprisonnement.

— On ne peut pas s'en aller, dit Leo. S'il s'agit d'un agent biologique militaire, on est mieux ici, malgré…

— Mais Maman…

— Je sais.

Fin de la discussion. Il va s'asseoir sur le canapé et allume la télé. Sa froideur fait peur à Trudi. Pour dire la vérité, cette peur est une des principales raisons pour lesquelles elle est revenue chez ses parents quand sa vie s'est brisée, sa carrière achevée. À présent, elle n'est qu'une ex-danseuse étoile de quarante-deux ans, sans enfant, lessivée, dont l'unique but dans l'existence est de protéger sa mère déclinante de son père parce qu'elle n'a pas confiance en lui. À moins qu'elle n'ait toujours été une fifille à sa maman. Voir Caroline disparaître peu à peu tandis que Leo bout d'une rage puérile la détruit.

Mais elle sait bien qu'elle se ment, que fuir sa déception a été un choix. Six ans plus tôt, elle a échangé une vie bien remplie contre ce pitoyable emploi de baby-sitter. Et en vérité, cela lui convenait – au début, avant que Caroline ne tombe malade. Depuis que c'est arrivé, Trudi se sait incapable de laisser sa mère avec cet homme secret et insensible. Son thérapeute lui répète sans arrêt que la danse n'était pas toute sa vie, que l'existence d'une personne comporte plusieurs saisons et que chacune porte ses fruits. Mais voilà des années qu'elle a cessé de vivre et elle ne sait comment recommencer.

Peut-être la question ne se posera-t-elle pas, de toute façon. Leo a sans doute raison : les hôpitaux seront surchargés et le virus omniprésent. Elle est plus en sûreté ici pour le moment.

— Elle ne voulait pas venir, dit-elle à la nuque de son père.

Alors qu'elle ne s'attend pas à ce qu'il réagisse, il se tourne vers elle, piqué par l'accusation.

— Tu ne voulais pas que je la laisse là-bas, non ?

Trudi hausse les épaules. Elle se rappelle l'expression de sa mère lorsqu'ils ont vu les infos, ce matin : Caroline était assise près de Leo au bord du canapé (tout de fleurs damasquinées rose et crème et de mignons rubans brodés), mal à l'aise, comme si ce n'était pas son canapé, comme si ça ne l'avait pas été durant la plus grande partie de sa longue vie d'épouse. Elle a levé les yeux vers sa fille et une expression étrange a traversé son visage, comme une supplique. Alors qu'elle tentait d'accrocher le regard de sa mère, Trudi a remarqué qu'elle fixait quelque chose derrière elle, par-dessus son épaule.

Contre le mur, le large écran plat montrait les mêmes images que durant la nuit : des sacs à cadavres alignés, des dignitaires asiatiques en costume noir et masque blafard. Le reportage qui passait en boucle depuis la veille.

— Qu'est-ce qu'il y a, Maman ? a demandé Trudi. Ça n'a rien de n…

— Regarde !

Elle s'est retournée vers le téléviseur. Le texte qui défilait en bas de l'écran disait : « Dernières nouvelles : premier décès confirmé sur la côte Est. » Le présentateur évoquait une possible interruption des transports en commun.

Trudi s'est approchée de la baie vitrée. De la fumée s'élevait dans le parc. Elle a ouvert un battant, laissant entrer le vent frais et brutal sur un rythme lancinant, et s'est penchée dehors, souhaitant presque être emportée comme une particule légère. Juste en dessous d'elle, trente-sept étages plus bas, les employés du Ritz-Carlton, manches blanches tranchant sur leur uniforme noir telles les rayures d'une chenille, se tenaient en phalange devant la porte. Pour la première fois, Trudi a eu peur, mais elle s'est interdit de s'affoler. La fumée pouvait provenir de n'importe où, d'un simple feu de camp, et le Ritz-Carlton ne faisait sans doute que démontrer sa réactivité à ses clients.

— Je vous avais prévenues, a dit Leo. On devrait déjà être partis.

— Laissez-moi ici, a imploré Caroline. Je suis trop fatiguée. Trop vieille.

— Il n'en est pas question.

— Maintenant que c'est là, ce que tu as toujours voulu voir arriver, tu devrais être heureux. Laissez-moi. Tu n'as plus besoin de moi pour…

Trudi a contemplé sa mère qui venait d'exprimer ce qu'elle soupçonnait en secret mais n'aurait jamais osé dire : que son père, d'une certaine manière, voulait que cela se produise. S'il était tellement disposé à croire l'Apocalypse arrivée, c'était parce que cela prouvait qu'il avait raison et combien il était prévoyant, préparé. Mais cette supposition ne pouvait être qu'injuste. Même s'il vivait dans la crainte d'un pareil événement, il ne l'aurait sûrement jamais souhaité. Quoique… En réalité, elle ne savait presque rien de son père. Caroline le connaissait sans doute beaucoup mieux qu'elle.

— Tu dis n'importe quoi, a-t-il simplement commenté.

Trudi a pris le livre qu'elle était en train de lire – un exemplaire usé de *Kavalier et Clay* –, l'a fourré dans son sac à main et s'est à nouveau approchée de la fenêtre, observant les serveurs alignés le long de la rue.

— Ce n'est pas juste que seuls les gens comme nous, a-t-elle dit, plus pour elle-même que pour Caroline ou Leo, les riches, aient la chance d'échapper à ça. Mais je suppose que c'est bel et bien une chance. Le dur labeur de Papa nous l'a donnée et nous devons en profiter.

Comme pour souligner ses propos, deux chasseurs à réaction qui volaient bas au-dessus de la ville ont déchiré le ciel marbré de brume.

— Prenez vos sacs et allons-y, d'accord ?

Trudi se lève du lit, et sent les muscles de son dos qui protestent : elle est restée trop longtemps assise – elle craignait de réveiller Caroline en bougeant. Elle entre sans bruit dans le salon. La pendule, sur le mur de la cuisine, indique neuf heures dix.

Leo, un couteau de cuisine à la main, se tient contre le mur près de la porte d'entrée, tandis que la télévision diffuse toujours les mêmes images en sourdine. Il se tourne vers Trudi.

— Comment va-t-elle ?

— Toujours pareil. Elle dort. Qu'est-ce que tu fais ?

La sonnette qui retentit la fait sursauter. La porte s'ouvre et révèle Will Boucher, encore masqué.

— Je suis vraiment désolé, Leo, dit-il.

L'intéressé se raidit.

— Gardez vos excuses. Vous voyez bien que nous ne sommes pas malades.

Will hoche la tête.

— Greg dit que les gens ont le droit de se protéger, et je suis obligé de me plier au consensus.

Toutefois, il est à l'évidence mal à l'aise ; la gêne vibre dans sa voix.

— Qu'est-ce que vous voulez ?

Will tend à Leo un sac en plastique.

— De l'aspirine pour Mme Dannhauser.

Il lui donne le sac sans franchir le seuil puis referme et verrouille la porte.

Leo pose les médicaments sur la table de l'entrée avant de recommencer à triturer la serrure.

— C'est classique, marmonne-t-il pour lui-même.

Trudi aimerait qu'il lui parle comme à une personne vivante, présente.

— Quoi ?

— Pardon ?

— Qu'est-ce qui est classique ?

— Tout ce refuge. C'est de la camelote. Que l'infirmerie ne soit pas encore terminée ne m'étonne pas. Fuller a économisé sur tout. Regarde-moi ce verrou bon marché. Il a dû acheter ça dans un surplus de l'armée.

Trudi choisit de ne pas attiser son indignation, aussi change-t-elle de sujet.

— S'ils savent ce dont souffre Maman, on ne devrait pas être obligés de rester enfermés, hein ? Tu devrais en parler à M. Fuller la prochaine fois qu'il viendra.

— Il ne m'écoutera pas. (Il remet en place le capot du verrou et recule d'un pas.) Mais on n'est pas enfermés. Plus maintenant.

7

JAE

Jae se déconnecte et ferme son ordinateur. Quoique rédiger un journal intime ait, paraît-il, des effets thérapeutiques, cela ne l'aide en rien dans sa situation actuelle. Il brûle de se réfugier dans un jeu mais ne peut en aucun cas laisser son père tout seul en ce moment. Il ne l'a jamais vu aussi nerveux : Yoo-jin ne cesse d'essuyer de manière obsessionnelle les plans de travail de la cuisine et regarde la porte toutes les cinq secondes. Jae zappe un moment avant de se fixer sur un vieil épisode de *30 Rock*. Ils ont besoin de regarder d'autres images que celles des sacs à cadavres et des encombrements routiers qui passent en boucle sur les chaînes d'actualités.

Stella est partie depuis presque une heure. Elle a refusé de laisser Jae ou son père l'accompagner et il est impossible de la faire revenir sur une décision. Yoo-jin s'est employé à découper les ingrédients du dîner, à nettoyer les placards de la cuisine et à critiquer en ronchonnant les finitions bâclées de l'appartement. Quand la plupart de ses camarades de classe ont des parents divorcés qui travaillent tous les deux, Jae est à la fois fier de l'union solide des siens et secrètement honteux du manque d'ambition de son père. Aussi loin que remontent ses souvenirs, il n'a toujours vu que sa mère partir travailler. Yoo-jin a pour seuls traits remarquables un doctorat inachevé et sa passion pour le survivalisme. Jae sait qu'il ne devrait pas juger – son prof de sciences sociales n'arrête pas d'évoquer « la vacuité des rôles attribués aux sexes dans la société » –, mais il regrette parfois que son père ne fasse pas autre chose de sa vie.

— Ça va aller, Papa. (Il tente de sourire, le résultat est calamiteux.) Si Maman ne rentre pas bientôt, j'irai…

À cet instant, la porte s'ouvre et sa mère entre dans la cuisine. Elle porte quelque chose en bandoulière. *Pas possible.*

— C'est un masque à gaz ?

— Oui.

— Merde alors.

— Jae ! lui reproche-t-elle automatiquement.

Alors qu'elle pose le masque à gaz – plutôt un respirateur, d'ailleurs – sur le plan de travail, son époux la prend dans ses bras. Une étreinte qu'elle lui rend avec raideur.

— Alors ? demande Jae quand ils se séparent.

— J'ai peur que la vieille dame ait fait un AVC, répond sa mère en ôtant ses gants chirurgicaux. Je vais insister pour qu'on appelle une ambulance.

— On ne peut pas faire ça, proteste son père. Tu as vu ce qui se passe dehors. Il faut attendre la fin de la période d'incubation.

— Qui ça, « on », Yoo-jin ? interroge-t-elle, amère. Et si elle meurt ?

— Greg et les autres agissent comme il faut. C'est tout ce qu'on peut faire pour l'instant, Stella.

D'habitude, Yoo-jin n'appelle jamais sa femme par son prénom. C'est toujours « Chérie » ou « Mon amour ».

Elle lui tourne le dos.

— Quand j'ai accepté que tu achètes cet appartement, je n'ai pas signé pour ça.

— Tu crois que la situation me fait plaisir, Stella ?

Comme elle a un haut-le-corps, Jae sent son estomac se nouer insidieusement. Il n'a vu ses parents se disputer qu'une seule fois – et pas sur un sujet important.

— On est prudents, c'est tout. (Yoo-jin se radoucit.) Est-ce que la dame est en danger immédiat ?

— Je n'ai pas de certitude. Et je ne peux pas l'envoyer à l'infirmerie. (Un nouvel éclair de ressentiment.) Il n'y a même pas de lit ! Tu m'avais assuré qu'il y aurait une infirmerie entièrement équipée. (Stella jette les gants dans la poubelle en plastique et en claque le couvercle.) Saleté de bunker !

Yoo-jin croise le regard de son fils.

— Jae, Maman et moi avons besoin de parler. Va dans ta chambre, s'il te plaît.

— Je peux aller à la salle de détente, plutôt ?

Il hoche la tête.

Jae rassemble ses affaires et se glisse dans le couloir. *Merde.* Quelque chose lui dit que la situation ne va pas s'améliorer tout de suite, et savoir qu'ils sont désormais enfermés n'arrange rien. Il se secoue : c'est idiot, ils ne sont pas en prison. Ils peuvent s'en aller quand ils veulent. Tous ceux qui sont ici ont choisi de venir – y compris les nouveaux arrivants vus sur l'écran vidéo.

Des voix montent de l'étage inférieur. Greg et Will, semble-t-il. Jae se déteste de ne pas avoir les couilles d'aller voir ce qui se passe.

Au lieu de cela, il descend à pas de loup jusqu'à la salle de détente. Scruffy est sans doute en train de dormir, mais il est sûr de trouver en ligne un membre de sa guilde disposé à un petit duel. Oui, il va faire deux ou trois jeux pour se remettre les idées en place. Et qui sait ?

Peut-être croisera-t-il à nouveau Gina. Il pense beaucoup à elle depuis leur dernière rencontre : il a même failli en parler à Scruffy (conscient que c'était en partie pour voir s'il réussissait à la rendre jalouse). Quelque chose en Gina l'attire. Elle ne ressemble pas du tout aux filles de son lycée, sûres d'elles, toujours fourrées chez le coiffeur, promptes à la remarque et au regard désobligeants. Toutefois, il n'y a aucune chance pour qu'il se passe quoi que ce soit entre eux. À cause de la question religieuse, sans parler du fait que son frère est un gros connard raciste.

Jae croit d'abord la salle de détente déserte, puis il remarque une personne assise sur un des canapés, près de la télévision. C'est la femme aux cheveux roux qu'il a pour lui-même baptisée Jessica, comme la vampire de *True Blood.* Mince, grande (plus que lui), sans doute un peu plus de vingt ans – mais il n'a jamais été doué pour déterminer l'âge des gens. Il lui a jeté quelques regards en coin pendant ce stupide cercle de prière, et il n'était pas le seul – la langue de Brett le Psychopathe pendait quasiment hors de sa bouche de grand connard. Le type avec lequel elle est arrivée est bien plus âgé qu'elle, mais elle ne donne pas l'impression d'être une potiche qu'on épouse pour l'exhiber comme un trophée : elle n'est pas maquillée et porte un jean, des Converse et un sweat-shirt à capuche.

Elle a le regard fixe, les jambes repliées sous elle, les mains serrées autour d'une tasse. Des fils d'écouteurs sinuent sous ses cheveux : pas étonnant qu'elle ne l'ait pas entendu entrer. Ne voulant pas la faire sursauter, il attend qu'elle le remarque.

Dis quelque chose, crétin.

Jae s'apprête à ouvrir la bouche quand elle le voit enfin et ôte ses écouteurs. Il entend le bruit métallique d'un rythme de rap.

— Hé, salut.

— Salut.

— Tu sais ce qui se passe avec les nouveaux ? Tyson dit qu'on les a mis en quarantaine au cas où ils seraient malades.

Il aime bien son accent, la manière dont les voyelles semblent rouler dans sa bouche. Sans doute n'est-elle pas anglaise comme la blonde un peu effrayante qui s'est opposée à Greg.

— D'après ma mère, la vieille dame a dû avoir un AVC.

Elle se mord la lèvre.

— Merde. Ça va aller ? Ta mère est médecin, c'est ça ?

— Dentiste.

— Dentiste ? (Elle a un sourire sans joie.) Super, ce refuge...

Sa mère et elle s'entendraient bien.

— D'où êtes-vous ?

— D'Afrique du Sud. Johannesburg.

— Ah, cool.

Jae se racle le cerveau, cherchant ce qu'il sait sur ce pays. Pas grand-chose. Nelson Mandela. Charlize Theron. Quelques notions sur l'apartheid. Voilà tout. Soudain, il réalise qu'il ne connaît même pas le nom de son interlocutrice.

— Je m'appelle Jae.

— Cait.

Un silence gênant se prolonge quelques secondes. La jeune femme regarde à nouveau dans le vague. Jae n'est pas habitué à mener une conversation.

— Euh... Est-ce que c'est votre mari qui garde votre fille ?

Elle secoue la tête.

— Tyson n'est pas mon mari. C'est mon patron. Je suis jeune fille au pair. Je m'occupe de Sarita.

— Où est sa mère ?

— Elle est morte.

— Ah. Un accident de voiture ou un truc comme ça ?

Bravo Jae. C'était une question pleine de tact.

— Je ne sais pas comment elle est morte. (Cait serre la tasse avec assez de force pour faire blanchir les articulations de ses doigts.) Cet endroit… je ne savais pas qu'on allait venir. Je ne peux même pas dire à ma mère où nous sommes parce que je ne le sais pas moi-même.

— On est dans le Maine.

Elle lève les yeux au ciel en souriant.

— C'est hyper précis. (Elle désigne l'ordinateur portable.) T'es joueur ? Tu étais collé à ce machin tout à l'heure.

— J'aurais pu être en train d'écrire un roman.

Un peu d'assurance envahit Jae : c'était une bonne réplique.

— Je reconnais les signes. Un de mes ex était marié avec sa Xbox. Ce n'était pas si mal. Un moment, j'étais accro à *Black Ops* et *Skyrim*.

— *Skyrim*, c'est sympa. Moi, mon truc, c'est plutôt les MMO.

— MMO ?

— Je joue en ligne.

— Ah, comme *Second Life*, *World of Warcraft*, ce genre de trucs ?

— *WoW* à fond, répond Jae, impressionné. Je suis un vrai *geek*.

— Il n'y a pas de mal à être un *geek*, s'esclaffe-t-elle. Hé, et si tu le lançais ? J'ai besoin de quelque chose pour me changer les idées.

— Vraiment ?

— Vraiment.

— Je peux le brancher sur l'écran de la télé, si vous voulez.

On dirait un gamin impatient. *Reste cool.*

— Pourquoi pas ?

Il branche le portable sur l'écran puis se connecte.

— Vous voulez que je vous montre comment on crée un personnage ? Ou alors, si vous préférez, vous pouvez faire un tour sur ma monture.

— Sur ta *quoi* ?

Crétin. Il a les joues brûlantes.

— Pardon. Une monture, c'est une créature qu'on chevauche pour voler à travers les portails.

— Va pour la monture.

Sa main tremble un peu quand il clique sur la souris, fait apparaître le menu « personnages » et choisit d'utiliser son magicien avec sa monture.

— C'est un dragon ?

— C'est un vainqueur couvegivre, répond Jae, un peu sur la défensive.

— Oh, bien sûr, fait-elle en roulant à nouveau de grands yeux.

Il franchit le portail menant à Outreterre – dont il aime bien le graphisme – et montre à Cait comment on déplace la monture à l'aide de la souris. Elle comprend aussitôt, franchit une crevasse avec un rire joyeux.

— C'est super cool.

Il manque quelque chose – un fond musical.

— Hé… qu'est-ce que vous… qu'est-ce que tu aimes comme musique ?

— Choisis.

Il charge un morceau de Blue Stahli – il le met en général quand il se livre à des actions échevelées – et monte le son.

Cait hoche la tête.

— *Schaweet.*

— Quoi ?

— Pardon. Ça veut dire sympa, cool. On dit ça chez moi.

Ils échangent un sourire.

— Après, je te montrerai comment créer ton propre personnage.

— Oh, salut, lance Cait qui a levé les yeux.

Jae suit son regard. Non loin de là, Gina les observe en se tordant les mains. Une pointe de culpabilité envahit le garçon – mais pourquoi ? Ce n'est pas comme si Gina et lui sortaient ensemble.

— Salut, dit-il en baissant le volume.

— On est au même étage, dit Cait, souriante.

— Je sais, répond Gina. (Elle rougit.) Elle est mignonne, la petite fille qui est avec vous.

— Sarita. *Ja*, elle est adorable.

— Mon père dit que vous êtes australienne.

— Je viens d'Afrique du Sud, corrige Cait avec un large sourire.

— Oh… (Gina paraît désemparée.) Vous… vous avez de très jolis cheveux.

— Merci. Quand j'étais plus jeune, ils étaient vraiment carotte. Je te laisse imaginer les noms qu'on me donnait à l'école.

— J'aime bien. Euh… (Elle jette un coup d'œil à Jae.) Euh… je venais juste chercher un Coca.

— Reste avec nous, si tu veux, propose Cait. Jae est en train de m'initier au monde secret de *World of Warcraft*.

— Je ne devrais… (Elle observe sur l'écran la monture qui lévite au-dessus d'une crevasse en battant parfois des ailes.) C'est comme *Harry Potter* ?

— Ça n'a rien à voir avec *Harry Potter*.

L'indécision envahit le visage de la jeune fille.

— D'accord. Euh… je peux juste regarder ?

— Bien sûr.

Elle s'assied de l'autre côté du garçon, la cuisse presque collée contre la sienne. Une odeur de fraise flotte autour d'elle. À cet instant, Jae voudrait que Mufftown – un membre de la guilde qui le taquine sans arrêt à propos de Scruffy et se vante de ses prouesses sexuelles – le voie.

— Alors, cette zone-là, c'est…

La porte claque.

— Gina ! s'étrangle une voix derrière eux.

La jeune fille sursaute. Une femme aux longs cheveux noirs emmêlés et au visage lunaire s'avance vers eux à grands pas, les yeux fixés sur l'écran.

Gina serre le bras de Jae puis bondit sur ses pieds.

— Maman !

Cait lance au garçon un regard interrogateur.

— Gina. Qu'est-ce que tu fais ? demande la femme.

— Je… je ne fais rien du tout, Maman.

— Éloigne-toi d'eux, ma fille. Si Papa te voit…

— Maman, je n'étais pas en train de…

— Viens ici tout de suite !

— Bonjour, dit Cait en se levant. Nous ne nous sommes pas encore vues.

La femme l'ignore.

— Retourne à l'appartement, Gina.

— Je te jure que je n'étais pas en train de jouer, Maman.

Les yeux de la jeune fille s'emplissent de larmes tandis qu'elle pince la couture de son jean avec nervosité.

— Il faut que tu restes avec moi, dit sa mère presque dans un souffle, comme si elle avait peur. Tu ne peux pas venir ici, jouer avec… (Son regard passe enfin sur le visage de Jae.) Tu ne peux pas.

Le garçon se sent obligé de dire quelque chose.

— Il n'y a pas de mal. (Il ne peut se contraindre à ajouter « madame », même s'il sait qu'il le devrait.) Vous pouvez dire à M. Guthrie que c'est ma faute. C'est moi qui ai proposé.

Mais la femme l'ignore, absorbée par son anxiété.

— Nous prierons là-dessus, ma fille. Oui, voilà. Cela nous aidera peut-être.

— Il ne se passait rien du tout, madame Guthrie, affirme Cait. Gina ne jouait pas avec nous.

Comme Jae, elle a l'air de penser qu'ils ont affaire à une fondamentaliste radicale en plein délire face aux démons tapis dans les jeux vidéo. C'est la seule explication possible.

— Nous allons prier, répète la femme. Oui. Nous serons en sécurité. Le Seigneur nous tiendra entre ses bras.

En fait de bras, elle empoigne celui de sa fille.

— Pardon, lance Gina par-dessus son épaule. Je n'aurais pas dû.

— Mon Dieu, souffle Cait tandis que la jeune fille est traînée hors de la salle par sa mère.

La porte claque derrière elles. Jae et Cait échangent un regard. C'est le moment où ils sont censés éclater d'un rire nerveux et dire : « C'était quoi, ces conneries ? » Mais elle paraît tout aussi choquée que lui.

8

GINA

Je sens le diable assis dans un coin de la pièce, à me regarder.

J'aurais dû être plus prudente. Depuis si longtemps, Maman m'apprend à être vigilante, à me protéger du danger, et voilà que je dérape au premier sourire d'un garçon. Même si je ne crois pas que Jae lui-même soit maléfique, c'est ainsi que le diable travaille, tel est son pouvoir. C'est ce que dit le pasteur Barnard à l'église : ces jeux, ces livres, ces films sont la grande porte du diable. Il nous décrit les rues d'Amérique où les gens se débattent au milieu de la cupidité et du vice, de la luxure et de la paresse, tout cela parce qu'ils sont drogués par leurs divertissements. Il n'y a qu'à voir l'état dans lequel se trouve le monde aujourd'hui. Je savais devoir prier pour le salut de mon âme immortelle. Les mots me sont venus d'en haut. Après que Papa m'a hurlé dessus parce que j'avais quitté l'appartement, j'ai prié pour être guidée jusqu'à avoir si mal aux genoux que j'ai dû arrêter.

Je me suis réveillée dans mon lit, et ce confort m'a rappelé à quel point Papa et Maman m'aiment, combien ils ont sacrifié pour me garder en lieu sûr.

À présent, je vois des yeux luisants dans ma chambre – ceux du diable. C'est moi qui l'ai invité, mais je ne le laisserai pas approcher davantage. Les paupières closes, les mains pressées sur le cœur, je prie le Seigneur avec une telle ferveur que je sens sa lumière m'envelopper, me protéger. Le diable ne passera pas.

Le système de recyclage d'air du Sanctuaire grince, souffle et, tandis que je m'efforce de chasser l'impression que nous sommes tous enfermés à l'intérieur du corps de Satan, je murmure :

— Écarte-toi de moi.

Et puis… des hurlements.

Je songe tout d'abord au cri de mort des chevaux, mais le son devient réel, un appel lugubre et sauvage qui retentit hors de ma tête. La chambre n'est plus plongée dans les ténèbres. Les chiffres rouges du réveil électronique disent six heures trois : les fenêtres factices instillent la lumière de l'aube à travers les rideaux.

— Est-ce que ces fenêtres sont l'œuvre du diable ? ai-je demandé hier à Maman – avant qu'elle ne me surprenne à regarder le jeu.

Même quand nous allions encore à l'école, certains professeurs disaient que les ordinateurs, les jeux et presque tous les appareils électroniques étaient un chemin menant à l'enfer. Le pasteur le répète presque tous les dimanches aux jeunes de la congrégation. Autrefois, Brett rigolait toujours après le service religieux qu'il appelait la « récréation du pasteur Barney », mais il a cessé après ce qui est arrivé l'autre printemps avec Bessie Carver. Les deux dernières années, il restait assis sur son banc sans lever les yeux, sans me regarder, luttant pour se maîtriser jusqu'à la fin du service. Je n'ai jamais vu le fameux film sur le polterghost[1],

1. *Ghost* signifie « fantôme ». Gina fait bien sûr une référence imparfaite au film *Poltergeist. (N.d.T.)*

mais Dan Heisenberg avait l'affiche dans son salon : l'enfant qui fixe le téléviseur d'où sortent les démons. Dans la caravane, nous avions une petite télé pourrie. Ici, l'appartement est équipé de *deux* grandes télés à écran plat en plus des murs électroniques. Ils me font peur, et j'ai demandé à Maman si les professeurs avaient raison.

Une étincelle de doute a traversé ses yeux quand elle m'a regardée. Je voulais qu'elle détienne les réponses, pour une fois. J'avais besoin qu'elle soit sûre.

Elle a réfléchi puis s'est décidée.

— Il n'y a pas de problème avec les fenêtres, Gina. Je pense qu'elles montrent la création du Seigneur dans toute sa gloire. (Elle a haussé les épaules.) Elles sont jolies, tu ne trouves pas ?

Donc, pendant que je priais hier soir, j'en suis arrivée à très bien connaître cette forêt, cette montagne et cette plage, jusqu'à ce qu'elles s'éteignent – bien avant que j'aie terminé. Je sais ce que dirait le pasteur Barnard si je lui confiais que j'ai vu des fantômes en rêve : que le diable cherche à entrer en moi. Mais j'ai le sentiment qu'il s'y trouve déjà.

Enfin, j'identifie le bruit : une sirène, pareille à une alarme d'incendie. Je me tourne vers le lit de Brett et le découvre défait, vide. Repoussant mes couvertures d'un coup de pied, je cours à la porte, m'empare de la poignée… puis me fige. Papa m'a dit de rester dans ma chambre. Je les entends, Brett et lui, qui parlent au salon.

— Papa ! Papa ! Est-ce que je peux sortir de ma chambre ?

L'instant d'après, sa voix s'élève de l'autre côté de la porte.

— Reste où tu es, Gina.

— Mais, Papa, et s'il y a le feu ? Tu ne peux pas…

Sa voix, plus lointaine, vient de nouveau du salon.

— Papa ?

La porte d'entrée claque.

— Papa !

Et la sirène hurle toujours.

Je tambourine contre la porte.

— Maman ?

Rien.

Je ne crois pas qu'ils me laisseraient ici s'il y avait le feu.

Par-dessus la sirène, j'entends la porte d'entrée qui claque à nouveau.

— Est-ce que tout va bien ?

Pas de réponse.

— Brett ? Papa ?

Si Papa me voit quitter la chambre, il sera furieux. Il m'y enfermera sans doute jusqu'à mes vingt et un ans. Cependant, si l'alarme retentit toujours, cela signifie que le danger est encore présent. Peut-être n'ai-je fait qu'imaginer le deuxième claquement – peut-être Papa, Brett et Maman sont-ils rassemblés là-haut, en lieu sûr.

Je tourne la poignée, entrebâille à peine la porte pour jeter un coup d'œil et retiens un hoquet. Maman passe devant ma chambre en courant pour rejoindre la sienne. Elle pleure et hoquette, comme terrifiée.

Je m'élance à sa suite, et tant pis si je me fais punir.

Assise au bout du lit, la tête entre les mains, elle se balance d'avant en arrière comme une fillette effrayée, balbutiant quelque chose que je ne comprends pas. Une vague odeur de fumée âcre flotte dans l'air.

— Maman !

J'ai crié par-dessus le vacarme de la sirène. Elle ne s'en rend même pas compte.

— Il faut qu'on s'en aille, Maman. Il y a un incendie… ou je ne sais quoi.

Cette fois, elle relève les yeux.

— J'ai fait une grosse erreur, ma chérie. C'était pour toi, pour te protéger.

J'ignore de quoi elle parle. J'attends, mais elle n'ajoute rien. Dois-je aller chercher Papa, ce qui me vaudra des ennuis, ou bien rester ici avec elle ?

Je gagne la porte d'entrée, l'entrouvre et renifle, cherchant une odeur de fumée. Les pleurs d'une fillette me parviennent, puis la porte de l'appartement voisin s'ouvre et Cait la franchit, la petite dans les bras. Elle lui caresse les cheveux, Sarita est en train de se calmer. J'entends dans la cage d'escalier la voix forte de la femme au chien et à l'accent étranger, puis le chien lui-même qui se met à japper. Cait l'entend aussi. Comme elle tourne la tête, elle me voit. Je devrais rentrer – je ne sais pas ce que ferait Maman si elle me voyait ici – mais je lui lance un demi-sourire qui, je le sais, a l'air gêné. Elle me renvoie un regard triste mais compatissant et s'approche de moi.

— Il faut se rassembler là-haut, dit-elle. J'attends Tyson.

— Je… je… Ma mère est à l'intérieur. Elle ne veut pas sortir.

Derrière elle, l'homme – Tyson – apparaît et ferme leur porte.

— Allons-y ! rugit-il par-dessus la sirène avant de se diriger vers l'escalier.

— Ce n'est peut-être rien, me dit Cait en m'adressant un signe de tête. S'il y a un problème, je viendrai te chercher, d'accord ?

— Oui. Merci.

Je rentre dans l'appartement, referme la porte, le cœur battant, puis retourne auprès de Maman. Toujours assise au même endroit, le teint grisâtre, elle a au moins cessé de se balancer. Je m'assieds près d'elle et j'attends.

L'instant d'après, le monde entier tombe en panne. L'alarme s'arrête et même le bruit de la climatisation disparaît, si bien qu'un instant je crois être morte : obscurité absolue, silence absolu. À ma grande honte, je crois que Dieu m'a oubliée. Je m'attendais, pour ma mort, à des lumières et à de la joie, à être emportée au paradis entre ses bras aimants, mais il ne se passe rien du tout, et cette soudaineté me coupe le souffle.

Néanmoins, au bout de quelques secondes, un grincement retentit et tout recommence à fonctionner. Je frissonne, tentant de me rappeler qui je suis sans parvenir à effacer de mon cœur l'empreinte de ce néant mortel.

Je n'ai toujours pas bougé, me contentant de fixer la porte, apathique, quand j'entends Papa et Brett qui reviennent. Je réalise alors que je serre entre les miennes la main de Maman – elle est restée immobile durant tout ce temps. Le pêne cliquette et Brett paraît, s'appuie au chambranle.

Maman est ailleurs, je dois affronter mon frère seule ; ma gorge est trop serrée : je ne parviens pas à articuler un mot.

— Tu ne veux pas savoir ce qu'il y a eu ? me demande-t-il.

— Euh… si.

— Un petit incendie dans la salle de contrôle. Les arroseurs se sont mis en marche et M. Fuller est arrivé très vite. Tout a été mouillé – certains appareils ont fait un court-circuit : il ne faut pas jeter de l'eau sur un incendie électrique. M. Fuller a été obligé de réinitialiser le générateur principal. Il dit que la plupart des systèmes n'ont pas souffert, mais l'autre type et lui doivent quand même tout vérifier.

Papa franchit la porte, son masque respirateur autour du cou, et lance à Maman un regard noir.

— Qu'est-ce que tu as fait ?

Elle relève lentement les yeux.

— C'était une erreur, Cam.

— Qu'est-ce que tu fichais là-haut, pour l'amour du ciel ?

— Je... je...

Et soudain, je comprends. Elle a dû vouloir me protéger du jeu. Elle ignore autant que moi de quelle manière cela fonctionne, mais tout le monde sait que le signal d'Internet vient forcément de quelque part. Elle essayait peut-être de le débrancher, voilà tout.

À présent, c'est Brett qui s'avance dans la chambre.

— Oui, Maman, qu'est-ce que tu fichais là-haut ?

Comment ose-t-il lui parler ainsi ? Et la manière dont elle le regarde – elle a peur ! – attise encore ma colère contre lui.

— Sors d'ici, Brett ! (Je hurle malgré mon cœur qui menace d'exploser : si Maman explique son geste, elle devra avouer que j'étais en compagnie de Jae.) Tu n'as pas à lui parler comme ça. Ça ne te regarde pas !

Je passe les bras autour des épaules de Maman.

Dieu merci, mon explosion les surprend assez pour que Brett recule.

— Je dois descendre informer la famille Dannhauser, dit Papa en nous regardant tour à tour. Gina, fais ton travail et prépare-nous le petit déjeuner. Quand tu auras terminé, retourne dans ta chambre.

— Mais...

— Fais ton travail et retourne dans ta chambre ! répète-t-il. Brett, tu restes dans ton coin, tu m'entends ?

— Et comment, P'pa, répond mon frère, franc comme l'or.

Il attend que Papa ait quitté l'appartement pour déclarer avec un sourire suffisant :

— J'ai faim, sœurette. Il est où, ce petit déjeuner ?

Tout cela lui fait beaucoup trop plaisir.

J'ai convaincu Maman de prendre une douche et mis ses vêtements dans la machine avec beaucoup de lessive. À présent, elle est dans sa chambre, en train de lire sa Bible d'étude devant sa coiffeuse. Papa et Brett, au salon, regardent les actualités à la télé – il semble qu'on travaille déjà sur un remède au virus. Tous ont l'air de m'avoir oubliée.

Comme je passe près d'elle, cependant, Maman m'appelle.

— Gina chérie ?

Je recule et reste debout près de la porte.

— Oui, Maman.

— Viens t'asseoir à côté de moi. Ferme la porte.

J'obéis et me perche sur le lit derrière elle. Elle se tourne vers moi.

— Tu es une grande fille, maintenant, Gina. Parfois, j'oublie à quel point, c'est mon problème.

Je hoche la tête en me demandant si j'ai vraiment envie d'avoir cette conversation, mais ce n'est pas comme si j'avais le choix, hein ?

— Je réalise que tu grandis. Que tu as beaucoup changé depuis qu'on s'est installés à la ferme. Tu n'as pas vraiment eu la chance de fréquenter des jeunes de ton âge, la possibilité d'avoir des rapports sociaux.

Je me retiens juste à temps de rire – ce n'est pas envers Maman que je suis amère. Par ailleurs, l'amertume, ce n'est pas sain.

— Il est naturel que tu aies envie de fréquenter des gens de ton âge, continue-t-elle. Mais je veux t'expliquer pourquoi ce n'est pas une bonne idée ici. Nous ne sommes pas dans un environnement naturel, et on y trouve toutes sortes de tentations. Ici, nous devons nous soutenir les uns les autres. (Elle marque une pause.) Tu m'écoutes, ma chérie ?

— Oui, Maman.

— Je sais que tu as déjà entendu ça mille fois. (Elle baisse la voix.) Ton papa vous a sans conteste rendus bien conscients de l'aspect survivaliste de nos existences depuis… eh bien… Et je suis avec lui. Il faut que je sois avec lui sur le sujet.

— Nous y sommes tous ensemble, Maman, dis-je en récitant.

Comme je fais mine de m'en aller, elle se retourne tout à fait sur son tabouret.

— Mais il y a encore une chose, et celle-ci, Papa ne peut pas la comprendre. C'est à propos des femmes, la raison pour laquelle nous devons suivre les enseignements du Seigneur, conserver notre pureté. (Elle rougit, et je me sens moi aussi mal à l'aise. Je n'ai pas envie d'entendre cela de sa bouche. Je ne veux pas être la cause de sa honte.) Tu ne peux pas les laisser… Il y a trop d'hommes qui voudraient… Il faut que tu…

Dieu merci, la sonnette de la porte d'entrée retentit alors, et j'ai une excuse pour bondir du lit tel un ressort. Tandis que Papa va ouvrir, je me glisse discrètement dans la chambre que je partage avec Brett.

— Quoi encore ?

— Vous permettez qu'on entre, Cam ?

Ce sont M. Fuller et Will Boucher. Je les vois dans le couloir, depuis le pas de ma porte.

— Je peux très bien parler ici, Greg.

— On aimerait autant entrer, si ça ne vous fait rien.

— Très bien.

La porte d'entrée se referme. Les hommes se rassemblent autour du comptoir de la cuisine. Aucun d'eux ne s'assoit. Brett reste sur le canapé.

— Qu'est-ce qu'il y a ?

— Il semble que l'incendie du poste de commande ait pu être allumé délibérément, dit M. Fuller.

Sa voix ne paraît pas aussi calme que d'habitude.

— Vraiment ?

— Nous convoquons une assemblée générale à neuf heures du matin, et nous en discuterons alors en détail. Mais, auparavant, je voudrais vous donner la possibilité de me dire si vous avez une idée de qui pourrait être responsable. Si vous connaissez la moindre raison pour que quelqu'un...

— Où voulez-vous en venir au juste, Greg ?

— Je ne veux accuser personne, mais on m'a parlé d'une altercation hier soir. Apparemment, Mme Guthrie s'est mise très en colère quand elle a vu votre fille jouer à un jeu vidéo.

Oh non ! Papa ne doit pas l'apprendre. Il ne doit pas apprendre ça. Un instant, j'ai l'impression que je vais vomir, puis il reprend la parole.

— Qui vous a dit ça ?

— La fille qui travaille pour Tyson Gill et le...

— Vous savez que nous ne pouvons pas vous le dire, Cam, coupe Will.

— Il y a aussi le Chinetoque, hein ? lance mon frère qui s'est levé pour s'avancer vers eux à grands pas.

— Allons, Brett, l'avertit Papa.

— Vous allez croire ce que raconte ce Chinetoque ? C'est à cause d'eux qu'on se retrouve ici, non ? Si qui que ce soit...

— Ça suffit ! Va dans ta chambre.

— Mais...

— Dans ta chambre, j'ai dit. (Papa se tourne si vite pour lui indiquer la direction qu'il me surprend en train de les épier.) Mais qu'est-ce que vous avez, les gamins ?

Brett a les joues brûlantes quand il s'engouffre dans notre chambre. Il s'allonge sur son lit, tourné vers le mur.

— Vous voulez bien qu'on demande à Mme Guthrie et à Gina si elles ont vu quelque chose ? demande Greg.

— Bonnie dort, mais vous pouvez interroger Gina si vous y tenez. On n'a rien à cacher.

Je reste où je suis – me cacher à présent paraîtrait encore plus malhonnête. Et Papa me regarde dans les yeux : il me fait confiance.

M. Fuller vient jusqu'à la porte de ma chambre.

— Est-ce que tu nous as entendus, Gina ?

— Oui, monsieur.

— As-tu vu ou entendu quoi que ce soit qui pourrait nous aider ?

— Non, monsieur, réponds-je sans même réfléchir.

Il garde un long moment ses yeux plissés par l'inquiétude rivés dans les miens.

— D'accord, Gina. C'est bon.

9

JAMES

James penche la tête en arrière, ouvre la bouche et laisse l'eau tiède courir sur sa langue. En général, lorsqu'il est tendu, prendre une douche ou un bain le calme, mais ce matin, cela ne suffit pas à l'apaiser. Épuisé, nerveux, il ne cesse d'imaginer que cette fichue alarme résonne encore à ses oreilles. Quand Greg a assuré que l'incendie était maîtrisé, Vicki et lui ont passé deux heures à regarder CNN en buvant du déca : « L'OMS donne le feu vert aux essais du vaccin contre l'AOBA », annonce le texte qui défile. Sans doute devrait-il se sentir supérieur – ils sont à bonne distance des zones à risque –, mais l'idée de ce soi-disant refuge en proie aux flammes ne lui était encore jamais venue. Il frissonne quand le frappe une image de lui-même dans l'escalier du Sanctuaire, à quatre pattes, aveuglé par la fumée, vomissant des filets de bile et sentant sa peau griller alors que jaillissent autour de lui des flammes gourmandes.

Seigneur ! Il s'essuie puis enfile un short et un tee-shirt Ralph Lauren. Il ne se préoccupe pas de se raser, de se brosser les dents ni de s'hydrater, quoique la climatisation doive faire le plus grand mal à sa peau.

— James ! Dépêche-toi, l'appelle Vicki.

— J'arrive.

Il jette un coup d'œil au sac de voyage dans lequel il a caché ses cigarettes mentholées. Pourquoi pas, merde ? Il aura peut-être la possibilité d'en fumer une tranquillement après la réunion de copropriétaires, et Dieu sait qu'il en a besoin. Ayant glissé un paquet et son briquet dans sa poche, il se noue un sweat-shirt autour de la taille pour cacher la bosse.

L'habituelle odeur infecte l'accueille lorsqu'il entre dans la cuisine. Génial. La chienne est occupée à « faire ses affaires » (encore un des euphémismes écœurants de Vicki) sur un de ses tampons-litières jetables. Même sa merde a l'air d'avoir été produite par manipulation génétique.

Vicki lève les yeux de son portable et le jauge avec une légère contrariété. Elle estime sans doute qu'il aurait pu faire un effort. Elle est maquillée et porte un ensemble de sport et des chaussures de marque. Comment peut-elle paraître aussi fraîche et pomponnée ? A-t-elle pris des tranquillisants ? Il ne le croit pas : elle a le regard clair.

— Il n'y a toujours pas d'Internet, dit-elle en tambourinant des ongles sur le comptoir. Ce n'est pas acceptable. Greg a intérêt à avoir une bonne explication.

James lorgne la machine à café mais décide que boire une autre tasse ne serait pas une bonne idée.

— Il n'a pas dit que c'était un feu d'origine électrique ?

— Je suis certaine d'avoir senti une odeur de pétrole au poste de commande.

— De pétrole ?

— D'essence. Ou de paraffine, quelque chose comme ça. Pas toi ?

— Non.

Il n'a senti que la fumée et les vapeurs toxiques du plastique fondu.

Vicki soupire comme s'il la décevait. Ce ne serait pas la première fois.

— On ferait mieux d'y aller, dit-elle en prenant Claudette dans ses bras.

— Tu emmènes la chienne ?

— Évidemment. Jusqu'à ce qu'on soit sûrs qu'il n'y a aucun danger, je ne la laisse pas hors de ma vue.

Le jeune Guthrie se tient au garde-à-vous devant la porte des Dannhauser, un couteau à la ceinture. James n'a toujours pas confié son Glock à Greg, et il compte bien s'en dispenser. Il ne se décrirait pas comme un fana des armes à feu, mais la présence du pistolet le rassure. En outre, contourner les règles lui fait toujours plaisir.

— Bonjour monsieur, bonjour madame, aboie le gamin.

On s'attendrait presque à le voir saluer. Comme son père, il a l'air de s'habiller à SurviMarché. James n'a pas encore rencontré la mère – et il n'est pas sûr d'en avoir envie. Dieu seul sait ce qu'est la vie à côté d'une telle dose de testostérone. La fille, quand il l'a vue, paraissait tout à fait soumise.

— Comment vont les Dannhauser ? demande Vicki.

Elle n'a l'air que vaguement intéressée bien qu'elle ait fait partie des instigateurs de leur emprisonnement. James éprouve une pointe de honte : il n'a pas accordé une seule pensée aux Dannhauser quand l'alarme a retenti.

Le garçon hausse les épaules.

— Sais pas. La femme docteur est venue les voir, mais elle n'a rien dit.

James cherche le regard de son épouse – il attend sa remarque cinglante à propos de la « femme docteur ». Mais sans qu'il comprenne pourquoi, elle choisit d'ignorer le commentaire.

— Tu ne viens pas à la réunion ? interroge-t-elle.

— Non, madame. Mes ordres sont de rester ici.

Ses ordres. Bon Dieu. Il porte sur lui son avenir de troufion. James n'a aucun mal à l'imaginer en train de charger au cœur d'une zone de guerre ou de se vanter sur un ton badin du nombre d'Arabes qu'il aura torturés.

Lorsqu'ils arrivent à la salle de détente, ils découvrent un petit groupe rassemblé autour de la télé. James est soulagé de constater que Tyson est absent. En revanche, sa fille et la rouquine – Cait, c'est ça – sont perchées sur le canapé, près du gamin asiatique et de ses parents. Une nouvelle fois, il se demande si le père de Sarita saute sa jeune fille au pair. Et qui pourrait le lui reprocher ? C'est de loin la personne la plus séduisante au sein du Sanctuaire – une fille que, dans son vieux club universitaire, on aurait qualifiée d'« éminemment baisable ». Après l'arrivée des Dannhauser, Vicki a voulu se renseigner sur l'épouse de Tyson, mais Greg est trop discret pour dire quoi que ce soit. James sait que sa femme ne résistera pas à l'envie de déterrer les détails sordides dès que la situation se sera stabilisée. Curieusement, Guthrie Senior et les femmes de son clan de ploucs sont eux aussi absents. Cam a pourtant l'air d'être du genre à rester au cœur de l'action. Peut-être a-t-il rejoint son fils pour un tour de garde.

La fillette murmure quelque chose à l'oreille de Cait, qui croise le regard de James.

— Sarita veut savoir si elle peut caresser le chien.

— Il ne vaut mieux pas.

Claudette a déjà mordu des inconnus : la dernière chose dont ils ont besoin, avec tout ce qui se passe, c'est d'une action en justice. Comme il sourit à Cait pour atténuer l'effet de ses paroles, Vicki lui jette un regard perçant – un regard qu'il connaît bien. Merde. Exactement ce qui lui manquait en ce moment.

— Bonjour tout le monde ! lance Greg en sortant du poste de commande dont il referme la porte derrière lui.

Un duvet gris couvre ses joues, mais il s'efforce de transmettre sa bonne humeur coutumière.

— J'espère que vous avez tous réussi à dormir un peu après l'incident.

— Bien sûr que non, réplique sèchement Vicki. Savez-vous ce qui a provoqué l'incendie ?

Les yeux de Greg explorent la salle.

— Soyez certaine que nous saurons tout très bientôt.

Stella Park (que Vicki surnomme méchamment « la Grosse Minable » depuis leur première réunion) lève les yeux.

— Sommes-nous en sécurité ici ?

— Je vous assure que nous sommes en parfaite sécurité, Stella. (Greg désigne l'écran, sur lequel du personnel militaire en combinaison isolante grouille autour d'un parking d'hôpital.) Plus que tous ceux qui sont dehors, c'est certain.

— Comment savoir si ça ne va pas recommencer ?

— Je vous donne ma parole que vous n'avez aucune crainte à avoir. Le Sanctuaire est conçu à cent pour cent pour assurer votre sécurité. À la seconde même où la fumée a été détectée, les extincteurs automatiques se sont mis en route et la situation a été maîtrisée avec un minimum de dégâts.

James a l'habitude de détecter les mensonges : à voir la manière dont Greg ne cesse d'approcher ses mains de sa bouche, il est clair qu'il leur cache quelque chose.

Vicki secoue la tête.

— Et Internet ? J'ai plusieurs courriers urgents à envoyer. Vraiment, ce n'est pas…

— Quand laisserez-vous les Dannhauser sortir de leur appartement ? interrompt Stella.

Greg hoche la tête.

— Je sais que vous êtes…

— Vous ne pouvez pas les garder enfermés. Ce que vous faites, c'est… c'est barbare !

Elle s'énerve pour de bon. Ses bajoues tressautent. Son mari tente de lui prendre la main, mais elle la retire d'un geste sec.

— Vous préférez risquer qu'on soit tous contaminés ? demande Vicki en la foudroyant du regard.

Stella ne se laisse pas intimider.

— Je préférerais qu'on se conduise en êtres humains. Qu'on montre un peu de compassion.

Son interlocutrice renifle, méprisante.

— J'aimerais bien la voir, votre compassion, si ces gens sont vraiment infectés et que votre fils tombe malade.

— Ils ne sont pas infectés. Ils n'ont absolument aucun symptôme.

— Vous êtes experte en virus, c'est bien ça ? Quel genre de docteur êtes-vous, d'ailleurs ?

— Je suis orthodontiste, répond Stella en rougissant. Spécialiste. Je…

Vicki éclate de rire, rejetant la tête en arrière. Le mari de la dentiste baisse les yeux sur ses genoux, mais son fils s'est figé et lance un regard furieux à Vicki.

Greg lève les mains en signe d'apaisement.

— Calmez-vous, tout le monde. Nous sommes tous fatigués et inquiets. Soyez sûre que nous faisons tout notre possible pour assurer le confort des Dannhauser, Stella. En ce qui concerne le reste, si nous ne réussissons pas à réparer aujourd'hui le modem et le routeur, Will et moi irons en acheter des neufs en ville dès demain.

— Vous allez sortir ? demande Vicki. Vous êtes dingues ?

— On prendra des précautions. On a des combinaisons stériles et on s'assurera que vous soyez tous en sécurité ici si on est obligés d'en arriver là.

James se mord la lèvre en imaginant Greg et Will arpenter d'un pas maladroit les allées d'un supermarché avec leurs combinaisons blanches et leurs encombrants respirateurs.

— Comme si les magasins allaient ouvrir, marmonne Jae Park, qui a cessé de fusiller Vicki du regard et dont le genou gauche s'agite de haut en bas.

Greg l'ignore.

— Ce que j'essaie de vous dire, c'est que Will et moi maîtrisons la situation. Et jusqu'à ce qu'on soit à nouveau connectés, vous avez de quoi vous occuper. Il y a le gymnase et la piscine, bien sûr, et je vais avoir besoin de volontaires pour récolter les légumes et ramasser les œufs.

— Où est Will ? s'enquiert Vicki. Est-ce qu'il ne devrait pas être ici ?

— Il s'occupe d'affaires privées dans son appartement. Je vous remercie pour votre patience pendant que nous gérons cette situation.

Elle lève les yeux au ciel.

— Super. Alors c'est tout ?

— Pour l'instant, oui. Si vous avez d'autres questions, je serai ici.

Quand Greg se retourne vers le poste de commande, James surprend l'épuisement qui se cache sous son vernis de jovialité. La famille Park se met sur ses pieds. Stella devance son mari d'un pas lourd, ignorant James et Vicki. Leur fils marmonne un « à plus » à Cait et les suit sans enthousiasme.

James estime qu'il va devenir fou s'il voit encore des images consacrées au virus. Peut-être un peu de gymnastique l'aidera-t-il à se calmer – à tout le moins, cela lui donnera une excuse pour s'éclipser et trouver un coin tranquille où fumer une cigarette en cachette.

— Salut, chien-chien, lance Sarita en agitant la main tandis que Cait et elle se dirigent vers la cage d'escalier.

— Remets tes yeux dans leurs orbites, James, lâche Vicki assez fort pour que la rouquine l'entende. Je ne sais pas si tu pourrais être moins discret.

Les entrailles de son mari se serrent. *Merde.*

— Je ne vois pas ce que tu veux dire.

— Et moi, je vois bien la manière dont tu la regardes.

— Ah mais non, pas du tout. (*Essaie de garder un ton léger.* Il tente de se parer d'un sourire juvénile.) Tu sais bien que je n'aime que les blondes.

Il espère sans trop y croire que cela marchera. Que cela ne donnera pas lieu à une de ces habituelles scènes atroces. Vicki est imprévisible. Elle plaisantait en disant qu'il lorgnait Will pendant que ce dernier les aidait à changer leur roue, mais il voit à son expression et à son attitude que cette fois, elle se prépare pour une crise d'envergure. Oh, nom de Dieu. Elle ne peut pas lui faire ça maintenant. Il faut qu'ils se soutiennent l'un l'autre. Comme elle se dirige vers l'escalier, il se hâte de la suivre.

— Allons, chérie, tu es…

Elle fait volte-face.

— Quoi ? Irrationnelle, c'est ça ? (Elle se tapote la tête.) Tu crois que je ne sais pas ce qui te passe par la tête, James ? Je lis en toi comme dans un livre, bordel ! (Sa voix se fait de plus en plus stridente ; il prie pour que personne ne l'entende bien qu'elle résonne sans doute à tous les étages du complexe.) Tu sais quoi ? Tu n'as qu'à emmener Claudette faire sa promenade : si ça se trouve, tu tomberas à nouveau sur ta *copine*.

Elle pousse la chienne entre ses bras et James manque de la lâcher tant elle se tortille. Si Vicki le laisse ainsi, il sait sans l'ombre d'un doute qu'une bouderie se prépare.

— Chérie !

Elle commence à descendre les marches quatre à quatre avant qu'il ne puisse l'arrêter. Ne pas la suivre ne fera qu'aggraver son sort, il en est conscient, mais il en a plus que marre de ces conneries. Il ne sait combien de fois elle a quitté un restaurant en proie à une crise de fureur après l'avoir accusé de lorgner les serveuses, et sa froideur à la suite d'un pareil incident peut durer des jours. Dieu merci, toutes les femmes de la Société survivaliste de Boston étaient cacochymes ou moches comme des poux, sans quoi ce moment de répit aurait aussi été gâché.

Non. Il ne va pas la suivre comme un dégonflé. Elle n'a qu'à mariner un peu. Le moment est parfait pour fumer une cigarette, et il pense savoir où aller.

Il pose Claudette sur les marches sans douceur – pas question de porter cette saleté –, et la chienne lève vers lui des yeux accusateurs.

— Tu as des pattes, sers-t'en ! lui dit-il d'un ton sec.

Leur progression est lente : Claudette a bien des pattes, mais elles sont trop courtes pour lui permettre d'égaler le pas de James ; il est forcé de s'arrêter toutes les cinq ou six marches et de l'attendre. Dépassant leur étage, il entraîne la chienne jusqu'au niveau six, où se trouvent les appartements inachevés.

Elle lâche un de ses aboiements sifflants quand il pousse la porte de l'escalier, révélant un couloir désolé, juste éclairé par les ampoules de secours. Les entrées des appartements, dépourvues de portes, ne présentent que des encadrements vides, drapés de bâches translucides.

Il choisit celui de droite : l'infirmerie. Claudette gémit et renifle le sol, se conduisant pour une fois en véritable chien. La lumière jaune du couloir n'illumine l'intérieur du logement que sur deux ou trois mètres. Ailleurs, il fait noir comme dans un four, mais il n'est pas question que James s'avance aussi loin : la simple idée d'être entouré de ténèbres absolues lui fait dresser les poils sur les bras. Une vague odeur désagréable flotte dans l'air en plus de celle de la peinture fraîche qui lui donne des maux de tête depuis leur arrivée au Sanctuaire. Allumant son Zippo, il le promène autour de lui. L'unité n'est guère qu'une coquille vide. Des fils électriques et des tuyaux de climatisation pendent près du plafond, des boîtes de peinture et des bouteilles d'eau vides jonchent le sol. Sur un côté, on reconnaît une civière enveloppée de film plastique, une potence à perfusions et l'armature d'une série de placards. Il frissonne. Au moins, ici, il n'y aura pas de détecteurs de fumée ; il allume sa cigarette et inhale. Sa tête se met à tourner quand la nicotine s'engouffre dans son système sanguin. Claudette gémit à nouveau et tire sur sa laisse, mais James décide de ne pas la libérer. Si elle se macule les poils de peinture, Vicki en fera une maladie.

Un tintement le fait sursauter. Qu'est-ce que c'est que ça, merde ? Il est presque sûr que cela vient des profondeurs obscures de l'appartement.

— Y a quelqu'un ?

Silence. Il s'avance d'un pas et promène à nouveau le briquet allumé autour de lui. Rien. Voyant Claudette renifler quelque chose sur le sol, il se penche et découvre des crottes de rat. Voilà qui explique le bruit et le comportement de la chienne. Il devra en toucher deux mots à Greg : il s'agit d'un authentique danger sanitaire. À quoi bon occuper un luxueux appartement de survie s'il est sujet aux incendies et envahi par les rats ? James se demande si Vicki et lui ne devraient pas exiger d'être remboursés et tenter leur chance en ville. Après avoir tiré une dernière bouffée, il écrase la cigarette et jette le mégot au fond de l'appartement. Ah, merde, il aurait dû apporter des pastilles à la menthe. Pourquoi n'a-t-il pas pensé à ça ?

— Allons-y, Claudette.

La chienne, toujours au garde-à-vous, refuse de bouger quand il tire sur sa laisse. Il est contraint de forcer et lui arrache un jappement douloureux qui tranche l'air immobile. C'est terrible, tiens. Pourquoi serait-il le seul à souffrir ? Cependant, sur le chemin de l'escalier, il craque, ce qui ne le surprend pas : il la prend dans ses bras pour remonter les marches avant d'affronter les conséquences de ses actes.

10

CAIT

Les paupières de Sarita papillotent et son souffle devient régulier. Je retire doucement l'album photo de sous son bras, le dépose sur la table de chevet. Je reste allongée près d'elle un moment, ma musique dans les oreilles, regardant disparaître les oiseaux électroniques et s'obscurcir le ciel sur les fausses fenêtres, jusqu'à avoir la certitude qu'elle est plongée dans un profond sommeil.

J'ai essayé de la tenir occupée – pas seulement pour elle. Déstabilisée par le changement d'habitudes et contrariée d'avoir été réveillée par l'alarme incendie, elle a été grognon toute la journée. J'avais besoin de distractions autant qu'elle, aussi ai-je transformé sa chambre en salle de jeux. Des paquets de céréales, des briques de lait, des bols et des cruches ont figuré les blocs de construction de maisons pour Simba, Strawb et elle. Nous avons bâti un fort à l'aide de couvertures, de couvre-lits et de tabourets. Dans l'après-midi, je l'ai emmenée à la piscine puis je l'ai laissée regarder la télé dans la chambre principale. Quoique je sente peser tout autour de nous un grand volume de terre froide et sombre, je m'efforce de ne pas oublier que cet espace est assez grand pour Sarita et que c'est tout ce qui compte.

De toute façon, l'environnement lui paraît sans doute très familier. Le luxe manufacturé et l'absence de personnalité du Sanctuaire le rendent très similaire au domicile de Tyson. C'est d'ailleurs assez bizarre : dans certaines photos de Rani que possède Sarita, prises chez elle, on voit des tentures gaies aux murs, des jetés de canapé colorés, des ornements artistiques sur les placards. Or, durant tout mon séjour, la maison m'a paru dénudée, vide. Rien sur les murs, tout juste un jouet ou un livre d'enfant par-ci par-là, perdus dans une vaste grisaille. Comme si Tyson avait effacé toute trace de son épouse aussitôt après sa mort.

Mais qu'en sais-je ? Je ne connais de Rani que ce qui figure dans le petit album que Sarita emporte partout. Une poignée de photos de sa mère, belle et heureuse, quelques-unes du mariage, d'autres de vacances à la neige. Il n'y en a aucune de Tyson : était-il toujours derrière l'appareil ?

Je ferme la porte de Sarita et gagne le salon sur la pointe des pieds. Tyson est encore vautré sur le canapé, la robe de chambre fournie avec l'appartement enfilée par-dessus son pantalon de costume et sa chemise. Il regarde une chaîne d'actualités, son ordinateur portable ouvert sur les genoux. Depuis notre retour de la réunion, il n'a bougé que pour aller se servir du café, au lieu de saisir l'occasion pour passer un peu de temps avec sa fille. Connard.

Je fais griller des tranches de pain congelé et m'ouvre une boîte de haricots blancs sans lui proposer quoi que ce soit, avant de demander :

— Quand réussiront-ils à faire fonctionner Internet, à votre avis ? Je m'inquiète pour ma mère.

— Pourquoi ? Qu'est-ce qui ne va pas ?

Je foudroie sa nuque du regard.

— Elle va chercher à me contacter, Tyson. Elle va regarder les infos et se demander si je vais bien.

— Ah, oui. Je ne sais pas. Greg dit qu'il y travaille.

Voilà qui donne vraiment confiance. Greg me fait plus l'effet d'un artisan à la main lourde que d'un technicien.

— Je suis sérieuse, Tyson. J'ai besoin de sortir d'ici. Vous n'êtes pas inquiet ? Après ce qui s'est passé la nuit dernière ?

Il hausse les épaules.

Oh, nom de Dieu.

— Et si l'incendie avait été allumé délibérément ? Si quelqu'un cherchait à nous couper du monde ?

— On dirait que la menace commence à diminuer, de toute façon, dit-il en désignant la télé. Le vaccin H1N1 modifié a l'air de fonctionner en Asie. Il y a de moins en moins de cas. D'ici un ou deux jours, vous serez peut-être rentrée chez vous, et moi de retour au bureau.

— Et qu'est-ce qui arrivera à Sarita ?

— Hein ?

— Quand vous aurez repris le travail et que je serai retournée en Afrique du Sud. (Comme il se tourne enfin vers moi, son regard opaque me met en colère. Je jette bruyamment ma cuillère dans mon bol.) Vous vous comportez comme si elle n'existait même pas.

— Quoi ?

— Nom de Dieu, Tyson. Vous avez une fille en deuil. Elle a besoin que vous l'aimiez, que vous soyez avec elle. Je peux jouer à être sa mère un moment, mais ça revient à faire l'autruche. Je ne serai pas toujours là.

Je sais que je suis allée trop loin ; je l'ai parfois entendu engueuler son assistant au téléphone et je me prépare à me faire incendier. Mais tout ce qu'il répond, c'est :

— Oui, je sais, je suis désolé. (Il se lève et s'approche du comptoir de la cuisine.) Je n'ai jamais été obligé d'être un parent très actif. C'était toujours Rani qui s'occupait de Sarita. Je crois que je ne voulais pas m'imposer.

Prise de court, je sens une vague de honte me traverser. C'est la première fois que je l'entends mentionner son épouse ainsi, et cela me rappelle qu'il est lui aussi en deuil.

— Bon, eh bien, que la situation dehors ne soit pas si catastrophique est une excellente nouvelle. Pourquoi ne pas considérer le temps qui nous reste avant de ressortir comme des vacances, l'occasion d'être avec elle ? Elle aimerait vraiment apprendre à vous connaître.

— Oui, bien sûr, d'accord.

Mais il ne paraît pas très convaincu.

— Lui faire visiter le complexe aiderait peut-être. Lui montrer les poules, fréquenter un peu d'autres familles. Ça détendrait l'atmosphère, vous seriez moins sur les nerfs. Vous pourriez participer à des jeux dans la salle de détente. Il y a des gens sympas ici.

Alors, ça, c'est n'importe quoi. En dehors de Jae, je n'ai vu personne avec qui j'envisagerais de passer un peu de temps dans la vie réelle. Nous avons tenté, Jae et moi, de prendre à la rigolade la scène d'hier soir, avec la mère de Gina Guthrie, mais cela m'a plus secouée que je ne veux l'avouer. Et si cette femme était responsable de l'incendie ? Sommes-nous en sécurité avec une déséquilibrée pareille ?

Tyson renifle.

— C'est bourré de dingues, ici.

Sa franchise me fait rire.

— Ça, je suis au courant. Vous en aviez déjà rencontré certains, non ? Vous aviez l'air de connaître Cam Guthrie et ce couple de riches – la cougar et son mec.

— James et Vicki Maddox. Oui. On s'est croisés.

— Quand ça ? Dans le cadre de votre travail ?

Je suis curieuse, mais tant pis. Il a baissé sa garde et c'est peut-être ma seule chance d'obtenir des réponses. Je repousse mon assiette. La nausée s'est logée en moi, à présent.

— Mon Dieu, non. Greg Fuller a invité tous les acheteurs potentiels à un week-end portes ouvertes en avril.

Il pèse ses mots, parle en me guettant du coin de l'œil.

— Ici ? Vous avez dormi ici ?

— Non, le complexe n'était pas terminé, mais on nous a fait visiter le site pour nous montrer l'avancement des travaux. (Il s'interrompt un instant.) On a tous été logés dans un chalet au bord du lac Auburn. Il faisait froid.

— Oh, alors vous les avez tous rencontrés ?

— Non. Il y avait James et Vicki, et puis Cameron Guthrie et le vieux Leo – de la famille malade – qui étaient venus seuls. D'autres aussi, qui ont dû décider de ne pas acheter.

— Est-ce que c'était pendant que Rani était…

J'insiste sans doute trop, je le sais, mais il continue de me parler comme il ne l'a jamais fait.

— Oui. Oui, bien sûr, répond-il en se frottant le front.

— Est-ce qu'elle vous accompagnait ? Au week-end portes ouvertes ?

— Non.

Il fixe un instant mon assiette de haricots refroidis, puis il se lève et regagne le canapé.

— Pardon, dis-je. Ça ne me regarde pas.

Cette fois, il ne répond pas.

Mais ça me regarde bel et bien. Tant que je m'occupe de leur fille, je veux en savoir plus sur les parents que je remplace – tous les deux. Quand j'ai postulé pour cet emploi, mes amis m'ont taquinée à propos du millionnaire américain veuf pour lequel j'allais travailler, imaginant une sorte de George Clooney au cœur brisé. Mais Tyson n'a pas de rapports amoureux, il ne semble éprouver aucun intérêt pour les femmes. Le travail et encore le travail, voilà tout : il ne m'a pas communiqué la moindre parcelle de tension sexuelle – voilà au moins une chose que j'apprécie chez lui.

Bien qu'il soit plus tard que je ne le croyais, plus de onze heures, je me sens encore énervée. J'envisage de remonter à la salle de détente, mais Internet étant en panne, il est probable que Jae n'y sera pas, et je n'ai aucune envie de croiser les autres.

Tyson répond à peine à mon « bonne nuit » quand je regagne ma chambre. Murakami réussira peut-être à me faire tout oublier et à cesser de m'inquiéter pour Maman.

Un *boum* retentit.

Mon livre tombe par terre quand je me redresse d'un coup. J'ai dû m'assoupir.

Je tourne la tête pour consulter la pendule du chevet. Trois heures vingt-quatre. L'heure du suicide. La partie la plus noire de la nuit. Mais il fait toujours noir ici en bas, tant qu'on n'allume pas la lumière.

Soudain, je réalise : ce bruit, c'était la porte d'entrée qui claquait.

Je bondis hors du lit et cours à la chambre de Sarita. Vide.

Merde. J'ai supposé que Tyson enclencherait le verrou de la porte, de la même façon qu'il active l'alarme tous les soirs à la maison avant d'aller au lit, mais nous n'en avons pas parlé. Je tente de me réconforter en me disant que Sarita ne peut aller nulle part. Ce n'est pas comme s'il y avait une forêt au-delà de la porte d'entrée.

Mais cela ne me rassure pas. Le Sanctuaire reste vaste. Assez pour qu'une fillette s'y perde et soit terrorisée. J'enfile un jean sous le sweat-shirt informe que j'ai mis pour dormir et je cours à la porte de l'appartement. Oui, le petit voyant vert est allumé : n'importe qui pourrait ouvrir. Quand je sors, le couloir s'illumine. Sarita n'y est pas ; je gagne d'un pas rapide la porte de l'escalier derrière laquelle le panneau « Niveau 3 » luit dans le noir. Dois-je aller en haut ou en bas ? Peut-être est-elle descendue à la piscine – Dieu merci, elle sait nager –, mais elle a tout aussi bien pu monter à la salle de détente.

J'évite de m'avancer sur le palier afin de ne pas solliciter les détecteurs de mouvement. Au bout d'une minute, mes yeux s'accoutument à l'obscurité et je remarque une lueur qui vient d'en haut. Voilà : elle est allée à la salle de détente. Je monte une volée de marches au pas de course, puis la suivante ; les lumières s'allument sur mon passage. Je dépasse le niveau deux, tourne encore et heurte Brett Guthrie de plein fouet.

Mon cœur bondit dans ma poitrine. J'ai conscience de la texture rugueuse du sol sous mes pieds, de l'odeur de brûlé qui flotte dans l'air.

— Euh… salut, dis-je.

Je fais mine de passer derrière lui mais il me bloque le passage. Bien qu'il mesure quelques centimètres de moins que moi, il est très large d'épaules : s'il ne bouge pas, je serai forcée de le bousculer.

— S'il vous plaît, sortez de mon…

Son visage rougeaud s'approche soudain bien trop près du mien. Je sens ses cheveux gras, son déodorant bon marché et son souffle pestilentiel, comme s'il ne se brossait jamais les dents, comme s'il les nettoyait depuis toujours avec un cure-dents. On jurerait qu'il a un cadavre au fond de la gorge.

Je grimace, sachant que je ne devrais montrer ni faiblesse ni aversion. Je ne devrais en aucun cas le mettre mal à l'aise, ni lui donner l'impression qu'il est méprisable ou puissant, lui faire sentir qu'il produit le moindre effet sur moi, mais j'échoue lamentablement. Je sais que ma peau me trahit – à la sueur froide qui envahit mon front, je comprends que j'ai blêmi. Et je sais que mes yeux se sont écarquillés.

— Le Chinetoque et toi, vous avez dit à M. Fuller que ma maman avait cassé les ordinateurs. (Il pose sa main sur mon épaule et me pousse contre le mur.) Tu es une pute et une menteuse.

Je sens la fierté et la rage qui protestent au fond de mon cerveau, mais elles ne se répandent pas dans mon corps, n'atteignent pas ma langue.

— Ce… ce n'est pas…

Il pose son autre main sur mon autre épaule et me plaque dans l'angle du mur.

— Ne mens pas, aboie-t-il.

Sa main gauche me serre soudain la gorge tandis que la droite se plaque sur mon entrejambe, m'empoignant comme s'il voulait me soulever, comme s'il avait déjà fait ce genre de chose.

Je comprends alors que nous avons dépassé un certain stade, les digues se rompent et ma rage commande à mon corps de bouger. Je plante mon genou dans les couilles de Brett et lui griffe le visage.

— Pas de ça, espèce de connard ! Si tu me touches encore, je te tue !

J'ai lancé cela comme si j'étais quelqu'un d'autre : on dirait une réplique de film.

Il recule comme si je l'avais mordu, porte les mains à son visage. L'adrénaline circule en moi à toute vitesse.

— Je te le jure, connard. N'essaie même pas.

— Brett ? Brett ? appelle d'en bas quelqu'un – Connard Senior. Tu as le...

Il s'arrête en me voyant, évalue la situation en un clin d'œil, me toise de la tête aux pieds puis se détourne.

— Viens, fiston.

Prenant son fils par le bras, il l'entraîne à l'étage inférieur.

Mes genoux se dérobent sous moi et je m'assois sur les marches en attendant d'arrêter de trembler. Plus bas, j'entends claquer la porte des Guthrie. La lumière s'éteint. Il ne faut pas que je reste là trop longtemps. Quand je me sens capable de me relever, je vais droit à la salle de détente et la trouve déserte. Sarita doit être à la piscine.

J'essaie de ne pas réfléchir et de respirer normalement, afin qu'elle ne devine pas qu'il s'est passé quelque chose.

De retour à notre étage, je passe la tête dans le couloir au cas où Sarita attendrait derrière la porte, mais ce n'est pas le cas. Je continue donc à descendre.

Niveau quatre, niveau cinq. Rien.

Niveau six. Une lueur blanche vacillante brille quelque part. M'avançant dans le couloir, j'agite les bras pour activer les détecteurs de mouvement, mais la lumière ne s'allume pas. Seuls les points jaune pisseux des ampoules de secours parsèment cet étage, où d'épaisses bâches en plastique couvrent les entrées d'appartements.

L'emplacement de la cabine d'ascenseur est condamné par des planches. Je les examine, détestant l'idée qu'elles pourraient receler un espace assez grand pour que Sarita s'y glisse et tombe, tentant de chasser l'image de son petit corps recroquevillé tout en bas. Soudain, je l'entends – un cri sinistre qui me gèle le sang dans les veines. Il retentit derrière moi, dans un des appartements inachevés.

— Sarita ! Sarita ?

Je me bats contre la bâche qui me tord les bras tandis que j'essaie de la franchir.

— Sarita !

Réussissant enfin à passer, j'entends à nouveau la fillette, quelque part dans l'obscurité.

— Caity.

Je pivote en direction de sa voix, mon cœur oubliant encore de battre, et j'aperçois sa silhouette à la faveur d'une lumière clignotante, vacillante, dans les profondeurs de l'appartement. Comme mes yeux s'habituent à la pénombre, je distingue des taches noires sur son pyjama.

Courant jusqu'à elle, je m'accroupis et la serre contre moi.

— Oh, mon Dieu, Sarita. J'étais tellement inquiète. Pourquoi as-tu…

Je m'interromps en sentant l'odeur de la substance qui imprègne ses vêtements.

— J'ai trouvé quelque chose là-dedans.

Elle désigne l'entrée béante d'une suite où la lueur clignotante fait danser des ombres.

— Montre-moi, dis-je.

Je manœuvre sans résultat les interrupteurs muraux. Dans la lumière irrégulière, je distingue un espace de la même taille que notre appartement et disposé de la même manière, mais que le sol de béton nu fait paraître plus vaste. Un capharnaüm d'appareils médicaux occupe tout un angle – une civière, deux potences à perfusions, un chariot en inox… Je distingue aussi des placards blancs sans portes – des caissons, comme on dit – et une rangée d'éviers sans robinetterie. Sarita me fait dépasser deux pièces, entrer dans la dernière – des brancards en acier, un placard roulant à porte en verre – et la traverser pour gagner la salle de bains attenante, d'où provient la lumière.

C'est d'ailleurs ce que je vois en premier : la torche halogène sur le sol, sa lentille traversée par une toile d'araignée de fêlures. Je la ramasse, la secoue. Le faisceau disparaît une seconde puis revient, désormais fixe.

À présent, je vois ce que révèle son éclat, et je pousse Sarita derrière moi. Mes facultés de réflexion viennent de se débrancher.

Greg Fuller est effondré sur le carrelage. Une flaque rouge s'étend depuis le bord de la baignoire, une mare de sang dans laquelle repose un morceau de tuyau en cuivre aux bords irréguliers. Quand je balaie le sol à l'aide du faisceau lumineux jusqu'à l'entrée de la salle de bains, je découvre des empreintes sanglantes qui la rejoignent, plus grandes que celles de Sarita, bien imprimées sur le béton.

11

WILL

Les Maddox arrivent les derniers dans la salle de détente. James, les yeux gonflés, en pyjama de soie ; Vicki en kimono léger, encore maquillée, la chienne se tortillant entre ses bras.

— Vous avez intérêt à avoir une bonne raison de nous réveiller à cette heure-ci, se plaint James.

— J'espère que vous allez nous dire que vous avez réparé Internet, ajoute sa femme. Vous n'avez aucune idée des problèmes que ça pose.

— J'aimerais que vous vous installiez tous, dit Will.

Il a terriblement envie de foutre le camp, de retourner auprès de Lana et de laisser à quelqu'un d'autre la charge de remettre de l'ordre dans ce bordel. En outre, il doit combattre un puissant sentiment d'irréalité, et le fait qu'il soit encore à moitié ivre ne l'aide pas du tout : il avait bien entamé sa bouteille de J&B quand il a entendu frapper à sa porte et trouvé dans le couloir une Cait frissonnante à laquelle s'accrochait Sarita. Ce n'est pas la première fois qu'il doit gérer une situation délicate, se rappelle-t-il – il y a trois ans, un de ses ouvriers a eu le bras arraché après la rupture des freins d'un chargeur frontal ; il a aussi perdu, au fil des années, plusieurs employés à cause de bagarres d'ivrognes ou d'overdoses de méthédrine. Mais là, c'est différent.

Il lui semble qu'il doit à Greg de prendre les choses en main. Le Sanctuaire était toute la vie de cet homme.

— Bon, crachez le morceau, Will, grommelle Cam.

Contrairement aux Maddox et aux Park, tous en vêtements de nuit, son fils et lui portent une tenue de combat complète, le couteau sur la hanche. Will se félicite que les armes à feu soient enfermées dans le coffre. Les Park sont recroquevillés sur un des canapés ; le fils regarde droit devant lui, évitant les regards noirs incessants de Brett Guthrie. Will a suggéré à Cait de rester dans l'appartement avec Tyson et Sarita pendant qu'il annonce la nouvelle aux autres – la fillette a eu assez d'émotions comme ça.

— Hé… où est Greg ? s'enquiert James.

Il n'y a pas deux manières de le dire.

— Greg est mort.

— *Quoi ?*

— Greg est mort.

Une seconde s'écoule dans un silence choqué. Tout le monde – y compris les Guthrie – paraît désarçonné. Will scrute les visages avec attention mais n'y lit rien d'autre que de la stupéfaction. Craignant de déclencher une panique, il a demandé à Cait de garder pour elle l'existence des empreintes. Les flics pourront s'occuper de ça plus tard. Pour le moment, il a besoin que tout le monde reste calme.

— Comment ? demande Stella Park, la première à retrouver sa voix.

— On l'a trouvé dans un des appartements inachevés.

— Comment ça « trouvé » ? interroge Vicki Maddox. Est-ce qu'il a eu un accident ?

— Je n'en suis pas sûr.

— Comment ça, vous n'en êtes pas sûr ? Comment pouvez-vous ne pas en être sûr ?

— Je ne suis pas médecin, madame. Tout ce que je peux vous dire, c'est qu'il faut appeler les flics.

Will s'est préparé à ce qu'au moins une ou deux personnes – sans doute les Guthrie – s'emportent contre cette idée, affirment qu'il serait trop risqué d'introduire des étrangers dans le Sanctuaire, mais nul ne proteste.

— Vous croyez qu'ils se déplaceront ? reprend Vicki. C'est l'enfer, dehors.

— Au minimum, ils nous diront quoi faire.

— Qu'est-ce que vous nous cachez, Will ? demande-t-elle, les yeux étrécis.

— Madame Maddox – Vicki – je dois être honnête. Je suis un peu paumé, là.

— Est-ce que vous pensez… Est-ce que vous suggérez… qu'il y a quelque chose de louche dans la mort de Greg ?

— Je n'ai aucune certitude.

Will est à peu près sûr que Greg a eu la nuque brisée et qu'il a perdu beaucoup de sang à cause de sa blessure à la tête. Sans le reste, il supposerait que le défunt a trébuché et qu'il est tombé, mais les empreintes changent tout. Ce sont à l'évidence celles d'un adulte – une femme ou bien un homme de petite taille, lui semble-t-il. Quelqu'un a-t-il pu tomber sur le corps et prendre peur ? Une nouvelle fois, il scrute les visages et ne détecte aucune étincelle de culpabilité. C'est Cam Guthrie qui paraît le plus choqué – ce qu'on n'aurait pas attendu d'un dur pareil.

— Est-ce qu'il y a un rapport ? Entre l'incendie et la mort de Greg ? demande encore Vicki.

Will sent Cam et Brett se raidir.

— Vicki, encore une fois, je n'ai aucune réponse à vous apporter.

Après avoir été informé par Cait de la découverte de Sarita, il a couru se rendre compte *de visu*. Il a envisagé de demander à Stella Park d'examiner le cadavre, mais il n'en a pas vu l'intérêt. Elle est dentiste, pas médecin légiste.

— Bon, qu'est-ce qu'on fait maintenant ? demande James Maddox.

— Comme vous le savez, nous n'avons pas d'accès Internet. Quelqu'un dispose-t-il d'un téléphone satellite ?

Seuls des regards vides lui répondent. Puis Jae prend la parole.

— Greg en avait un.

— Oui, mais pas sur lui. Il doit être dans son appartement.

— Eh bien, allez le chercher, réplique sèchement Vicki.

— C'est ce que j'ai essayé de faire. Pas moyen d'entrer : la serrure biométrique ne s'ouvre qu'avec l'empreinte du pouce de Greg. Je ne peux pas non plus entrer chez vous si vous ne m'ouvrez pas la porte.

— Il doit bien y avoir un moyen de demander de l'aide.

— Le feu a détruit le modem et la radio à ondes courtes de secours. J'imagine que c'est réparable, mais ça va prendre un moment. Pour trouver un signal de téléphone portable, il faut faire trente kilomètres. Quelqu'un a une radio dans son véhicule ? Les fréquences de la mienne sont limitées.

— Moi, j'en ai une, grogne Cam Guthrie.

— Bon alors, Cam, je suppose que le mieux, c'est…

— Je ne reste pas ici une seconde de plus, lâche Vicki. Va faire les bagages, James. Je tenterai ma chance dehors, merci bien.

— Où veux-tu qu'on aille ? se plaint son mari.

— N'importe où sauf ici, merde. C'est le chaos depuis le début. Et laisse-moi te dire une bonne chose : je vais faire un procès.

— À un mort ? Bonne chance, marmonne Jae, à qui sa mère lance un regard sévère.

— Ça vous regarde, reprend Will. Bon, écoutez : Cam et moi allons appeler des secours par radio. Il faut que quelqu'un aille voir les Dannhauser, leur expliquer ce qui se passe. (Will s'adresse à Stella.) Ils ont dépassé la période d'incubation, non ?

— Qu'est-ce qu'elle en sait ? souffle Vicki, méprisante. Elle est dentiste, bordel ! À part si les Dannhauser ont besoin d'un détartrage, elle ne sert à rien.

— Je vous l'ai dit : ils n'ont pas le virus, affirme Stella qui conserve un ton mesuré. Je vote pour qu'on les laisse sortir de leur appartement.

Et soudain, Will réalise. Nom de Dieu ! Comment va-t-il ouvrir la porte des Dannhauser ? La serrure est aussi réglée pour s'ouvrir avec l'empreinte du pouce de Greg. Bon, on va faire venir les flics, et on réglera ce problème après. L'épuisement s'abat sur lui. Pourquoi n'a-t-il pas écouté son instinct et n'est-il pas parti quand Internet est tombé en panne ? Greg l'a supplié, en échange d'un bonus supplémentaire, de l'aider à calmer les résidents, à les convaincre que l'incendie de la salle de contrôle n'avait rien d'inquiétant. Will s'est servi du téléphone satellite pour appeler chez lui et a pu échanger quelques mots avec Lana, mais elle paraissait assommée par la morphine. C'est auprès d'elle qu'il devrait être.

— Faites ce que vous voulez, dit Vicki. Moi, je m'en vais.

— Est-ce que tout le monde ne devrait pas rester ici au cas où ce serait un meurtre ? demande Jae qui lance des regards rapides en direction des Guthrie.

— Je voudrais bien voir quelqu'un essayer de m'arrêter !

— Je n'ai pas d'ordre à vous donner, dit Will. Je ne peux pas vous empêcher de partir – ou de rester – si vous en avez envie. Cam ? Et cette radio ?

Guthrie se passe la main sur le visage.

— Accompagne Will, Brett. Moi, je retourne attendre avec Gina et Maman.

L'adolescent hoche la tête. Il a les joues colorées, les yeux brillants.

La dernière chose dont Will a envie, c'est de rester seul avec lui, mais il semble qu'il n'ait pas le choix.

— Allons-y.

Suivi par Brett, il gagne le poste de commande. La climatisation n'a guère contribué à dissiper la puanteur de plastique fondu et de brûlé ; ses pieds émettent des bruits humides en foulant la moquette trempée par les extincteurs. Sans doute ont-ils eu de la chance dans leur malheur : la majorité des fils électriques sont enchâssés dans les murs renforcés de fer à béton et de Kevlar, le système de sécurité n'a donc pas été endommagé par le feu. Will retrouve sur son téléphone le code dont il a besoin, pose le pouce sur le panneau de contrôle de la porte blindée et tape les chiffres. Ses mains tremblent, à cause du choc à retardement ou de sa soûlerie de la nuit. Le panneau émet un bip puis affiche le mot : <erroné>

Nom de Dieu. Il essaie à nouveau : 4, 7, 9, 3, 1.

<erroné>

Greg a-t-il changé le code ? Il était censé le faire tous les jours et envoyer le nouveau au terminal des chambres, mais on peut supposer qu'il ne s'en est pas préoccupé depuis l'incendie. Will vérifie à nouveau les chiffres. Il n'en est pas sûr, mais il lui semble se rappeler que, selon Greg, le système se bloque après trois tentatives manquées. Doit-il essayer encore ? Puisqu'il a toujours les doigts qui tremblent, il est tout à fait possible qu'il ait commis une erreur les deux premières fois. Prenant une profonde inspiration, il recommence – lentement cette fois : 4, 7, 9, 3, 1.

Un bip haut perché retentit, et les voyants du panneau de contrôle s'éteignent : <blocage de sécurité engagé>

Merde. Trois essais : éliminé.

Brett, qui observait les composants électroniques fondus, se tourne vers lui.

— Qu'est-ce que ça veut dire ?

— Je ne sais pas trop, ment Will. Sûrement juste un bug.

Et maintenant ? Doit-il tenter de réinitialiser tout le système ? Sauf que… la commande manuelle est liée à l'ordinateur central, et le disque dur, d'après ce que Will a constaté, est carrément foutu.

— Montons. On va ouvrir la porte blindée manuellement.

Will se hâte dans l'escalier, l'adolescent sur les talons. La sueur coule sur ses flancs, une boule empoisonnée gonfle dans son ventre. Il a peu de chances de réussir. La porte blindée, à la pointe du progrès, dispose d'une sécurité code-trois et d'une serrure encastrée. Il a fallu une grue pour l'apporter sur place, plus de cinq hommes pour la positionner, et elle est scellée par deux mètres de béton renforcé au Kevlar. Will a supervisé le travail lui-même. Même si la serrure s'est par miracle désengagée, la force de cent hommes serait nécessaire pour pousser le battant. De toute façon, il faut d'abord pénétrer dans le sas, en haut de l'escalier. Il prie pour que la porte verte ne soit pas connectée au même système. En théorie, elle n'est pas aussi impénétrable que l'autre, mais avec son revêtement pare-balles et ses côtés à joints rainurés, elle pourrait tout aussi bien l'être. Même son encadrement est galvanisé. Sur le panneau de contrôle qui la jouxte, les mots <blocage de sécurité engagé> clignotent en rouge. Will sait que ses efforts seront vains, mais il tente de manœuvrer la poignée.

— Un coup de main, Brett.

Le garçon bondit à son côté et s'empare de la poignée.

— Un, deux, trois, pousse.

Le battant ne bouge pas.

— Encore.

Quelque chose se déplace dans son dos, mais Will continue de forcer.

Rien. Il baisse les bras, le cœur au bord des lèvres.

— Monsieur Boucher ? (L'arrogance de l'adolescent a disparu ; il a l'air d'un gamin de dix-sept ans effrayé.) On peut sortir, hein ?

Will ne répond pas : il sait que ce n'est pas nécessaire ; la réponse est inscrite sur son visage. Et la réponse est non. Ils sont prisonniers.

12

TRUDI

De l'autre côté de la porte, les hommes peinent et grondent, comme s'ils soulevaient quelque chose de lourd. Trudi entend l'adolescent lâcher un juron. Près d'elle, Leo reste immobile et silencieux ; un profond pli de concentration barre son front.

— Pourquoi est-ce que tu n'ouvres pas, Papa ? demande-t-elle.

Il secoue la tête et pose un doigt sur ses lèvres, comme s'il s'adressait à une fillette.

— Allons, insiste-t-elle sans prendre la peine de baisser la voix. Tu sais que ça ne fera que les mettre en colère quand ils s'en rendront compte.

Son père lui prend le bras, l'écarte de la porte et l'entraîne jusqu'au salon. Elle se dégage en lui jetant un regard noir.

— Ils ne doivent pas apprendre qu'on a ouvert le verrou, chuchote-t-il. Si Greg veut entrer, il peut. L'empreinte de son pouce le lui permet. Mais il n'est pas question que je laisse ces… ces deux-là investir notre appartement.

— Et s'ils étaient en train de monter une barricade pour nous garder enfermés ? dit-elle, parlant à présent aussi bas que lui. Ouvrir la porte ne nous servira pas à grand-chose, à ce moment-là.

— Ce n'est pas ce qu'il m'a semblé. Si tu veux bien me laisser écouter, Trudi, je devinerai ce qu'ils font.

Elle le suit jusqu'à la porte, non sans jeter un coup d'œil vers la chambre de sa mère.

Dehors, les coups se poursuivent un moment – discrets, rien à voir avec la manière dont on tambourinait hier pour entrer – puis s'interrompent. *Ouais, c'est ça*, entend-elle. *Ouais, on l'a. On l'a. Continue comme ça, fils.* C'est le père, Cam Guthrie, aucun doute là-dessus.

Trudi se penche plus près de la porte, sa tête touchant presque celle de Leo. Durant une minute, il n'y a plus aucun bruit, puis elle perçoit un chuchotement indistinct, suivi d'un *nom de Dieu* articulé, non pas crié, comme sous l'effet de la concentration. *Tiens-le bien, Brett.* Silence. Deux, trois, quatre secondes.

Bip.

Le voyant de la plaque sensible passe du rouge au vert, la serrure magnétique émet un cliquetis et la porte frémit dans son encadrement.

Trudi recule derrière son père lorsqu'il saisit la poignée et ouvre le battant. Greg Fuller se tient sur le seuil, mais quelque chose n'est pas normal : son teint gris, son visage et ses cheveux maculés de sang séché, ses yeux mi-clos, enfoncés dans les orbites. Il est…

La jeune femme ravale un hurlement.

— Qu'est-ce que vous avez… s'exclame Leo.

— C'est bon, Brett, pose-le maintenant, dit Cam Guthrie en s'avançant dans l'entrée.

Derrière lui, très rouge, en sueur, le garçon fait pivoter le corps – le *cadavre* – de Greg en une macabre pirouette et l'appuie contre le mur d'en face, laissant une traînée sale sur la peinture. Trudi se détourne et part en titubant vers le salon.

Elle attend que son père interroge les arrivants, mais il reste silencieux. La voix de Will s'élève derrière les Guthrie.

— Ne laissez pas la porte se refermer, Leo. On ne peut pas réinitialiser le verrou et on ne veut pas être obligés de refaire ça.

Soudain, Trudi comprend : Greg est mort, ils l'ont porté jusqu'ici pour déverrouiller la porte grâce à l'empreinte de son pouce. Ne sachant si elle doit rire ou pleurer, elle se tourne vers son père. De toute façon, ils ne peuvent laisser sa mère assister à cette farce.

— À moins que vous ne préfériez être en prison, lâche de sa voix traînante le garçon au visage rouge. C'est peut-être bien votre place.

— La ferme, Brett, lâche son père.

— Ça vous ennuierait d'attendre dehors, Cam ? s'enquiert le bras droit de Greg.

— Oui, ça m'ennuierait. On n'a pas encore décidé de ce qu'on allait faire de ces gens-là.

Will se tourne vers Cam, un petit chien contre un taureau.

— *Ces gens-là* sont propriétaires d'un appartement, comme vous tous.

— Mais ils pourraient porter le virus.

— Non. La période d'incubation est terminée, et nous avons établi que Mme Dannhauser souffre d'un emphysème. Il n'y a rien à ajouter. Aucune raison de les garder en quarantaine. Et maintenant, avec… surtout avec le changement de situation, nous avons besoin de leur aide.

— Nous n'avons voté pour aucune de vos décisions, Will, dit Cam en avançant d'un pas.

— Cessez de vous disputer, pour l'amour du ciel ! s'écrie la jeune femme d'une voix trop aiguë. Qu'est-il arrivé à Greg, nom d'un chien ? Et comment… comment pouvez-vous être aussi…

— Asseyons-nous, propose Will. Trudi, Leo, puis-je m'asseoir ?

Leo hoche la tête sans quitter les Guthrie des yeux. Il s'installe sur le canapé, en face de Will. Trudi s'écarte pour laisser un peu de place entre eux, tout en jetant un coup d'œil vers la porte. La brève vision qu'elle a eue de cette tête cassée brûlera à jamais dans son esprit.

— Nous sommes entre gens raisonnables, Cam. Vous admettrez donc comme moi qu'il n'y a aucune raison de garder M. Dannhauser et les siens enfermés, aucune justification. Ils ont déjà assez de problèmes comme ça. (Guthrie ne baisse pas les yeux, mais son silence est un assentiment.) Et vous comprendrez aussi qu'il est essentiel de descendre le cada… de descendre Greg dans la chambre froide, euh… et d'y faire un peu de place aussi vite que possible. Vous le comprenez, hein ?

Trudi observe Cam, craignant que Will n'ait trop forcé sur le ton paternaliste.

— Brett et vous êtes les hommes idéaux pour ce travail. Pendant ce temps, je vais expliquer aux Dannhauser ce qui est arrivé.

Cam Guthrie recule.

— D'accord, mais ce n'est pas terminé. Personne ne vous a nommé chef, et il va falloir décider de qui est qui ici.

— Chaque chose en son temps, d'accord ?

Sans répondre, Cam repasse dans le couloir et fait mine de claquer la porte derrière lui.

— Ne la laissez pas se refermer ! s'écrie Trudi.

Elle bondit sur ses pieds et s'empare d'un livre sur la table de l'entrée. Alors qu'elle l'insère dans l'encadrement, le lourd battant percute ses phalanges. La jeune femme s'assure que le livre soit bien coincé – Leo a certes crocheté le verrou, mais comment savoir s'il n'a pas été endommagé ? Songer au pouce du mort sur la plaque sensible la dissuade de prendre le moindre risque.

Tenant sa main meurtrie, elle va chercher des glaçons dans le freezer du petit réfrigérateur. Le profond soulagement qu'elle éprouve à savoir la porte bloquée démontre combien ces deux journées de réclusion l'ont affectée. Les six années passées chez ses parents auraient pourtant dû l'y habituer, mais ce n'est pas le cas. Lorsqu'elle se rassoit près de Leo, elle remarque qu'il l'attend, comme s'il était important pour lui de l'associer à ce moment.

— Bon, au nom du ciel, qu'est-ce qui se passe, monsieur Boucher ? demande-t-il en levant les mains. Qu'est-ce qui est arrivé à M. Fuller ?

— Sarita et Cait l'ont trouvé très tôt ce matin… (Will remarque leur expression perplexe.) Oh, vous ne savez pas de qui il s'agit, bien sûr : on vous a conduits directement ici l'autre jour. Je vous avoue que j'en suis désolé, mais Greg et les autres étaient inquiets et je suppose qu'on peut le comprendre aussi.

— Oui, oui, fait Leo, bougon. (Trudi sait qu'il conserve cette bataille-là en réserve ; il n'en a pas terminé avec le sujet.) Continuez.

— Bref, Sarita est une petite fille et Cait Sanford sa nounou. Elles sont ici avec le père de l'enfant, Tyson Gill, dans l'unité 3B. (Il lève les yeux vers le plafond.) Juste au-dessus de celle-ci.

Trudi aimerait croire qu'elle a entendu la petite fille – jouer, rire, pleurer, vivre – dans l'appartement supérieur, mais ici, les sols doivent être plus épais que la normale, prévus pour résister à… n'importe quoi. Elle n'a rien perçu du tout, sinon les bruits qu'ils ont eux-mêmes produits et le bourdonnement incessant de la climatisation, atténué par l'épaisseur des murs. Elle refuse de songer à la couche de terre qui les surplombe – sur bien plus de deux mètres.

— Elles ont trouvé Greg à l'infirmerie, au niveau six. Il semble qu'il ait fait une mauvaise chute, qu'il se soit cogné la tête sur des tuyaux et brisé la nuque…

Will baisse les yeux puis les détourne. Trudi a remarqué cette dérobade et elle sait que c'est aussi le cas de Leo. Son père n'a pas bâti une entreprise à partir de rien en tolérant mensonges ou faiblesses, notamment en provenance des subordonnés. La jeune femme éprouve soudain l'envie de défendre Will. À l'évidence, il tente avec courage de ménager toutes les susceptibilités. Par ailleurs, elle lit dans ses yeux bruns et doux une tristesse qu'elle reconnaît. C'est une pure intuition, mais elle se sent proche de lui, de cet être mélancolique plongé de force dans une situation intenable – tout comme elle. Elle refuse de laisser Leo le brutaliser. Avant que son père ne puisse ouvrir la bouche, elle change de sujet.

— Le docteur Park nous a appris la nuit dernière que du matériel avait été endommagé par un incendie.

— C'est Stella Park qui vous l'a dit ? s'étonne Will. Greg n'est même pas descendu vous informer ?

Il se passe la main sur les joues, ferme les yeux. Les muscles de sa mâchoire se tendent.

Quand l'alarme incendie s'est déclenchée la veille au matin, Leo a écouté à la porte puis, devant l'absence de tout bruit, il a passé la tête dehors afin de vérifier qu'il n'y avait pas de fumée. Une demi-heure plus tard, il a entendu rentrer le couple au chien de l'appartement voisin. Les deux se plaignaient, en riches citadins trop gâtés, et Leo a compris que la situation était maîtrisée. Il s'est assis sur le fauteuil en face du téléviseur, le regard brûlant, terrifiant.

— Ils ne sont pas venus nous chercher, a-t-il marmonné. Ils nous auraient laissés griller ici comme des rats.

Il n'allait pas laisser passer ça. Et il avait éliminé le verrou de la porte.

Et voilà que Greg Fuller est mort.

Trudi regarde son père, ne sachant trop de quoi il est capable. Elle ne sait rien de lui. Elle n'a jamais rien su.

— Bon, bref, reprend Will, devant leur absence de réaction. Vous avez dû remarquer qu'il n'y a pas de wi-fi.

Non, la jeune femme n'a pas remarqué. Naguère, elle vivait collée à son BlackBerry, s'étourdissant en compagnie d'Armand et de l'élite comme si leurs privilèges étaient un droit de naissance, mais elle garde désormais son smartphone dans son sac, la plupart du temps éteint. Après tout ce qui s'est produit et avec sa mère malade, elle n'y a pas pensé une seconde.

— Pourtant la télé fonctionne, dit-elle sans vraiment savoir pourquoi.

Elle n'est pas idiote, mais c'est une nouvelle manifestation de l'étrange instinct protecteur que lui inspire cet homme. Elle fait son possible pour qu'il se sente moins dépassé par l'ampleur de la tâche.

Et c'est efficace. Il est visible que Will se regonfle, redresse la colonne vertébrale et s'assoit plus droit afin de lui expliquer ce qu'elle semble ignorer.

— La télé est câblée dans tous les appartements, madame. Internet était sans fil. Malheureusement, le routeur wi-fi a été détruit par l'incendie. C'est d'ailleurs un des points sur lesquels nous aurons besoin de votre aide, monsieur Dannhauser. Tout le monde connaît Danntech, bien sûr, et on se demandait si vous aviez l'expérience pratique des gadgets eux-mêmes.

— Bien sûr, répond Leo. Quand j'ai commencé à travailler, on n'arrivait pas avec une valise pleine d'argent pour s'asseoir derrière un bureau et brasser de la paperasse. J'ai appris mon métier sur le tas, et je connais les produits que je vends.

Will parvient à sourire, soulagé.

— Alors je crois qu'on a du boulot pour vous, monsieur. D'abord, il y a eu un court-circuit dans l'installation électrique de la salle de contrôle, et l'ordinateur est hors service. Voilà pourquoi on ne peut pas réinitialiser votre verrou pour l'instant. La radio à ondes courtes a elle aussi été… euh… endommagée par l'incendie… mais pas brûlée comme le routeur. Si on réussit à la recâbler, on pourra la faire fonctionner.

— Qu'est-ce que vous entendez par endommagée mais pas brûlée ? Est-ce que quelqu'un l'a cassée délibérément ?

Will se penche en avant.

— Écoutez, vous vous rendrez compte par vous-même sur place, monsieur. Vous voulez bien venir avec moi ?

— Pendant ce temps-là, je vais voir comment va Maman, annonce Trudi en se levant.

Caroline est allongée, tranquille, le souffle régulier, un fin voile de sueur sur le visage, mais elle a repris des couleurs et semble se reposer pour de bon. La jeune femme remonte la couverture sur sa poitrine.

Alors qu'elle vérifie l'alimentation en oxygène, sa mère lui attrape la main et écarte le masque de sa bouche.

— Tu n'aurais pas dû revenir à la maison, Trudi.

Elle est si surprise de l'entendre parler avec une telle lucidité qu'elle a envie de lui demander de répéter, mais c'est inutile : les mots étaient assez clairs. Caroline émet un lent sifflement douloureux.

— Tu n'étais pas obligée de rentrer pour t'occuper de nous.

— Chut, Maman. Tu sais que ce n'est pas ça. Ma carrière et mon couple étaient terminés. Je n'avais nulle part où aller. Vous m'avez accueillie et je vous en serai toujours reconnaissante.

Le simple fait de prononcer des mots tels que *toujours* donne la nausée à Trudi. Elle n'a pas envie de parler ainsi. Caroline va aller mieux, la menace va disparaître et ils vont tous rentrer à la maison.

— Mais tu es restée trop longtemps. Tu es jeune. Il faut que tu vives ta vie.

Trudi n'admettra jamais que si elle est restée si longtemps, c'est pour la défendre des rages de Leo – devenues de plus en plus violentes au fil de son séjour –, parce qu'elle a peur de ce qu'il pourrait lui faire.

Mais Caroline connaît la vérité, de toute façon. Elle prend une autre inspiration hoquetante.

— Je l'aime, tu sais. Je lui fais confiance.

— Comment, Maman ? Alors qu'il est…

— Il a été mon seul amour. Je l'ai connu avant qu'il ne subisse toutes ces pressions. Il était plus doux alors, plus gentil. (Une longue inspiration d'oxygène.) Mais il reste le même homme.

Trudi fouille sa mémoire, cherchant des souvenirs de douceur ou de gentillesse chez son père. S'ils existent, ils sont enfouis très profond. C'est toujours Caroline qui l'a divertie, soignée. Leo n'était qu'un nuage noir – souvent lointain, parti travailler, mais menaçant d'exploser de fureur lorsqu'il était chez lui. Hurlant derrière la porte fermée de son bureau.

Quand la compagnie et Armand l'ont lâchée, la décision de rentrer à la maison a été facile à prendre. Elle savait que cela arriverait depuis le début. L'effondrement de sa vie ne l'a même pas surprise : le ballet est un jeu pour les jeunes filles. On ne peut pas se fondre à nouveau dans la masse des danseuses pour finir en paix sa carrière : tout s'achève d'un coup, et comme la mort, c'est irrévocable. La seule chose qu'on peut faire alors, c'est enseigner, mais Trudi n'en a jamais eu la patience. Les hommes comme Armand font partie de la vie de ces jeunes femmes. Même au sommet de sa gloire, Trudi jaugeait les autres filles pour deviner laquelle allait la remplacer. Elle savait qu'il ne resterait pas quand elle cesserait de danser, aussi ne peut-elle prétendre avoir été surprise. Elle a décidé de rentrer à la maison un petit moment, juste le temps de retomber sur ses pieds.

Caroline l'a accueillie avec trop de chaleur, comme la pièce manquante dans le puzzle de sa vie. Elle l'a mise bien trop à l'aise, ne l'a pas encouragée à vivre sa vie comme le font les parents normaux. Elle a même dû être ravie quand son étoile a pâli, quand son indépendance s'est effritée.

Mais peut-être Trudi se trompe-t-elle depuis le début. Les « pressions » que subit Leo ne seraient-elles pas liées à sa fille plutôt qu'à son travail ? Quand elle est revenue, n'a-t-il pas été outragé par sa présence ? Si elle était repartie après un mois ou deux… Peut-être est-ce elle qui a creusé un fossé entre eux alors qu'elle ne cherchait qu'à se rendre utile.

Armand n'a jamais voulu d'enfant. Il était d'une impatience brutale avec les jeunes qui semblaient ne pas comprendre – voire entraver – ses plaisirs raffinés : la bonne musique, les beaux-arts et la grande cuisine. Bien sûr, elle ne devrait pas être surprise, après des années de thérapie, de constater qu'Armand était pareil à Leo. Quand il l'a laissée, Trudi s'est précipitée dans les bras du premier homme qu'elle avait aimé. Cela n'a rien d'étonnant, mais le comprendre la mortifie.

— Maman, je…

— Trudi ? (Leo paraît sur le pas de la porte.) Je monte.

Elle le suit jusqu'à la porte. Will, qui attend dans le couloir, lui lance un sourire sympathique, un peu asymétrique.

— Comment va votre mère, madame ?

— Mieux, je crois. Et appelez-moi Trudi, s'il vous plaît, Will.

— Très bien, madame.

Il lui sourit encore, et elle ressent une certaine chaleur, pour la première fois depuis longtemps.

Leo sort à son tour dans le couloir, jetant un coup d'œil inquiet au livre qui maintient la porte ouverte. Trudi est restée si souvent des jours et des jours d'affilée dans l'appartement de Millenium Place qu'elle en a perdu le compte. Il n'y a pas de différence physique entre les deux derniers jours de captivité forcée dans cet appartement douillet et ses six ans de captivité volontaire dans l'autre, mais ici, en bas, son esprit commence à se rebeller.

Elle referme la porte au maximum et jette un regard à l'écran du téléviseur. La menace semble sur le point d'être maîtrisée. Toutefois, d'une certaine manière, cette mésaventure a été profitable, un véritable avertissement. Trudi se promet que tout va changer lorsqu'elle rentrera chez elle ; elle se sortira de ce piège.

La jeune femme retourne voir Caroline, tombée dans un sommeil paisible. Sans doute devrait-elle rester à son côté, mais elle éprouve le besoin de quitter l'appartement pour s'imprégner de la topographie des lieux. Elle veut aussi visiter la suite où a été trouvé le cadavre de Greg. Sans doute a-t-elle lu trop de livres et vu trop de films lors des dernières années, mais elle sait qu'aller y jeter un coup d'œil la rassurera. Elle ne restera pas longtemps.

Les vacances prises avec ses parents au cap Cod et à Key West ne comptent pas vraiment : ce voyage, ici même, représente la plus grande aventure qu'elle ait vécue depuis qu'elle a cessé de danser, réalise-t-elle soudain.

Après avoir scruté le couloir, elle s'y engage sans bruit. Ses yeux sont attirés par un chevron jaune et noir en travers de la palissade qui remplace les portes de l'ascenseur. *Maman aura du mal à monter les escaliers quand elle ira mieux*, songe-t-elle avant de détourner rapidement le regard. Vers la tache brun-rouge du mur d'en face.

Elle la fixe en souhaitant le retour d'une répulsion physique, mais elle a dépassé ce stade ; le sang n'est plus qu'un simple élément de décor. Elle se demande si elle peut vraiment soupçonner son père. Elle n'a jamais eu accès à certains aspects de sa personnalité, et elle sait que son passé comporte bien des ombres – mais tout cela est censé remonter à des dizaines d'années, avant qu'il ne vienne en Amérique. Cependant, s'il était question de protéger sa famille, de venger sa fierté blessée, jusqu'où pourrait-il aller ? Une veine froide du sang de son père palpite en elle et la fortifie alors même que cette pensée devrait la choquer et l'horrifier. *Nous sommes meilleurs qu'eux. Pendant des générations, ils ont voulu nous écraser, mais nous nous sommes toujours hissés au sommet.* Elle entend ce sang chuchoter avec la voix de son père et revoit le panorama qu'offre leur appartement en terrasse : la ville américaine prosternée à leurs pieds calleux d'Européens de l'Est. Quand elle pousse la porte de l'escalier, la lumière désincarnée du palier s'allume. L'air froid charrie une odeur de renfermé et le fort parfum d'œufs et de bacon d'un petit déjeuner. Trudi descend au niveau six puis, avant de trop réfléchir, franchit l'épaisse bâche en plastique qui obstrue la gueule béante de l'unité 6A. Elle vient de trouver une utilité à son nouveau smartphone, dont la fonction torche promène autour d'elle un cercle de lumière crue.

Tandis que la silhouette mince de Trudi s'avance, attirée dans les profondeurs de l'appartement comme par un aimant, les ombres d'étagères et de chariots métalliques suivent le faisceau lumineux, se tordent et se déforment, reflétées sur les portes en verre de placards vides. C'est donc ici, dans la salle de bains, tout au fond, que cela s'est produit.

La jeune femme promène sa lumière dans la pièce, dont elle construit l'image par couches successives : la baignoire, la douche, le sol froid et nu… sur lequel seule une autre bâche, à moitié opaque, marque l'emplacement du décès de Greg Fuller.

Accroupie, réelle incarnation du détective fictif de ses fantasmes, le cœur battant sous le frisson de cette aventure inhabituelle, Trudi tente de pénétrer le plastique à l'aide de sa torche. Des motifs sombres apparaissent en dessous, mais elle ne les voit pas assez bien. Elle s'écarte en traînant les pieds, s'empare d'un coin de la bâche et, ignorant sa nervosité, la soulève.

Une grande flaque de sang séché, brun sombre, tache le sol gris, avec des stries et des traînées évoquant une œuvre d'art moderne, ainsi que des pâtés et des lignes courbes aux endroits où Will et les Guthrie ont maladroitement tiré le cadavre sur une autre bâche. Toutefois, entre les traces des bottes et celles laissées par le corps, on voit des empreintes. Des empreintes de pieds nus qui partent de la couronne centrale. Trois d'entre elles – le pied droit – sont clairement imprimées. En contrepoint, on en distingue vaguement quatre autres, du pied gauche. La piste se prolonge sur quelques mètres – tant que le responsable avait assez de sang sous les pieds. On ne voit ensuite qu'une série de taches moins définies qui mène à la sortie.

Alors que Trudi suit des yeux la trace de cette fuite, une silhouette masculine franchit le seuil de la pièce et une torche électrique l'aveugle. Elle lâche son téléphone qui tombe face contre terre, si bien qu'elle reste dans l'obscurité.

— Madame ? (Elle connaît cette voix.) Bonjour, madame. Qu'est-ce que vous faites ici ?

— Oh, Seigneur, Will. J'ai failli faire une crise cardiaque. Venez, il faut que vous voyiez cela.

— Quoi donc ?

Retrouvant son équilibre, elle ramasse son téléphone.

— Venez voir. (Il s'approche, précédé par le faisceau jaune de sa lampe.) Des empreintes… Quelqu'un était là. Greg n'est pas mort par accident.

Au moment où elle prononce ces mots, elle a l'impression très nette de jouer dans un des films noirs qu'elle aime regarder.

— Non, confirme simplement Will.

Trudi se redresse.

— Comment ça, non ? Vous étiez au courant.

— Oui, madame.

— Pour l'amour du ciel, appelez-moi Trudi, Will.

— J'étais au courant. Cait et moi avons jugé préférable de ne pas en parler. Il n'y a que nous qui le sachions.

— Qui est Cait ?

— La nounou de Sarita Gill.

— Ah oui, je me rappelle. D'accord. Mais pourquoi ne voulez-vous pas en parler ? Vous ne croyez pas que les gens aimeraient savoir qu'il y a un meurtrier parmi nous ?

— Pas une bonne idée. (Et Trudi le comprend. À quoi bon déclencher une panique ?) Il faut déterminer ce qui s'est passé sans faire de vagues. Avant que celui qui a laissé ces empreintes ne devine que nous les avons vues.

— Nous ?

— Cait et moi. Et maintenant vous. Vous voulez bien nous aider ? Je sais que vous n'êtes pas coupable.

Il baisse les yeux sur ses pieds torturés par la danse classique, un 39 aplati, déformé, dont ses sandales laissent apparaître les phalanges tordues. Si cela le dégoûte, qu'il aille se faire foutre. En ce qui la concerne, ses pieds sont son unique titre de gloire.

— Comment savez-vous que ce n'est pas moi ?

— Eh bien, nous estimons les empreintes aux alentours du 38, environ votre pointure, peut-être un peu moins. Mais vous étiez enfermée dans votre appartement quand c'est arrivé.

— Oh, oui. (Sauf qu'elle ne l'était pas.) Oui, bien sûr, dit-elle, sachant fort bien que Leo chausse un minuscule 38, ce dont il accuse son régime frugal en Allemagne de l'Est pendant sa croissance. Donc on va faire une enquête discrète. C'est bien le plan ?

Will lui adresse à nouveau son sourire un peu asymétrique. Cet homme n'est pas stupide, il comprend son ironie subtile – une pensée qui la réchauffe, étonnamment.

— Oui, dit-il. Nous allons enquêter.

Il se penche pour couvrir les taches de sang, repose avec précaution la bâche sur les empreintes avant de se tourner vers la sortie. La jeune femme suit la piste qu'il trace avec sa torche électrique.

— Vous devez être très inquiète pour votre mère, déclare Will une fois dans le couloir.

— Oui. Vous avez de la famille ?

Son talent pour la conversation est rouillé. Voilà six ans qu'elle n'en a pas eu besoin.

— Mes parents sont décédés il y a quelques années.

— Pardon. (Elle jette un coup d'œil à la main gauche de son compagnon, furieuse contre elle-même de la vague déception qu'elle éprouve en découvrant un anneau d'or très simple.) Et votre femme ?

Les yeux de Will s'assombrissent.

— Elle est chez nous. À South Paris.

— Vous n'avez pas voulu l'emmener ? (Elle est consciente d'être indiscrète mais ne peut s'en empêcher.) Pour la protéger du virus, je veux dire.

— Elle est déjà malade.

— Je suis désolée.

— Un cancer. Je n'étais pas censé rester ici. Je devais juste procéder aux dernières vérifications, puis, eh bien… je ne devrais pas être ici. Je me suis laissé enfermer. Lana est là-bas, et je ne sais même pas s'il y a encore quelqu'un pour s'occuper d'elle.

Trudi aimerait le consoler, mais elle ne le connaît pas.

— Je suis désolée, est encore tout ce qu'elle trouve à dire.

13

CAIT

— Dis-leur d'arrêter, Maman !

Je ne corrige pas le lapsus de Sarita, me contentant de la serrer plus fort et de lui couvrir les oreilles tandis qu'on continue de crier autour de nous. Elle presse contre moi son visage chaud et humide. Je respire le parfum de ses cheveux tout en regardant les pieds de tout le monde.

— Pourquoi ne la ramenez-vous pas à l'appartement ? demande Tyson près de moi.

— Parce que je veux savoir ce qui va arriver, c'est tout. Parce que mon vote était aussi important que celui de n'importe qui d'autre.

— Elle est fatiguée. La nuit a été dure.

— Inutile de me le rappeler, Tyson. C'est moi qui…

— D'accord, d'accord, pardon, je dis juste qu'elle a l'air d'avoir besoin de repos.

Il a raison, mais je le rembarre quand même :

— Nous partirons quand nous en aurons terminé ici.

Il secoue la tête, le visage fermé – voilà encore le petit personnel qui monte sur ses grands chevaux –, et se retourne vers la dispute. Je m'en sens assez détachée, comme d'un spectacle organisé pour nous distraire, comme si nous étions assis au premier rang pendant un match de boxe. Je ne pense qu'à ma mère et au temps qu'il me faudra pour rentrer chez moi en laissant ces inconnus à leur autodestruction. Mais il reste Sarita, toujours Sarita, que je ne veux pas laisser avec cet homme perturbé.

Une partie des sanctuairiens sont perchés, comme Tyson et moi, sur des tabourets de bar ou des fauteuils disposés en cercle tels les chariots avant l'attaque des Indiens ; d'autres, debout, se disputent les restes de la réunion au sommet de midi. Au centre de l'action, plantée sur ses talons aiguilles, Vicki Maddox affronte Cam Guthrie, lui lançant des grossièretés qui le font vaciller autant que des coups. Même au beau milieu de cette altercation, je remarque les regards hostiles que Tyson adresse à James. Il existe entre eux un contentieux évident – en rapport, j'imagine, avec une Vicki toujours aussi peu impressionnée par la carrure de Guthrie. C'est une femme dure, qui n'a pas atteint pareil succès dans le monde de l'entreprise sans être habituée à se battre. Son univers, où le respect se mérite, est toutefois différent de celui de son adversaire du moment : le fait qu'elle soit capable d'argumenter aussi habilement, de clouer le bec à ses contradicteurs ou de les démolir dans un tribunal n'a aucune importance ; pour lui, elle n'est qu'une femme qui ne sait pas rester à sa place. Il est beaucoup plus grand qu'elle, il a les poings plus gros, plus durs, et je commence à réaliser que, pour lui et les types de son espèce, c'est tout ce qui compte.

Mais peut-être Tyson a-t-il raison. Un vote a fait de Will notre président par intérim, aussi devrais-je sans doute emmener Sarita loin d'ici. Comme je regarde autour de moi, cherchant un chemin direct vers la porte de l'escalier, mes yeux croisent le regard vide de Brett. La chaleur me monte au visage mais je la combats de toutes mes forces afin de ne pas rougir. Je le fixe à mon tour, sentant un poing de souffrance et de peur – de rage – se planter dans mes entrailles, mais je ne me détourne pas. Il est pareil à un million d'hommes qui ont fait du mal à un million de femmes. J'ai envie d'arracher ses putain d'yeux morts de sa tête et de les lui enfoncer dans la gorge.

Enfin, il cesse de me dévisager.

— Tout va bien, ma chérie, dis-je à Sarita.

Mais ce n'est pas tout à fait vrai.

Will Boucher s'efforce de se faire entendre.

— Nous avons voté, Cam, et c'est la décision que nous avons prise. On continuera de consulter tout le monde, bien sûr, mais la majorité a décidé.

— La dernière fois que j'ai regardé, on était encore aux États-Unis. (La voix de James Maddox.) C'est une démocratie.

— Dans notre démocratie, réplique Cam, les étrangers n'ont pas le droit de vote. Les enfants n'ont pas le droit de vote. Les criminels n'ont pas le droit de vote.

— Ça vous va bien de dire ça, Guthrie, merde, crache Vicki en cherchant du regard Bonnie, plantée derrière son mari. Avec votre cinglée de bonne femme incendiaire…

— Assez, je vous en prie !

L'injonction vient de Stella Park, assise de l'autre côté du cercle en compagnie de son docile mari. Elle me fait l'effet d'avoir la tête sur les épaules – la dernière fois que je l'ai vue, elle ne s'est pas laissé démonter par Vicki Maddox –, et les mots qu'elle vient de hurler produisent un choc assez fort pour que le silence retombe un moment.

— Nous avons pris notre décision pour l'instant, répète enfin Will.

— Ce n'est pas fini, assure Guthrie. Gina, Brett, venez ici !

La porte de l'escalier claque.

Puisque la réunion est à l'évidence terminée, je me penche pour vérifier que Sarita n'a rien laissé tomber quand j'entends une voix de femme :

— Nous organisons un cercle de prière et d'adoration. Voulez-vous vous joindre à nous avec la petite fille ?

Levant les yeux, je découvre Bonnie Guthrie debout devant moi. Qu'elle ne se soit pas éclipsée avec le reste de sa famille me surprend. Elle ne semble pas même avoir remarqué l'insulte de Vicki. Peut-être est-elle habituée à de telles attaques verbales. Elle m'adresse un sourire nerveux, probablement encore gênée par son pétage de plombs avec Gina l'autre jour.

— Vous seriez la bienvenue.

— Euh… non, merci.

— Pourquoi n'y allez-vous pas avec Sarita ? me demande Tyson.

— Ce n'est vraiment pas mon truc, dis-je.

Qu'est-ce qu'il lui a pris d'insister ? Essaie-t-il de s'allier les Guthrie ou bien veut-il juste nous mettre à l'écart afin d'explorer sans honte son portefeuille d'actions – ou quoi que ce soit qui l'occupe de manière obsessionnelle toute la journée ? L'absence de wi-fi ne l'empêche pas de taper sans cesse sur le clavier de son portable.

Tyson se tourne vers sa fille.

— Tu veux t'inscrire au groupe de la dame, ma chérie ?

Sarita regarde son père, puis Bonnie.

— Je veux aller avec Caity.

— Ça te ferait peut-être du bien, insiste-t-il.

Alors que je suis sur le point d'ouvrir la bouche, Sarita me prend de vitesse.

— Non ! hurle-t-elle en croisant les bras.

Elle paraît sur le point de pleurer, ce qui suffit à décourager Tyson : marmonnant qu'il doit retourner à l'appartement, il disparaît. Bonnie, peu troublée par la réaction de Sarita, s'emploie à disposer des chaises en cercle dans la salle de détente. Puisque personne d'autre ici ne paraît très religieux, je ne sais pas trop qui elle compte attirer dans le groupe.

— Bien joué, murmuré-je à l'oreille de la fillette.

Elle pouffe et m'entraîne dans l'escalier.

Sarita regarde une émission pour enfants dans sa chambre tout en grignotant un bol de pêches au sirop. J'ai repassé encore et encore dans ma tête ce qui s'est produit. Will et moi sommes les seuls à avoir vu les empreintes sanglantes, et quoique nous ayons convenu de ne pas en parler, elles prouvent que nous sommes coincés ici avec un meurtrier.

Brett Guthrie aurait fait un suspect idéal. C'est un vrai psychopathe et il se baladait au beau milieu de la nuit, mais il a les pieds trop grands – à moins qu'il ne cache un petit 37 dans ses bottes massives. Car les empreintes étaient petites – 37 ou 38. Elles pourraient appartenir à n'importe laquelle des femmes – et peut-être à Yoo-jin ou à Will. C'est toutefois ridicule : je chausse moi-même du 38, et ce n'est pas une bonne raison pour me suspecter d'être une meurtrière.

Puisque Sarita ignore ce que signifient ces empreintes, je lui ai raconté une histoire : Greg a eu un accident, il est tombé et il est mort. Voilà tout. La faute de personne, juste un terrible accident. J'aimerais que ce soit vrai, j'aimerais pouvoir me raconter le même bobard, mais ses blessures paraissaient trop graves pour être dues à une chute. Will et moi, nous avons pris soin d'étendre une bâche sur l'empreinte la plus humide et la plus reconnaissable avant d'y déposer le cadavre, et convenu de ne parler à personne de ce que nous avons vu.

— Il ne sert à rien de provoquer une panique, a dit Will, et je n'ai pas pu le contredire.

J'ai l'impression que tout cela devrait m'inquiéter plus, mais peut-être que vivre à Johannesburg m'a appris à rationaliser mes peurs, à les repousser dans un coin de mon esprit. Je me sens assez en sécurité tant que nous sommes enfermés dans l'appartement, et nul ne tenterait quoi que ce soit lors d'une réunion de groupe, donc il suffit de pas aller quelque part seule. C'est jouable. Peut-être le coupable avait-il ses raisons et l'incident est-il clos. Peut-être.

Je reste toutefois contrariée. J'ai traversé la moitié du monde pour me retrouver prisonnière de la peur. Est-il impossible de s'en défaire ?

Tyson sort de sa chambre, tout froissé de sa sieste. Je consulte ma montre : deux heures seulement se sont écoulées depuis la réunion ; cela m'a paru beaucoup plus long. Il s'assoit sur un tabouret, au comptoir, et bâille.

— Il y a du café ?

Au lieu de dormir, il aurait pu jouer avec sa fille. Irritée qu'il ne comprenne pas que j'ai moi aussi besoin de me reposer, je désigne le comptoir d'un signe de tête.

— La cafetière est là. Vous vous sentez capable de comprendre comment ça marche ?

Il sursaute comme si je l'avais giflé. Parfait.

— Sarita va bien ?

— Très bien. Elle regarde les *Tiny Toons* dans sa chambre.

J'ajoute presque « comme si ça vous intéressait », mais je ravale cette remarque. Il a vraiment l'air mal : peut-être devrais-je baisser d'un cran.

— Vous savez ce que ça me rappelle ?

— Hein ? fait-il, tiré des profondeurs de ses pensées.

— Cette réunion. Vous savez ce que ça m'a rappelé ?

— Quoi ?

— Ça ressemble un peu à *Koh-Lanta*, vous ne trouvez pas ? Tout le monde se range dans une faction. Tout le monde sait exactement quoi faire en cas de catastrophe.

Quelque chose là-dedans pique l'intérêt de Tyson.

— Vous savez que le producteur est anglais ? demande-t-il. Il a créé *Koh-Lanta*, *Amazing Race*, tous ces trucs-là.

— Anglais ? Vraiment ? Je le supposais américain.

— Non. Sa fortune se monte à plus de quatre cents millions de dollars.

Bien sûr : l'aspect business l'intéresse. Je ne peux m'empêcher de sourire. Tyson est en fait très simple à comprendre, quand on y réfléchit, et je me réjouis que nous ayons une discussion à peu près normale.

— Ah, fais-je en contournant le comptoir. C'est un Anglais qui apprend aux Américains à réagir en cas d'Apocalypse ?

Je tente de ravaler ce dernier mot, mais trop tard. Le fait est que nous ne sommes pas dans une émission de télé. Tout cela se produit pour de vrai. Même si ce n'est pas la fin du monde, à l'inverse de ce qu'espéraient la moitié des gens réunis ici, des êtres humains meurent par milliers.

Je me laisse tomber sur le canapé et Tyson se joint à moi pour regarder la télé. Les lignes qui défilent en bas de l'écran n'ont pas changé. Premiers signes de succès dans le programme de vaccination sur la côte Est. Pas encore de décision concernant les transports locaux de la même côte Est.

— Au moins, c'est encourageant, dis-je.

— Les cours de la Bourse me manquent, avoue-t-il. Ils n'arrêtent pas de changer, vous savez. On a l'impression de pouvoir agir sur eux. Je peux lancer un ordre d'achat ou de vente et faire évoluer un chiffre d'un seizième dans un sens ou dans l'autre. Alors que je ne peux rien faire pour cette saleté de porte blindée cassée.

Je lui jette un coup d'œil rapide. Je ne l'ai jamais vu comme ça : vulnérable – on le dirait presque humain.

— Vous regrettez d'être venu, dis-je.

— Bien sûr. Vous croyez que quelqu'un pourrait avoir envie de ça ?

— Non. Je parle de vous. Vous préféreriez avoir tenté votre chance dehors, n'est-ce pas ?

Je m'efforce de saisir l'impression que je reçois de lui : que tout cela est une erreur. Pas de se réfugier dans un abri d'urgence en soi : il y a quelque chose de personnel.

— C'est frustrant d'être coincé ici parce que ce Greg Fuller a bâclé le boulot. Je sais qu'on ne doit pas dire du mal des morts, mais je ne l'ai jamais apprécié. C'était un escroc minable. Je n'aurais jamais dû lui faire confiance. (Je le regarde à nouveau.) Un projet comme celui-ci exige de la confiance et du tact.

Je ne sais trop que penser de ce dernier mot, mais cela rejoint ma sensation qu'il existe une tension sous-jacente entre certains des résidents. Des secrets, des indiscrétions. Et pour commencer, cette bizarre vibration entre Tyson et les Maddox.

Mais bien sûr, je ne peux pas lui parler de cela, même s'il se montre plus communicatif que jamais. Soucieuse de ne pas le faire rentrer dans sa coquille, je change de braquet et bavarde pour le mettre à l'aise.

— En Afrique du Sud, on avait une émission de chasse au trésor pendant laquelle les concurrents en studio guidaient une sportive en hélicoptère. C'était avant le GPS, donc…

Mais je l'ai perdu. Il n'écoute pas. À sa place, je ne m'écouterais pas non plus.

Un peu plus tard, je retourne à la salle de détente avec Sarita. Le cercle de prière est désert. Quelqu'un a déposé un pichet de jus de fruit sur le comptoir, près de grands verres à apéritif et de quelques autres, plus petits, plus appropriés pour des enfants. Je me demande si c'est l'œuvre de Will, qui semble avoir plus d'empathie que Greg et prendre plus en compte les réalités de la vie que le Sanctuaire en tant qu'opération commerciale qu'il ne parvient pas à mener à bien.

Parvenait.

Greg est mort.

L'odeur du sang – je n'avais encore jamais senti autant de sang à la fois et je n'ai pas envie de renouveler l'expérience. L'air épais. Et peut-être n'ai-je fait qu'imaginer de vagues relents de tabac froid, emportée par mon imagination, me croyant dans une scène tirée d'un roman policier.

— Caity ! Viens voir !

La voix de Sarita me sauve de mes pensées.

Elle a trouvé une étagère chargée de jeux neufs, des jeux démodés auxquels je n'ai pas joué depuis mon enfance : Monopoly, Scrabble, Risk, Dr Maboul. Ma mère ressort toujours son Scrabble à Noël, quand la famille se réunit. Pour Noël, je serai rentrée à la maison, je me le promets.

Sarita explore les diverses boîtes et choisit un puzzle. Deux mille pièces, un vase de tournesols de Van Gogh.

— On peut le faire, Caity ?

— Euh… il a l'air difficile. Voyons s'il y a autre chose.

— S'il te plaît. C'est tellement joli.

Si ça la rend heureuse un moment, ça me fait plaisir aussi, et je sais que ça ne l'intéressera pas longtemps de toute façon.

— D'accord, pas de problème. Mets-toi à la table basse. Tu peux commencer par tourner toutes les pièces dans le bon sens et les trier par couleurs. Ensuite, essaie de trouver les bords.

Je commence à apprécier la salle de détente. C'est la plus vaste de tout le Sanctuaire. Quand on le leur permet, les scènes naturelles des fausses fenêtres font office de tranquillisant, et l'atmosphère est apaisante – en dehors des réunions. Je m'assois en face de Sarita, fixe un coucher de soleil électronique sur la mer et tente de ne penser à rien. Les bavardages de la fillette déferlent sur moi. J'y réponds par des « Mmm, mmm » sans réfléchir.

Il est probable que je dérive un peu car je suis surprise quand une voix s'élève derrière moi :

— Salut, Cait.

Le visage de Brett est le premier qui s'impose à mon esprit, mais ce ton amical n'est pas le sien. Je me retourne et découvre Will, Trudi Dannhauser à son côté. Comment donner un âge à cette femme ? Elle est émaciée, sa peau pâle est plâtrée de fond de teint et les changements d'humeur traversent son visage comme un paysage. Un bref sourire la fait paraître jeune, puis un nuage noir bouillonnant dans ses yeux intenses la vieillit. Elle est un peu effrayante.

— Bonjour, dis-je.

Will explore la salle de détente du regard puis baisse les yeux sur Sarita.

— Vous croyez qu'on peut parler ? De…

La petite trie les pièces du puzzle en fredonnant, sans nous prêter attention.

— Oui, dis-je, mais je m'éloigne tout de même de quelques pas puis fronce les sourcils en regardant Trudi Dannhauser.

— Euh… Trudi en sait autant que nous. Elle a vu les empreintes ce matin, donc elle aide à sonder tout le monde, vous comprenez.

Trudi sourit encore, mais une nouvelle fois, une expression sombre remplace son sourire en un instant. Son visage ne reste jamais immobile une seconde.

— On voulait juste vous demander si vous êtes sûre que Tyson est resté dans votre appartement toute la nuit dernière, dit-elle. Vous êtes sûre qu'il s'y trouvait quand vous êtes sortie pour la chercher…

J'ai envie de répondre qu'*elle* s'appelle Sarita, mais cela pourrait tirer la fillette de sa transe. Je me contente donc de hocher la tête.

— Il y était quand je suis sortie vers trois heures et demie, c'est certain : j'ai d'abord regardé dans sa chambre pour voir si Sarita s'y trouvait. Mais, pour le reste de la nuit, je n'ai aucune certitude. J'ai dû m'endormir vers minuit, minuit et demi. (Il y a quelque chose d'intime dans les regards qu'échangent Will et Trudi.) Mais de toute façon, pour en bas, ce n'est pas lui.

— Comment ça ? s'enquiert Trudi.

— Il chausse du 46.

— Ah. Très bien. On peut donc l'éliminer, je crois.

— Tenez-nous au courant si vous vous rappelez quoi que ce soit, d'accord ? dit Will, ce qui nous fait rire toutes les deux, car il a prononcé sa réplique sur le ton exact d'un flic de série télé.

Comme ils se détournent, Trudi jette un coup d'œil discret à mes pieds.

— Je chausse du 38, dis-je, avant de soutenir son regard de longues secondes jusqu'à avoir l'impression d'être transpercée par ses yeux noirs.

Je suis contrainte de me détourner la première.

14

GINA

— Il faut qu'on reste sur nos gardes, fiston, dit Papa à Brett en passant sa lame sur la pierre à aiguiser avec plus de délicatesse que sa main n'en a jamais eu avec aucun être humain.

Je les observe par l'entrebâillement de la porte.

— Quand on connaît l'histoire, on sait que c'est comme ça que ça commence. Les *gens*… (il lâche ce mot sur un ton sarcastique, comme toujours quand il parle politique, en général avec ses amis du stand de tir) … choisissent le chef le plus faible, celui qui les laissera faire ce qu'ils veulent, et puis c'est ce qu'ils font. Ce qu'ils veulent. Tout de suite, les valeurs morales en prennent un coup.

Il passe la pierre à Brett, qui frotte dessus son propre couteau Bowie puis la repose, avec l'air de s'ennuyer.

Je peux faire ça aussi, Papa, ai-je envie de hurler. *Tu nous l'as appris à tous les deux. Tu sais que je tire mieux que Brett. Je nous protégerais mieux que lui. C'est de lui qu'on doit avoir peur.* Mais bien sûr, je ne dis rien. Je ne sais même pas s'il m'entendrait, tant je suis invisible à ses yeux.

— C'est ce qu'ont fait Hitler, Mao, les Nord-Coréens, Saddam, Poutine, Obama – fondre sur leur proie quand les chefs faibles manquaient de vigilance, alors que tout ce dont avait besoin le peuple, c'était de direction morale. Et tu vois où ça nous a menés.

Il sort un autre couteau de son compartiment de mousse grise, dans la mallette en aluminium où ils dorment, alignés. M. Miller, l'armurier, a fabriqué de très beaux étuis pour les armes de Papa. Ils ont un logement pile de la bonne taille pour chaque élément, les viseurs, les chargeurs, l'huile, les pincettes, les brosses d'entretien. J'adore les déballer puis les remettre en place. Depuis que nous avons l'école à la maison, Papa nous a appris à démonter et à remonter chaque nouvelle arme comme on le lui a enseigné à l'armée. Il nous l'a appris à tous les deux et je suis plus douée que Brett.

Il doit avoir une bonne raison de m'exclure. Papa m'aime, et il a toujours une bonne raison de faire les choses, même lorsqu'il paraît dur. Peut-être est-ce une question de rôles en cas d'urgence. Nous avons tous notre rôle à jouer : le mien est de garder notre environnement propre, sans désordre, prêt. Maman ayant l'air un peu perdue depuis notre arrivée ici, mon rôle est aussi de veiller à ce que Brett et Papa soient nourris, forts de corps et d'esprit, prêts. Ces derniers jours, Maman s'est encore plus repliée sur elle-même, à moins qu'elle ne se rapproche du ciel, comme si son rapport avec Dieu était le seul qui lui importait.

Je pense à M. Fuller. Mort à présent. J'avais déjà vu un mort – grand-père, lors de ses obsèques, mais il était si maquillé qu'il ne se ressemblait plus du tout. M. Fuller était un brave homme, toujours gentil avec tout le monde. Selon M. Boucher, il a glissé et il est tombé, mais depuis qu'on l'a trouvé, Papa est nerveux – il a sorti l'étui de couteaux dès qu'il a su la nouvelle –, et je jurerais qu'il soupçonne quelque chose.

— Qu'est-ce que tu espionnes ici, ma fille ? (Je sursaute. On dirait que penser à Maman l'a fait surgir.) Le diable trouve du travail aux mains oisives.

— Pardon, Maman. Je me demandais juste si…

Papa lève les yeux depuis le lit où il est assis, l'étui ouvert à ses pieds. La même lueur inquiétante qui se tapit là depuis l'incendie brille dans son regard.

— Tu devrais songer au dîner, non ? dit-il. Il est presque cinq heures et demie.

— Oui, Papa.

Je me dirige vers la cuisine en m'assurant, puisqu'ils me regardent tous à présent, de marcher comme si je n'avais aucun problème existentiel.

Je ravale mon ressentiment.

Pour dire la vérité, j'aime bien travailler dans cette cuisine. Là, j'ai l'impression d'être une professionnelle, comme un médecin dans sa salle d'opération, car tout est propre et aiguisé et je dispose de quantité d'ustensiles neufs avec lesquels couper ou piquer – rien à voir avec le matériel émoussé dans la kitchenette étriquée de la caravane. Je crois que je vais faire un ragoût de bœuf. Il y a des oignons déshydratés et de l'huile dans le placard, des boîtes de tomates et de petits pois. Mais quand je m'accroupis devant le petit réfrigérateur que M. Fuller nous a aidés à remplir, je constate que nous sommes à court de viande en dehors d'un paquet de bacon. Brett et Papa n'ont vraiment pas lésiné : Maman touche à peine son assiette et je n'ai pas très faim non plus. Une douleur dans mes entrailles a remplacé mon appétit. Je me demande encore pourquoi Maman a allumé cet incendie. Quand elle m'a surprise à regarder ce jeu – ou est-ce parce que j'étais assise à côté de Jae ? –, j'ai lu dans ses yeux une peur, une panique que je n'y avais encore jamais vues. Je me demande encore si je dois dire la vérité à M. Boucher. Ne pas lui avouer ce que je sais revient à mentir. J'ai examiné ma conscience dans tous les sens, demandant au Seigneur de m'indiquer la voie à suivre, mais il est resté silencieux. Ma seule réponse est venue de Papa : je la lis sur son visage chaque fois qu'il me regarde – il me punira si je parle.

La famille ne passe qu'après Dieu. C'est une vérité à laquelle s'accrocher, même si elle n'apaise en rien la douleur dans mon ventre. Peut-être Papa me repousse-t-il pour me faire comprendre que mon travail consiste à rester avec Maman, alors que le sien est de ramener Brett dans le droit chemin. Peut-être le temps que nous devons passer ici, en bas, est notre chance de redevenir une famille.

Quand je vois Maman sur son fauteuil, en train de regarder une vieille rediffusion du prédicateur Hal Lindsey à la télé, elle me paraît esseulée, et je me sens coupable de lui préférer Papa : elle ne m'a jamais fait aucun mal. Je la plains un peu que nul n'ait voulu s'inscrire au groupe de prière qu'elle a tenté de créer.

— Maman, est-ce que tu aimerais… est-ce que tu pourrais m'aider à aller chercher des provisions en bas ?

— Tu peux y arriver toute seule, Gina.

Elle ne détache pas ses yeux de l'écran. Malgré moi, je suis un peu blessée qu'elle aime mieux regarder la télé que m'aider, même si je posais la question par devoir. Je suis cependant assez contente, car elle paraît bien plus forte qu'hier. Elle a retrouvé des couleurs. C'est déjà quelque chose.

Je feuillette la brochure « Bienvenue au Sanctuaire » de M. Fuller, posée sur le comptoir de la cuisine, qui parle des réserves de nourriture. En plus des produits frais « hydroponiques » et du poulailler, il y a paraît-il assez de denrées non périssables et d'eau pour subvenir aux besoins du refuge, entièrement occupé, pendant plus d'un an. Peut-être six mois en ce qui concerne Brett et Papa, me dis-je en souriant, quoique ce ne soit pas vraiment drôle. À chaque appartement sont attribuées des étagères de conserves et de produits congelés dans la réserve du niveau huit. J'écris sur ma main les numéros des nôtres : *étagères 3 & 4*.

— Je descends au magasin, Papa, préviens-je. Je vais chercher de la viande.

— Pendant que tu y es, rapporte du corned-beef aux haricots, dit Papa.

— Ouais, et du Kool-Aid, ajoute Brett.

L'atmosphère serait sans doute moins sinistre ici-bas si l'éclairage était moins vif, s'il vacillait comme dans l'épisode de *La Ville du Seigneur* où, quand Jimmy et Samantha vont s'embrasser au gymnase, les lumières crachotent et le diable entre en eux. Satan arrive sous la forme d'araignées et de rats qui trottinent dans les ombres, puis tous ces animaux se regroupent et deviennent une personne sans visage. Lorsque Jimmy et Samantha la regardent, ils découvrent une version corrompue d'eux-mêmes, semée des plaies et des cloques issues de la fornication résidant au bout de la route qu'ils s'apprêtent à emprunter. Ils se repentent, retrouvent la lumière et rentrent chez eux. Peut-être ensuite se marient-ils, je ne sais pas trop.

Ici, toutefois, au niveau huit, il n'y a pas d'ombres. Les néons illuminent tous les angles, et il n'y a ni araignée ni rat. Sous la plainte sonore de la salle des machines, où résident les pompes à air et à eau, on entend un *poum-poum-poum* régulier qui retentit quelque part derrière les murs. La chambre froide semble vibrer dans la lumière crue, mais il n'y a rien de vivant ici, rien du tout. L'air sec sent la poussière de ciment, le plastique et l'électricité. Les oiseaux me manquent, les chevaux surtout, mais, la main sur le cœur, je ne crois pas que ça me dérangerait de voir un rat ou une araignée – ça me donnerait l'impression de vivre encore sur terre, pas dans ce trou dépourvu de vie, couvert de poussière…

Poum-poum. Poum.

Par une fente du plastique qui couvre une entrée sans porte, je regarde la cuve surélevée où des lumières puissantes luisent sous des auvents. Fort peu de légumes poussent là : quelques blettes, quelques tomates recroquevillées et des fraises minuscules. Des fruits frais stimuleraient-ils l'appétit de Maman ? Elle a toujours préféré une bonne salade à un plat de viande. J'envisage de lui en apporter, mais je me méfie. Elle dira peut-être que ce n'est pas naturel, que ça a poussé en enfer. Je ne veux pas la faire redémarrer.

Au lieu de cela, je m'écarte de la salle des hydroponiques et je prends un carton de corned-beef et haricots en boîte ainsi que deux paquets de céréales sur l'étagère de conserves marquée *Unité 3A*, puis je m'approche de la chambre froide.

Les coups étouffés sont ici plus forts : juste au-dessus de moi, à travers le plafond. Ils doivent provenir de l'étage supérieur.

Poum… poum-poum. Puis un cri. Un hurlement de dépit.

Oh, je sais ce que c'est ! Brett qui joue au ballon. Le gymnase est au-dessus. Il a dû descendre juste après moi. Sans doute joue-t-il tout seul puisqu'il ne s'est fait aucun ami parmi les autres résidents. Je n'imagine pas Jae revenant là après la manière dont mon frère l'a traité.

Je retiens un peu cette pensée de Jae, oubliant les jugements de Papa, Maman et Brett. Je garde une minute en moi l'image de son sourire, sympathique et chaleureux, mais pas trop joli. Je sais que c'est mal, mais c'est une pensée qui n'appartient qu'à moi.

Enfin, je la relâche avec un soupir et ouvre la chambre froide, si vaste qu'on peut y entrer. C'est assez amusant, ce soudain changement de température, comme si j'étais transportée en hiver, dans les collines où Brett et moi faisions de la luge sur des cartons plats. C'était il y a plusieurs années, avant que mon frère ne cesse de jouer avec moi. C'est comme si, entre ses quinze et ses dix-sept ans, Brett était devenu comme Papa, me dis-je en cherchant les paquets de viande dont j'ai besoin. Je ne sais pas s'ils veulent que je devienne comme Maman, mais nous ne sommes pas identiques, contrairement à eux deux.

Un choc retentit derrière moi. Je pivote, lâchant les quartiers de viande froids et durs enveloppés dans du plastique. Il n'y a personne : c'est juste la porte qui s'est refermée.

Je m'accroupis pour ramasser mes provisions. Elles sont tombées contre une bâche roulée en bas des étagères. Alors que je récupère les paquets, mes doigts touchent quelque chose de gluant sur la bâche. J'approche ma main de mon visage et passe mon pouce sur la substance. Du sang. Il a dû couler des étagères. Pourtant, tout est congelé, non ?

Je tâte les alentours de la tache gluante. Ce n'est pas une simple bâche roulée : il y a quelque chose de solide en dessous. J'appuie. Solide, mais aussi un peu mou. À moitié gelé, comme le sang.

J'écarte la main. Je ne veux pas voir ce qu'il y a là. Je veux ramasser mes affaires et m'en aller. L'air glacé me fait mal aux poumons. Mais mes doigts gelés se sont collés à la feuille de plastique – qui s'écarte lorsque je tire pour les libérer.

Ses yeux qui me fixent, vitreux. Et la peau violacée de son visage. Une estafilade coagulée sur son cou.

Je hurle et cours jusqu'à la porte, la pousse.

Elle ne s'ouvre pas.

15

JAMES

James hésite devant les appartements inachevés du niveau six – là où Greg est mort. Alors qu'il pensait descendre tout droit au niveau huit et fumer une cigarette en douce avant de se rendre au gymnase, il se surprend à marcher vers la gueule noire de l'entrée la plus proche. L'autre étant scellée par du plastique, c'est sûrement dans cette unité-là que Greg a rencontré sa fin : l'infirmerie. Il ne devrait en aucun cas faire ça – il est déjà assez nerveux, le ventre bouillonnant du malaise qu'il éprouve chaque fois que Vicki fait une de ses crises. Voilà longtemps qu'il ne l'avait vue aussi agressive. Pendant la réunion, elle s'en est prise à Cam Guthrie telle une vipère attaquant un pitbull : le pauvre n'a pas su comment réagir. Mais c'est tout à fait elle. L'angoisse la rend violente. Lui, au contraire, préfère s'enfouir la tête dans le sable et ignorer tout ce qui l'inquiète. Il est hors de question pour lui de s'appesantir sur le fait que Greg a emporté le code de la porte blindée dans le cercle de l'enfer réservé aux anciens experts en sécurité et nouveaux promoteurs. D'ailleurs, il n'y a aucune raison de s'affoler. Le Sanctuaire est autonome – ils ne vont pas mourir de faim –, et même en imaginant le pire, même si nul ne capte leur signal radio de détresse, il ne faudra pas bien longtemps pour que quelqu'un, dehors, réalise qu'ils ont disparu, que personne n'a de leurs nouvelles. À l'exception des Guthrie, tous sont bien nantis et doivent avoir de la famille ou des amis à qui ils manqueront. Ce n'est, hélas ! pas vrai dans leur cas. Comme Vicki n'a cessé de le faire remarquer, aucun de leurs contacts ne sait où ils se trouvent. Leur assistant, Benedict, les supposera sans doute terrés dans leur maison de campagne de Martha's Vineyard.

S'éclairant à l'aide de son iPhone, il découvre la poussière et les sacs de créosote empilés par terre. Le Xanax lui assèche la bouche, et pour une fois, il n'a pas envie de fumer. Il allume tout de même une mentholée – surtout pour cacher le léger parfum de viande avariée qu'il est sûr de ne pas imaginer. Ce doit être du sang. Celui de Greg. James s'enfonce dans l'obscurité d'un pas traînant, retient son souffle quand la lumière révèle une tache noire sur le sol. Relevant un peu le faisceau, il distingue la baignoire en céramique, encore couverte d'une enveloppe de plastique dans l'attente de son installation et parsemée de traces brun foncé. Il frissonne. D'après Will, Greg a trébuché, il est tombé et s'est brisé la nuque contre le bord de la baignoire, mais James n'en est pas convaincu. Trébuché sur quoi ? Le sol est dépourvu de débris. La main sur la bouche, il s'approche de la tache et remarque la suite d'empreintes aux contours flous qui s'éloigne vers l'espace obscur abritant sans doute une des chambres de l'appartement. Il les mesure à l'aune de son pied : trop grandes pour appartenir à la fillette qui a découvert le corps. Ce sont sans doute celles de Cait, la belle jeune fille au pair de Tyson. Tyson… encore un problème à régler. Les coups d'œil que lui lançait Vicki pendant la réunion en même temps qu'elle fusillait Cait du regard ne lui ont pas échappé.

Assez.

Il écrase la cigarette et jette le mégot dans l'obscurité. Merde – il n'aurait pas dû faire ça. Il ne fait aucun doute que les flics investiront le Sanctuaire quand ils en sortiront enfin, surtout si la mort de Greg est jugée louche. Le moment est venu de foutre le camp. James s'y emploie puis descend l'escalier à pas de loup jusqu'au gymnase. Des chocs sourds en proviennent, à l'instar d'un battement de cœur erratique. Quelqu'un joue au ballon là-dedans – sûrement le jeune Guthrie. Pas question pour James de monter sur le tapis de course avec cette masse d'acné et d'hormones bouillonnantes dans les environs. Non. Il va faire ce qu'il avait prévu au départ : s'accorder une autre cigarette dans le local hydroponique, où il est sûr de ne pas déclencher d'arroseurs. Il s'en est déjà servi plusieurs fois de fumoir. Se hâtant de descendre la dernière volée de marches, il pousse la porte derrière laquelle règne une odeur de plastique et de pommes. Cette zone est assez bien organisée : les boîtes de thon et de jambon, les paquets de pâtes, les bocaux de sauce tomate et de cornichons sont tous alignés sur des étagères marquées du numéro de chaque appartement. Ce garde-manger bien garni faisait partie du contrat, mais James doute que beaucoup de ces provisions soient jamais consommées. Vicki crèverait de faim avant de manger du corned-beef. Il y a même une « réserve de secours » dans un angle : légumes lyophilisés et sinistres paquets en papier d'aluminium contenant des plats déshydratés, dont aucun n'est étiqueté. Greg a dû les racheter en lots à un fournisseur en faillite : il économisait çà et là, James l'a remarqué…

Un hurlement étouffé le fait sursauter. Il se fige, les sens en alerte. Ce sont à présent des coups qui s'élèvent, et ils semblent émaner de la chambre froide. Seigneur ! Il s'en approche lentement.

— Il y a quelqu'un ?

— Aidez-moi !

James ouvre la porte avec prudence et titube quand la petite Guthrie se précipite dans ses bras.

— Qu'est-ce qui se passe ?

Elle se presse contre lui, tremblante. Il se dégage et s'écarte. Elle a les joues rouges, maculées de morve et de larmes.

— Je… j'ai cru que j'allais rester enfermée, pleurniche-t-elle en s'essuyant le nez d'un revers de main.

— Qu'est-ce que tu faisais dans la chambre froide ?

— J'étais venue chercher à manger. De la viande. Et puis… et puis… je l'ai vu.

— Quoi ?

— Greg.

— Greg est là-dedans ?

Bon, d'accord, où aurait-on bien pu le mettre ? Curieux, James jette un coup d'œil dans la chambre froide : un paquet de faux-filets, sans doute lâché par Gina, repose en équilibre sur la bâche enroulée autour de ce qui est sans nul doute un cadavre. Dieu merci, on ne voit pas grand-chose du corps lui-même, juste une mèche de cheveux incrustée de cristaux de glace.

— Regarde, Gina, dit-il en inspectant le dos de la porte, il y a une poignée à l'intérieur. Tu n'étais pas vraiment enfermée.

— Mmm-mmm, je ne veux pas voir ça.

Elle secoue la tête et s'essuie à nouveau, laissant sur sa joue une traînée de morve luisante, comme un sillage d'escargot. James se tapote les poches dans le vague espoir d'y trouver un mouchoir en papier, mais il fait chou blanc. Empoignant un rouleau de papier toilette sur la montagne qui jouxte le banc de réfrigérateurs, il le tend à la jeune fille.

— Viens. Je te raccompagne à ton appartement.

— Non ! Je veux dire : je ne peux pas laisser Maman me voir comme ça.

James ne peut pas lui en vouloir. Il n'a pas discuté avec Bonnie Guthrie, mais le peu qu'il a vu d'elle suffit à le mettre mal à l'aise.

— Tu veux aller à la salle de détente, alors ?

— Je… oui, sûrement. Il faut que je me nettoie d'abord.

— Viens. Tu pourras faire ça dans mon appartement.

Le visage de l'adolescente s'éclaire.

— C'est vrai ? Merci, monsieur Maddox.

— James. Je m'appelle James.

Un léger sourire.

— Je sais.

Ça ne va pas amuser Vicki, mais merde après tout. Dieu sait combien de temps ils vont être coincés ici-bas : ils doivent au moins essayer d'avoir des relations de bon voisinage.

Tous les deux remontent l'escalier en silence. Dans le gymnase, les coups ont cessé. Sans doute Brett, ou quiconque se trouvait là, est-il reparti.

James pose le pouce sur la plaque sensible de la porte puis fait signe à Gina de le suivre à l'intérieur.

— James ? appelle Vicki. C'est toi, James ?

Elle sort de la chambre, nouant la ceinture de son kimono en soie, puis cille à la vue de Gina debout derrière lui.

— On a de la visite, dit-il avant qu'elle ne commence à l'engueuler.

Vicki a les pupilles dilatées. Visiblement, elle l'a encore trompé avec le prince Valium. Tant mieux : cela améliorera son humeur. James a souvent envisagé d'en saupoudrer tous les matins sur les céréales macrobiotiques du petit déjeuner.

— Oh, quelle joie ! s'exclame-t-elle, quoique son expression dise le contraire.

— Gina vient d'avoir un grand choc.

— Quel genre ?

— Elle s'est enfermée dans la chambre froide. Avec le cadavre de Greg.

Pendant un long moment presque comique, Vicki digère l'information, puis :

— Ils ont mis Greg dans la chambre froide ?

— Oui.

— Avec la bouffe ?

James manque d'éclater de rire devant la moue dégoûtée de sa femme. *Un cadavre à côté du veau ? Seigneur, ça ne se fait pas du tout.*

— Où voulais-tu qu'ils le mettent ?

Il désigne Gina d'un signe de tête. Vicki se pare de son masque « on a du monde ».

— Je suis désolée, Gina, dit-elle de sa voix officielle. Ça a dû être horrible pour toi. Tu veux une tasse de thé sucré ? Il paraît que c'est bon contre les chocs.

— Oh oui, merci madame.

James escorte l'adolescente au salon. Elle regarde autour d'elle, passe les doigts sur le dossier du canapé.

— C'est joli ici. J'aime les couleurs que vous avez choisies.

James lui adresse un sourire qui n'engage à rien. Vicki a passé des heures à déplorer que la décoration ne soit pas celle qu'ils ont sélectionnée sur les plans, que la garniture des fauteuils soit en similicuir et non en veau. Gina s'assoit, un peu raide, les mains croisées sur les genoux comme à l'église. Claudette s'approche, lui renifle les pieds et, Dieu merci, se laisse caresser sans lui arracher un doigt.

— Tu veux regarder la télé, Gina ?

— Oui, merci.

Il allume le téléviseur, donne la télécommande à la jeune fille et gagne à regret la cuisine où Vicki fouille sans douceur dans les placards.

— Qu'est-ce qui te prend de l'avoir ramenée ici ? siffle-t-elle. Tu sais que je ne me sens pas bien.

— Elle était en état de choc.

Il se verse un verre de jus de pomme et le boit d'un trait.

— Qu'est-ce que tu fichais là-bas, d'ailleurs ? Je te croyais au gymnase.

James, coupable, manipule le paquet de cigarettes dans sa poche.

— J'y allais. Mais, tant que j'étais en bas, j'ai voulu jeter un coup d'œil aux provisions, voir combien de temps on pourra tenir avant de passer aux lentilles et aux rations de survie.

— On n'en arrivera pas là, fait sa femme, dédaigneuse. On dirait que le vaccin est efficace. Ils ne parlaient que de ça aux infos ce matin. C'est en train de se terminer.

— Le virus ?

— Oui, le virus, de quoi est-ce que je pourrais bien parler ?

— D'accord, Vicki, mais… rappelle-toi qu'on est enfermés.

— Ne sois pas ridicule. Il y a forcément un moyen d'ouvrir la porte blindée. Ce n'est pas comme si on devait rester ici plusieurs semaines, hein ?

— Tu as sûrement raison.

— J'ai toujours raison, James, conclut-elle avec un léger sourire. Passe-moi une grande tasse, tu veux.

Il ouvre le placard, mais presque tout son contenu est empilé dans l'évier, en attente d'être transvasé dans le lave-vaisselle. Voilà un moment qu'ils n'ont pas été obligés d'accomplir une tâche aussi plébéienne que nettoyer derrière eux. Tiens, c'est une idée : Maribel, leur employée de maison, rapportera peut-être leur disparition. Il avait l'intention de lui envoyer un courriel pour lui apprendre qu'ils avaient quitté la ville.

— Je peux laver tout ça pour vous, si vous voulez, propose Gina qui s'est approchée sans bruit.

— Ce n'est pas la peine, merci, dit Vicki, glaciale. On peut utiliser le lave-vaisselle.

— Je serais ravie de le faire, madame. C'est moi qui nettoie tout ce qu'il y a à nettoyer à la maison.

— Tout ?

— Oui. Et je fais aussi la cuisine.

— Ton frère ne t'aide pas ?

— Non.

Le visage de Vicki se radoucit, mais avant qu'elle ne puisse répondre, Claudette jappe et court à la porte d'entrée.

— Qu'est-ce qu'il y a, mon bébé ? roucoule sa maîtresse.

James entend des voix dans le couloir. Des voix d'hommes. Qu'est-ce qui se passe encore ?

— On dirait mon père, remarque Gina. Il… il pourrait se fâcher s'il s'aperçoit que je ne veille pas sur Maman.

Vicki se hérisse.

— Eh bien, il n'y a aucune raison pour qu'il sache que tu es ici. Va voir ce qui se passe, James.

Celui-ci entrebâille la porte et aperçois Brett, Cam et Will qui se disputent dans l'escalier : « … aurait dû le faire quand on l'a monté chez les Dannhauser », crie

Brett ; « Oui, mais on ne l'a pas fait et, maintenant, je le regrette », renvoie Will.

— Eh bien ? interroge Vicki derrière James.

— Ce n'est rien. Reste avec Gina. Je m'occupe de ça.

Avant qu'elle ne puisse discuter, il sort dans le couloir et referme la porte derrière lui. La dernière chose dont il a besoin, c'est que Vicki s'en prenne de nouveau à Cam Guthrie.

— Il y a un problème ? s'enquiert-il en rejoignant les trois hommes.

Brett et Cam se tournent vers lui, le visage rouge.

— Rien d'insurmontable, grommelle le père.

— Il n'y a qu'à lui poser la question, P'pa, dit le fils en désignant James de la tête. On verra bien ce qu'il en pense.

— Ce que je pense de quoi ?

— Will dit qu'il faut aller chercher le cadavre de Greg et le porter jusqu'à son appartement pour déverrouiller sa porte et récupérer le téléphone satellite.

Will soupire et se passe les mains sur le visage. Il a les yeux creusés.

— Et alors, quel est le problème ?

James formule déjà en lui les excuses qui le dispenseront de cette corvée-là – le dos fragile, peut-être une vieille blessure due au sport. Il n'a aucune intention de les aider à porter un cadavre à moitié congelé sur huit étages.

Brett tire un couteau à dents de l'étui qu'il porte sur la hanche.

— Moi, je dis qu'il y a un moyen plus simple.

— Vous voulez lui couper le pouce ? s'exclame James, tentant sans succès de dissimuler son dégoût.

— Le gamin a raison, Will, intervient Cam tout en l'ignorant. Greg est mort. Il ne sentira pas la différence.

— On ne peut pas mutiler le cadavre, affirme Will. Ce n'est pas bien.

— Alors vous n'avez qu'à le porter là-haut tout seul, souffle Brett. On verra jusqu'où vous arriverez. Il pèse plus de cent kilos. (Il toise James de la tête aux pieds, un rictus aux lèvres.) Vous pourriez demander à ce type-là de vous aider.

C'est hors de question. James doit réfléchir vite.

— Will... à la réflexion, ça n'a aucun sens de traîner Greg là-haut. En outre, à l'heure qu'il est, la rigidité se sera installée : il sera presque impossible de manœuvrer le cadavre.

En réalité, il n'en a pas la moindre idée.

— Ce n'est pas faux, appuie Cam en lui adressant un signe de tête respectueux – et James se déteste d'en éprouver un petit frisson flatté.

Will secoue la tête, mais il n'a de toute évidence plus l'énergie de se battre.

— Venez, alors. Finissons-en. Mais c'est vous qui expliquerez ça aux flics.

— Ça ne me pose aucun problème, assure Cam. On est dans une situation délicate. Ils comprendront.

James n'a vraiment aucune envie de les accompagner, mais les Guthrie lui font signe d'ouvrir la marche. Le père lui pose la main sur l'épaule au passage ; même le fils lui adresse un signe de tête approbateur. James cherche le regard de Will, qui l'évite. Génial : d'un seul coup, il s'est à la fois aliéné le seul type qui semblait doté d'un peu de bon sens dans ce putain de refuge et associé au casting de *Délivrance*.

Lorsqu'ils atteignent la réserve, Brett passe devant et se dirige droit vers la chambre froide. Il en ouvre la porte d'une traction et la maintient en place à l'aide d'une énorme boîte de tomates concassées destinée à la restauration collective.

— C'est parti, dit-il avec un de ses insupportables sourires de merdeux.

Will se détourne, et James a besoin de toute sa volonté pour ne pas l'imiter. Sans savoir pourquoi, néanmoins, il tient à montrer aux Guthrie que même s'il passe son temps dans un bureau au lieu de lutter contre des alligators ou de s'adonner aux mêmes occupations macho qu'eux, il n'en est pas moins un homme.

Il ne peut s'empêcher de frémir lorsque Brett repousse la bâche et qu'apparaît le sang séché, à moitié congelé, sur le crâne et le visage de Greg. Son couteau à la main, l'adolescent s'accroupit près du cadavre.

James détourne la tête à la dernière minute, entend le bruit de la coupure, un craquement d'os puis le cri de triomphe de Brett. Ses yeux se troublent, sa poitrine se contracte et le jus de pomme qu'il a bu si vite rejaillit en un amer déluge.

16

JAE

Jae suit sa mère dans l'escalier en tentant de ne pas lâcher la montagne de boîtes Tupperware empilée dans ses bras. Livrer aux Dannhauser des lasagnes de veau, du kimchi (ses parents en ont apporté assez pour nourrir une armée) et du cheesecake aux fraises est peu ou prou la dernière chose qu'il a envie de faire en ce moment. Il a été enrôlé dans l'entreprise quand il a quitté le poste de commande pour aller aux toilettes, et sa mère n'a pas accepté d'entendre un refus. Il n'a pas demandé pourquoi son père ne les accompagnait pas, lui. Jae a reconnu son regard de lapin pris dans les phares. Celui qu'il avait quand il devait quitter l'appartement avec son épouse dans un but social ou scolaire. Il a fallu une Apocalypse pour tirer Yoo-jin de sa zone de confort, mais en réalité, il n'a fait qu'échanger quatre murs contre quatre autres.

— Il faut vraiment que je vienne, Maman ? J'ai des conn… des trucs à faire au poste de commande.

Ouais, et comment. Tout ce qu'il fait depuis deux heures, c'est jouer à Pyramid sur son portable et se défouler dans son journal.

Sa mère s'arrête, la main posée contre le mur, comme pour se stabiliser. Après deux volées de marches, elle est déjà hors d'haleine.

— Maman ? Ça va ?

Elle se penche un peu, pose sa main libre sur son ventre.

— Oui, oui. Juste une pointe de colite. Ça va.

— Tu es sûre ?

— Je suis sûre. (Elle lui lance un sourire courageux par-dessus son épaule.) Ça ne prendra pas longtemps. Après, tu pourras retourner où tu voudras. Je croyais que tu aimais bien M. Dannhauser ?

— Je l'aime bien. Je crois.

Pour être franc, Jae ne sait pas trop quoi en penser. Leo ne lui a pas dit grand-chose quand ils se trouvaient au poste de commande ; il s'est contenté de faire son travail du moment, ce qui convenait très bien à l'adolescent. Et il connaît sans conteste sa partie : moins de cinq minutes lui ont été nécessaires pour rediriger le signal radio, ce qui est assez impressionnant. Mais il a aussi quelque chose d'intimidant, d'assez inquiétant. Il rappelle à Jae l'acteur qui jouait Magnéto dans les vieux films des *X-Men*. Encore un fait amusant qu'il ne peut partager avec Scruffy. *Salut, Scruff, alors je suis coincé là-dedans avec une bande de ploucs, un Sacrifiable clamsé et le pire ennemi de Charles Xavier.* Une vraie rigolade !

La porte des Dannhauser est entrouverte. L'exemplaire abîmé de *Fleurs captives* coincé dans l'encadrement doit appartenir à Trudi. Jae ne lui a pas dit grand-chose, bien qu'elle soit venue un peu plus tôt dans leur unité en compagnie de Will pour discuter avec sa mère.

Celle-ci frappe tout de même à la porte. Quelques secondes plus tard, Trudi l'ouvre juste assez pour déterminer l'identité de ses visiteurs.

— Je viens voir comment va Caroline, annonce Stella en souriant. C'est possible ? On peut revenir plus tard.

— Oh, non, c'est parfait maintenant. Entrez, je vous en prie.

L'appartement des Dannhauser pue la soupe – une odeur que Jae associe toujours aux personnes âgées. Il dépose avec précaution sur le comptoir de la cuisine les Tupperware que Trudi regarde sans comprendre.

— On s'est dit que vous n'auriez peut-être pas envie de cuisiner, explique la mère du garçon en tapotant une des boîtes. Ça, c'est du kimchi. La spécialité de mon mari.

Le visage de leur hôtesse se détend.

— Oh, comme c'est gentil.

Jae ne peut s'empêcher de fixer ses bras. Toutes les veines sont visibles sous la peau : elle est affreusement maigre, comme une cancéreuse.

Leo sort d'une des chambres.

— Merci d'être venue, Stella, dit-il en saluant Jae d'un petit signe de tête.

— Comment va Caroline ?

— Je suis encore inquiet. Entrez, je vous en prie.

La mère de Jae suit Leo dans la chambre, le laissant seul avec Trudi. C'est le moment d'effectuer sa sortie.

— Bon, eh bien, je vais…

— Je suis une cuisinière déplorable, lâche-t-elle en désignant la marmite qui siffle sur la cuisinière. Absolument nulle. Tout ce que je fais a goût de merde.

Il éclate de rire : il ne s'attendait pas à entendre quelqu'un comme elle dire des gros mots.

— Je ne sais pas cuisiner non plus. Mon père a essayé de m'apprendre, mais je n'arrive pas à m'y mettre.

— C'est vraiment gentil à tes parents de penser à nous.

Comme elle cligne des paupières, il réalise qu'elle a les yeux emplis de larmes.

— Oh, hé… je suis désolé.

Mais elle s'essuie les yeux avec colère avant de lui lancer un petit sourire.

— Non, c'est moi qui suis désolée. Je ne sais pas ce que j'ai. Je suppose… je dois m'inquiéter pour ma mère, c'est tout.

— Oui, je connais ça.

Soudain, sans l'avoir décidé, il se retrouve à lui parler de ses parents. La santé précaire de sa mère. Le bizarre comportement renfermé de son père.

Trudi sait écouter et il a l'impression qu'elle comprend exactement ce qu'il lui dit.

— Ce n'est pas facile, admet-elle. Caroline – ma mère – a besoin de soins presque constants en ce moment. Elle n'aime pas rester seule. C'est parfois un peu épuisant. Ce refuge est déjà assez angoissant comme ça. On devient claustrophobe ici. Je l'ai laissée seule ce matin pour… bref, je suis sortie, et je me suis sentie terriblement coupable ensuite.

— Je peux monter vous aider, si vous voulez, propose Jae sans réfléchir. Je pourrais lui tenir compagnie ou quelque chose comme ça. Lui faire la lecture.

— Tu ferais ça ?

— Bien sûr. J'ai téléchargé un tas de bouquins.

Surtout du Joe Abercrombie mais, bon, la vieille dame aime peut-être la *fantasy* épique.

— Ce qui lui plaît, ce sont les romans sentimentaux.

Il faudra qu'il emprunte le Kobo de sa mère : elle a un paquet de trucs comme ça.

— Pas de problème.

— Merci, Jae. C'est vraiment gentil de ta part.

Il sent la chaleur lui monter aux joues.

— Pas de souci, vraiment.

Trudi ouvre la bouche pour répondre quand on frappe à la porte :

— Je peux entrer ? appelle Will

— Bien sûr.

Elle porte la main à sa gorge, et un petit sourire danse autour de ses lèvres.

Jae est choqué par l'apparence de Will : il a vraiment l'air très affecté, comme malade.

— Leo est là, Trudi ?

— Avec Caroline et le docteur Park. Il est occupé. Je peux vous aider ? (Elle regarde l'arrivant comme si elle avait envie de le dévorer. *Allez-y mollo*, a envie de conseiller Jae. Il ne sait pas grand-chose du bras droit de Greg mais, d'après Cait, il est marié et sa femme est malade.) Je préférerais ne pas le déranger.

Les yeux de Will se posent sur l'adolescent.

— Tu crois que tu pourrais nous aider ?

— Sûrement. À quoi ?

— On va fouiller l'appartement de Greg. Chercher son téléphone satellite. Peut-être allumer son ordinateur et voir s'il ne renferme pas un code de secours pour ouvrir la porte blindée. C'est toi le mieux équipé pour nous aider dans cette tâche.

Jae manque d'éclater de rire. À l'exception de Leo et de ses parents, tous semblent le prendre pour un *hacker* et non pour ce qu'il est vraiment : un ado qui aime les jeux. À dire vrai, il a encouragé cette réputation, surtout avec Gina et Cait. Mais pourquoi ne pas accompagner Will ? Il n'a pas d'autre projet.

— D'accord.

— Je viens aussi, déclare Trudi.

Will la regarde une seconde puis hoche la tête.

— Parfait. Merci.

— Papa ? appelle Trudi. Je sors.

Jae et elle suivent Will dans le couloir. Super. Psycho Boy et son père s'y tiennent au garde-à-vous, en compagnie de James Maddox, pâle et en nage, qui ne cesse de s'essuyer la bouche avec la main.

— Je croyais que vous alliez chercher Leo ? grommelle Cam en accordant à peine un regard à Trudi.

— Il est avec son épouse. À la place, j'ai demandé à Trudi et à Jae de nous accompagner.

— Génial, commente Brett à voix basse.

Jae l'ignore et se tourne vers Will.

— Je croyais que l'appartement de Greg était verrouillé ?

— Ouais, mais on a trouvé la clef, lance Brett avec un large sourire. Hé, Jae-Jae… chope !

Jae attrape d'instinct le petit objet qu'on lui jette. Quand il baisse les yeux, il sent l'air déserter ses poumons : un doigt gris-bleu, couvert de fins poils noirs en dessous de l'articulation, son extrémité tranchée noire de sang séché autour du jaune des cartilages. Le pouce de Greg ! C'est le pouce de Greg qu'il a dans la main ! Il s'entend pousser une petite plainte lamentable et le lâche. Trudi a un hoquet.

— Espèce de fiotte, marmonne Brett en se penchant pour récupérer le doigt.

— Vous êtes ignoble ! s'exclame Trudi, mais les deux Guthrie l'ignorent.

— Ça suffit, Brett, dit sèchement Will. On n'a pas le temps de jouer au con.

Voici une nouvelle facette de Will – sérieux, déterminé, tenant tête aux Guthrie. Tout le contraire de l'individu calme et pondéré qu'il était lors de la réunion. Brett s'empourpre. *Cool.*

Tandis que les autres montent l'escalier d'un pas rapide, Jae reste un peu en arrière, s'essuie les mains sur son jean et tente de ne pas penser au contact froid et parcheminé du pouce sur sa peau.

— Essayons, décide Will quand ils atteignent l'appartement de Greg.

Après avoir lancé un sourire suffisant à Jae, Brett appuie le pouce sur la plaque sensible de la porte. Aucun résultat.

— Essayez encore. Peut-être… (Trudi frissonne.) Il faudrait peut-être le réchauffer.

— Oh, nom de Dieu, fait James en se détournant.

Le jeune Guthrie referme la main sur le pouce puis souffle dessus. Jae se détourne, ne sachant trop s'il a envie de rire, de pleurer ou de vomir.

Brett appuie plus fort – le haut du pouce est désormais plié en arrière selon un angle écœurant – et enfin, un cliquettement annonce l'ouverture du verrou.

Will retient l'adolescent par le bras alors qu'il s'apprête à entrer.

— À partir de là, on prend le relais. Cam et toi, vous allez manger.

— Vous essayez de vous débarrasser de nous ? s'emporte Brett en se dégageant d'un geste brusque. Sans mon père et moi, vous n'entriez pas.

Will hoche la tête.

— Je sais. Je vous suis reconnaissant de votre aide à tous les deux. Mais quatre personnes suffiront pour fouiller l'unité.

Cam l'observe avec attention ; à l'évidence, il s'est passé quelque chose un peu plus tôt entre ces deux-là.

— C'est bon. Viens, Brett.

— Mais P'pa ! se plaint son fils. Pourquoi le Chinetoque a le droit de rester et pas moi ?

— Charmant, soupire Jae en même temps que James murmure :

— Putain, j'y crois pas.

— Viens, répète Guthrie Senior. Allons manger. Vous nous tiendrez au courant si vous trouvez quelque chose, n'est-ce pas, Will ?

Dans sa bouche, cela sonne comme une menace.

— Ouais.

Tous attendent que Cam et Brett aient disparu dans l'escalier avant d'entrer dans l'appartement.

— Merde, siffle James. Quel dépotoir.

L'air sent le renfermé et les chaussettes sales. Le salon et la cuisine sont peu meublés, la moquette tachée de boue et l'évier déborde de vaisselle sale. En outre, l'appartement n'est pas achevé : on voit des lignes tracées au crayon sur les murs à l'emplacement des placards. Jae n'aurait pas attendu pareil désordre de Greg qu'il prenait pour une espèce de militaire coincé.

James va droit à l'évier, fait couler l'eau et boit à même le robinet.

— Jae, dit Will alors que Trudi et lui explorent déjà le fouillis qui jonche le canapé, peux-tu aller dans la chambre de Greg ? Vois si tu trouves le téléphone satellite ou une radio à grandes ondes. Vous pouvez explorer la cuisine, James ?

— D'accord, répond ce dernier après avoir laissé échapper un rot discret.

Jae contourne deux sacs-poubelle débordant de documents jaunis et pénètre dans la chambre. Il n'y a ni lit ni penderie, juste un matelas par terre, quelques vêtements, une pile de feuilles imprimées et divers papiers éparpillés. Le garçon fouille les vêtements dont la plupart puent la transpiration. Merde. Greg était un gros dégueulasse. Ayant mis au jour un couteau de chasse rouillé, un numéro de 2007 du magazine *Guns'N'Ammo*[1]

1. « Armes à feu et munitions ». *(N.d.T.)*

et un *Playboy* de la même époque, il retourne dans la cuisine. James fouille les placards qui entourent l'évier. Près de lui, par terre, repose une bouteille à moitié vide de bourbon Old Granddad.

Will, qui cherche sous les coussins du canapé, relève les yeux.

— Trouvé quelque chose, Jae ?

— Non. Désolé.

— Merde. (Il désigne le moniteur installé sur le comptoir.) Et si tu démarrais l'ordinateur ?

— Pas de problème.

Jae retire un rouleau de plans chiffonnés d'un tabouret de bar, s'assoit et allume la machine.

— Hé, Will, je peux vous poser une question ? lance James.

— Bien sûr.

— Vous croyez vraiment que ce qui est arrivé à Greg est un accident ?

— Pourquoi ?

— J'ai fait un tour dans l'appartement. Celui où Greg a clamsé. Il y a des empreintes pleines de sang là-dedans.

Première nouvelle pour Jae qui se retourne afin de jauger la réaction de Will. Et celle de Trudi.

Le premier se passe la main sur le visage et échange un regard avec la seconde.

— Oui. Je les ai vues. Trudi aussi.

— Est-ce que ce sont celles de Cait ?

— Je ne sais pas.

— Elles sont très petites. (James a un hoquet.) On dirait qu'elles s'éloignent du cadavre. Ce que je veux dire…

— Vous croyez qu'il a été assassiné ? intervient Jae.

— Il est plus que probable qu'il ait glissé et soit tombé, c'est tout, soupire Will. Il devait faire très sombre là-dedans.

— Vous croyez ? insiste James. Je ne sais pas sur quoi il aurait pu trébucher. Le sol était nu à cet endroit-là.

Jae regrette de ne pouvoir discuter de tout ça avec Scruffy. Elle adorerait ce genre d'intrigue.

— Qui aurait voulu tuer Greg ?

— Exactement, approuve Will. On avait tous besoin de lui. C'est lui qui dirige… qui dirigeait le Sanctuaire. (Comme James ouvre encore la bouche, il lève la main pour le faire taire.) On aura le temps d'en parler. Et une fois qu'on sera dehors, ce sera aux flics de s'en occuper. Que dit cet ordinateur, Jae ?

Le garçon baisse les yeux sur l'écran.

— Il est protégé par un mot de passe.

— Tu peux le trouver ?

— Vous voulez dire : comme dans les films ?

Un montage de plans panoramiques le montrant en train de taper très, très vite jaillit dans sa tête.

— Est-ce que tu peux ? insiste Will.

Comment est-ce que je pourrais savoir faire ça ?

— Euh… Est-ce que Greg avait une femme ?

— Pourquoi ? demande James d'une voix pâteuse.

Quoique Jae ne l'ait pas vu boire, le niveau de la bouteille de bourbon a considérablement baissé : il doit avoir des talents de ninja pour picoler.

— Il a pu utiliser son nom comme mot de passe.

— Pas de femme, déclare Will.

— Une copine ?

— Pas à ma connaissance. Depuis quatre ou cinq ans, toute sa vie était ici.

— Bon. Essayons les trucs évidents alors.

Il tape « LeSanctuaire ». Non. Ensuite juste « Sanctuaire ». Pas plus.

— Essaie encore.

— La date de son anniversaire ? suggère Trudi.

Will réfléchit un moment.

— C'était en avril. Le 1er avril. Il n'arrêtait pas de faire des vannes à ce sujet.

— Quelle année ?

— Euh… essaie 1965, par là.

— Non. L'ordinateur pourrait se bloquer. D'autres idées ?

— James, vous pouvez regarder si Greg n'a pas écrit le mot de passe quelque part ? soupire Will.

— Où par exemple ?

Un instant, Jae est convaincu que l'ex-bras droit de Greg va péter les plombs.

— Je ne sais pas, bon Dieu ! Sur un carnet, peut-être.

— D'accord, d'accord, marmonne James avant de traverser le salon, la bouteille de whisky sous le bras, et de se mettre à explorer sans méthode les papiers qui débordent des sacs en plastique posés par terre.

— Une seconde. Essaie 1984.

— Pourquoi ? interroge Trudi.

— Vas-y.

Jae s'exécute.

— *Nada*.

— Bon. Laisse tomber pour l'instant. Aide James. Trudi et moi allons visiter le reste de l'appartement.

Will se hâte de passer dans la chambre, la jeune femme sur ses talons.

— Hé, Jae, tu crois pas que ces deux-là se feraient bien des bricoles ? demande James.

— Trudi et Will ?

— Ouais. Sacrée équipe, hein ? ricane-t-il. Zorro et Sherlock Os.

— Ils sont sympas.

— Ouais, bien sûr.

Gêné, Jae s'intéresse de nouveau au clavier et, sur une impulsion, tape « Sanctuaire1984 ».

— Merde alors, souffle-t-il.

Il est passé ! Un bureau envahi d'icônes de dossiers apparaît, devant un fond d'écran représentant un cerf qui domine une vallée. Plusieurs dossiers portent le nom des copropriétaires du Sanctuaire, dont le sien. Curieux, il clique sur celui des Guthrie et y découvre une myriade de sous-dossiers : « Certificats de naissance », « Relevés de banque », même « Bulletins scolaires ». Une pointe de satisfaction l'envahit quand il parcourt le fichier « Brett » qui lui révèle une moyenne générale au collège très médiocre. C'est un abruti, il le savait. Certains dossiers abritent aussi des photos – un cliché aérien d'une caravane sur le terrain qui s'étend derrière une ferme, un autre des Guthrie quittant une église pareille à un centre commercial. Sur celui-là, Gina sourit ; elle a les cheveux plus longs, drapés sur l'épaule. Mignonne. Jae devrait vraiment appeler Will, lui dire qu'il a réussi à entrer dans l'ordinateur, mais il ne résiste pas à l'envie de fouiner encore un peu. Il affiche le contenu du dossier intitulé « Park ». Seigneur ! Cette documentation-là est tout aussi complète. Ouvrant sans enthousiasme le sous-dossier « Jae-lin », il balaie du regard ses propres bulletins scolaires – plus flatteurs – qui remontent au CE2. Il sent le sang lui monter au visage quand il découvre un document intitulé « Évaluation psychologique ». Cela date d'il y a des années. Il ne pouvait pas avoir plus de onze ans. Problèmes d'adaptation ou une connerie comme ça.

James surgit derrière son épaule.

— Hé… Tu as réussi !

Jae sursaute et ferme la page avant que son compagnon n'ait le temps de la lire.

— Ouais. Je viens d'avoir l'illumination.

— Tu trouves quelque chose d'intéressant ?

— Greg avait des dossiers sur nous tous, répond le garçon après une hésitation.

— Hein ?

— Et très détaillés. Des relevés de banque, des bulletins scolaires, tous ces trucs-là.

— Sans blague ?

James s'empare d'un tabouret de bar et s'installe à son côté, apportant avec lui une odeur d'alcool.

— Moi aussi ?

— Ouais.

Jae clique sur le dossier « Maddox ». James fait la moue en découvrant les sous-dossiers intitulés « Détails professionnels », « Impôts » et « Vie privée ». C'est sur ce dernier qu'il clique en se penchant par-dessus le garçon. Une série d'aperçus de photos apparaît sur l'écran. Jae n'a pas le temps d'en voir beaucoup avant que James ne referme la fenêtre à la hâte, mais il est certain qu'une ou deux d'entre elles montrent le mari de Vicki en train de batifoler avec une blonde sexy qui ne ressemble pas à son épouse.

— Merde alors, souffle James. Comment est-ce qu'il a pu trouver tout ça, bordel ?

— Aucune idée.

— Hé. Essaie Dannhauser. Voyons ce que cache ce sinistre vieux con.

— Vous croyez qu'il cache quelque chose ?

— Je ne l'ai pas vu beaucoup, mais je crois bien, oui. Pas toi ?

Jae hausse les épaules avant d'ouvrir le dossier concerné. La plus grande partie de son contenu semble constituée de documents militaires – rédigés en allemand, pour autant qu'il puisse en juger. Une photo montre un Leo Dannhauser bien plus jeune, en uniforme.

— Tu trouves quelque chose, Jae ? appelle Will depuis la chambre.

Le garçon échange un coup d'œil avec James, qui hoche la tête.

— Ouais. Je suis entré dans l'ordinateur.

Will et Trudi se hâtent de les rejoindre.

— Beau travail ! déclare le premier en assenant une claque dans le dos de Jae.

— Vous saviez que Greg avait des dossiers sur nous tous, Will ? demande James d'un ton brusque.

— Quel genre de dossiers ?

— Façon NSA ou Sécurité du territoire. Les trucs qu'il détient… c'est comme s'il avait fait des recherches poussées à notre sujet.

— Hé… hoquette Trudi. C'est mon père.

Elle se penche vers l'écran au-dessus de Jae qui sent son souffle sur sa joue.

— Votre cher vieux papa a un passé militaire trouble, on dirait, éructe James.

La jeune femme chancelle.

— Je… je n'étais pas au courant.

— Ça suffit, Jae, tranche Will. Est-ce qu'il est question du mot de passe de réinitialisation ?

Le garçon affiche de nouveau le bureau et inspecte la liste des dossiers.

— Aucun ne mentionne… Oh, attendez. Il y en a un qui s'appelle « Journal de bord ».

— Essaie-le.

Trudi recule et se détourne tandis que Jae clique sur le dossier en question. Il semble s'agir d'une fiche chronologique. Plusieurs secondes sont nécessaires au garçon pour comprendre les données qui y figurent.

— On dirait une liste montrant à quelle heure le verrou de chaque appartement a été ouvert.

— Et la porte blindée ?

— Pas à première vue. Mais il y a des tonnes de données à étudier.

Jae tape « sécurité porte blindée » dans la fonction de recherche mais fait chou blanc.

— Hé, regarde quelles portes ont été ouvertes aux environs de l'heure où Greg est mort, suggère James.

— On n'a pas le temps, James, déclare Will. On a besoin du mot de passe de cette foutue porte.

— Ah ouais ? Moi, j'ai besoin de savoir si on est enfermés avec un assassin. (Malgré le regard furieux de son interlocuteur, il est clair que James ne va pas laisser tomber.) Fais-le, Jae.

— Euh… et quelle heure je cherche ?

— Quand la gamine a-t-elle trouvé Greg ?

— Trois heures du matin, par là, soupire Will.

— Regarde entre deux et quatre heures du matin.

Jae commence à comprendre la manière dont le document est formaté. À la troisième tentative, il parvient à faire surgir les détails désirés.

— Les appartements ne sont pas listés par nom, seulement par numéro.

— On fera le rapport.

— D'accord… Alors, la porte de l'unité 2A a été ouverte à deux heures quinze.

Merde. C'est son appartement.

— Sûrement Greg, dit James.

— Et il y a beaucoup de mouvement au niveau trois. Les deux appartements. 3A à deux heures trente-cinq ; 3B à trois heures vingt, trois heures vingt-cinq et trois heures quarante-cinq. Le niveau trois, c'est les Guthrie, et puis Tyson et Cait, hein ?

— Si la gamine a trouvé Greg à trois heures trente, elle a dû sortir à trois heures vingt. Dieu sait ce que les Guthrie faisaient dehors à cette heure-là. Autre chose ?

Jae se penche en avant.

— Ouais. Niveau quatre. Verrou désengagé à deux heures trente. Et aussi à deux heures quarante-cinq. Il y a un message d'erreur, donc je ne sais pas de quel appartement il s'agit.

— C'est mon étage, dit James en blêmissant un peu. Mais Vicki et moi ne sommes allés nulle part.

— Vous en êtes sûr ? demande Will.

— Bien sûr que j'en suis sûr, bordel. Je n'arrivais pas à dormir, j'ai passé presque toute la nuit à regarder des redifs de *How I Met Your Mother*.

— Mais, en dehors de vous, il n'y a que les Dannhauser à cet étage-là. Or vous étiez enfermés, n'est-ce pas, Trudi ?

La jeune femme hoche la tête en regardant ses pieds.

— Greg n'est pas venu vous voir cette nuit-là ? s'enquiert Jae.

— À deux heures et demie du matin ? raille James.

— Il n'est pas passé, répond sèchement Trudi qui semble avoir retrouvé un peu de son aplomb. Je le saurais : j'y étais.

— Eh bien, l'un de nous deux est un menteur, renvoie James sur le même ton. Et je sais que ce n'est pas moi. Ce que je crois, c'est que votre père a réussi à mettre hors service le mécanisme de fermeture.

Touché, songe Jae. Ce type n'est pas aussi bête qu'il en a l'air. La vérité est clairement inscrite sur les traits de Trudi.

— Trudi ? interroge doucement Will.

— Je l'ai vu trafiquer la porte – je ne sais pas s'il a réussi à l'ouvrir ou non.

— Je le savais ! croasse James. C'est un ancien militaire, et j'ai remarqué qu'il avait de tout petits pieds en regardant ses richelieux sur mesure, donc les empreintes peuvent très bien être les siennes. Ce salopard est sorti et il a tué Greg.

— Mon père n'a pas tué Greg !

— Vous en êtes certaine, Trudi ? insiste-t-il. Vous seriez prête à jouer votre vie là-dessus ?

Tous attendent qu'elle réponde. Elle reste muette.

17

CAIT

Il est plus de vingt-trois heures. Sarita s'est enfin endormie. Le Sanctuaire bousille nos rythmes circadiens : la petite se dépense bien moins que d'habitude, et ce soir, cela l'a rendue irritable, agitée. J'imagine que découvrir un cadavre ne l'a pas beaucoup aidée non plus à dormir, mais je crois qu'elle s'en remet. Pour elle, ce n'est pas tout à fait réel, comme une scène effrayante vue dans un film qu'elle commence à oublier.

Je me sens enfermée, un peu assommée. Effet de l'air recyclé et de l'absence de soleil. Je pourrais aller au lit, mais je ne suis pas du tout fatiguée. Tout comme Sarita, je me sentirais mieux si je faisais un peu d'exercice : je vais descendre à la piscine. Il y a une éternité que je n'ai pas nagé, depuis notre excursion au lac de Manchester – bien trop longtemps.

Passant dans ma chambre, j'explore ma grande valise : tout ce que je possède, tout ce que je voulais rapporter à la maison. Hier ? Non, il y a quelques jours. Ne pas réussir à me rappeler depuis combien de temps nous sommes ici-bas m'inquiète, même si cela ne peut faire plus de deux ou trois jours. Accroupie au-dessus de ma valise aux entrailles étalées, je me force à rassembler mes souvenirs, à compter le nombre de périodes de sommeil et de repas que nous avons pris depuis notre arrivée, j'essaie de ponctuer cette éternelle obscurité par l'idée d'un lever de soleil, d'un authentique crépuscule.

Reprends-toi, Cait.

C'est ça. Cette nuit sera la troisième que nous passons ici.

Enfin, je trouve mon maillot de bain inséré dans une botte. Une bouffée de cuir et de sueur monte à mes narines quand je le déroule, et, en dessous, une suggestion de crème solaire, l'odeur du chlore de la piscine au chalet du lac – les parfums de l'été. Les yeux fermés, je prends une longue inspiration ; une bombe de soleil, de verdure et d'oiseaux, de ciel bleu et du rire de Sarita explose en moi, me bloque la poitrine. C'est ridicule, nom de Dieu, mais je me mets à pleurer. Tout cela me paraît si loin, une éternité, et me rappelle les étés à la maison, avec Maman, ma sœur Megan et Papa, avant sa mort… Je le revois debout près du barbecue, la dernière fois que nous avons été tous réunis. La dernière fois que nous avons été heureux. Je suis désormais à l'autre bout du monde, enfouie sous la terre comme Papa, mais il y a toute la planète entre nous.

Même si je ne veux pas y penser, l'idée se glisse entre mes larmes : rentrerai-je jamais chez moi ?

Je me frotte les yeux, furieuse contre moi-même. Je ne peux pas mettre ce maillot. Il est sans doute très bien pour nager au grand jour, mais ici, dans le noir, avec des gens comme Brett et Cameron alentour… non. Je me rappelle les regards qu'ils m'ont lancés à notre arrivée : je me sentais à moitié nue.

Optant pour un short de bain et un tee-shirt, je me change et sors de la valise une grande serviette-éponge. Un instant, je me demande si je dois prendre le risque de descendre à la piscine, puis je me calme : il n'est pas question que je les laisse m'emprisonner plus que ne l'a déjà fait Tyson. En outre, à pareille heure, les Guthrie doivent tous dormir tels les citoyens bien comme il faut qu'ils sont.

En sortant, je passe près de Tyson qui dort profondément sur le canapé. Je l'ai souvent trouvé dans la même position le matin, chez lui. Il s'assoupissait devant la télé et ne se préoccupait pas d'aller au lit. Je prenais cela pour une manifestation du deuil ; son lit froid n'aurait fait que lui rappeler sa défunte épouse. À présent, je m'interroge : et s'il avait eu l'habitude de passer ses nuits sur le canapé ? Et si son couple n'avait pas été si idyllique que cela ? Mon esprit confiné établit un rapport grinçant avec la tension étrange que j'ai remarquée à la réunion entre Tyson et les Maddox.

Enfin, cela me frappe. Bien sûr que cette gêne et ces manières évasives avaient quelque chose de familier. J'ai vu cela dix fois dans mon cercle de copains à l'université… Cela se produit quand un membre du groupe couche en secret avec un autre. Leurs regards gênés, la manière dont ils évitent de se regarder l'un l'autre – une vaine tentative d'adopter un comportement normal. C'est tellement clair quand on voit la scène de l'extérieur : cet ostensible détachement devient un projecteur éblouissant qui hurle : *Regardez-moi ! Regardez-nous ! Nous nous ignorons délibérément !*

Ce « malaise du lendemain », je l'ai observé après d'innombrables fêtes, et c'est forcément cela : Tyson et Vicki ont dû avoir une aventure. Peut-être lors de la fameuse réunion portes ouvertes du Sanctuaire en avril. C'était avant la mort de Rani.

Et si c'était la raison de sa mort ?

Je me contiens. Je ne sais rien d'elle ni de ce qui lui est arrivé et, même s'il est amusant d'inventer des histoires, même si c'est la faute de Tyson qui ne m'a rien dit du tout, je veux séparer les faits et les spéculations. Plus que jamais – ici-bas – cela paraît important. En me remémorant les coups d'œil gênés et les échanges tendus entre mon employeur et les Maddox, j'acquiers la certitude que Tyson et Vicki ont eu une aventure – et que James est au courant. Toute hypothèse supplémentaire tiendrait en revanche du fantasme pur et simple.

Je jette un coup d'œil à Sarita avant de partir : elle est en proie à ce sommeil profond qui vous assaille à quatre ans, et je sais qu'elle ne bougera pas d'un pouce avant plusieurs heures. Elle peut très bien rester avec Tyson. C'est son père, après tout, me dis-je en posant ma serviette sur mon épaule et en refermant la porte d'entrée derrière moi. Les lumières du couloir s'allument quand j'en ai déjà franchi la moitié. Jetant un coup d'œil à la porte des Guthrie, je me hâte de gagner l'escalier et de m'y engager avant de perdre courage.

La lumière du palier ne s'allume pas tout de suite, mais il y en a une qui brille quelques niveaux plus bas. Quelqu'un d'autre a dû sortir. Je reste immobile, l'oreille tendue dans le silence vibrant. Aucun son ne perce le bourdonnement constant du Sanctuaire. La lumière d'en bas s'éteint. Dans une obscurité complète, je guette le bruit d'une porte qui se ferme ou qui s'ouvre, d'une respiration… de n'importe quoi.

Allons, Cait. Il n'y a rien d'étrange à ce que les occupants d'un immeuble résidentiel se déplacent.

Ayant remarqué que le détecteur de mouvements de ce palier est un peu paresseux, qu'il a besoin d'être plus sollicité que les autres, j'agite les bras afin de l'activer puis je me dépêche de gagner l'étage de la piscine. J'évite de regarder le palier entre les niveaux quatre et cinq, là où Brett m'a plaquée contre le mur hier, tout comme je m'abstiens de trop m'appesantir sur ce que Sarita et moi avons trouvé au niveau six lorsque je dépasse la porte qui y mène. Le corps sans vie de Greg, le liquide rouge qui coulait de sa tête, la blessure sur sa gorge. Les empreintes sanglantes. Je refuse tout à fait d'y penser tandis que les lumières reliées aux détecteurs s'allument les unes après les autres sans interruption, comme elles sont censées le faire.

Mais qu'est-ce qui me prend, bordel ?

Je vais nager, d'accord ? Je vais prendre un bain. Ni fantômes ni meurtriers ne me poursuivent. Je suis adulte, je ne vais pas me laisser mettre en cage par des peurs irrationnelles.

Quand je franchis la porte du niveau sept, je réalise que je ne respire plus. La vue du carrelage bleu tropical de la piscine, du faux palmier, de la fresque murale jaune et rouge et de la petite fontaine – fausse, elle aussi – relance mes poumons. Ici, il fait chaud et clair.

Ce n'est pas si mal, hein ? Je hume le parfum de l'eau salinisée, m'imaginant au bord de la mer, m'emplissant tout entière des bonnes sensations qu'apporte cette odeur et tentant d'ignorer la puanteur âcre sous-jacente du fuel brûlé.

Je trempe un orteil au-dessus de la marche la plus haute. La piscine est chauffée, je plonge donc sans hésiter. Je reste immergée le plus longtemps possible, jouissant de l'eau qui m'enveloppe et me protège tel un bouclier. Quand j'ouvre les yeux, je distingue au-dessus de la surface la forme sombre du palmier qui s'agite devant les motifs bleus, rouges et jaunes du mur.

Remontant enfin pour respirer, je fais la planche, les paupières fermées, et tente de me téléporter à la maison. Megan et moi avions une théorie : si on éprouve exactement les mêmes sentiments que quelqu'un, et si chacun pense à l'autre au même moment, alors on peut se téléporter auprès de la personne en question. La raison pour laquelle cela ne fonctionne pas souvent est que tous les détails sensoriels doivent être identiques pour les deux individus, une condition complexe et difficile à remplir. Combien de fois sommes-nous restées allongées sur nos lits, à tenter de pénétrer l'esprit et les émotions d'un garçon… S'il ressentait la même envie, le même désir au même moment, il apparaîtrait par magie. Bien sûr, ce n'était pas le cas, nous disions-nous pour nous consoler après une heure d'essai intense : il devait être en train de regarder un match de rugby ou de se branler sur les photos d'une actrice de cinéma dans un magazine.

En ce moment, toutefois, Johannesburg connaît sans doute une matinée de printemps fraîche et ensoleillée. Peut-être Megan fait-elle quelques longueurs avant de partir travailler, en s'inquiétant pour moi. Je lui manque. Si j'essaie assez fort, je pourrais…

Une ombre passe devant moi, éclipse un instant les lumières du plafond. Baissant les pieds pour me remettre debout, je m'essuie les yeux et dois cligner deux ou trois fois des paupières pour retrouver la vue.

Je regarde autour de moi. Rien.

Je reste immobile, cherchant à entendre un bruit quelconque à travers les clapotis qui s'apaisent.

Je ne veux pas parler, mais je le fais tout de même.

— Hé ho ? Il y a quelqu'un ?

La peur de la nuit dernière me revient, mais plus encore, celle de toutes les fois où j'ai été contrainte de déambuler seule dans le noir. Je n'ai jamais connu le luxe d'avoir peur des histoires de fantômes, d'être angoissée par des monstres. Ce n'est jamais une fiction exaltante qui traque les femmes la nuit, ce sont toujours des hommes. Des hommes bien réels.

Voilà ma bonne humeur gâchée. Toute cette situation me fait chier. Sortant de la piscine, je me penche puis renvoie mes cheveux en arrière, enveloppés dans la serviette. J'aurais dû en apporter une autre, bien sûr, pour…

Il y a quelqu'un derrière moi.

Je ne veux pas me tourner, mais je le fais, et je sais déjà qui est là. Je savais qu'il n'en resterait pas là.

D'instinct, je croise les bras sur ma poitrine, les poings serrés, et je le regarde dans les yeux. La serviette glisse de ma tête, tombe en tas derrière moi.

— Salut, Cait, dit Brett.

Son ton est calme, mais je ne vais pas me laisser désarmer. Pas plus, en tout cas, que je ne le suis déjà, debout devant lui, les pieds nus, dégoulinante, en short et en tee-shirt. Cela dit, je désire aussi éviter une confrontation.

— Ouais, salut.

Sans le quitter des yeux, je recule, enjambe la serviette, la ramasse et la drape sur mes épaules à la manière d'une cape. Comme si cela faisait de moi une putain de super-héroïne.

Brett se tient dans l'ombre, contre le mur du fond gris foncé, près de la double porte d'un local de rangement.

— Je veux juste m'excuter… m'excuser. Pour hier soir. (Quand il me sourit, j'imagine que des tas de lycéennes rêveraient que la grimace de ce connard leur soit adressée.) J'étais en colère et j'aurais pas dû.

— Je m'en vais, maintenant, dis-je, brûlant de me détourner mais ne voulant pas le quitter des yeux.

Par conséquent, je continue de le regarder par-dessus mon épaule, donc j'ai l'air d'hésiter. Il semble prendre cela pour un encouragement.

— Attendez, attendez, dit-il en s'approchant de moi – trop vite. À présent qu'on est réconciliés, est-ce qu'on ne pourrait pas… vous savez… On se sent très seul ici-bas. On pourrait… causer un peu, hein ?

Je n'ai même pas le temps d'assimiler ce que j'entends, cette requête époustouflante… Son sourire égrillard ne masque rien. Il faut que je m'éloigne. Et tout de suite.

Jaugeant la distance qui me sépare de la porte de l'escalier, j'empoigne ma serviette, je fais lentement un pas vers Brett pour le prendre à contre-pied, puis je tourne les talons et me mets à courir.

J'ai presque monté une volée de marches avant qu'il ne réagisse. Mais j'ai sous-estimé sa rapidité : il me rattrape sur le palier du niveau six.

Son sourire onctueux a disparu. Il me saisit aux épaules, sa main droite me tire les cheveux et il me force à me retourner, me pousse vers la porte de la cage d'escalier.

— Tu vas être gentille, hein ?

Un instant, j'entends la voix de son père sortir de sa bouche, c'est son père qui m'empoigne et dont je sens la puanteur atroce sur mon visage. J'aurais dû marcher sans hâte vers l'escalier en continuant de parler, pas courir. Pourquoi ai-je couru ? Pourquoi ne suis-je pas restée calme ? Pourquoi ne suis-je pas pourquoi ne suis-je pas pourquoi ne suis-je…

Arrête, Cait, pour l'amour du ciel ! Bats-toi !

Je trouve la force de lever les mains et lui griffe le visage, cherchant ses yeux, mais ils sont fermés, perdus dans des replis de graisse, de muscle et de rage. Il me semble que je hurle tandis que je lui laboure les tibias de mes pieds, mais mes orteils nus n'ont aucune force. Comme je tente de me mettre en position pour lui donner un coup de genou, il me retourne à nouveau et me porte hors du couloir au sol bétonné, à la lumière jaune terne. Une bâche épaisse me gifle, nous nous retrouvons dans l'infirmerie inachevée que je ne voulais plus jamais revoir. Il me pousse contre le bord coupant d'une armature de placard, s'attaque à l'élastique de mon short. Mon genou est bien placé, je n'ai qu'à…

Une ombre se déplace à toute allure sur ma droite, un bruit sourd parvient à mes oreilles. Je me sens tirée vers le haut, le bruit s'élève à nouveau, et Brett me lâche enfin. Il titube à reculons en se tenant la tête et il beugle.

Un petit homme que je n'ai jamais vu sautille tel un boxeur dans l'obscurité, tenant un tronçon de tuyau métallique à la manière d'une batte de base-ball. Il m'adresse un geste sec du menton.

— Filez !

18

WILL

Il commence à pâtir de la privation de sommeil. Les lumières lui semblent trop vives, les bruits trop forts, et la digue qui retient ses émotions s'effrite. Chaque fois qu'il ferme les yeux, il voit Lana allongée seule et sans défense sur la couchette qu'il lui a installée au salon quand elle est rentrée de l'hôpital, les tubes qui la relient à la vie enchevêtrés autour de ses membres. L'image est claire, bien définie, si détaillée qu'il peut presque entendre le bruit de succion et le sifflement du réservoir d'oxygène, sentir l'odeur médicinale qui imprègne la pièce. Il voit sa femme tendre la main vers un verre d'eau, s'évertuer, tomber du lit, l'appeler.

Il ne doit pas se laisser aller. Elle va bien. Il faut qu'elle aille bien. Seulement… voilà plus de deux jours qu'il aurait dû rentrer à la maison. Logiquement, elle aurait dû dire à l'infirmière où il était, ou trouver la force d'appeler un voisin – elle a visité le Sanctuaire, elle connaît l'adresse. Mais nul n'est venu. Il prie pour que ce soit parce que les autorités sont débordées à cause du virus et non parce que Lana est… parce qu'elle est…

Arrête.

Il ne peut s'en prendre qu'à lui-même. La dernière fois qu'il a appelé l'infirmière par Skype, il l'a autorisée à partir s'il n'était pas rentré à la fin de son service. Il ne pensait pas que cela poserait problème, croyait rentrer bien avant cela, peut-être une ou deux heures plus tard que prévu si Greg le dédommageait. L'argent. Tout n'est qu'une question d'argent. L'agence facture les heures supplémentaires au tarif triple, et il s'est dit que, si Lana devait rester seule une heure, cela n'aurait pas d'importance. *Oh, Seigneur, je vous en prie, faites qu'elle ne soit pas seule, sans personne pour l'aider.* Il aurait dû l'emmener à Portland il y a déjà plusieurs mois. Elle y aurait été proche des quelques membres de la famille qui prennent encore parfois de leurs nouvelles. Lana est malade depuis si longtemps que la plupart de leurs amis les ont laissés tomber. Il ne leur en veut pas. Parfois, il regrette de ne pas pouvoir en faire autant.

Son esprit bourdonne aussi des heures passées à étudier les données contenues dans l'ordinateur de Greg. Elles sont pour la plupart incompréhensibles, mais il est quasi sûr que le code de la porte blindée n'est pas dissimulé dans les fichiers et les dossiers du disque dur. Will a trouvé des photos de Greg, très fier devant l'entrée de béton du bunker d'origine, adressant un large sourire au photographe. D'autres montrent l'avancement des travaux : la construction de l'éolienne, la mise en place de la porte. Cette putain de porte blindée… Il a étudié les plans originaux des lieux, trouvés par Trudi dans les sacs bourrés de documents dispersés dans l'appartement de Greg. L'édifice était bâti pour durer. Pour protéger ses occupants des retombées nucléaires.

Il ne peut pas abandonner.

Non. Il y a forcément un moyen de sortir. Et Leo Dannhauser est peut-être la clef. Cet homme dispose de compétences et de connaissances spécialisées. Quand Will a supplié James de ne pas répéter que Leo avait réussi à ouvrir le verrou de son appartement, ses raisons étaient purement égoïstes. Il lui a fallu vingt minutes d'efforts constants, épuisants, pour convaincre le mari de Vicki de se taire. Trudi, elle, l'a surpris. Elle n'a pas défendu son père, se contentant de déclarer : « Dites-le à tout le monde si vous voulez. » Les autres devaient être mis au courant, James n'en démordait pas – Will a plus d'une fois failli perdre patience –, mais il a fini par capituler, finissant par admettre qu'on n'avait vraiment pas besoin d'un surplus de tension. Quand ils ont quitté l'appartement, il était ivre, à deux doigts de perdre connaissance – ses compagnons ont dû l'aider à regagner son unité –, mais il est clair qu'il finira par parler ; ce n'est qu'une question de temps. James n'est pas du genre à garder longtemps un secret.

Will se frotte les tempes, ferme à nouveau les yeux.

Elle est morte, et elle est morte en t'attendant, avec ton nom sur les lèvres, elle est étendue là, sur le plancher froid, et…

Toc. Toc, toc, toc.

La porte ; on frappe à la porte.

Il fait passer ses jambes hors du lit, sent le sol osciller quand il se met debout. Il a encore trop bu ; la bouteille posée sur la table de nuit est vide. Il ne se rappelle pas l'avoir terminée. Et à sa grande honte, il a annexé un peu plus tôt les derniers alcools forts rangés derrière le bar – vingt-cinq centilitres de gin et une bouteille de Wild Turkey.

Toc, toc.

Il traverse le salon en titubant et ôte le verrou.

C'est Trudi. Échevelée, pieds nus, vêtue d'un pyjama d'homme trop grand à la veste mal boutonnée.

Sans attendre d'être invitée à entrer, elle le dépasse dans un nuage de parfum musqué.

— Vous avez quelque chose à boire ?

Sans un mot, il lui tend le gin et un grand verre.

Elle se verse une rasade, boit une gorgée, s'étrangle.

— Pardon de faire irruption comme ça. Je n'arrivais pas à dormir.

Il hoche la tête, tentant de se rappeler la dernière fois qu'il s'est trouvé seul avec une autre femme que Lana. Quand elle se penche pour remplir son verre, sa veste bâille et il aperçoit ses petits seins. Il détourne les yeux en se raclant la gorge. Will n'est pas un saint, et son couple n'est pas parfait. Il se demande même parfois si, sans la maladie de Lana, ils seraient encore ensemble. Au fil des années, il lui est arrivé de s'accorder un flirt d'un soir avec une des habituées du bar, la plupart seules et désespérées. Depuis la maladie toutefois, il n'a pas succombé. Il a assez trahi Lana en venant ici. Il n'aurait jamais dû faire ça.

La voix de Trudi le tire de ses pensées.

— Mon père. Ce que James a dit de lui… Vous croyez que ça peut être vrai ? Que c'est un meurtrier ? Qu'il a tué Greg ?

— Je ne sais pas. Vous lui avez posé la question ?

Trudi boit une gorgée, tousse.

— Non. Bien sûr que non. Qu'est-ce que je pourrais bien dire ? « Hé, Papa, je me demande si tu ne serais pas un assassin, par hasard ? »

Elle lance un rire creux et achève son verre.

— Allez-y doucement.

— Ça va, je gère. (Elle le regarde droit dans les yeux.) On s'est tous demandé un jour si on serait ou non capable de commettre un meurtre, hein ? (Il hoche la tête.) Eh bien, dans le cas de mon père, je suis presque sûre…

Des coups violents à la porte la font sursauter.

Quoi encore, nom de Dieu ? Un autre coup, puis une voix de femme.

— Will ! Will ! *(Boum)* Will !

Cait s'engouffre dans la pièce à la seconde même où il lui ouvre la porte. Les pieds nus, les cheveux collés aux joues en mèches humides, elle frissonne.

— Il faut que vous l'arrêtiez, Will !

— Que j'arrête qui ?

— Brett. Brett Guthrie. Il a voulu… (Un éclair de colère.) Ah, *l'enculé !* Si ce type n'était pas arrivé à temps… Il faut que vous l'arrêtiez !

Le spectre d'un mal de tête palpite derrière les yeux de Will tandis qu'il se débat en plein brouillard, essayant de comprendre ce qu'elle dit.

— Cait… calmez-vous. Je n'ai aucune idée de ce que vous…

— Brett ! Il faut l'arrêter ! Il est en train de battre ce type à mort, en bas !

Soudain, Trudi surgit à son côté.

— Quel type ?

— Je ne sais pas qui c'est, merde. Mais dépêchez-vous ! Ils sont au niveau six.

— Bon, bon, je vais aller voir. Retournez dans votre unité et…

— D'accord, mais allez-y ! (Cait le pousse dans le couloir.) Dépêchez-vous !

— Trudi… vous pouvez l'accompagner et…

— Oui, oui, courez !

Will descend l'escalier jusqu'au niveau six à petites foulées, en se frottant les yeux pour s'éclaircir la vue. Il ralentit une fois sur le palier. Brett se tient à l'entrée de l'appartement vide, le dos tourné, haletant, comme hors d'haleine. Il tient dans sa main gauche un tube métallique.

— Brett ?

L'adolescent lâche son tuyau qui tombe par terre avec un bruit creux, puis se tourne lentement. Il plie et déplie les doigts, une grimace sur le visage, et déclare :

— Il l'a cherché. (Il fixe le nouveau venu comme pour le mettre au défi de le contredire.) C'est lui qui m'a attaqué.

Will passe devant lui. À quelques pas de l'entrée, à moitié dans l'obscurité, un homme est recroquevillé en position fœtale sur le sol de béton. Son visage est invisible, il a les bras enroulés autour de la tête comme pour la protéger, mais ce n'est à l'évidence pas un occupant du Sanctuaire. Il est trop petit pour qu'il s'agisse de James ou de Jae, et il a les cheveux trop longs pour être Yoo-jin.

Will se tourne vers Brett.

— Qui est-ce ?

— Aucune idée.

Il s'accroupit et touche l'épaule de l'homme, qui tressaille.

— Je ne vais pas vous faire de mal.

Quand l'inconnu gémit et baisse lentement les bras, Will a un mouvement de recul. Ce visage est un panorama de sang et d'ecchymoses, une des paupières est gonflée au point de fermer l'œil, mais il y a en lui quelque chose de familier. Will connaît ce type. Il cherche son nom dans ses souvenirs. Raymond… non : Reuben. Un homme tranquille, réservé. Il faisait partie de l'équipe d'ouvriers. Greg avait installé au bord de la propriété un petit campement pour les travailleurs itinérants, un simple enclos avec caravanes et maisons préfabriquées, régulièrement animé de bagarres induites par l'alcool ou la drogue. Autant que Will se le rappelle, cet homme-là n'y a jamais pris part.

— Reuben ? Vous m'entendez, Reuben ?

Le blessé incline lentement la tête.

— Vous le connaissez ? hoquette Brett.

— C'était un des ouvriers du bâtiment. Un maçon. Qu'est-ce que tu lui as fait, Brett ?

Le garçon bombe le torse.

— Il m'a attaqué. J'ai bien été obligé de me défendre.

Will repense aux paroles de Cait.

— D'après Cait, tu as…

— Elle et moi, on prenait du bon temps, c'est tout, renifle l'adolescent, et puis ce mec nous a attaqués. Je lui ai sans doute sauvé la vie, à Cait. (Il manipule le couteau fixé sur sa hanche.) Il a du pot que je me sois retenu.

Reuben secoue la tête.

— Non.

— Ferme ta gueule ! lance Brett en avançant d'un pas vers lui.

Will se remet sur ses pieds.

— Va chercher le docteur Park.

— Pourquoi ?

— Reuben a besoin de soins médicaux.

— Il ne les mérite pas ! On devrait l'enfermer pour ce qu'il a fait. Qu'est-ce qu'il fout là, d'ailleurs ?

Will sent le mince vernis qui contient sa fureur commencer à se craqueler.

— Fais ce que je te dis, ou je te garantis que je…

— Vous quoi ?

Mais la fanfaronnade a disparu de la voix de Brett.

— Tu ne veux pas le savoir, crois-moi. Et maintenant, *vas-y* !

L'adolescent hésite puis s'éloigne d'un pas rapide.

Will s'accroupit de nouveau près de Reuben.

— Vous pouvez vous lever ?

L'ouvrier tousse et crache du sang parsemé d'éclats blancs de dents cassées.

— Euh… Je ne sais pas.

Avec de l'aide, il parvient à s'asseoir. Il se penche alors en avant et crache encore un peu de sang.

— Qu'est-ce que vous faites ici ?

Reuben prend une inspiration saccadée, grimace et s'entoure le torse d'un bras.

— J'avais besoin d'un endroit où dormir.

— Depuis combien de temps êtes-vous là ?

Une pointe d'espoir. Est-il possible qu'il connaisse un moyen de sortir ?

— Pas longtemps. Depuis que j'ai entendu parler du virus. J'ai pensé qu'on serait en sécurité ici.

— Comment êtes-vous entré ?

— Greg n'arrêtait pas d'aller et venir. Il laissait la porte ouverte. Quand il nous a renvoyés, il y a deux mois, je n'avais nulle part où aller, alors j'ai habité un moment une des vieilles caravanes. Ça n'allait pas. Froid. Alors je suis venu ici.

— Vous vous cachiez dans cette unité ?

L'appartement où Greg est mort. Reuben est petit – à peine plus grand que Yoo-jin. Ces empreintes sanglantes pourraient fort bien être les siennes.

— Oui. (Une autre grimace de douleur, un autre crachat sanglant.) Et aussi dans la salle des machines. (L'ouvrier attrape le poignet de Will.) Le gamin. Il allait faire du mal à la jeune femme. Je l'ai arrêté. Vous me croyez, hein ?

— Will !

Jae apparaît sur le pas de la porte, masquant la lumière, Stella sur ses talons. Will est soulagé – quoique pas surpris – de constater que Brett ne les accompagne pas. Le garçon s'engage dans l'unité et fixe Reuben avec incrédulité.

— Mais c'est qui, bord… c'est qui ?

— Reuben Montoya. Un des maçons de Greg. Il se cachait ici.

— Depuis qu'on est là ?

— Ouais.

— Sérieux ? Mais… comment ? On n'aurait pas dû s'en rendre compte ?

— Il semble que non.

— Qu'est-ce qui lui est arrivé ?

— Brett.

— Tout ce qu'il nous a dit, c'est qu'il y avait un blessé ici.

— Logique. Vous pouvez l'aider, Stella ?

Will remarque avec satisfaction qu'elle a apporté une trousse médicale. Il est surpris que Yoo-jin ne les accompagne pas : si un voyou comme Brett s'était présenté à sa porte, il n'aurait jamais laissé Lana partir seule. Cela fait sans doute de lui un homme démodé, ringard. Stella paraît plus pâle qu'à l'ordinaire, mais c'est peut-être un effet de l'éclairage.

— Bien sûr. Est-ce qu'on peut l'emmener à la lumière ?

Will aide Reuben à se lever, lui entourant la taille d'un bras pour l'empêcher de s'effondrer quand il trébuche en gémissant. Tous les deux gagnent le couloir d'un pas traînant.

Stella examine en silence les blessures de l'ouvrier durant une ou deux minutes.

— Où avez-vous le plus mal ?

— Là, répond Reuben en désignant son côté.

Stella soulève sa chemise avec précaution. Elle aspire de l'air entre ses dents en découvrant la profusion des meurtrissures qui couvrent le flanc et le dos du blessé.

— Je vais vous examiner. J'irai doucement, mais ça risque de faire mal.

Reuben hoche la tête puis ferme les yeux quand la dentiste passe les mains sur ses côtes. Elle fouille dans sa trousse, en sort un stéthoscope dont elle promène le pavillon sur sa poitrine.

— Est-ce que ça vous fait mal quand vous respirez ?

— *Sí.* Oui.

— Il a peut-être un pneumothorax, dit Stella à Will. Un poumon affaissé à cause d'une côte cassée. Il respire difficilement.

— Qu'est-ce qu'on peut faire pour lui ?

Elle ferme les yeux une seconde et ses traits se crispent.

— Pas grand-chose. J'espère que ce n'est pas un pneumothorax compressif, ce qui pourrait être très grave. Je vais lui donner quelque chose contre la douleur, le bander et nettoyer les blessures de son visage. C'est Brett Guthrie qui a fait ça ?

— Ouais.

Le visage de Stella s'assombrit de colère.

— Quelle brute !

Comme elle grimace encore, Will se rend compte qu'il ne s'agit pas juste d'une réaction viscérale à la violence : elle ne se sent pas bien.

— Hé, fait Jae en se penchant pour ramasser quelque chose par terre, non loin de l'entrée – un petit morceau de métal tubulaire.

— Qu'est-ce que c'est ? demande Will.

— Attendez.

Jae rentre dans l'appartement en se servant de son téléphone portable pour éclairer le sol. Il disparaît hors de vue puis s'écrie :

— C'est le téléphone satellite de Greg.

— Hein ?

Le garçon réapparaît et tend sa trouvaille à Will. L'antenne est cassée, l'écran fêlé, mais l'étiquette Iridium encore lisible.

— Vous savez quelque chose à ce sujet, Reuben ?

— Non, répond l'ouvrier en baissant les yeux.

Jae et Will échangent un regard : les implications sont évidentes, mais Reuben n'est pas en état d'être interrogé.

— Tu penses que Leo pourrait le réparer ? demande Will en rendant le téléphone à son jeune compagnon – qui hausse les épaules.

— C'est possible. Je crois.

Reuben pousse une nouvelle plainte.

— Venez. Sortons-le d'ici.

— Où l'emmène-t-on ? demande Stella.

L'infirmerie n'étant guère qu'une coquille vide, il n'y a pas beaucoup de choix.

— C'est mon appartement le plus proche. Vous croyez pouvoir m'aider à lui faire monter l'escalier ?

— Je peux marcher, assure Reuben en se penchant en avant pour cracher encore du sang.

— On va vous soutenir, dit Stella. Passez vos bras autour de nos épaules.

— Je vais le faire, Maman, dit Jae, à l'évidence préoccupé par la santé de sa mère.

Ils progressent pas à pas. Même si Reuben n'est pas bien large, la cage d'escalier ne peut contenir trois personnes de front et Will doit soutenir la plus grande partie de son poids. Les muscles de ses épaules le torturent. Quand ils atteignent le palier, le visage du blessé est couvert de sueur.

Lorsqu'ils arrivent enfin à destination, Stella remplace Will auprès de Reuben pour qu'il puisse ouvrir la porte.

— Emmenons-le directement à…

— Hé !

Will se retourne pour voir Cam Guthrie marcher vers eux d'un pas furieux. *Merde de merde.* Exactement ce dont ils n'ont pas besoin.

— C'est lui, le sale immigré qui a attaqué Brett ?

Will se poste devant Reuben.

— Rentrez chez vous, Cam.

Guthrie pose la main sur le couteau qu'il porte à la ceinture.

— Vous n'avez pas d'ordres à me donner.

— Je viens de vous en donner un, réplique Will, dont le vernis se craquelle encore un peu plus. Qu'est-ce que vous allez faire ? Me poignarder ?

Un instant, il a presque envie que cela se produise. Cela mettrait un terme à sa spirale d'inquiétude pour Lana. Peut-être l'autre le lit-il sur son visage, car il tourne sa colère vers Stella et Jae.

— Pourquoi l'aidez-vous ? Il n'est pas des nôtres. Il est là illégalement. Il a essayé de tuer mon fils.

— Calmez-vous, Cam, dit Stella, impassible. Cette attitude n'aide personne.

— Emmenez Reuben à l'intérieur, Stella, enjoint Will avant que le père de Brett puisse s'emporter à nouveau.

— Hé, attendez un peu ! Vous ne pouvez pas…

— On en parlera demain matin, Cam.

— Vous prenez parti contre moi, Will ?

La question a été posée sur un ton presque badin.

— Personne ne prend parti.

— Ce n'est pas ce qu'il me semble.

— Désolé que vous pensiez ça.

Plusieurs secondes tendues s'écoulent, puis Cam desserre son étreinte sur le couteau.

— Vous allez le regretter, Will.

— C'est possible.

Guthrie secoue la tête, dégoûté, puis disparaît dans l'escalier.

Debout devant l'évier, Will se force à terminer la boîte de haricots froids. Ces derniers temps, il n'a empli son estomac que d'alcool et de café, et il a besoin de se nourrir. Il lui faudra convoquer une nouvelle réunion d'ici quelques heures et informer tout le monde de l'existence du clandestin, ce qui va être une vraie merde. Bientôt, il va aussi devoir interroger Reuben à propos de Greg. Ce type cache quelque chose, il en est sûr. Et si c'est lui qui a tué son patron ? Que fera-t-il ? Will se frotte le front. *Pourquoi moi ? Pourquoi dois-je m'occuper de ça ?*

Dieu merci, il peut compter sur Stella et Jae si les choses tournent mal, ce qui va arriver. Il n'est pas aussi sûr de Yoo-jin. Et Trudi le soutiendra. Quand il lui a demandé de rester avec Cait, à l'évidence très secouée, elle a accepté sans hésiter. Cam Guthrie et son déséquilibré de fils ne tarderont pas à s'en prendre à lui. Il aura besoin de tout le soutien possible.

Pour l'instant, il faut qu'il essaie de dormir quelques heures. Stella a promis de revenir voir le blessé dans la matinée, quand les analgésiques auront cessé d'agir, et il est inutile de le déplacer avant cela. Will jette la boîte dans l'évier puis gagne à pas feutrés la chambre pour y prendre une couverture.

Reuben remue lorsqu'il sent sa présence.

— Merci, monsieur Boucher, murmure-t-il.

— Vous avez besoin de sommeil.

— Attendez.

L'ouvrier se penche et, tremblant, boit une gorgée d'eau. Au-dessus et en dessous des bandages qui entourent ses côtes, la chair meurtrie tourne déjà au jaune écœurant. Brett ne s'est pas retenu : il a dû le frapper des dizaines de fois à coups de botte.

— Le téléphone. Il faut que vous sachiez. C'est moi qui l'ai pris.

Will se laisse tomber sur le coin du lit, ne sachant trop s'il est prêt à entendre tout cela.

— C'est vous qui avez tué Greg ?

Reuben baisse les yeux sur ses mains aux ongles noirs de saleté et de sang séché.

— Non, mais je l'ai trouvé. Je revenais de la réserve – j'avais faim – et je l'ai vu étendu là. J'ai regardé s'il était mort. J'avais peur.

— Que nous vous trouvions ?

— Oui. Alors je me suis encore caché.

Will ne connaît pas assez bien cet homme pour savoir s'il dit ou non la vérité.

— Et vous n'avez vu personne d'autre ? Quelqu'un qui aurait filé vite fait, peut-être ?

— Non.

— Pourquoi avoir pris le téléphone ?

Reuben hausse les épaules, ce qui lui vaut une nouvelle grimace douloureuse.

— Il a été cassé pendant la bagarre ?

— *Sí.* Oui.

— Reuben… Vous savez que nous sommes enfermés ici, hein ?

Il hoche la tête.

— Oui. C'était prévu comme ça.

— Non, je veux dire qu'il y a un problème avec la porte blindée. Greg a changé le code avant de mourir. On ne peut pas la déverrouiller. On est enfermés.

— Pourquoi voulez-vous sortir ?

— Le virus n'est pas aussi grave qu'on le pensait. Et… ma femme. Elle est malade. Il faut que je…

Le chagrin gonfle dans sa poitrine et une vague d'amertume déferle sur lui. Il la combat, mais sait qu'elle se lit sur son visage.

Reuben baisse à nouveau les yeux sur ses mains.

— Je suis vraiment désolé, monsieur Boucher. Pourquoi n'appelez-vous pas de l'aide par la radio ?

— Elle ne marche plus. Tout comme le wi-fi. (Il se met sur ses pieds, un peu chancelant.) On reparlera de tout ça demain. Si vous avez besoin de quoi que ce soit, je suis sur le canapé.

Il sort déjà de la chambre quand le blessé reprend la parole.

— Il y a peut-être un autre moyen de sortir.

— Quoi encore ? lance Vicki à la seconde même où elle pénètre dans la salle de détente.

James la suit, les yeux rouges, décoiffé, des particules blanches au coin des lèvres.

Will décide qu'il peut commencer. Tyson et Cait ont choisi de rester dans leur appartement avec Sarita – sans aucun doute pour éviter Cam et Brett –, les femmes Guthrie sont absentes comme d'habitude, et Jae est vautré sur le canapé en forme de L près de ses parents. À voir Yoo-jin, on sent qu'il préférerait se trouver ailleurs – son genou gauche ne cesse de danser sur place –, et Stella paraît aussi épuisée que Will. Tout à l'heure, il pensait pouvoir compter sur elle, mais il n'en est plus aussi sûr. Brett et Cam se tiennent près du bar, tandis que Leo et Trudi ont choisi de s'asseoir en face des Park.

Will prend une profonde inspiration puis il lâche sa bombe à propos de leur locataire indésirable. Vicki est la première à briser le silence choqué.

— Un *inconnu* vivait ici ? Ici, en bas, avec nous ?

— Il s'appelle Reuben Montoya. Il faisait partie de l'équipe de construction.

— Greg nous avait assuré que les ouvriers étaient partis depuis longtemps.

— Il se trompait.

— Bon, d'accord, dit James en levant les mains. Là, c'est officiel, j'en ai plein le cul de ce refuge. D'abord, on se fait boucler à l'intérieur, ensuite, il y a un SDF qui se planque dans...

— Comment l'avez-vous découvert ? interroge Vicki en coupant la parole à son mari qui hausse les épaules avec un sourire sardonique.

— C'est moi qui l'ai trouvé, madame, dit Brett. Il était dans l'appartement vide au niveau six. Il m'a attaqué.

— *Hein ?*

— Ouais. (Brett exhibe ses mains bandées.) J'ai dû me battre pour ma vie, ce type était...

— Cait n'est peut-être pas d'accord sur ce point, Brett, lance Will pour couper court.

La dernière chose dont il a besoin en ce moment, c'est d'une foule prête à un lynchage. L'adolescent rougit.

— Je n'ai rien fait du tout, répond-il. C'est elle qui voulait qu'on soit ensemble.

— Est-ce que quelqu'un pourrait m'expliquer ce qu'il raconte ? demande Vicki en plissant les lèvres.

— Il était avec Cait quand ils ont découvert la cachette de Reuben à l'infirmerie, explique Will tout en soutenant le regard de Brett.

— Cait était là ? s'exclame Jae.

— Ouais, confirme Brett avec un rictus. Elle a dit qu'elle voulait passer un peu de temps seule avec moi.

Will réprime l'envie de marcher jusqu'à lui et de lui coller son poing dans la figure.

— Ça suffit, Brett.

— Je ne comprends pas, reprend Vicki. Comment ce type a-t-il pu vivre ici à l'insu de tout le monde ?

— S'il connaît bien les lieux, c'est sans doute possible, intervient Leo.

— Oh oui, pour ce qui est de fouiner, vous vous y connaissez, hein, Leo ? s'esclaffe James.

Will lève les mains.

— Du calme tout le monde. Il y a autre chose que je…

— Où est-il, maintenant, ce clandestin ? demande Vicki.

— Chez moi. On l'installera bientôt dans un appartement vide.

— C'est un costaud ? demande James.

— Non, répond Will après une hésitation.

Vicki regarde son mari, désorientée.

— Pourquoi poses-tu cette question ?

— Parce qu'il y avait des empreintes de pas sanglantes à l'endroit où on a retrouvé le corps de Greg. Qui s'éloignaient du cadavre. Des empreintes assez petites.

— Et alors ?

— C'est évident. Greg a rencontré ce Reuben qui l'a tué pour éviter d'être dénoncé.

Tout le monde se met à parler en même temps.

— Silence ! rugit Will. On ne sait pas ce qui est arrivé à Greg. On ne le saura peut-être jamais. Ce qui compte pour le moment, c'est de garder la tête froide. Alors, écoutez, pour ce qui est de sortir d'ici, nous avons à présent une ou deux options.

Même Vicki tend l'oreille.

— Lesquelles ?

— On a trouvé le téléphone satellite de Greg. Il est cassé, mais on espère que vous pourrez le réparer, Leo.

Le vieil homme hausse les épaules.

— J'essaierai, bien sûr.

— Une seconde, pas si vite, s'interpose James. Où l'avez-vous trouvé ?

— Par terre, dans l'appartement d'en bas.

— C'est le clandestin qui l'avait ?

— On dirait bien, oui.

— Alors, c'est lui qui a tué Greg !

— On ne peut pas en être sûr.

Cette fois, c'est Leo qui réclame le silence :

— Écoutez ce que Will a à dire.

Celui-ci lui adresse un signe de tête reconnaissant.

— Et il y a peut-être un autre moyen de sortir d'ici. (Dieu merci, nul ne l'interrompt cette fois-ci.) Apparemment, le fond de la cage d'ascenseur n'est pas aussi renforcé que le reste du bâtiment. Si on le traverse, on pourra peut-être atteindre le conduit de service, et de là, il n'y aura pas à creuser beaucoup pour se retrouver à la surface.

— Qui est-ce qui vous a dit ça ? raille Brett. Le Mexicain ?

— Et comment envisagez-vous de percer le mur ? enchaîne Vicki. Vous êtes équipé ?

— La plupart des outils sont dans la cabane, dehors, mais on en a assez pour commencer. Le plus dur, ce sera de monter un échafaudage en haut de la cage d'ascenseur.

— Ça paraît dangereux, remarque Cam. On est en sécurité ici. On a des provisions pour plusieurs mois. Peut-être pas un an, comme l'avait promis Greg, mais assez longtemps. Je vote pour qu'on reste tranquilles jusqu'à ce que les secours arrivent.

— Quels secours ? demande Stella, vers laquelle tous se tournent. Voilà deux jours qu'on ne réussit pas à contacter le monde extérieur. Combien de gens connaissent cet endroit ? (Elle fixe Vicki.) Vous avez donné les coordonnées à quelqu'un ? Vous vous êtes vantée de votre luxueux appartement de survie ?

Vicki examine ses ongles.

— Non. Bien sûr que non. Greg avait déconseillé de le faire.

— Voilà. Nous non plus. (Stella a un rire amer.) À mon corps défendant (Yoo-jin se recroqueville en l'entendant), j'ai raconté à mes associés que nous allions passer un moment à Vancouver, dans la famille, et qu'ils ne devaient pas s'inquiéter si nous ne donnions pas de nouvelles. C'est bien tout l'intérêt du Sanctuaire, n'est-ce pas ?

— Et vous, Leo ? demande Will.

— Personne ne sait que nous sommes là.

— Tes avocats ? demande Trudi.

— Non.

— Merde, marmonne James. Mais peut-être que Cam a raison : pour l'instant, on est en sécurité ici. Même si un vaccin a été mis au point pour le virus, il faudra des semaines, voire des mois, pour que tout marche comme avant.

— James, je ne peux pas attendre, déclare Will, sans élever la voix mais avec fermeté. J'ai besoin de sortir.

— Je suis désolé pour votre femme, mais ce n'est pas mon problème.

Il attend que la colère monte en lui, mais elle a disparu, ne laissant derrière elle qu'une vague torpeur.

Trudi se lève.

— Je suis avec vous, Will, dit-elle.

— Oh, quelle surprise, murmure James.

— Il faut faire quelque chose, continue-t-elle en l'ignorant. Ma mère doit aller à l'hôpital.

— Et qu'est-ce qu'on va faire du bronzé ? interroge Cam.

— Ne parlez pas comme ça, siffle Trudi.

— Bon, bref, qu'est-ce qu'on en fait ? C'est un meurtrier. Il faut veiller à ce qu'il soit enfermé.

— Je suis d'accord, intervient Vicki. Il y a des enfants ici.

Guthrie paraît momentanément surpris – puis satisfait – de voir un Maddox le soutenir.

— Il n'ira nulle part, assure Will. Brett y a veillé. Il ne représente un danger pour personne.

— Ouais, allez donc dire ça à M. Fuller, marmonne Brett. Il faut s'assurer qu'il ne sorte pas pour nous assassiner tous pendant notre sommeil.

— Chacun peut faire ce qu'il veut, dit Will, mais, moi, en tout cas, je ne vais pas rester là sans agir. (Il se tourne vers Trudi.) Prête à vous mettre au travail ?

— Oui.

— Je vous aiderai aussi, déclare Jae.

Pour la première fois depuis la mort de Greg, et bien que personne d'autre ne propose son soutien, Will entrevoit une petite lueur d'espoir.

19

CAIT

— Qu'est-ce que vous voulez de plus, Cait ?

Je m'écarte du comptoir de la cuisine, renversant le tabouret dans un grand vacarme.

— Laissez tomber.

Je ne sais pas trop ce que j'attendais de lui, d'ailleurs – un semblant de réaction humaine aurait sans doute été un bon début. Alors que je me dirige à grands pas vers la salle de bains, il m'arrête.

— Je vous en prie, Cait. J'essaie de comprendre. J'essaie d'agir comme il faut, mais je ne sais pas quoi faire.

Je pivote pour me retrouver face à lui.

— Comme il faut ? Comme il faut, putain ? Je vous annonce que j'ai failli me faire violer, et vous répondez : « Au moins, vous n'êtes pas blessée. » Est-ce qu'il y aurait une seule émotion humaine qui dérive en vous, quelque part ?

Il en reste la bouche ouverte, comme un poisson, et je réalise qu'il est sincère : il ne sait pas comment réagir.

— Écoutez, Cait, dit-il sur le ton rationnel que j'imagine bien dans sa bouche au cours d'un exposé financier, je me suis assuré que vous alliez bien. (Il commence même à compter sur ses doigts.) Je vous ai proposé d'aller parler à Cam Guthrie. Je vous ai proposé de parler à Will. Vous avez dit non dans les deux cas. Je ne vois pas bien ce que je pourrais…

— Laissez tomber, d'accord ? conclus-je avant d'entrer dans la salle de bains et de claquer la porte.

Qu'attendais-je de Tyson ? Un accès de rage meurtrière ? Qu'il investisse l'appartement voisin avec un couteau de boucher pour trancher la bite et les mains de Brett Guthrie ? Ça m'aurait aidée, oui. Un moment. Plus que sa réaction froide.

Qu'il me serre contre lui, peut-être ?

Sans doute pas. L'idée que quiconque me touche en ce moment me rend malade.

La vérité est que rien ne me réconforterait. Oui, bien sûr, je suis capable d'imaginer toutes sortes de violences contre mon agresseur, mais en quoi les concrétiser m'aiderait-il ?

Cela assurerait qu'il ne recommence plus jamais.

Oui. C'est sûr.

J'ôte mon tee-shirt et me regarde dans le miroir. J'ai la peau rouge de l'avoir trop frottée, mais je sens tout de même encore la salive putride de Brett qui me brûle. Ouvrant à nouveau le robinet de la douche, je vérifie que la porte est verrouillée puis je me déshabille.

Quand je me sens plus propre, j'annonce à Sarita que je vais faire un tour.

Allongée sur le canapé, encore fatiguée de sa nuit interrompue, elle n'en bondit pas moins sur ses pieds.

— Je peux venir ?

Merde. Il m'est déjà assez difficile de trouver le courage de quitter l'appartement. Je ne peux pas en plus m'occuper d'elle : je suis épuisée.

— Non. Il vaut mieux que tu restes ici.

— Mais… commence-t-elle à pleurnicher.

— S'il te plaît, Sarita, juste cette fois. Je ne me sens pas très bien, je suis un peu grognon, donc tu t'amuseras plus ici. Fais-moi plaisir.

Elle hausse les épaules, se laisse aller sur les coussins et fixe à nouveau la télé. Cette capitulation plus rapide que je ne l'attendais m'inspire un sentiment de culpabilité. Sarita doit se sentir vraiment mal.

— Je reviendrai vite, d'accord ? dis-je en lui déposant un baiser sur la tête. Et puis c'est l'heure de *Charlie et Lola*. Tu ne veux pas rater ça, hein ?

Elle hausse encore les épaules. Je sors avant de perdre patience, franchis à la hâte la porte de l'escalier et descends les marches en courant telle une gamine traquée par des fantômes dans une maison obscure. Quand je pousse la porte du niveau cinq, mes entrailles se tordent. Un instant, je crois voir Brett, mais c'est Cam Guthrie qui se tient près de la porte de l'unité 5B dans une position de soldat au repos, la main sur le manche de l'énorme couteau de chasse passé à sa ceinture. Je ne dois pas oublier que son fils lui a sans aucun doute menti sur ce qui s'est passé entre nous. Le sourire plus ou moins égrillard qu'il m'adresse me le confirme.

— Bonjour madame.

Je ne sais pas trop si le *madame* est sarcastique ou non. Je ne dois pas sous-estimer l'intelligence de cet homme à cause de l'image qu'il projette. Ce serait une erreur.

Quoique tout mon corps s'insurge à cette idée, je me contrains à avancer vers lui et à ouvrir la bouche. Ce qui en sort est un croassement. Je dois m'éclaircir la voix et recommencer.

— Bonjour. Je veux le voir.

— Qui ça ?

Tu le sais très bien, merde !

— L'homme qui est là-dedans.

— Pourquoi ? C'est un meurtrier. Je ne peux pas vous laisser faire ça.

— Qui a-t-il tué ?

— Greg. On a trouvé son téléphone à l'infirmerie. Tout cassé.

Personne ne m'a parlé de ça. Trudi a été gentille, mais elle ne m'a pas donné tous les détails.

— Ça ne prouve rien. Et j'ai une dette envers lui.

— Quelle dette ?

— Il m'a sauvée. Il m'a sauvée de votre fils ! (La colère monte vite, fort, et avant de pouvoir m'en empêcher, j'ajoute :) Votre fils est un monstre.

Je recule de deux pas et croise les bras, me préparant à sa riposte.

À ma grande surprise, Cam se contente de baisser les yeux, presque triste.

— Brett n'a rien fait du tout.

Sa vulnérabilité attise ma fureur. Je suis sur le point de hurler : *Votre fils a essayé de me violer !*, mais j'en suis empêchée par un bruit métallique dans l'escalier. Will et Jae apparaissent sur le palier, portant une planche qu'ils ont dû prendre dans la salle des cultures hydroponiques. Selon Trudi, Will compte percer la paroi de la cage d'ascenseur. J'espère qu'il va réussir.

— Laissez-moi passer, dis-je en me retournant vers Cam.

— Je ne peux pas vous en empêcher.

Nous savons tous les deux que c'est faux. Plusieurs secondes s'écoulent, puis il secoue la tête. *Ah, les femmes ! Allez y comprendre quelque chose.*

— Il n'est pas en état de vous menacer, mais criez si vous avez besoin de moi.

Je dépasse Cam Guthrie et explore l'appartement plongé dans la pénombre jusqu'à trouver l'homme que je cherche – dans la chambre du fond, étendu sur un simple matelas. Quelqu'un a bandé son torse, mais ses vêtements sont tachés de sang, puants, et il ne dispose même pas d'une couverture. Je fouille les chambres à la recherche de quelque chose pour le couvrir – autant pour moi que pour lui –, tout en faisant taire la voix intérieure qui murmure que ce qui lui est arrivé est de ma faute. Un petit sac à dos et une enveloppe à bulles gisent dans un angle, leur contenu répandu sur la moquette.

J'observe le visage du blessé. Je le croyais endormi, mais je constate qu'il est éveillé ; en fait, ses paupières sont si gonflées qu'il peut à peine les ouvrir. Je distingue une tranche étroite de ses pupilles posée sur moi. Il paraît effrayé.

Je vois un bol de soupe et un verre d'eau sur sa table de chevet, mais il semble incapable de s'asseoir pour boire. Emportant le verre à la salle de bains, je le rince et l'emplis d'eau fraîche avant de le rapporter.

Puis j'hésite. Qui est cet homme, après tout ? Que fait-il ici ? Cam a-t-il raison ? Est-ce lui qui a tué Greg ? Comme il nous fixe, le verre d'eau et moi, je m'assois près de lui et, ignorant les protestations de mon corps, lui passe les bras sous les aisselles, le soulève jusqu'à l'adosser au bois de lit. Quand je porte le verre à ses lèvres, il aspire goulûment puis tousse. Je le fais boire encore un peu avant de me relever.

— Merci, dit-il d'une voix rauque et aiguë.

— C'est moi qui vous dois des remerciements. Je suis là pour ça. Je vous remercie de l'avoir arrêté... mais je suis désolée de ce qu'il vous a fait. (Il ne répond rien.) Les autres croient que vous... que vous avez tué Greg Fuller. Est-ce que vous le connaissiez ? Que faites-vous ici ?

— Ce n'est pas moi qui l'ai tué, assure-t-il. Je me suis caché ici parce que je n'avais nulle part où aller. Je travaillais pour M. Fuller quand on a construit le refuge.

— Vous l'avez vu, n'est-ce pas ? Quand il était mort.

Je regarde ses pieds sales, petits pour un homme. Je connais déjà la réponse. Il hoche la tête.

— Vous avez marché dans le sang, hein ?

— Une erreur, admet-il en acquiesçant à nouveau avec une grimace contrite.

— Tout va bien, m'entends-je dire, comme si c'était moi qui décidais de ce qui va bien ou non.

Comme si je pouvais arranger toute cette situation grâce à ma libérale magnanimité. Il tend la main gauche vers le verre, et une torsion du buste le fait grimacer. Je m'approche à nouveau et porte le verre à sa bouche couverte de contusions.

Lorsqu'il a terminé, je lui pose la question qui me hante :

— Pourquoi m'avez-vous aidée cette nuit ?

— Je prenais à manger dans l'appartement d'à côté. Il y a des boîtes de conserve. Je vous entends. Je sais qu'il y a un problème, alors j'entre. Je le vois. Je ne réfléchis pas.

— Si vous aviez réfléchi, vous ne l'auriez peut-être pas fait. Regardez où ça vous a mené.

Il secoue la tête avec autant de véhémence qu'il le peut.

— Je suis content de l'avoir fait.

Je le regarde se rallonger avec difficulté.

— Ce n'est pas normal, dis-je. Il va falloir que quelqu'un l'arrête.

20

GINA

Je n'ai raconté ni à Papa ni à Maman ce qui s'est passé dans la chambre froide. Chaque fois que j'y repense, je dois respirer à fond et m'appuyer contre un mur. Je n'ai été coincée là-dedans que quelques minutes, mais je ne veux plus jamais être enfermée. Plus jamais. Les pensées qui me sont venues… Une vraie croyante serait restée calme et ferme face à la mort, elle se serait réjouie d'être bientôt unie à Dieu. Mais je n'ai pas eu la foi, la panique m'a submergée – et je sais que le diable était en moi.

C'était une épreuve que m'imposait le Seigneur, et j'ai échoué : si j'étais morte à l'intérieur de cette chambre froide, avec mon âme dans cet état, je n'aurais jamais trouvé la maison de Dieu.

Il faut que je sorte. J'ai entendu dire un jour que les murs peuvent se refermer sur soi et c'est bien ce que je ressens. Chez nous, à la ferme, je n'allais jamais me promener en douce ; ici, il me semble que je ne fais rien d'autre. Dans l'appartement, je marche sur la pointe des pieds, je me veux invisible de crainte que Maman me surprenne à commettre un acte que je ne sais même pas répréhensible et qu'elle explose comme l'autre jour. Cependant, depuis l'incendie, elle reste de plus en plus dans sa chambre, si bien qu'il m'est facile de m'éclipser.

Papa et Brett sont de garde au niveau cinq. Je monte donc à la salle de détente, où Will s'efforce de percer la paroi de la cage d'ascenseur. Trudi, un bandana autour du crâne, se tient devant la cavité débarrassée des planches qui la condamnaient. Elle me sourit quand j'approche. Papa et Brett n'ont pas proposé leur aide : ils estiment le plan de Will stupide et dépourvu de sens pratique. Moi, je ne sais que penser. Si nous sortons, il nous faudra retourner à la caravane.

Je jette un coup d'œil dans le conduit. Le trou noir qui descend tout droit jusqu'au dernier niveau me donne le vertige. Will ne manque pas de courage : je ne voudrais pas être à sa place, en équilibre sur une planche étroite, au-dessus du vide, à frapper de toutes ses forces contre un mur.

— Est-ce que ça marche ?

Trudi répond à ma question en secouant la tête.

— Non. Et personne d'autre ne participe.

Elle a dit cela avec amertume, pour Papa et Brett. Cela me met en colère, car ils ont aussi un travail à accomplir – garder le Mexicain qui a assassiné Greg. Dieu merci ! Brett l'a découvert à temps.

Je me détourne alors que Will propulse à nouveau le marteau contre le béton. *Boum.* Je sens presque les vibrations dans mes propres bras, mes propres épaules. La mémoire des muscles. À la maison, j'ai plus souvent qu'à mon tour fendu du bois ou broyé des cailloux.

Je me glisse à pas furtifs jusqu'au poste de commande. Je vais dire bonjour à Jae – c'est la véritable raison pour laquelle je suis montée ici –, puis je rentrerai à l'appartement. J'envisage de frapper, mais comme j'entends des voix, je me retiens. Tous les occupants du poste tournent le dos à l'entrée : M. Dannhauser, le plus éloigné, est penché sur le plan de travail ; Jae, devant l'écran de l'ordinateur, a la tête tournée vers Cait, assise près de lui. Une odeur de cendre humide et de plastique fondu flotte encore dans l'air, et du rock résonne en sourdine. Cait a natté ses splendides cheveux flamboyants. Moi, je me fais l'effet d'un troll, avec des jambes épaisses plantées sur le sol. Je pourrais juste dire « salut », me comporter avec naturel, mais je ne veux pas qu'ils me voient. Si Maman arrivait…

Non, pas un troll, un démon. Je suis aussi dégoûtante à l'intérieur qu'à l'extérieur.

C'est alors que Cait se met à parler.

— Je ne sais pas où aller. Je me sens prise au piège. Chaque fois que je quitte l'appartement, j'ai peur de le croiser. Et je ne veux pas avoir peur, je veux essayer d'être positive pour Sarita, mais elle a déjà remarqué. Merde, tu imagines à quel point tu te sens merdeux quand c'est une gamine de quatre ans effrayée qui essaie de te remonter le moral ?

— Il ne recommencera pas, assure Jae. J'y veillerai.

— Ah ouais ? Tu feras quoi ? (Je le vois hausser les épaules.) Je ne veux pas être méchante, mais tu sais comment il est. Grand, fort et bête, comme son père. (Ce dernier mot a été prononcé avec un air dégoûté ; je sais de qui elle parle.) Ici, en bas, il fera tout ce qu'il voudra.

J'ai beau critiquer souvent son comportement, entendre une étrangère débiner mon frère m'emplit de colère. Je voudrais me calmer – ce n'est pas à moi de m'énerver : Brett peut s'occuper de lui-même –, mais j'en suis incapable. M'identifiant à Cilla dans *La Ville du Seigneur*, la méchante cousine new-yorkaise qui déclenche toujours des disputes, je fais trois pas vers eux et m'adresse à Cait :

— Qu'est-ce que vous croyez qu'il veut faire au juste ? Avec vous ?

En fait, ma voix ne rappelle peut-être pas tant celle de Cilla que celle de Maman.

Comme Jae et Cait se tournent vers moi, je regrette le ton que j'ai employé. Pas seulement parce que Jae paraît fâché contre moi, mais parce que Cait a une mine affreuse. Le teint pâle et cireux, avec des taches de couleur vive sur les joues et les yeux gonflés, cernés de noir. Elle a des problèmes pour de bon, cela se voit.

Elle sursaute à ma vue, et la colère remplace la peur dans ses yeux rouges.

— Ne t'occupe pas de ça, lâche-t-elle en se levant.

Le vieux M. Dannhauser délaisse ses soudures pour nous observer de ses yeux bleus acérés. Je comprends pourquoi Papa dit qu'on ne doit pas lui faire confiance.

— Pardon, Cait. Je ne voulais pas… Est-ce que Brett vous a fait quelque chose ?

Elle me dépasse et gagne la porte.

— On ne voudrait pas que ta *maman*… (encore ce ton) pète un plomb en te voyant parler aux mécréants. À ces chiens d'infidèles.

— Dis-lui, Cait, lance Jae sans se lever, en faisant pivoter son siège de droite et de gauche, ses longues jambes plantées devant lui. Il faut qu'elle sache. Elle est…

Il s'arrête avant de dire ce que, selon lui, je suis.

— Laisse tomber, Jae. Pourquoi veux-tu que ça l'intéresse ? Elle prendra le parti de son frère, voilà tout.

— Son parti ? Dans quoi ? Qu'est-ce qu'il a fait ?

M. Dannhauser observe la scène en silence, un petit sourire sur ses lèvres fines, comme s'il appréciait le spectacle.

— Il a essayé de violer Cait la nuit dernière, me répond Jae. L'autre type a voulu l'en empêcher, et Brett l'a presque battu à mort. C'est toujours un grand héros, ton frangin ?

Clic-clac, clic-clac. Clic-clac.

— Il a *quoi* ? Attendez, je vous en prie.

Mais Cait franchit la porte.

Je reste là quelques secondes, sous les yeux de Jae et de M. Dannhauser, puis je me mets à courir moi aussi.

Tout commence à se mettre en place, à prendre du sens. En moi se dessine un tableau des dernières années que je n'ai aucune envie de voir. Nous avions quinze ans, Brett et moi, c'était le printemps, juste avant les examens de fin de troisième. La maison était pleine de visiteurs, tout un troupeau, bien plus que nous n'en avions d'habitude. M. Goetsch, le principal du collège, le docteur Kripke, président de la commission scolaire, d'autres hommes en costume que je ne connaissais pas... et le père de Bessie Carver. Bessie Carver, qui habitait en face de chez nous et que Brett aimait bien – mais elle préférait Art Jonas, un receveur de l'équipe de foot junior.

Maman avait beaucoup pleuré ce mois-là, mais ça n'était pas si étrange – après tout, Grand-Père était mort en janvier. J'avais juste pensé qu'elle était triste et je ne m'étais pas vraiment souciée de comprendre. Nul ne m'avait rien dit mais, la tête emplie de ce qui était important pour moi à l'époque, je n'avais pas non plus prêté attention aux événements.

Peu après, toutefois, Papa nous a fait emménager dans la caravane, à la ferme de M. Harber, et il nous a retirés de l'école avant même qu'on passe les examens. « Les livres ne vous aideront pas dans le monde réel, a-t-il dit. Il faut apprendre à survivre, et je vais être obligé de vous l'apprendre moi-même. » Pour autant que je m'en souvienne, il a toujours aimé les armes, toujours voulu apprendre à tenir une ferme, et il s'est toujours intéressé au survivalisme. Il nous disait qu'un jour, l'ordre mondial s'effondrerait, et que les citoyens américains seraient attaqués de l'intérieur et de l'extérieur : nous serions contraints de vivre dans un pays sans lois, sans argent. Il espérait pouvoir nous préparer à n'importe quoi, et ce qu'a fait Brett ce printemps-là lui a en quelque sorte donné l'excuse dont il avait besoin.

Je n'ai pas les idées claires quand je descends l'escalier. Je pleure. Bessie Carver. Tout ce que je vois, c'est le visage de Bessie Carver quand nous sommes partis en voiture ce soir-là. Elle avait le visage pâle et cireux avec des taches de couleur, le même que Cait. Elle fixait Brett de ses yeux cernés de noir, et lui ne détournait pas le regard. Quand nous l'avons croisée, elle a baissé la tête, et c'est seulement là que j'ai vu les bleus sur sa joue.

J'ai pensé que Brett l'avait peut-être juste frappée – ça aurait déjà été assez grave –, mais j'étais jeune et idiote. Je n'aime pas l'idée que mon frère jumeau soit un violeur, mais je sais que c'est le cas. Je sais que, depuis tout ce temps, deux ans et quatre mois, papa protège le monde de Brett. Y compris Maman et moi : voilà pourquoi il nous tient à l'écart. Pas parce qu'il me déteste, mais parce qu'il m'aime profondément.

Je m'arrête net quand j'entends s'élever les voix graves de Papa et de Brett là où ils gardent le meurtrier. Je tends l'oreille.

— On devrait s'installer dans cette unité, dit mon frère. Elle est beaucoup plus grande. On devrait l'enfermer dans notre petit appartement et descendre ici. On peut, P'pa ?

— Tais-toi, intime Papa avec brusquerie.

— Un sale Latino meurtrier qui profite de tout cet espace, proteste Brett, c'est carrément pas ju…

Comme je franchis la porte, il pivote, les poings serrés, prêts.

— Oh, c'est toi.

Il sourit, se détend et soulève le bas de son tee-shirt pour essuyer son visage trempé de sueur, comme je l'ai vu le faire devant le miroir ici. Dans la caravane, on n'avait pas de vrai miroir. Si on était encore à l'école et s'il jouait dans l'équipe de foot, il poserait sans doute comme ça pour les *pom-pom girls*. Mais on n'y est pas, et il ne peut pas. Ici, il n'y a pas de *pom-pom girls* pour admirer ses abdos.

— Qu'est-ce que tu as fait à Cait, Brett ?

— Hein ?

— Gina… m'avertit Papa.

Le visage de Brett s'assombrit. Je connais cette expression. Je sais ce qu'elle signifie.

— Je l'ai sauvée. Je nous ai tous sauvés. Tu le sais.

— Monte, Gina, rugit Papa. Tout de suite !

Je crois que je comprends à présent. Si Papa me traite ainsi, c'est parce qu'il veut me protéger. Je devrais l'écouter et m'en aller – sur-le-champ –, mais les événements des derniers jours bouillonnent en moi, débordent, et je suis incapable de partir sans rien dire. Au lieu de cela, je pleurniche comme une petite fille stupide.

— Dis-moi pourquoi tu me repousses, Papa. Pourquoi est-ce que tu le choisis, lui ? (Peut-être est-ce parce que je pleure alors que je n'ai pas versé une larme depuis des années qu'il ne me gifle pas.) Est-ce que tu sais ce qu'il a fait, Papa ? Est-ce que tu sais ce qu'il a fait hier soir ?

Brett se précipite sur moi et me repousse en arrière contre la porte du placard. Son visage empourpré se penche sur le mien.

— Quoi ? Qu'est-ce que j'ai fait, hein ?

— Brett ! Gina ! aboie Papa, mais nous ne l'écoutons ni l'un ni l'autre.

— C'est déjà arrivé, pas vrai ? Cette fille, au collège, Bessie Carver.

J'observe mon frère à la recherche d'un aveu, mais ses yeux n'expriment rien. Le poussant d'un coup d'épaule, je me tortille pour lui échapper. Je réalise que personne d'autre ici n'oserait le toucher, mais j'ai lutté mille fois contre lui.

— C'est pour ça qu'on a vendu la maison et qu'on s'est installés dans la caravane, hein ? Pas parce que Maman et Papa nous ont forcés, mais à cause de toi. Parce que tu étais incapable de…

J'ai envie de dire *garder ta bite dans ton froc*. Je ne sais même pas où j'ai entendu ça. Mais je me mords la langue. Nous ne sommes plus des gamins en train de chahuter à la maison – je ne sais plus qui il est, ni ce qu'il me ferait si je le poussais trop loin. Alors que nous étions les meilleurs amis du monde, les deux dernières années se dressent à présent entre nous comme un mur de brique – dont le triste poids me ferme enfin la bouche, bien trop tard.

— Tu ne sais pas de quoi tu parles, dit Brett, mais il recule.

— C'est vrai, n'est-ce pas, Papa ?

Je m'attends toujours à recevoir une gifle, à payer le prix de ma désobéissance, mais Papa reste au contraire très calme. Puis il dit doucement, presque pour lui-même :

— J'ai fait ce que j'ai fait pour le bien de cette famille. Tu sais à quel point il est important d'être prêt. Le monde devient un enfer. Il y a des gens dehors qui veulent nous tuer, qui veulent détruire l'Amérique et les valeurs que nous défendons…

J'ouvre la bouche pour poser une autre question, mais Papa finit par me rappeler qui et où je suis.

— Tais-toi, Gina. Va voir ta mère.

À la maison, je partais tous les jours dans les bois ou dans les collines, juste pour être seule. Personne n'appelait cela rôder, alors pourquoi m'empêcher d'aller où je veux ici, en bas ? Mais descendre les marches pour m'écarter d'eux tous – Maman, Papa et Brett – me met tout de même mal à l'aise et, plus je descends, plus fort est le sentiment de culpabilité qui veut me faire remonter.

J'ai envie de voir les volailles au poulailler ; peut-être cela me fera-t-il du bien d'observer un spectacle innocent et naturel. Peut-être planter les doigts dans la terre des carrés de légumes me rappellera-t-il que le monde n'est pas de béton et d'électricité, que nous sommes encore bénis, encore vivants. Chaque fois que j'atteins un palier, la lumière s'y allume tandis que celle du précédent s'éteint. Les yeux levés vers les ténèbres qui s'épaississent au-dessus de moi, je presse le pas.

— Gina ! Hé…

Jae ouvre la porte du niveau six pour se montrer, et c'est heureux car, sinon, je ne sais pas ce qui serait arrivé. Soit j'aurais fait une crise cardiaque en croyant que la voix résonnait en moi ; soit j'aurais donné un coup de poing à quiconque rôdait derrière la porte. Sans doute la deuxième solution : Jae a de la chance de ne pas être par terre avec le nez cassé.

— Qu'est-ce que tu fais là ?

Je chuchote sans cesser de scruter l'escalier derrière moi. Toujours sombre ; personne d'autre ne s'y trouve.

— Viens, dit Jae. (Je le suis dans le couloir.) Je veux te montrer quelque chose.

Je ne devrais pas être ici, je n'ai pas envie d'y être, mais je le suis encore quand il dépasse l'infirmerie inachevée où Greg a été retrouvé, puis quand il franchit la bâche épaisse qui couvre l'entrée du 6A.

J'hésite à l'extérieur.

— Qu'est-ce que c'est, Jae ? Qu'est-ce que tu veux me montrer ?

Il ne répond pas, mais je vois une lueur jaune tamisée crachoter à travers le plastique transparent.

— Tu ne devrais pas rester ici, Jae. (Pas de réponse.) Je descends, maintenant, d'accord ?

Je distingue alors sa silhouette qui vient vers moi. Tendant le bras, il me prend la main. La sienne est chaude et sèche. Je devrais m'échapper, mais :

— S'il te plaît, dit-il. Viens voir. J'ai fait ça pour toi.

Je pousse la bâche pour le rejoindre. Cette unité est organisée comme la nôtre. Le même canapé et ses deux fauteuils sont disposés de la manière standard devant la kitchenette, quoique encore enveloppés de plastique. Aucune moquette ne couvre le béton du sol, aucune lumière électrique ne brûle, mais Jae a allumé plusieurs bougies chauffe-plats au sommet d'un pot de peinture retourné.

— Ça pourrait être sympa de venir ici. Juste nous, tu vois. Il n'y a pas d'électricité, mais les bougies ça va, non ?

— Ça va très bien, Jae.

Il dégage une extrémité du revêtement en plastique du canapé. Je l'aide à le retrousser, soulevant le meuble pendant qu'il arrache l'emballage.

— Maintenant, il ne nous manque qu'un peu de musique, dit-il avant d'aller à son ordinateur, posé dans les placards sans portes de la cuisine.

Me rappelant la musique qu'il passait là-haut et ce qu'elle m'inspirait, je l'arrête :

— Non, ne mets rien. J'aime bien le silence.

— Ouais, d'accord, dit-il.

Il s'assoit à l'autre bout du canapé, l'air déçu. Je devrais sans doute dire quelque chose, poser une question à laquelle il apprécierait de répondre.

— Euh… Comment ça se passe avec l'ordinateur ? Je veux dire : au poste de commande.

Il hausse les épaules.

— Je ne suis pas un expert. Je crois que tout est comme avant. Les systèmes de contrôle internes vont bien, mais le wi-fi est foutu. Leo a réparé la radio. A priori, il a lancé un signal de détresse.

— Papa dit que c'est un espion. Qu'il a travaillé pour Hitler. Tu crois que c'est vrai ?

— Euh… non. Il a à peine plus de soixante-dix ans. Quand Hitler gouvernait l'Allemagne, il était bébé. À moins qu'Hitler ait eu des espions bébés. Tu y crois ?

Je rougis, très gênée de ne rien savoir sur rien alors que Jae est si intelligent – mais quand je le regarde, le sourire qu'il me lance n'est pas méchant du tout.

— Peut-être pas, dis-je.

— En revanche, qui sait ? Il est allemand, après tout. Dans les années soixante, soixante-dix, il y avait aussi beaucoup de travail pour les espions. À vrai dire, ça ne m'étonnerait pas. Tu veux qu'on monte lui poser la question ?

— Non ! dis-je, avant de comprendre qu'il plaisante encore.

Le silence retombe. Je sais que nous pensons tous les deux à l'autre personne qui était ce matin dans la salle de contrôle.

— Tu crois que Cait me déteste ? ne puis-je m'empêcher de demander.

— Hein ?

— Elle était tellement gentille avec moi… avant. Elle m'en veut de ce qu'a fait Brett.

C'est déloyal de parler ainsi, je le sais. Je ne devrais pas aborder le sujet, ou au moins nier, défendre mon frère. Mais ici, seule avec Jae, je peux admettre que Brett a ça en lui. Je sais qu'il a fait ce que dit Cait.

— Elle est en colère, c'est tout. Son connard de patron ne la soutient même pas. Tu sais, parfois, je me dis que le monde serait meilleur sans certaines personnes. Mais je suis sûr qu'elle ne te reproche rien.

— Je voudrais juste rentrer chez moi, dis-je.

Je ne veux pas pleurer, mais la chaleur me monte aux joues. Ici, dans notre petit espace privé, je me sens loin du jugement de ma famille.

— J'ai tellement peur.

Jae se rapproche de moi et tend lentement la main vers les miennes, serrées sur mes genoux. Je le laisse les atteindre puis en retourne une pour que nos doigts se croisent.

— Je ne permettrai pas qu'il t'arrive quoi que ce soit, Gina.

Je le regarde en face, je veux lui dire qu'il n'est qu'un gamin comme moi, sans aucun pouvoir sur les événements, dans le Sanctuaire ou en dehors, mais ses yeux sont si clairs et tranquilles que je le crois.

Lorsqu'il lève la main jusqu'à ma joue et essuie mes larmes, j'ai peur d'avoir la peau grasse et qu'il sente tous mes points noirs ; je me demande quelle odeur je répands, de quoi j'ai l'air, je crains de le dégoûter. Quand il se penche, pourtant, quand il pose les lèvres sur les miennes alors que je perçois une odeur de sel et de menthe, j'oublie tout. Je ne sens plus que sa langue sur ma bouche, puis ses dents et la sueur sur sa nuque au moment où je me presse contre lui.

21

JAE

Jae reconnaît à peine la voix de son père – stridente, bien plus aiguë que d'habitude.

— Je ne veux pas que tu sortes, Stella.

— On en a déjà discuté, Yoo-jin. Reuben Montoya a besoin de soins. Caroline Dannhauser aussi.

— C'est dangereux. Cet homme a tué Greg.

— Je ne vais pas rester là à ne rien faire, Yoo-jin.

Propose-lui de l'accompagner, Papa, implore Jae en silence. *Ne te contente pas d'errer dans l'appartement comme un spectre, à essuyer de la poussière imaginaire.* Mais il sait que son père ne proposera rien du tout. Cette inhabituelle dispute lui fait perdre ses repères : il retombe en arrière sur son lit, tentant de ne pas entendre les voix fortes de ses parents. Toute la matinée, il a songé à Gina, rejoué encore et encore ce qui s'est passé entre eux. Il a hâte de la revoir, mais une grande prudence est de mise. Il suffirait que Cam, Brett ou cette cinglée de Maman Guthrie aient juste une vague idée de leurs rapports pour qu'il finisse comme Reuben : en bouillie. Jae compte demander à Cait de jouer les intermédiaires, peut-être de porter un message à Gina. Elle est sympa, elle le fera sans doute. Bien qu'elle soit toujours secouée par son expérience avec Brett, elle aimera sûrement l'idée de faciliter une idylle qui le mettrait vraiment en rogne.

— … moins que tu pourrais faire, c'est aider Will et Trudi, est en train de dire sa mère.

Son père répond que les excavations de Will sont vaines, et Jae est assez d'accord. Il a fait sa part, aidant à monter bois et tubes métalliques dans la salle de détente afin d'assembler un échafaudage mais, à son avis, cette entreprise est un appel à l'accident. L'échafaudage consiste peu ou prou en une planche accrochée à de vieux échelons rouillés au fond de la cage d'ascenseur. Will et Trudi l'ont fixée avec des vis, et la jeune femme a obligé son compagnon à s'attacher une corde autour de la taille par mesure de sécurité, mais Jae voit bien que la mission est impossible : il n'y a de place que pour une personne sur la planche, et Will ne réussira pas à percer les briques à l'aide du petit marteau trouvé dans la réserve, le seul outil dont il dispose.

— Il n'y a aucune raison de partir, dit son père. Ici, nous sommes en sécurité.

— Ah ! En sécurité ! Après ce que ce garçon a fait à…

La voix de sa mère se dissout dans une quinte de toux. Merde. Décidé à apaiser la tension, Jae bondit sur ses pieds et court à la cuisine. Yoo-jin s'agite autour de Stella, pliée en deux.

— Je viens avec toi, Maman. J'ai dit à Trudi que je ferais la lecture à Caroline, de toute façon.

Sa mère relève les yeux.

— Au moins, l'un de vous deux a du cran, lâche-t-elle, luttant pour reprendre son souffle.

— Papa a peut-être raison. Tu devrais rester ici. Tu n'as pas l'air en forme.

— Ne t'y mets pas aussi, Jae. Je vais bien.

Son père se détourne et marmonne qu'il va préparer quelque chose de frais pour le dîner. Bonne chance, songe Jae. Quand son tour est venu, il a nourri les poules – qui puent, nul n'étant disposé à nettoyer leurs déjections – et soit elles ont cessé de pondre, soit quelqu'un pique les œufs en douce. Les légumes hydroponiques ne vont pas beaucoup mieux, et nul ne veut manger la viande de la chambre froide – pas avec le cadavre de Greg juste à côté. Les Park vivent des soupes de Yoo-jin et de ce qu'il arrive à préparer à partir des conserves.

Jae empoigne son sac à dos, y fourre le Kobo de sa mère et la suit dans le couloir. Dès qu'ils atteignent la cage d'escalier, ils sont accueillis par les bruits étouffés que fait Will en attaquant le béton à coups de marteau.

Stella met plus de temps que d'habitude à descendre les deux volées de marches jusqu'à l'étage des Dannhauser, mais Jae décide de ne pas reparler de ses inquiétudes. C'est inutile : ils sont sortis. La porte de l'appartement est entrouverte – il est impossible de la fermer tout à fait à moins d'être prêt à utiliser le pouce de Greg pour la rouvrir. Le garçon réprime un frisson et suit sa mère à l'intérieur.

— Il y a quelqu'un ? appelle Stella.

Nul ne vient les accueillir. Leo doit être en train de bricoler le téléphone satellite au poste de commande et Trudi d'aider Will. Après un instant de silence, la vieille femme appelle d'une voix faible. Elle est à demi sortie du lit – sa chemise de nuit remontée sur les cuisses.

— J'essaie d'aller aux toilettes, hoquette-t-elle.

Stella émet un petit claquement de langue et se précipite. Jae détourne le regard pendant que sa mère rajuste la malade, puis il l'aide à l'escorter jusqu'à la salle de bains. La chair des bras de Caroline lui coule pratiquement entre les doigts. Comment peut-on devenir aussi vieux et sans défense ?

— Je vais y arriver maintenant, dit la vieille femme quand ils atteignent la cuvette.

Ses visiteurs s'assoient côte à côte sur le lit en attendant qu'elle finisse. Le garçon s'éclaircit la voix.

— Maman… pour Papa…. ça va, vous deux ?

Elle lui lance un de ses sourires courageux.

— Bien sûr. C'et juste que… il y a plusieurs choses qu'on ne voit pas d'un même œil en ce moment, c'est tout.

Sans déconner ? Jae cherche quelque chose à ajouter. Il a envie de demander : *Tu n'es pas furieuse qu'il ne nous aide pas avec Reuben ?* Ou : *Comment as-tu pu le laisser nous emmener dans ce putain de refuge de merde ?* Mais il n'est pas sûr de vouloir entendre les réponses à ces questions.

— Je pensais qu'acheter cet appartement le sortirait de ses obsessions, soupire sa mère. (Il se tortille ; on jurerait qu'elle a lu dans ses pensées.) Je pensais qu'avoir la certitude de disposer d'un refuge sûr apaiserait ses… angoisses. Mais venir ici… Quand on est à la maison, son comportement… (elle pousse un petit rire sans joie) ou plutôt son absence de comportement est plus facile à ignorer. J'ai eu tort de le laisser en faire à sa tête.

— Tout ira bien, Maman.

C'est tout ce que Jae trouve à dire. Pitoyable. Il se sent de nouveau un peu étourdi. Si bancale qu'elle soit, la relation de ses parents est l'unique repère stable dans sa vie.

Lorsque la chasse d'eau retentit, sa mère se lève pour aider Caroline à retourner au lit.

— Je vais voir comment se porte Reuben, annonce-t-elle, une fois la malade allongée.

— Tu veux que je vienne ?

Soudain, il n'a plus envie de demeurer seul avec la vieille femme : elle a l'air gentille, mais son impuissance le déprime ; elle lui rappelle son père.

— Non, reste faire la lecture à Caroline.

Stella lisse la couette puis s'en va. Gêné, Jae sort le Kobo avec des gestes maladroits.

— Quel genre de livre aimez-vous, madame Dannhauser ?

— Si tu veux qu'on soit amis, il faut m'appeler Caroline. Et j'aime les bonnes histoires. Un bon mystère ou un roman d'amour. (Elle lui sourit.) Je risque de ne pas rester éveillée. Je dors beaucoup ces temps-ci.

— Ce n'est pas grave.

Elle lui tapote la main.

— Tu es un bon garçon.

Jae parcourt la liste de livres de sa mère et choisit un roman de Jodi Picoult. Mal à l'aise au début, il se sent bientôt entrer dans le récit, se perdre dans les mots, bercé par sa propre voix. Sa mère lui lisait des histoires quand il était petit. Son père l'a-t-il jamais fait ? Oui, sûrement. Quand il atteint la page vingt, Caroline ronfle doucement.

— Merci, dit une voix derrière lui.

Il se retourne et découvre Trudi.

— Comment avance le boulot ?

— Il n'avance pas. D'après Will, les briques du conduit sont renforcées aussi. Nous n'avons pas les outils qu'il faudrait pour les percer. (Elle s'assied sur le lit et fait la grimace.) Et Will est en train de s'épuiser.

Une expression bien particulière illumine son visage quand elle prononce ce prénom, et Jae se demande s'il a la même quand il pense à Gina. Peut-être.

— Je reviendrai plus tard continuer la lecture.

Trudi hoche la tête, distraite.

— Merci.

Le garçon quitte l'appartement, non sans vérifier que le livre de poche corné empêche bien la porte de se refermer. Et maintenant ? Il devrait aller voir si sa mère est encore avec Reuben. Tandis qu'il descend les marches à pas lents, il s'attend à tomber sur Brett devant l'appartement du blessé, en train de monter la garde, mais c'est Cam qui s'y trouve. Quoique moins effrayant que son fils, il reste très intimidant.

— Ma mère est encore là ? s'enquiert Jae.

Guthrie Senior mâchonne un cure-dents, à la Stallone.

— Ouais. Je ne comprends pas pourquoi elle veut aider ce meurtrier.

— C'est la charité chrétienne, ne peut s'empêcher de répliquer le garçon.

Son interlocuteur étrécit les yeux mais n'avale pas l'appât, sans doute faute de savoir si cette réponse est sérieuse ou non. Quand il emploie la clef-pouce – désormais enveloppée dans du plastique – pour lui ouvrir la porte, Jae détourne les yeux.

L'appartement silencieux sent le renfermé, comme s'il était inhabité. Le jeune visiteur éprouve une pointe d'anxiété. Et si son père et Cam ne se trompaient pas ? Si Reuben était bien un meurtrier ? L'image de sa mère effondrée dans une flaque de sang noir s'impose à son esprit. *Merde.* Avisant la porte de la chambre entrouverte, il s'y précipite.

— Maman !

Stella, assise sur le lit, près d'un Reuben endormi à la respiration sifflante et irrégulière, lève vers lui un visage couvert de larmes. Il ne l'avait encore jamais vue pleurer.

22

JAMES

Paf, paf, paf. Quelqu'un lui tambourine sur la poitrine.

— James ! James ! Lève-toi ! Mais lève-toi, merde !

Ouvrant les yeux, il découvre Vicki penchée sur lui et se redresse – trop vite : la chambre se met à tourner ; il manque de vomir quand quelqu'un lui plante un couteau de cuisine dans la tête et tourne le manche. James respire à fond, avale une salive amère. Nom de Dieu ! Dormir à nouveau sur le canapé lui vaut un terrible torticolis. Il repense à ce qu'il a absorbé la veille au soir : deux Valium et une demi-bouteille de Stolichnaya. Pas étonnant qu'il se sente aussi mal.

Sa femme lui plante ses ongles dans l'épaule.

— James ! Reprends-toi !

Les jappements frénétiques de Claudette, qui danse autour des mollets de sa maîtresse, plantent des banderilles au fond du cerveau de James.

Clignant des paupières pour s'éclaircir la vue, il se passe la main sur le visage puis observe Vicki : elle est nue, son maquillage de la veille étalé autour des yeux.

— Qu'est-ce que... pourquoi n'es-tu pas habillée ?

— Je n'arrive pas à croire que tu n'aies pas entendu !

— Entendu quoi ?

— Il y a eu un grand *boum* au-dessus de nos têtes – comme un coup de canon –, et je suis presque sûre que le bâtiment a remué.

— Tu veux dire un tremblement de terre ? demande-t-il ; un brusque afflux d'adrénaline lui éclaircit les idées.

— Non. Plutôt une explosion.

— Bon Dieu.

— Ça ne peut pas être une canalisation de gaz, hein ? Tout l'immeuble marche à l'électricité, non ?

— Peut-être que le chauffe-eau a explosé ou quelque chose comme ça.

Il lui semble soudain que les lumières de l'appartement sont plus faibles que d'habitude.

— Tu crois ?

Comment veux-tu que je le sache ?

— C'est possible.

Il se lève, titube jusqu'à l'évier et ouvre le robinet. Seigneur, ce qu'il a soif ! Après avoir émis des gargouillis, les tuyaux ne crachent qu'un résidu marron.

— L'eau est coupée.

— James... J'ai peur. Qu'est-ce qu'on va faire ?

Il n'est pas habitué à la voir ainsi – perdue, cherchant son soutien.

— Tu ferais mieux de t'habiller.

— D'accord.

Tandis qu'elle gagne la chambre à grands pas, la chienne trottinant derrière elle, il prend une cannette de Miller *light* dans le réfrigérateur et en descend la moitié. Il rote, dissimule le reste de bière au fond d'un placard puis ouvre la porte et jette un coup d'œil dans le couloir. La lumière s'allume, mais à une puissance bien moindre que son éclat habituel. James renifle. Aucune odeur de fumée, mais il détecte celle du plastique fondu, et l'air est épais, comme chargé d'un léger brouillard. Ça ne peut pas être bon. La porte des Dannhauser s'ouvre et Leo surgit, vêtu d'un pyjama et de chaussures de sport, une puissante torche électrique à la main.

— Vous savez ce qui se passe ? demande James en le saluant d'un signe de tête.

— Non. Je vais voir, justement.

Les voix fortes et les pleurs d'enfant – sûrement Sarita – qui s'élèvent dans les étages supérieurs leur parviennent par la cage d'escalier.

— D'après Vicki, on aurait dit une explosion.

— Oui. Vous ne l'avez pas entendue ?

Ce vieux salopard le jugerait-il ? James se secoue. Il est parano, voilà tout.

— J'ai un sommeil de plomb.

— James ? interroge Vicki en se glissant derrière lui. On sait ce qui s'est passé ?

Comme Claudette franchit la porte, James se précipite pour la rattraper, et le mouvement soudain déclenche une nouvelle série de feux d'artifice sous son crâne. La chienne se tortille, lui mordille les mains, et il la pousse sans ménagement entre les bras de Vicki.

— Reste avec ta mère, enjoint Leo à Trudi qui passe la tête par leur porte. Je reviens.

James sait qu'il devrait proposer de l'accompagner. La bière a éliminé les pires symptômes de la gueule de bois, mais il n'est pas vraiment en état de faire autre chose que dormir. Pourtant… sans savoir pourquoi, alors qu'il ne fait aucune confiance à ce vieux connard dissimulateur, il ne supporte pas l'idée de passer pour un lâche devant lui. *Sois un homme.* Seigneur ! D'où est-ce que ça sort, ça ?

— Je viens avec vous, Leo, s'entend-il dire.

— Si vous voulez, répond le vieil homme en haussant les épaules avant de se diriger vers l'escalier.

— Laisse-le y aller tout seul, siffle Vicki en empoignant son mari par le bras, mais James se dégage.

Avant qu'elle ne puisse l'arrêter, il monte les marches au petit trot pour rejoindre Leo.

Tyson, Cait, Sarita, Stella et Jae sont rassemblés sur le palier du niveau trois. La fillette, le pouce dans la bouche, s'accroche à la jambe de sa nounou, et la dentiste paraît sur le point de s'effondrer. Aucun signe de Yoo-jin ni des Guthrie. Une des planches qui condamnent à ce niveau la cage d'ascenseur est fendue, à moitié délogée.

— J'allais descendre chercher Will, annonce Jae à Leo. (James jette un coup d'œil à Tyson, lequel évite de le regarder.) Vous voulez que je vienne avec vous ?

— Non. On ne sait pas encore à quoi on a affaire. James et moi allons nous en occuper.

Malgré lui, James éprouve une pointe de fierté. *Les hommes les plus qualifiés pour le boulot sont sur le coup.*

— Tu n'as qu'à vérifier que tout le monde va bien.

— On s'en occupe, assure Jae.

James suit Leo à l'étage supérieur, où l'air se fait plus épais. Toussant après avoir inhalé une bouffée de poussière, il tire sur le col de son tee-shirt pour se couvrir la bouche.

Le vieil homme hésite.

— Vous vous sentez assez bien pour continuer ?

— Oui, répond James. Bien sûr.

Bien sûr… Quel homme !

Les lumières sont éteintes dans la dernière volée de marches avant la salle de détente. Leo allume sa torche. Il cligne des paupières en sentant une poussière de plus en plus épaisse lui piquer les yeux. Les deux hommes se dirigent à pas lents vers l'entrée de la salle, elle aussi obscure. Leo la franchit et balaie l'intérieur du faisceau de sa torche.

— Putain de merde ! souffle James en tentant de comprendre ce qu'il voit.

La lumière révèle un tapis de verre brisé – sans doute tout ce qu'il reste de l'écran plasma. Une montagne de décombres, de poussière, de fers à béton tordus et de meubles brisés s'élève autour de la cage d'ascenseur que Leo éclaire. De l'eau jaillit de la paroi du fond, et une forte puanteur d'égout s'en échappe. Du grillage métallique brille dans la section que tentait de percer Will, mais la plupart des dégâts semblent concentrés dans la salle de détente elle-même.

— Est-ce qu'il est possible… que quelqu'un de l'extérieur ait essayé de pénétrer ici avec des explosifs ?

— Non. Ça vient de l'intérieur, affirme Leo. Les explosions suivent la route de moindre résistance. Et comme vous le voyez, la plupart des dommages ont leur origine dans le conduit.

À l'autre bout de la salle, deux arroseurs fonctionnent encore. Simultanément, ils se mettent à crachoter puis se tarissent.

— Qui va là ? entend James dans son dos.

Il se retourne et grimace quand il reçoit en plein visage le faisceau de la torche de Cam.

— Qu'est-ce qui s'est passé, bordel ? Où est le…

— P'pa ? lance Brett en apparaissant au côté de son père.

On entend tousser. Une silhouette émerge en titubant des profondeurs obscures du poste de commande.

— C'est vous, Will ? appelle James.

C'est forcément lui. Dieu merci, il n'est pas transformé en steak haché au fond du conduit d'ascenseur.

Will se dirige vers eux d'un pas traînant.

— Est-ce qu'on peut passer ?

— Quoi ?

— Le mur ? Est-ce qu'on peut traverser le mur ? Éclairez la cage d'ascenseur, Leo.

Comme le vieil homme s'exécute, Will se penche dangereusement, se retenant au bord de l'ouverture.

— Merde. (Il recule et catapulte le poing dans le mur qui jouxte l'entrée du conduit.) Ça n'a pas marché.

James sent un doigt glacé dévaler son épine dorsale.

— Qu'est-ce que vous voulez dire ? Qu'est-ce qui n'a pas marché ?

— Je n'aurais jamais réussi à percer ce mur, répond Will après une hésitation, les épaules tombantes. Reuben se trompait : il était renforcé avec du grillage et du Kevlar. Je n'avais pas le choix.

— De quoi vous êtes-vous servi ? demande Leo avec douceur.

— De C4.

James n'est pas sûr d'avoir bien entendu.

— Hein ?

— Du plastic, précise Leo.

Il faut un moment à l'information pour faire son chemin.

— Je sais très bien ce que c'est. Du C4 ? Vous avez apporté du plastic dans ce putain de bunker souterrain, Will ?

— Il était déjà dans le coffre. Celui où il y a les armes. Et aussi un détonateur. Greg s'en servait pour le projet…

— Oh, mais nom de Dieu…

Brett bouscule James pour se jeter sur Will.

— Espèce de gros connard !

Leo s'interpose entre eux juste à temps, se déplaçant plus vite qu'on ne l'attendrait d'un type aussi âgé.

— Du calme, dit-il sans élever la voix. Ce qui est fait est fait.

— Je suis désolé, dit Will.

— Désolé ? hurle Brett. Vous auriez pu tous nous tuer !

— Cam, faites sortir votre fils, ordonne Leo. Maintenant.

Pour une fois, Guthrie fait ce qu'on lui dit. Brett marmonne des menaces mais se laisse entraîner hors de la salle.

Tous restent silencieux pendant deux minutes. James se passe la langue sur les dents, désormais tapissées de fines particules, et écoute le bourdonnement lointain des filtres à air. Dieu merci, ils fonctionnent toujours.

— Il faut déterminer l'étendue des dégâts, déclare enfin le vieil homme.

— Ça se voit. Toute la salle est bousillée.

Bon Dieu, James a besoin d'une cigarette. Vraiment besoin. Soudain, il est incapable de penser à autre chose. Il voudrait arracher la cartouche du sac de voyage, s'asseoir et fumer clope sur clope jusqu'à ce que ses poumons s'affaissent.

— Je ne parle pas de ce qu'il y a là-dedans. Il faut déterminer les dégâts de la salle des machines.

L'accent que Leo cache en général avec soin surgit dans sa voix. *Nous afons les moyens de fous vaire barler.*

Un petit rire échappe à James qui le masque avec une toux.

— Leo a raison, intervient Will, la voix chargée de regret. Je m'inquiète pour la production d'électricité. On dirait que les systèmes de secours ont pris le relais.

— Mais, tous les… toutes les machines sont au niveau le plus bas, non ?

— Si. Mais les fils et les connecteurs sont intégrés dans le mur, ils font partie de l'infrastructure.

— Merde.

Les doigts glacés rampent à nouveau sur sa peau quand James se rappelle le son creux qu'ont émis les tuyaux d'eau.

La salle de détente étant démolie, tous se sont entassés dans l'unité qu'il partage avec Vicki. James s'insère sur le canapé, entre son épouse et le docteur Park dont la cuisse volumineuse s'écrase contre la sienne. Stella ne fait pas mine de se pousser. Elle dégage une vague odeur de sel et de savon – pas déplaisante, mais qui évoque des larmes. Toujours aucun signe de Yoo-jin. Bizarre. Sa femme l'a-t-elle mangé ?

— Ça va, Stella ?

Elle ne répond pas, comme perdue dans ses rêves. Peut-être a-t-elle pris de l'OxyContin. Elle ferme les yeux et lâche un soupir, un peu comme si elle souffrait. James, espérant qu'elle n'est pas malade, se colle à Vicki le plus possible. Les autres résidents entrent à leur tour et annexent les derniers fauteuils ou s'adossent au comptoir du petit déjeuner. Les Guthrie, y compris la mère pour une fois, semblent prendre toute la place. Se sentant fixé, James tourne la tête et, un instant, croise le regard de Tyson, lequel baisse aussitôt les yeux pour contempler ses pieds. Il a une mine terrible – les joues mal rasées, sa chemise rose pâle froissée et tachée.

Alors que James se demande s'il doit ouvrir le débat ou s'ils ne vont pas tous lyncher Will, intention qui se lit à peu près sur tous les visages, Leo prend la parole :

— On a perdu la connectivité du réseau électrique, mais les générateurs de secours fonctionnent bien et on a une bonne réserve de gazole. (Il marque une pause.) Malheureusement, nous soupçonnons que le système de purification d'eau et les canalisations qui nous relient au réservoir sont endommagés.

— Mais vous pouvez les réparer, hein ? demande Jae. Will ?

— Pas de l'intérieur, non, répond l'interpellé – qui paraît souhaiter que la terre s'ouvre pour l'engloutir.

— Et les dispositifs de secours ?

Vicki agite la brochure du Sanctuaire qu'elle tordait entre ses mains. Elle la relit de manière obsessionnelle depuis l'explosion, ce que James estime inutile : le document ne recèle pas de véritables informations, juste du bla-bla publicitaire.

— Il est spécifié là-dedans qu'il existe trois dispositifs de secours pour l'approvisionnement en eau.

— Greg est allé un peu vite, répond Will. On ne manque pas d'eau en bouteille, mais il faut la conserver jusqu'à ce qu'on trouve un moyen de sortir de cette situation.

— Nous n'avons plus besoin de vos conseils, Will Boucher, déclare Cam Guthrie en secouant la tête. Ce n'est plus vous qui commandez.

Merde. James voit très bien comment cela va finir.

— Il reste l'eau de la piscine, remarque Jae.

— Elle est salinisée, marmonne Will.

— Mais comment on va faire pour se doucher ? demande Vicki.

— Il y a pire, intervient Stella qui a dû sortir de sa crise de dépression sans que James s'en aperçoive. On ne pourra pas tirer la chasse d'eau.

— Beurk, fait Vicki en frissonnant. Je n'avais pas pensé à ça.

— Il reste les toilettes sèches au niveau huit, rappelle Will. On peut les utiliser.

— Un seul w.-c. pour presque vingt personnes ?

— Oui, mais…

— La ferme, Will, gronde Cam. Vous n'avez plus voix au chapitre. C'est à cause de vous qu'on est dans ce bordel.

— Il essayait juste de nous aider, proteste Trudi d'une voix aiguë.

Vicki lâche un rire sardonique.

— Ce qu'il faut faire, dit Leo en s'avançant, c'est compter les bouteilles d'eau dont nous disposons et les distribuer équitablement à tout le monde. Chaque unité aura le droit de se rationner comme elle le voudra.

— L'assassin n'a droit à rien, affirme Brett. Et Will non plus. Ils ne le méritent pas.

— Je ne crois pas qu'on doive aller aussi loin, dit Vicki. Mais il est certain que Will doit répondre de ses actes.

— Qu'est-ce que vous suggérez ? interroge Trudi, amère.

James, qui connaît sa femme, soupçonne qu'elle ne sera pas satisfaite à moins d'une flagellation publique.

— Je dis juste qu'il doit répondre de ce qu'il a fait.

— Au moins il essayait de faire quelque chose, dit Trudi. Et vous ? Vous ne savez que vous plaindre, on dirait.

James tressaille. Il plaindrait presque la jeune femme, qui n'a aucune idée de ce qui l'attend. Il ne faut pas chercher Vicki : passée tout près de devenir conseillère de la Couronne au Royaume-Uni, elle a consacré pendant des années ses talents d'avocate à hisser leur entreprise au rang des plus importantes de Boston. Sa langue peut se révéler meurtrière.

Elle se compose un visage impassible, laisse s'écouler une ou deux secondes, puis déclare :

— Gardez donc votre énergie pour soigner votre anorexie, Trudi. Si vous croyez que je vais écouter les conseils d'une personne qui a visiblement besoin d'aide psychiatrique, vous vous fourrez le doigt dans l'œil.

— Vous ne pouvez pas me parler comme…

— Je peux vous parler comme j'en ai envie. Je suis désolée que vous ayez eu le mauvais goût de tomber amoureuse d'un bricoleur alcoolique, mais ce n'est pas mon problème. Mon problème est de savoir ce que nous allons faire maintenant.

— Silence ! rugit Leo dont la voix déchire l'air dans toute la pièce, si bien que même Vicki se tait. Cette discussion ne mène nulle part. Il faut qu'on rationne l'eau. Jae ? Tu peux t'en occuper ?

— Pas question, proteste Brett. Je ne fais pas confiance à un Chinetoque pour un truc pareil.

— Tu es dégueulasse, crache Cait, à qui il adresse un rictus.

— Il n'y a plus qu'une seule chose à faire, maintenant, dit Bonnie Guthrie. Il faut prier. La prière nous sauvera.

— Oh, c'est pas vrai ! s'exclame Vicki en levant les yeux au ciel. Ça ne va pas recommencer ? Quelqu'un viendra bientôt à notre secours.

— Il est nécessaire de nous préparer comme si personne ne devait venir, dit Leo. Je vais essayer de réparer les appareils endommagés, et il faut distribuer l'eau de manière équitable, y compris à M. Montoya. (Il parle avec une autorité que même Vicki semble trouver intimidante.) James, Tyson et vous pourriez peut-être compter les bouteilles d'eau. Quelqu'un voit-il une objection à ce que ces deux hommes soient chargés de cette tâche ?

James est sur le point de protester – et il constate que Tyson s'apprête à l'imiter – mais peut-être est-ce leur chance de parler ? Ils ont besoin de faire le ménage, de tout sortir au grand jour.

— C'est bon pour moi, dit-il.

Personne d'autre ne discute.

— Alors je suggère qu'ensuite un membre de chaque famille se rende à la réserve pour recevoir la ration d'eau qu'elle conservera dans son unité, continue Leo.

— Qui vous a élu chef ? interroge Brett, agressif.

Le vieil homme l'ignore.

— James, Tyson, vous devriez peut-être vous y mettre.

— On y va ? lance le premier au second qui refuse de le regarder.

— Tu es fâché contre ce monsieur, Papa ? demande Sarita.

— Pas maintenant, Sarita.

— Papa ?

— J'ai dit : pas maintenant.

L'enfant se met à pleurer. Seigneur ! On dirait une scie mécanique qui résonne dans la tête de James. Cait tente de la réconforter, mais elle continue de hurler.

— Que quelqu'un fasse taire cette gamine, merde ! lâche Vicki d'un ton sec.

— Elle n'y peut rien : elle a peur ! dit Cait en la foudroyant du regard avant de hisser la fillette sur sa hanche.

— Eh bien, faites votre boulot et gérez-la, bordel !

— Allons-y, Tyson, dit James pour couper court à la dispute.

— Occupez-vous de Sarita ! aboie Tyson à Cait.

Puis il se lève et gagne la porte. Vicki adresse à son mari un demi-sourire sardonique quand il se met debout à son tour – elle ne sait rien, se dit-il, elle ne peut pas savoir. Il s'élance sur les traces de Tyson qui dévale l'escalier au point qu'il doit presser le pas pour le rattraper.

— Tyson, attends !

Une nouvelle fois, l'envie de fumer le taraude. Il regrette de n'avoir pas apporté le Glock. Dissimulé sous sa veste, au cas où.

— Tu m'entends, Tyson ?

Pas de réponse. Quand ils atteignent le palier du niveau six, James empoigne son compagnon par le bras.

— Hé... écoute, je sais que c'est dur, mais il faut qu'on...

Tyson, les yeux livides de haine, fait volte-face et le repousse.

— Ne me touche pas, putain. Surtout ne me touche pas !

James recule.

— Hé. Comme tu veux.

Muet, il le regarde franchir en trombe la porte du niveau sept dont le claquement lui arrache une grimace.

23

JAE

Stella se soulève sur les coudes dans la chambre qui sent la transpiration et une autre odeur, pire encore. Jae sait qu'elle se sent coupable. Chasser les excréments des toilettes exige d'aller chercher de l'eau à la piscine. Il y a bien les toilettes sèches au niveau huit, mais sa mère n'est pas assez solide pour descendre jusque-là.

— Tu as besoin de repos, Maman. Je vais aller voir Reuben.

— Il faut changer ses bandages.

— Je peux le faire.

— Jae… Demande à ton père de t'accompagner. Je ne veux pas que tu sortes tout seul.

— D'accord, Maman, acquiesce-t-il, quoique ne voyant pas l'intérêt de la démarche : son père n'a pas quitté l'appartement depuis le matin ayant suivi l'explosion.

— Merci. Sois prudent.

Elle se laisse retomber sur les oreillers. Elle n'a plus la force de discuter. Depuis la veille, son estomac rejette tout ce qu'elle avale, et bien qu'elle tente de minimiser la douleur, son fils voit bien qu'elle a de plus en plus mal au ventre.

Il passe dans la cuisine et prend une cannette de Mountain Dew dans le placard. Il y en a trois packs de six, merci Papa. En plus du Mountain Dew, de quelques bières et de Coca *light*, ils ont assez d'eau pour deux semaines en comptant quatre litres par jour et par personne. Jae a fait le calcul mais il refuse de croire qu'ils resteront coincés si longtemps ici-bas. Quelqu'un viendra les délivrer.

Ouvrant la cannette, il consulte son ordinateur portable pour la deuxième fois en une heure, espérant sans y croire que, par miracle, le wi-fi sera revenu. Stupide. Même Leo a renoncé à le réparer alors qu'il tente encore obstinément de recoller les morceaux du téléphone satellite. La perte de la télé n'est pas un gros problème par rapport à tout ce qu'ils affrontent, mais c'était une distraction, un lien avec l'extérieur. Jae visualise sa chambre dans leur maison – installée exactement à son goût. Il pense à la manière dont il sortait sans même y penser chercher un hamburger ou faire un tour au centre commercial, à toutes ces choses qu'il considérait comme acquises. Google. Reddit. Discuter avec Scruff. L'eau courante. Des toilettes dont un seau n'était pas l'unique chasse d'eau. Cela ne fait que deux jours que Will les a mis dans la merde, et il a déjà la peau qui le démange à force de se laver avec l'eau salinisée de la piscine.

— Jae. (Son père sort de la salle de bains, une bouteille d'eau de Javel à la main.) Est-ce que tu peux retourner chercher de l'eau à la piscine, s'il te plaît ?

T'as qu'à y aller toi-même, merde.

— J'irai tout à l'heure.

— Parfait.

Ce n'est pas parfait. Jae aimerait savoir d'où vient l'atroce phobie sociale de Yoo-jin. Ça ne peut pas être de son enfance. Les grands-parents du garçon sont morts avant sa naissance, mais son père n'en dit jamais de mal. Quant à sa mère, qui les a connus quelques années, elle affirme qu'ils étaient adorables. Ayant économisé pour ouvrir une petite épicerie asiatique, ils ont émigré au Canada quand leur fils avait une dizaine d'années et ont veillé à sa bonne éducation. Ils l'ont envoyé à l'université où il a rencontré sa future épouse. Jae a vu les photos du temps où tous les deux étaient étudiants : Yoo-jin semblait sourire et faire la fête autant que n'importe qui. Peut-être ce comportement étrange est-il une partie de sa personnalité qu'il a laissée se développer sans y mettre de freins. Jae ne peut s'empêcher de se demander si cette paranoïa n'a pas atteint un tel niveau parce que sa mère l'a laissé faire pendant tant d'années… parce qu'elle l'a facilitée. Non, c'est injuste. Et son père n'est pas si terrible. Il pourrait être bien pire. Il pourrait être Cam Guthrie.

— Papa, Maman m'a demandé d'aller voir comment va Reuben. Elle veut que tu viennes avec moi.

— Tu ne dois pas aller voir cet homme. On en a déjà parlé.

— Je ne crois vraiment pas qu'il soit violent, Papa. Maman y est allée plein de fois, et il tient à peine debout.

Alors que son père ouvre la bouche pour répondre, on frappe. Jae ne peut retenir une pointe d'espoir que ce soit Gina.

— Qui est-ce ? lance Yoo-jin à travers la porte.

— Trudi.

Il ouvre à regret, puis présente ses excuses et disparaît dans la chambre, laissant Jae s'occuper de la visiteuse chargée d'une pile de boîtes Tupperware.

— J'ai pensé que je pouvais vous rapporter ça.

Le garçon l'en débarrasse et les entasse sur le plan de travail. Son père pourra passer des heures à les redisposer à sa guise, songe-t-il, amer.

— Comment va Caroline ?

— Mieux, j'ai l'impression.

— Super. Vous croyez que je dois aller lui faire la lecture ?

Il a repoussé cette tâche toute la journée. La première fois n'a pas été désagréable mais, à présent, la compagnie de la vieille femme l'attriste. Elle s'endort presque à la seconde où il se met à lire. Il ne croit pas qu'elle aille mieux ; il croit qu'elle a décidé d'abandonner.

— Elle dort, Jae. Mais merci. Pour ton information, Tyson et Brett et Cam Guthrie essaient de percer la porte intérieure du sas pour atteindre la porte blindée.

— Avec quoi ? Elle n'est pas en acier ?

— Avec tout ce qu'ils trouvent.

Malgré ses doutes, il est enchanté d'apprendre qu'on travaille à faire sortir tout le monde de ce bunker ; cela lui donne de l'espoir. Voilà bien un boulot de troufion qu'on peut confier sans crainte à Cam et Brett, quelque chose d'utile. Mais Tyson ?

— *Tyson* est avec eux ?

Il tente d'imaginer le patron de Cait, aussi délicat et raffiné que James Maddox, en train de se salir les mains. Et que pensera Cait d'une association aussi étroite avec les Guthrie ?

— Oui, mais Will ne les aide pas. Tu crois… tu crois que ta mère pourrait lui parler ?

— Ma mère ?

— Oui. Je sais qu'il a du respect pour elle.

— Elle est malade.

— Oh.

Trudi fronce les sourcils. Jae attend qu'elle demande si la maladie de Stella est grave, mais la question ne vient pas.

— Et Leo, il ne pourrait pas parler à Will ?

Elle détourne les yeux.

— Mon père passe ses journées à essayer de réparer le téléphone. C'est sans doute les Guthrie qui sont dans le vrai. Ils font la seule chose à faire. Franchir ces deux portes est l'unique moyen de sortir d'ici.

— Et les plans du bâtiment ? Il doit bien y avoir un point faible quelque part.

— J'ai vérifié. Will aussi, avant... Il a attaqué le seul point faible évident, et tu vois ce que ça a donné.

Sur ces mots, Trudi s'éclipse. Jae décide d'aller voir Reuben avant que son père ne réapparaisse. Après avoir versé dans une boîte Tupperware vide le reste des pâtes qu'ils ont mangées la veille au soir, il descend au niveau cinq. À présent qu'ils accomplissent leur propre mission, les Guthrie ne montent plus la garde devant l'appartement du blessé. Le garçon manœuvre la poignée, mais la porte est verrouillée. Bien sûr. Il n'y a aucun moyen de l'ouvrir de l'extérieur sans se servir du pouce de Greg.

Il frappe. Attend. Il a presque décidé de laisser tomber et de se rendre au gymnase quand une voix rauque demande :

— Qui est là ?

— Jae.

Quelques secondes s'écoulent en silence, puis la porte s'ouvre lentement. Jae ne saurait dire si Reuben est heureux de le voir ou non : son visage est toujours un amas de contusions et il a le regard méfiant.

— Est-ce qu'ils sont là ? Les autres ?

Un sifflement involontaire lui échappe à chaque mot.

— Brett et Cam ? Non. Ils essaient d'atteindre la porte blindée. Vous savez ce qui s'est passé, hein ?

Reuben acquiesce puis recule pour laisser passer son visiteur. L'appartement n'est pas aussi nauséabond que la dernière fois : il semble qu'on ait fait un effort de ménage. Des cartes à jouer ayant beaucoup vécu sont étalées sur le sol comme pour une réussite, et une bouteille de deux litres d'eau, sans doute fournie par Leo, repose sur le comptoir. Jae dépose les pâtes à côté.

— Je vous ai apporté à manger.

— Merci. Ta mère va bien ? Ça fait longtemps que je ne l'ai pas vue. Elle est très gentille avec moi, ta mère.

— Elle est malade.

— J'en suis désolé. La dernière fois qu'elle est venue, elle avait mauvaise mine.

Compassion ou égoïsme, Jae est incapable de le déterminer. Cela reste cependant une réaction plus généreuse que celle de Trudi.

— Elle dit qu'il faut changer vos bandages. Je peux le faire, si vous voulez.

Reuben secoue la tête.

— J'ai moins mal quand ils n'y sont pas.

— Oh. Alors, est-ce qu'il y a...

Le petit homme se fige et empoigne le bras de Jae, lequel tente de se libérer mais se heurte à plus fort qu'il n'y paraît.

— Lâchez-moi !

— Écoute. Dehors.

— Hein ?

— À travers la porte. Tu entends ?

Il desserre son étreinte et le garçon s'écarte de lui. Des voix fortes résonnent dans le couloir. Elles paraissent toutes proches.

— On devrait écouter ce qu'ils disent, suggère Reuben.

Jae hoche la tête, s'approche de la porte et l'entrebâille. Ce n'est pas lui qui est aux arrêts de rigueur, ou quel que soit le nom à la con que Brett et Cam donnent à ça, mais il préfère quand même que les Guthrie ne le sachent pas seul avec Reuben.

— … récupérer les armes, Will, est en train de dire Cam. On peut les utiliser pour franchir la porte blindée.

— Elle est à l'épreuve des balles et des explosifs, Cam. (La voix de Will est plus basse que les autres, un peu grasse, comme s'il avait bu ; Jae a du mal à le comprendre.) C'est aussi le cas de la porte intérieure. Les balles vont ric… ricocher.

— Ça vaut le coup d'essayer, dit Tyson d'un ton hésitant qu'il tente d'affermir.

— Non, non. Trop dangereux.

— Tu n'as qu'à le forcer à ouvrir, P'pa.

Et voilà Psycho Boy.

— Il est inutile de parler comme ça, fiston. Je suis sûr que Will reprendra bientôt ses esprits, conclut Cam.

Son ton menaçant refroidit Jae qui recule dans la chambre et ferme la porte sans bruit. Will a raison de garder les armes hors de portée des Guthrie, mais combien de temps pourra-t-il résister à leur pression ? Et s'ils avaient raison ? Si les armes étaient le moyen de pénétrer dans le sas ?

— Dites, Reuben, vous croyez qu'on pourrait sortir d'ici en tirant avec des fusils ? Pour percer la porte d'en haut ?

— Je ne sais pas. Peut-être.

Le garçon cherche autre chose à dire. Peut-être devrait-il proposer une partie de cartes au petit homme ? Mais faire la lecture à Caroline, n'est-ce pas déjà une assez bonne action ? Il a accompli son devoir.

— Je ferais mieux d'y aller. Je veillerai à ce qu'on vous rapporte de l'eau.

— Merci.

Il vérifie que le couloir est désert avant de quitter l'unité. Les Guthrie et leur nouvel ami Tyson ont dû retourner devant le sas. Devrait-il en profiter, prendre le risque d'aller voir si Gina est chez elle ? Si c'est Bonnie qui lui ouvre, il pourra toujours dire qu'il veut se joindre à son groupe de prière. James dit l'avoir vue prier devant la porte verte pendant que les autres tentaient d'en percer la serrure. « Pas sûr que Jésus lui-même puisse traverser du tungstène », a-t-il commenté, ce qui était assez drôle.

Non, Jae va plutôt aller voir Cait et lui demander son aide pour contacter Gina.

Il est sérieusement à cran, comme un débutant à l'heure de son premier match : des papillons dans l'estomac, les doigts picotant d'excitation nerveuse. Après s'être brossé les dents pour la troisième fois, il se rince la bouche à la Listerine. Plus d'une heure lui a été nécessaire pour se laver : la poussière de l'explosion recouvre encore tout, noircit ses pores, et il la sent s'écraser entre ses dents. Il vérifie ses cheveux dans le miroir, passe la main au travers – l'eau de la piscine lui donne des pellicules, ou bien ce sont juste des cristaux de sel. Son tee-shirt devrait faire l'affaire : on n'a rien pu laver, mais il ne l'a porté qu'une seule fois.

Voilà une heure que Cait a transmis le message. Pour finir, elle l'a aidé, ayant croisé Gina dans la réserve alors qu'elle allait chercher des crackers pour le dîner de Sarita. Jae relit le mot : « On se voit ce soir x ». Il fourre dans sa poche arrière son unique préservatif (il l'a depuis des années : on leur en avait distribué, au lycée, pendant le mois de la « sexualité protégée ») et en sent la brûlure à travers le tissu. Il ne va pas pousser Gina, mais ne pas être prêt à tout serait stupide.

Il empoigne son sac et le balance sur son épaule. Son père est assis sur le canapé, le regard dans le vague.

— Papa, je sors. (Pas de réaction.) Papa ?

— Je suis désolé, Jae. Je n'aurais jamais dû vous emmener ici.

Yoo-jin se lève, s'approche de lui, l'entoure de ses bras et lui pose la tête sur l'épaule. Ses parents sont affectueux l'un avec l'autre mais son père ne l'a pas serré ainsi depuis des années. Le garçon ne saurait dire s'il veut le réconforter ou se réconforter lui-même. Doucement, il se dégage.

— Papa…

— Je suis sincère. J'ai été égoïste de vous emmener ici.

— C'est bon, Papa, vraiment. (Il se sent à nouveau étourdi. Qu'arrivera-t-il si Stella est malade et si Yoo-jin perd tout à fait les pédales ? Mais pour l'instant, Gina l'attend.) Veille sur Maman. Je ne serai pas long.

— Je vais changer, Jae-lin. Tu vas voir. Je vais veiller à ce qu'on soit bien ici.

— Je sais, Papa.

Ce n'est qu'une fois dans le couloir qu'il réalise : son père ne lui a même pas demandé où il allait. Chassant ses inquiétudes, il dévale l'escalier jusqu'au niveau six. Quoique n'étant pas superstitieux, Jae évite de regarder l'entrée obscure de l'« Unité de la Mort », qu'il se hâte de dépasser pour gagner celle du 6A. Chaque fois qu'il vient ici-bas, l'image des mains froides de Greg – la gauche dépourvue de pouce – serrées autour de l'encadrement s'impose à lui.

À peine entré dans l'appartement, il installe les haut-parleurs de son iPhone et fait défiler la liste des chansons d'Adele qu'il a téléchargées pour sa mère voilà une éternité. Ce n'est pas sa tasse de thé, mais c'est ce qu'il a de plus romantique – sa bibliothèque iTunes est pleine de la musique qu'il écoute en jouant. Gina et lui n'ont encore jamais discuté de leurs goûts – pour ce qu'il en sait, elle aime peut-être le thrash metal, mais il en doute ; elle doit être plus branchée country ou gospel, ou quelque chose comme ça.) Cela fait, il pêche dans son sac des bougies chauffe-plats dérobées à la réserve et les dispose par terre en forme de cœur. Il les allume, recule et observe l'effet obtenu. Peut-être en a-t-il fait trop ? Il n'en sait rien.

Ces préparatifs achevés, il s'assied sur le canapé et attend. Gina ne boit pas – lui non plus, pas vraiment –, mais il aimerait avoir quelque chose pour tromper son angoisse. Au lieu de cela, il a apporté deux cannettes de Mountain Dew. Il en ouvre une et en avale une gorgée alors que le premier morceau s'achève. La seconde d'après, la porte s'ouvre, livrant le passage à Gina.

La jeune fille sursaute en découvrant les bougies, puis lance à Jae un sourire timide.

— Salut.

— Salut, répond-il, la bouche soudain sèche.

— C'est très beau, Jae. Tu as fait ça pour moi ?

Il envisage de plaisanter, de répondre quelque chose comme : « Non, mais Rihanna n'a pas pu venir », mais c'est un peu nul, et elle ne comprendrait sans doute pas. Elle s'approche de lui lentement, tirant sur son tee-shirt et lissant ses cheveux humides.

— Comment t'es-tu échappée ?

— J'ai dit à Maman que j'allais nourrir les poules. Je n'ai pas beaucoup de temps. (Elle repousse ses cheveux derrière ses oreilles.) Tu m'as manqué.

Même à la lumière tamisée des bougies, il voit le rouge lui monter aux joues.

— Toi aussi.

— Vraiment ?

— Vraiment. Viens ici.

Elle s'assoit près de lui en souriant. Il lui prend la main – elle tremble – et, avant de n'en avoir plus le courage, se penche pour l'embrasser. Elle émet un petit hoquet, puis elle lui rend son baiser.

Jae ne s'était jamais attendu à éprouver ça. Tout à fait au courant de la mécanique sexuelle grâce à son accès Internet personnel, il se masturbe de manière créative depuis l'âge de onze ans, mais sentir une main chaude sur sa nuque, une langue tout aussi chaude sur ses lèvres et dans sa bouche, puis des doigts frais s'insinuer sous son tee-shirt catapulte hors de son esprit tout ce qu'il a jamais pensé et ressenti.

Il n'est désormais plus qu'émoi en découvrant le corps de Gina, dont la chair douce et chaude emplit le creux de ses mains. La surcharge le guette alors qu'il tente d'assimiler l'odeur de sa peau, de son souffle, de sa salive – c'est comme la forêt, la pluie, le sang, la vie. Jae sent qu'elle l'attire encore plus près, et il lui semble qu'une main s'insinue dans son pantalon, mais il tente de ne pas y penser car il est lui-même en train de franchir le point où les vêtements de la jeune fille cèdent la place à sa peau, et d'essayer de déterminer ce que recouvre le contact rêche sous ses doigts.

Gina se tend. Jae cherche les mots justes pour lui demander ce qu'elle a quand un coup brutal le frappe à la tête, l'étourdit. Un instant, il ne comprend pas ce qui se passe, puis il relève les yeux, découvre Brett au-dessus de lui et pense : *Merde, comment a-t-il pu arriver sans qu'on l'entende ?* Puis sa tête explose quand un poing lui percute le visage. La douleur est monumentale – il n'avait encore jamais reçu de coup de poing, pourquoi personne ne lui a jamais dit à quel point ça fait mal ? –, et il se roule instinctivement en boule. Gina hurle à son frère d'arrêter, mais en vain : un autre coup atteint sa cible, les reins de Jae, lequel sent alors qu'on lui tire la tête en arrière. Des aiguilles brûlantes s'enfoncent dans son cuir chevelu quand Brett lui tord les cheveux et le soulève du canapé.

Il tente de s'éloigner à quatre pattes, mais ses bras cessent de le soutenir car son adversaire s'y attaque à coups de pied, avant de le retourner sur le dos et de se laisser tomber sur lui de tout son poids. Brett le fixe, le visage à quelques centimètres du sien, les yeux réduits à de simples trous noirs : cet enculé est à califourchon sur sa poitrine. Jae se tortille, gesticule des jambes et des bras, décoche gifles et coups de poing à la tête, au cou et aux bras du colosse. Mais ce dernier semble à peine les sentir : il ne réagit même pas. La pleine puissance de son odeur animale emplit les narines de sa victime : des jours et des jours de sueur refroidie, de merde, et de quelque chose qui évoque du plastique en train de brûler.

— C'est ma sœur, Chinetoque, siffle Brett en postillonnant. C'est ma sœur que tu touchais !

Jae entend Gina, un peu plus loin, qui sanglote et supplie.

— Dégage ! lance-t-il, mi-hurlant, mi-implorant, en repoussant de toutes ses forces la poitrine de son tortionnaire.

Brett change de position, écarte les bras de Jae d'un seul coup et referme les mains autour de son cou.

La douleur est instantanée, dévorante. Jae a l'impression qu'on force sa trachée à remonter vers sa bouche. *Oh merde, oh putain, je peux plus respirer et ça fait mal, ça fait mal, nom de Dieu !*

Il se convulse, se soulève à nouveau, griffe les bras de Brett, lui plante ses ongles dans la chair, cherche à atteindre ses yeux, mais l'autre est trop lourd pour qu'il le fasse bouger, et il sent ses forces le déserter. Quand des taches noires lui passent devant les yeux, il a une seconde pour songer : *Ça arrive vraiment, c'est pas pour déconner* – puis la pression diminue.

— Brett ! Non ! hurle à nouveau Gina.

Jae inspire un peu d'air et tousse, la gorge à vif, aussi douloureuse que si elle avait été exposée à une flamme, puis il réalise que la jeune fille, grimpée sur le dos de Brett, tente de le déloger. Il faut qu'il l'aide, il le faut, mais il n'est capable de songer qu'à son inspiration suivante. Gardant une main serrée autour de la gorge de Jae, Brett pivote et assène un coup de coude sur la tempe de sa sœur, qui s'effondre.

Et la pression revient, intacte.

— T'es mort putain, t'es carrément mort !

Des larmes jaillissent à présent des yeux du colosse, ce qui effraie plus Jae que sa rage.

Après une nouvelle vague de douleur, il sent un froid étrange se répandre dans ses membres. *Alors c'est comme ça*, songe-t-il, *c'est ce qu'on ressent quand on…*

Soudain il est libre. L'étau qui lui broie la gorge se desserre, le poids disparaît de sa poitrine. Jae veut inspirer à fond, mais l'air refuse d'entrer en lui. Roulé en boule, il se martèle la gorge, la supplie de fonctionner, de laisser passer l'oxygène, mais il reste incapable d'emplir ses poumons. Il croit entendre Brett hurler et des coups retentir, *boum*, *boum*, *boum*, puis les taches noires semblent se fondre les unes dans les autres pour créer une masse immense, puis… plus rien.

24

TRUDI

Quand elle se lève – comme une ballerine même après tout ce temps, quittant la position du lotus sans prendre appui sur ses mains –, Trudi imagine la grâce de son corps dans le miroir du studio. Elle prend encore cinq inspirations profondes, espérant que le calme et la méditation vont l'apaiser, mais elle ne sait pas trop comment tout fonctionne là-dedans. Elle se sent à bout de nerfs.

Elle jette un coup d'œil dans la chambre de sa mère où Jae est en train de lui faire la lecture. Bien que le garçon ait le visage tuméfié des coups qu'il a reçus, les lèvres enflées, et qu'il lui arrive de porter la main à sa gorge en grimaçant, il a insisté pour venir. Caroline se repose, les yeux clos, mais à son sourire, Trudi la devine éveillée et attentive.

La jeune femme emplit un petit saladier d'eau chaude, plie un gant de toilette et les apporte au salon où Leo reste assis sans mot dire. Il est ainsi depuis qu'il est rentré la veille, après avoir tabassé le jeune Guthrie. Son visage se reflète sur l'écran noir du téléviseur.

— Je t'ai apporté une bassine d'eau, Papa.

Il ne répond pas.

— Tu veux une chemise propre ?

Leo s'est toujours habillé avec goût. Jamais avec ostentation, jamais pour exhiber sa richesse – il évoquait plutôt un respectable fonctionnaire d'une ère plus élégante – mais toujours avec des habits bien repassés. Ce ne sont pas seulement les taches de sang sur le tissu froissé mais aussi les marques de transpiration sous les bras et la couche de saleté blanche sur le cou cireux qui choquent sa fille.

— On ne peut pas laisser à ce genre de petit caïd ne serait-ce qu'une once de pouvoir, dit-il sans se tourner vers elle. Tu le comprends, n'est-ce pas ?

— Pardon ? demande Trudi, heureuse de l'entendre parler.

Enfin, il pose les yeux sur elle.

— Tu me juges, hein ? demande-t-il. Pour ce que j'ai fait à ce garçon.

— Je ne sais même pas ce que tu as fait, Papa. On m'a dit l'essentiel... (Il ne lui a jamais parlé ainsi, n'a jamais cherché à justifier ses actes.) Ce n'est pas à moi de...

Ses paroles se ravalent à nouveau d'elles-mêmes.

— J'y étais, tu sais, dit-il en désignant le téléviseur du menton.

Trudi jette un coup d'œil à l'écran qui ne diffuse rien du tout.

— Où ça, Papa ?

— À Prague. En août 1968. La Stasi voulait connaître la réaction de l'Union soviétique face aux soulèvements tchécoslovaques. On m'a envoyé pour étudier leurs méthodes.

— Je ne savais pas que tu étais allé à Prague, dit-elle, tentant d'ignorer le fait que son père voit des fantômes sur un écran de télé éteint.

— J'ai parcouru l'Europe à la fin des années soixante et dans les années soixante-dix.

Trudi ne sait comment réagir. Toute sa vie, depuis qu'elle sait qu'un secret habite le passé de Leo, elle a brûlé de connaître la vérité. Or, à présent, ces quelques mots – plus qu'il ne lui en a jamais dit – semblent maudits, comme s'il profanait un tombeau. Elle reste paralysée, écartelée par des impulsions contradictoires : se plaquer les mains sur les oreilles et partir en courant, ou poser un millier de questions haletantes. Elle ne sait trop ce qui a mis Leo de cette humeur, mais elle sait qu'il va en sortir d'une seconde à l'autre. Muette, debout derrière lui, elle imagine sur l'écran des personnages gris agitant les bras à l'adresse des libérateurs ou des oppresseurs dont les colonnes traversent leur ville.

Au bout d'un long moment, Leo lève les yeux vers elle.

— Viens t'asseoir, Trudi, dit-il.

Contournant le canapé, elle prend place sur l'autre coussin, laissant entre eux un espace marqué. Elle y dépose le saladier d'eau en train de refroidir et le gant de toilette, comme une barrière.

— Que tu aies peur de moi me fait honte, *liebe*, dit son père.

Trudi rougit de la poitrine à la racine des cheveux, puis détourne les yeux. Exprimer sa peur – ce poison qui macère entre eux depuis des années – si clairement, c'est comme révéler un autre secret qui n'aurait peut-être pas dû être mis au jour.

— Je suis vraiment inquiet pour ta mère, continue Leo.

Ces lourdes bribes de conversation malhabile la transpercent jusqu'à ce qu'enfin quelque chose, en elle, se décroche.

— J'ai compris un truc l'autre jour, Papa. Je suis revenue à la maison parce que je craignais que tu ne fasses du mal à Maman si je n'étais pas là pour la protéger.

Quand il se tourne vers elle, Trudi est choquée par la douleur qu'elle lit sur son visage.

— Faire du mal à ta mère ? Comment peux-tu penser ça ? Elle est mon unique amour. J'ai risqué ma vie pour quitter Berlin et rentrer avec elle en Amérique. Comment peux-tu ne pas savoir cela ? Et je l'aurais refait, même si on avait dû vivre dans la rue. Même si j'avais été pris, si on m'avait tiré dans le dos. Je serais mort avec son sourire dans les yeux. (Son visage s'assombrit, sa voix se fait sinistre.) Je suis triste que tu n'aies pas vu au moins cela. Que j'aime ta mère plus que je ne pourrais le dire.

— Je n'ai pas terminé, Papa. J'ai fini par réaliser que tu étais furieux contre moi, que je m'interposais entre Maman et toi depuis mon retour à la maison. Et ce que tu viens de dire me le confirme. (Trudi sent ses yeux la brûler.) J'imagine que tu ne m'as jamais aimée autant que tu l'aimes, elle.

— J'ai été un mauvais père, répond Leo en secouant la tête. Je n'étais pas prêt. Je faisais toujours le contraire de ce qu'il aurait fallu. Quand je me mettais en colère, tu avais peur, ce qui me rendait plus angoissé, plus furieux – et tu avais encore plus peur. Je n'arrivais pas à sortir de ce cycle. La solution, pour moi, ça a été de m'éloigner de toi. Nous sommes des étrangers l'un pour l'autre depuis ta plus tendre enfance. Et j'ai vécu toute ma vie avec cette erreur.

Trudi est bouleversée par cette franchise brutale, mais elle se sent aussi renforcée par l'honnêteté de son père. Elle connaît désormais la vérité ; elle peut passer à autre chose. Elle sait que, quand ils rentreront à la maison, elle pourra laisser ses parents ensemble et recommencer à vivre. Déjà, en elle, une petite graine d'excitation rêve de chercher du travail, de trouver un appartement – et quelqu'un avec qui le partager.

Elle se penche, toute peur désormais enfuie, prend les mains de son père et en nettoie les articulations écorchées, sanglantes. Tandis qu'il la regarde faire, le pli de son front se dissout peu à peu. C'est sans doute la première fois de leur vie que la paix règne entre eux.

— J'ai besoin de savoir deux ou trois choses, Papa, dit-elle. (Il hoche la tête.) Ce que tu viens de dire m'aide à assembler le puzzle, mais j'ai besoin d'être sûre. Tu étais un espion ?

— Espion est un bien grand mot. J'étais un soldat, *liebe*. Un soldat qui travaillait en pays étranger. Tout le monde était soldat, en ce temps-là. Et l'Europe n'était faite que de pays étrangers. Pas comme ici.

— Alors tu travaillais pour la Stasi ?

Il hausse les épaules.

— Naturellement. Pour qui d'autre ? J'habitais Berlin Est. J'ai été choisi par cette équipe-là.

— Et tu as acquis des compétences ?

— Beaucoup, oui. Des compétences utiles, qui nous ont permis de nous établir ici.

— Tu as tué des gens ?

— Oui, répond-il à voix basse après avoir jeté un coup d'œil à la porte de la chambre de Caroline.

Trudi en arrive à la question la plus pressante, mais elle ne sait comment la poser. Elle jette un coup d'œil aux pieds de son père puis, enfin, son besoin de savoir la vérité dépasse sa peur. Elle lâche :

— Est-ce que tu as tué Greg Fuller ?

Il fronce les sourcils puis sourit.

— Non.

— Je sais que tu étais furieux contre lui à cause de la manière dont ils nous ont traités à notre arrivée, parce qu'ils nous ont emprisonnés. Je ne répéterai jamais rien à personne.

Elle ignore si cette dernière phrase est vraie ou non. Son père la regarde bien en face, et ses yeux bleu pâle lui communiquent une émotion puissante – de la fierté ?

— J'ai vraiment tout raté si tu as besoin de me poser cette question. Tout est ma faute. Mais il y a bien longtemps que j'ai renoncé à tuer.

Et Trudi le croit, au moment même où elle comprend combien l'idée de Leo allant n'importe où pieds nus est ridicule. S'il s'était rendu là-bas au milieu de la nuit, il aurait porté ses pantoufles. Il est amusant que ce soit ce détail, plus que tout ce qu'a pu dire son père, qui règle pour elle la question. Leo n'est pas le Tueur du Sanctuaire.

C'est à peine si elle a vu Will depuis l'explosion. Les paroles de Vicki lors de la réunion, le lendemain matin, l'ont blessée. Cette femme est méchante, manipulatrice, et Trudi sait qu'elle ne devrait pas se laisser affecter ainsi. Toutefois, elle veut que Will connaisse la vérité à propos de son père. Elle sait qu'il soupçonne Leo d'être l'assassin depuis qu'ils ont trouvé les dossiers dans l'ordinateur de Greg. Elle-même le soupçonnait, bon sang !

Son cœur cogne dans sa poitrine quand elle arrive devant la porte. Elle frappe doucement en se disant que si Will n'a pas répondu d'ici dix secondes, elle s'en ira. Mais il ouvre, mal rasé, exhalant des relents d'alcool. Un instant, elle est tentée d'imiter les autres résidents et de mépriser ce minable qui les a mis dans un sale pétrin parce qu'il a déconné à pleins tubes, mais voir ses yeux dépourvus de calcul, son corps ferme d'homme de la campagne l'empêche de le haïr. Toujours étourdie de chagrin et de l'enivrante liberté qui l'attend lorsqu'ils rentreront chez eux, mais aussi jalouse de la parfaite épouse invisible dont l'appel, au loin, détourne Will de la grande aventure qu'elle voudrait vivre, Trudi franchit le seuil en le bousculant presque, se pressant contre lui, puis elle referme la porte derrière eux. Elle lui lève les bras, lui ôte son tee-shirt et parcourt de sa langue un ventre durci par les efforts physiques, jusqu'à ce que toute l'attention de Will soit bien concentrée ici et maintenant.

25

CAIT

Sarita hurle dans son doudou, et j'ai renoncé à l'en empêcher. Tandis que je me laisse glisser le long du mur de sa chambre jusqu'à me retrouver assise, j'écoute ses cris en expulsant un pus sombre de la coupure de mon bras. Le bord de la blessure – une des nombreuses lacérations que je n'avais pas même senties au moment où Brett m'a attaquée – est d'un blanc mort. Aucune croûte ne se forme, rien ne sèche. J'ai les ongles noirs de saleté, mais je continue de gratter mes plaies.

Avec seulement quatre litres d'eau par jour, il est difficile de rester propre, surtout du fait que je donne autant de ma part que possible à Sarita. Aucun de nous n'a mesuré sur le moment les dégâts causés par l'explosion : tels des moutons, nous nous sommes plus ou moins dit qu'il y aurait un plan B. En fait, la détonation a fait sauter la canalisation principale du réservoir ainsi que celle des égouts, créant un merveilleux petit lac de merde au fond de la cage d'ascenseur avec toute notre eau potable. Et bien sûr, il n'y a pas de plan B, hormis la palette de bouteilles d'eau minérale réparties dans toutes les unités, qui s'épuise à vitesse grand V. La brochure du Sanctuaire promettait un an de subsistance… Bien sûr, Greg Fuller ne pouvait pas prévoir l'erreur de Will, mais s'il y avait eu un tremblement de terre ? Une bombe atomique ? Le refuge n'aurait jamais tenu en cas de véritable catastrophe. À quoi pensait donc Tyson en achetant un appartement là-dedans, merde ?

Mes vêtements empestent et tout mon corps me démange. Deux jours après l'explosion, Sarita a fait pipi au lit : j'ai décidé d'emporter son pyjama et ses draps à la piscine, et de les rincer à l'aide d'au moins un seau de cette eau. J'ai pris le risque en sachant que les Guthrie seraient comme d'habitude en train de monter la garde devant la porte de Reuben. À ce moment-là, j'avais besoin d'agir, de sortir de l'appartement, je me croyais encore capable de bricoler un vernis de normalité pour Sarita. Mais quand je suis arrivée en bas, j'ai constaté que le niveau avait baissé de trente centimètres et qu'une épaisse couche d'écume recouvrait la surface de l'eau ainsi que les parois de la piscine.

— Ne faites pas ça, ai-je entendu derrière moi.

Je me suis retournée. C'était Trudi Dannhauser. Elle avait été gentille avec moi juste après l'attaque de Brett, et je ne l'avais pas beaucoup revue depuis.

— J'ai cru qu'utiliser cette eau pour prendre un bain dans un seau serait une bonne idée, a-t-elle dit. Comme en Afrique, vous savez.

— Mais elle est fortement salinisée, ai-je remarqué.

— Oui, je n'avais pas pensé à ça. (Elle a soulevé sa jupe pour me montrer les plaques rouges desquamées à l'intérieur de ses cuisses. Merci, Trudi.) Vous ne voulez pas savoir ce qu'ils ont rincé là-dedans, a-t-elle ajouté alors que je repartais.

Oh, Seigneur !

Les cris de Sarita se sont changés en sanglots épuisés, un peu forcés, sa dernière tentative pour me faire réagir. L'ignorer me met au supplice, mais je suis si fatiguée

– incapable de la soulager. Je lui ai proposé à manger, ce qui lui remonte en général le moral, mais il n'y a rien qu'elle aime ici. À part des crackers salés avec une sauce industrielle qui ne feront que lui donner soif. Puisque je conserve l'eau pour le déjeuner, je ne peux pas encore lui faire un plat de pâtes et de soja reconstitués, qu'elle ne déteste pas. Sans doute pourrais-je ouvrir une boîte de fruits au sirop, mais l'hypoglycémie réactive qui en résulterait serait pire que tout. Le vacarme infernal de Sarita est peut-être la réaction appropriée à la situation. Pourquoi irais-je lui dire de se taire, de ne pas tout voir en noir ? J'ai envie de l'imiter, de me jeter sur mon lit, d'enfouir mon visage dans les draps puant la transpiration et de hurler, si tendue que quelque chose finira par lâcher. Mais je n'en ai pas l'énergie. Je reste assise sans bouger. J'ignorais que la capitulation pouvait être aussi réconfortante.

Tyson entre et s'agenouille au chevet de Sarita. Depuis quelque temps, il aide les Guthrie – ce qui m'apparaît bien sûr comme une trahison – à manier tous les outils improvisés possibles pour tenter de défoncer le battant qui mène à la porte blindée. Je comprends son plan : il s'allie à ceux qu'il estime les plus forts. Je tends l'oreille. En dehors d'un « Sarita » étranglé, il ne dit rien du tout.

La fillette recommence à hurler. Je réalise qu'elle a peur de lui.

Soudain, je me rappelle qui je suis et pourquoi je suis ici. J'essuie mes mains sur mon jean, me lève et soulève Sarita, qui se calme aussitôt, enfouissant le visage dans mon épaule. Si gratifiantes que soient cinq minutes d'apitoiement sur soi, de refus de la réalité, je ne vais pas la laisser tomber. J'espère que son père se reprendra quand nous sortirons d'ici mais, pour le moment, je dois m'occuper d'elle.

Je m'apprête à refermer la porte d'entrée derrière moi quand j'entends Tyson :

— Où l'emmenez-vous ?

Je n'aime pas son regard. Trop direct, comme celui de Brett Guthrie. Comme si sa fille et moi étions des biens matériels et non des êtres humains.

— Dehors, faire un tour, réponds-je en me tournant vers lui et en déposant Sarita à l'abri derrière mes jambes.

— Je ne vais pas la laisser traîner n'importe où alors qu'il y a un meurtrier en liberté.

— C'est n'importe quoi, Tyson ! dis-je aussi fermement que possible. (Il est indispensable que la petite ne l'écoute pas, qu'elle croie la mort de Greg due à un accident.) Ne soyez pas ridicule.

Les sourcils froncés, je désigne Sarita d'un signe de tête. *Ne parle pas comme ça devant ta fille, imbécile !*

Mais il ne semble pas comprendre.

— Cam dit qu'on devrait songer à joindre nos forces.

— Contre qui ?

— Il faut qu'on oblige Will à nous donner la combinaison du coffre, Cait. Avec les armes, on pourrait peut-être…

Je ne veux rien entendre de plus : je me retourne, entraîne Sarita avec moi et claque la porte.

— Qu'est-ce qu'il disait, Papa, Maman ?

— Rien, ma chérie. (Je m'accroupis pour me mettre à sa hauteur.) Et je ne suis pas ta maman, souviens-toi. Je suis Cait. Tu te rappelles la photo dans ton journal. Ça, c'est ta maman. Ne l'oublie jamais, Sarita.

Elle hausse les épaules.

— Est-ce qu'il y a un monstre ici ? C'est lui qu'on a vu, avec tout le sang ?

— Non, ma chérie. Ça, c'était un monsieur qui s'appelait Greg Fuller. Il a eu un accident.

Je crois Reuben Montoya. Je suis convaincue que Greg a eu un accident et que le maçon traînait juste sur les lieux, à la recherche de tout ce qui pouvait l'aider à séjourner en secret ici-bas. Je sais que ce n'est pas un meurtrier, et pas seulement parce qu'il m'a permis d'échapper à Brett. Personne n'a été assassiné et il n'y a aucun monstre, en dehors de ce garçon malade et de ses tarés de parents.

Je ne veux pas trop traîner dans le couloir au cas où Tyson viendrait nous rejoindre, mais je ne le vois pas en train de nous donner la chasse… Et que ferait-il une fois qu'il nous aurait rattrapées ? Il n'est pas du genre à poursuivre les autres.

Toutefois, à présent que nous sommes hors de l'appartement, qu'allons-nous faire ? Nous pourrions visiter la piscine couverte d'écume, ou bien descendre au niveau six pour contempler le lac de Merde au fond de la cage d'ascenseur. Ou encore monter à la salle de détente, sur les lieux de l'explosion. Je sais que certains résidents ont fait leur possible pour éliminer la poussière et les éclats et pour nettoyer les meubles, mais la dernière fois que j'ai regardé, il y avait encore des morceaux de métal et des blocs de béton éparpillés. Ce n'est pas un endroit sûr où faire jouer un enfant.

Je décide de me rendre dans l'unique site amical de tout le Sanctuaire, celui que j'évite depuis hier.

C'est Yoo-jin qui nous ouvre. Jae, assis sur le canapé, lève les yeux et grimace en essayant de sourire avec ses lèvres enflées. Un anneau rouge et gris marque son cou comme une tache sale. J'ai peine à le regarder. Tout cela est ma faute. Je jugeais mignon que Gina et Jae, au moins, prennent un peu de bon temps au fond de ce cloaque mais, si j'avais réfléchi plus loin que mon besoin d'être une héroïne à la con, j'aurais deviné ce qui allait se passer.

— Ça a l'air de faire mal, dit Sarita en tendant la main pour toucher l'œil de Jae.

Il s'écarte avec une grimace ; un autre de ces sourires douloureux qui lui fendent la figure.

— Tu veux quelque chose contre la douleur, Jae ? demande Yoo-jin.

Quand je me tourne vers lui, je le trouve changé. Plus dur. Furieux : un père dont on a blessé l'enfant.

— Ça va, Papa.

— Je vais tenir compagnie à ta mère.

— Elle ne sait toujours pas comment c'est arrivé, soupire Jae. Pas les détails, en tout cas. Ma mère… elle est malade mais, même si elle ne l'était pas… J'ai peur de ce qu'elle ferait à Brett si elle apprenait.

Yoo-jin se retire dans une chambre, et enfin, je peux parler.

— Oh, Jae, je suis vraiment désolée.

— De quoi ? C'est toi qui t'es collé un masque de méchant sur la tête et qui m'as botté le cul ?

— Non, mais j'aurais aussi bien pu. Je t'ai mis en danger.

— Tu parles. La personne qui est responsable de ça, c'est celle qui m'a tapé dessus. Il y a des choses pas très claires dans la vie, mais celle-là l'est à cent pour cent, merde.

Il a l'expression sombre, à moins que ce ne soit l'effet de ses ecchymoses. Voyant Sarita inquiète de son air furieux, il s'adresse à elle :

— Viens t'asseoir là. Je vais te mettre *Snappy Croc*.

— J'adore *Snappy Croc* ! (Elle escalade le dossier du canapé et s'installe pour recevoir l'ordinateur portable.) Quelle version tu as ?

— Bonne question. Je ne sais pas. Je ne savais même pas qu'il y avait…

Je ne peux m'empêcher de rire en voyant ce joueur invétéré se faire donner des leçons par une gamine de quatre ans.

Tandis que Sarita commence à jouer, je m'assois sur le fauteuil, près de Jae, et l'examine de la tête aux pieds, tentant de trouver la réponse moi-même. Hormis les bleus sur son visage et son cou, je suis incapable de déterminer la gravité de son état. C'est une question idiote, mais je suis obligée de la poser.

— Comment ça va, Jae ?

Il hausse les épaules.

— Physiquement, j'ai l'impression d'avoir été renversé par un camion, mais je survivrai.

— Et en dehors de ça ? (Je me tapote la poitrine, puis la tête.) À part physiquement ?

— Alors là, put… (Il se rappelle que Sarita est assise près de lui et baisse la voix.) Je suis furieux. On ne peut pas le laisser s'en tirer comme ça après ce qu'il m'a fait. Ni à toi, d'ailleurs.

— C'est vrai, dis-je.

— Et j'ai peur pour Gina. Je ne sais pas ce qu'ils ont pu lui faire – ce qu'ils pourraient être en train de lui faire. Tu l'as vue ?

— Non. Mais Tyson passe beaucoup de temps là-bas. S'il arrivait quelque chose de grave, je pense qu'il protesterait… je l'espère.

— Il traîne encore avec eux ?

Je ne veux pas trop en dire devant Sarita.

— Oui. À la moindre occasion. C'est comme s'il s'était intégré à leur clan. Comme s'il essayait de se faire bien voir d'eux au cas où ça tournerait vraiment mal. Et il n'y a pas que ça. Il s'est passé quelque chose entre lui et certains autres. La seule hypothèse valable est que ce soit arrivé pendant le week-end portes ouvertes, en avril, parce que personne ne connaissait personne avant ça. J'ai une idée de ce que ça peut être et de la raison pour laquelle il se conduit aussi bizarrement. (Je désigne à nouveau Sarita d'un bref mouvement de tête.) Mais je n'ai aucune preuve.

— C'est une des choses que je ne comprends pas, avoue Jae. Il y a eu un week-end portes ouvertes, et tous ces gens ont acheté un appartement dans ce complexe, alors que c'est un vrai trou à rats. Je ne comprends pas pourquoi ils ont fait ça. Je ne comprends pas pourquoi *mon père* a fait ça. (Il jette un coup d'œil à la porte de la chambre.) Bon, je comprends plus ou moins, mais...

Soudain, la raison qu'avait Tyson d'acheter cet appartement m'apparaît clairement.

— C'est exactement comme des locations en temps partagé. Tyson en a à Martha's Vineyard, dans les Hamptons, à Cancun. Il n'a pas visité tous les logements ; il les achète, souvent avant qu'ils ne soient construits, puis il les revend.

— Oui, mais là, c'est différent, proteste Jae. C'est pour la survie, pas pour les vacances.

— Je doute qu'il ait cru à cette histoire d'Apocalypse. Pour lui, c'était juste un investissement. Il ne s'attendait pas à ce que quoi que ce soit arrive, mais quand le virus s'est répandu, il se trouve qu'il avait accès au Sanctuaire.

— Qui n'était pas prêt.

— Qui n'était pas prêt, non.

— Et qui n'avait rien à voir avec les promesses du week-end portes ouvertes.

— En temps normal, on attaquerait le promoteur en justice, dis-je. Tyson a toute une équipe pour ça.

— Mais dans le cas présent, le promoteur est mort et il n'a rien laissé derrière lui.

— Exact.

— Et on est coincés là-dedans sans eau potable.

Un instant, j'avais oublié notre situation et je me sentais quasi normale, en train de discuter avec un copain. La pierre que je digère depuis notre arrivée ici me tombe à nouveau dans l'estomac.

Jae doit remarquer mon expression car il ajoute, avec autant d'enthousiasme qu'il le peut :

— Quelqu'un captera le signal de détresse, ne t'en fais pas. En attendant, on peut prendre des mesures pour faire durer l'eau. (Je hoche la tête, peu convaincue ; Jae se penche plus près et me déclare en un murmure éloquent :) Il y a peut-être un moyen de trouver les réponses que tu cherches.

— Lequel ?

Il se lève.

— Viens.

— Tu peux marcher ?

— Tant qu'on ne croise pas Junior, je peux aller n'importe où.

— On ne le croisera pas, dis-je, en songeant que, même dans le cas contraire, cette petite brute pétocharde ne tentera rien si on est ensemble.

Seigneur. Greg disposait de dossiers détaillés sur tous les résidents. Où trouvait-il toutes ces informations ? Jae suppose qu'il avait un contact à la NSA, mais pourquoi la NSA aurait-elle des dossiers sur tous ces gens ? Qu'une ou deux personnes l'intéressent, pourquoi pas ? Mais, après avoir parcouru la suite de noms, j'ai l'impression que tout le monde y figure. Les Guthrie, les Maddox… et même des inconnus : Carsten, Gupta. Des investisseurs qui ne sont pas encore venus ici, sans doute.

— Hé, Jae, je ne vois pas de dossier sur ta famille, dis-je après avoir relu la liste. Tu crois que vous êtes hors du coup ?

— Il en avait un sur tout le monde, répond-il en prenant place sur un tabouret, près de moi. Le nôtre doit bien être quelque part. Mais regarde ça, c'est intéressant.

Ouvrant le dossier de Leo Dannhauser, il affiche une carte d'identité à l'ancienne. Dans le coin supérieur droit figure une photo en noir et blanc de Leo jeune, vêtu d'un uniforme sombre : grand, bel homme, les cheveux noirs, rasé de près. Il ne sourit pas, et il y a quelque chose de dur dans son regard et le pli de sa bouche.

Toutefois, c'est l'en-tête de ce document officiel qui me coupe le souffle. J'ai lu assez de romans d'espionnage pour savoir ce qu'est la Stasi.

Nom complet : Leopold Harald Dannhauser, grade, date de naissance – il a aujourd'hui soixante-treize ans, et il était agent secret en Allemagne de l'Est au plus fort de la guerre froide.

Je parcours le reste de son dossier. Y figure une archive du Département d'État américain. Leo s'est enfui en 1974 aux États-Unis, où ses remarquables compétences en matière de systèmes de communication du bloc soviétique se sont révélées précieuses. Il disposait bien des connaissances techniques pour fonder Danntech, sans doute avec le soutien du gouvernement américain. *Et alors ?* me dis-je, des millions d'immigrants prennent un nouveau départ aux États-Unis. Mais je ne suis pas aussi naïve. Leo n'a rien d'un imbécile. Il sait brancher et débrancher des systèmes électroniques – et il sait tuer.

Cependant, avant de me laisser emporter, je me rappelle qu'il était enfermé dans son appartement la nuit où Greg Fuller est mort. En outre, il déteste les Guthrie, c'est une raison suffisante de lui faire confiance.

Je me demande quels détails Greg a amassés sur moi. Ne voyant pas de dossier « Sanford », j'ouvre de mes ongles cassés et sanglants celui qui s'intitule « Gill », puis je me rappelle : il attendait Rani, pas moi. Ignorant l'angoisse que m'inspire une possible découverte, je parcours les documents. Mais j'hésite. Après avoir voulu savoir la vérité pendant des mois, voilà que j'ai peur de ce que je pourrais mettre au jour.

Je clique néanmoins. La voici qui me sourit : une femme magnifique, radieuse, une Sarita adulte. Je survole son dossier : sa date de naissance, la maternité de la clinique de Newport où elle a vu le jour, son numéro de sécurité sociale, ses domiciles successifs, le nom de ses parents, la date de décès de son père (sa mère travaille encore comme ergothérapeute à Providence). Il y a là tout son curriculum professionnel, depuis un petit boulot du samedi chez un glacier quand elle avait quatorze ans jusqu'à son poste administratif à la faculté de commerce de l'université de Rhode Island ; des transcriptions de ses résultats scolaires au lycée et à l'université ; des scans de ses passeports, le détail de ses voyages à l'étranger et plusieurs pages de tableaux codés auxquels je ne comprends rien. Rien de tout cela ne répond aux questions brûlantes : pourquoi s'est-elle tuée, et comment ? A priori, quand ces recherches ont été effectuées, elle était en vie.

Je m'apprête à refermer le dossier quand je le vois enfin : un document téléchargé le soir de notre arrivée et rangé par erreur dans le sous-dossier *temp*. Le certificat de décès.

Rani Mariam Gill, née Choudhury, décédée le 7 mai de cette année à l'âge de 34 ans et 245 jours. Suicide : overdose d'amitriptyline.

Le cœur au bord des lèvres, je me retourne vers Sarita qui sourit sans y penser sur le canapé encombré, occupée qu'elle est à sauter par-dessus des crocodiles sur l'écran du portable.

Pourquoi ? Pourquoi sa mère aurait-elle abandonné cette fillette ?

Je me rends compte que Jae est resté près de moi et qu'il a vu ce que je lisais, mais il ne fait aucun commentaire. C'est moi qui romps le silence :

— Est-ce que cette machine est équipée d'une imprimante ?

J'aimerais imprimer la photo sur laquelle Rani sourit afin que Sarita puisse la garder. Mais mon compagnon secoue la tête, sombre.

— Alors je dois pouvoir me l'envoyer par e-mail, dis-je en effectuant un clic droit sur la photo.

— Pas de wi-fi, fait remarquer Jae.

— Merde. C'est vrai.

Si je pouvais transmettre cette photo à mon smartphone, je pourrais aussi envoyer un e-mail à Maman et Megan, leur dire où je suis. On pourrait en envoyer un au service des pompiers de South Paris et leur demander de venir nous tirer d'ici. Mais il n'y a pas d'Internet et nous sommes prisonniers. Maman et Megan ne savent pas où je suis, ni même si je suis vivante.

Mes yeux s'embuent mais je repousse les larmes. Ces éclairs de normalité me poursuivent, comme si mon esprit luttait aussi fort que possible pour éviter de voir la vérité en face. Mon esprit comme mon corps ne veulent pas admettre l'évidence : je peux mourir ici-bas.

26

WILL

Si seulement il rêvait de Lana, cela l'aiderait peut-être. S'il rêvait d'elle, peut-être pourrait-il lui demander pardon. Son visage commence à s'effacer en lui, et il n'a pas pensé à apporter une photo.

Trudi remue dans le lit près de lui. Elle s'est endormie – en général, elle s'éclipse dès qu'ils ont achevé leurs affaires mais, ce soir, elle n'a pas fait mine de s'en aller. Au lieu de cela, elle a posé la tête sur son épaule, lui entourant la poitrine d'un bras. Il l'a laissée se presser contre lui. Il ne l'a pas repoussée, n'a pas rejeté cette intimité, mais ne l'a pas encouragée non plus – ça, ça aurait été une trahison. Leurs accouplements frénétiques, souvent brutaux, ne sont pas le fruit de l'amour, peut-être pas même du désir. Il n'a pas envie de réfléchir trop à ce qui les y pousse.

Il devrait la réveiller. Lui dire de partir. Mais il ne le fait pas.

Il s'endort. Mais ne rêve toujours pas.

Quand il s'éveille, Trudi se tient au pied du lit, nue, en train d'étirer ses bras derrière son dos. Ses côtes apparaissent sous la peau fine et pâle qui révèle chaque veine bleue. Ses cuisses maigres mais musclées sont semées de plaques sèches rougeâtres causées par l'eau sale de la piscine. Will s'habitue à l'absence d'hygiène. Il n'est même plus incommodé par sa propre odeur corporelle. Il se fiche que ses ongles soient noirs de saleté et chacun de ses pores empli de poussière. Voilà des jours qu'il ne s'est pas rasé.

— Salut, dit Trudi en souriant.

Elle paraît heureuse. Comment est-ce possible ? A-t-elle perdu la tête ? Basculé dans la folie ?

— Bien dormi ?

— Oui. Quelle heure est-il ?

— Tôt.

— Ton père va se demander où tu étais toute la nuit.

— Tu crois qu'il ne sait pas où je suis ?

Leo est au courant. Bien sûr. Rien n'échappe à Leo. Que pense-t-il du fait que sa fille unique couche avec l'homme qui a signé leur arrêt de mort à tous ? Will se le demande parfois.

— Tu ne t'inquiètes pas pour ta mère ?

— Tu essaies de te débarrasser de moi ? demande-t-elle, comme son sourire disparaît.

— Non… c'est juste que…

Que quoi ? En vérité, il ne sait pas s'il a envie qu'elle reste ou non. Il sait juste qu'il ne veut pas voir leur discussion s'écarter des banalités dont ils se contentent en général. Ils ne parlent jamais de Lana. Trudi a voulu une fois aborder le sujet, mais il l'a fait taire. Il ne veut pas encourager l'espoir qu'il lit de temps en temps dans ses yeux. L'espoir qu'une fois sortis d'ici, ils construiront quelque chose à partir de ceci – quoi que ce soit –, qu'ils ont un avenir ensemble. C'est risible. Ça n'arrivera pas. Ils ne partiront pas la main dans la main vers le soleil couchant. Lui devra a priori s'occuper de son épouse décédée, et elle aura ses propres blessures, ses propres problèmes à gérer.

Trudi s'étire à nouveau.

— Jae doit venir faire la lecture à Maman ce matin, et elle dormait quand je suis partie hier soir. Et puis je pense vraiment qu'elle a franchi un palier.

— Tant mieux.

— Oui. Tu as faim ? demande-t-elle.

— Non.

— Tu pourrais aller me chercher de l'eau à la piscine ? demande-t-elle. Il faut que je me lave.

Il sait qu'elle cherche à le faire sortir de l'appartement. Il l'a à peine quitté depuis l'explosion. Une fois, il s'est glissé dehors pour reconstituer sa réserve d'alcool, descendant d'un pas aussi rapide que furtif à la réserve et fouillant jusqu'à exhumer une bouteille de vermouth. Il n'a même pas rendu visite à Reuben, son voisin. Les premiers jours, Will était furieux contre lui, voulant le rendre responsable de la catastrophe pour avoir prétendu que la paroi de la cage d'ascenseur n'était pas renforcée. Mais Will sait que ce sont des conneries : il aurait essayé de faire sauter le mur même s'il l'avait su tapissé de Kevlar.

— Will ? (Trudi lui adresse un regard interrogateur.) L'eau.

— D'accord.

— Je nous fais du thé.

Il empoigne le seau, avale en douce une gorgée de vermouth puis sort dans le couloir. Une autre raison l'a empêché de quitter l'appartement : la lâcheté. Il y a encore deux jours, il était sûr de trouver un des Guthrie devant la porte de Reuben : Cam, qui le regardait comme une merde, ou Junior, toujours l'insulte à la bouche. Attendant le moment de le tabasser pour lui arracher la combinaison du coffre. Après ça, les jeux seront faits. Il sait que c'est la raison pour laquelle Tyson tente de s'allier à eux, malgré ce que Brett a voulu faire subir à sa jeune fille au pair. Tyson est agent de change, habitué à couvrir ses investissements. Il a choisi de se mettre du côté de la force. Will n'ignore pas ce qui va se passer : si aucune aide n'arrive d'ici deux jours, tout va péter. Pourra-t-il refuser de leur donner la combinaison s'ils le menacent encore ? S'ils le torturent ? Il sait qu'on finira par en arriver là.

Il bande ses muscles, se préparant au cas où ils seraient revenus, mais le couloir est désert. Après une hésitation, il marche lentement jusqu'à l'unité de Reuben, frappe à la porte. Pas de réponse. Le verrou n'a pas été enclenché et le battant pivote quand il tourne la poignée.

— Reuben ?

Il fait sombre là-dedans. Les lumières tamisées ne diffusent qu'une vague lueur brune. Une fois ses yeux accoutumés à la pénombre, Will distingue une forme vautrée sur le canapé.

— Reuben ?

— *Sí.*

Les emballages de denrées alimentaires s'amoncellent en une minimontagne autour de Reuben. Toute l'unité pue la vieille cuisine et l'urine.

— Bonjour. Comment ça va ?

— Ça va.

Le petit homme parle d'une voix plate. Est-il furieux contre son visiteur de ne pas l'avoir soutenu ? Will éprouve une pointe de ressentiment : il ne doit rien à Reuben. Pour ce qu'il en sait, c'est lui qui a tué Greg, mais… tous les deux ont vécu des choses ensemble ; il aurait pu faire plus. Mal à l'aise, il laisse son regard errer dans la pièce. Dieu sait à quoi le blessé a occupé sa journée. Sans doute est-il resté assis là, à attendre qu'on lui apporte à manger. Sa ration d'eau repose sur le comptoir de la cuisine, en pleine vue. Si les secours n'arrivent pas très vite, il est sûr que les Guthrie s'en empareront. Si ça se trouve, ils ont déjà commencé.

— Désolé de n'être pas venu vous voir.

— Je comprends.

— J'ai appris que vous n'aviez plus de gardien. (Un haussement d'épaules.) Vous avez assez à manger ?

Merde, il ne sait plus où se mettre. Trop peu, trop tard.

— Oui, Jae m'en apporte de temps en temps. Il a été très bon avec moi. Je peux me déplacer maintenant, mais ça reste une prison.

C'est pire, songe Will. Au moins, en prison, on a l'espoir concret de sortir un jour.

Un silence inconfortable se prolonge.

— Bon, il faut que j'y aille. (Il gagne lentement la porte.) À plus tard.

Reuben ne réagit pas.

Will réalise qu'il transpire, ses aisselles sont trempées. Il prend la résolution de se racheter envers cet homme : c'est la conduite qui convient, et il n'a rien fait de convenable depuis qu'il les a tous plongés en enfer avec son détonateur.

Alors qu'il s'apprête à descendre au gymnase, il entend une voix aiguë résonner dans la cage d'escalier, depuis l'étage au-dessus. Vicki Maddox. Puis deux voix mâles, plus graves. Une nouvelle fois, il hésite. *Pas tes oignons.* La curiosité l'emporte toutefois sur la prudence, et il se retrouve à monter l'escalier sur la pointe des pieds, aussi silencieux que possible.

— Ce qu'on vous demande est raisonnable, Vicki, dit Cam Guthrie.

— Raisonnable ? Vous me demandez de tuer ma chienne, bordel !

— Où est James ? Il entendra peut-être raison, lui.

— Il dort. Alors, allez vous faire…

— Vous n'avez pas le droit de donner à boire à la chienne. (Will reconnaît la voix de Tyson.) Pas alors que des gens peuvent en avoir besoin. C'est immoral.

Vicki a un rire sans joie.

— Immoral ? Vous êtes sérieux ? Ce n'est quand même pas vous qui allez montrer les autres du doigt au nom de la morale ?

— Qu'est-ce qu'elle veut dire ? gronde Cam.

— Oui, qu'est-ce que je veux dire, hein ? Pourquoi ne pas tout révéler à Cam ? Je parie que vous ne lui avez pas parlé de vos activités extraprofessionnelles, hein ? Un bon citoyen moral comme lui ne…

— Ferme ta sale gueule ! hurle Tyson.

— Oh, va te faire foutre, crache Vicki. Allez vous faire foutre tous les deux.

On entend le bruit d'une porte qui claque.

Se détestant de sa lâcheté, Will s'éclipse avant que Cam ne puisse sortir du couloir et l'apercevoir.

La puanteur de chien mouillé du gymnase le frappe comme une gifle. Elle ne fait qu'empirer. Grâce à lui, les canalisations d'évacuation des déchets ont été endommagées, et certaines portions du Sanctuaire empestent les égouts. Comme il se penche pour tremper le seau dans l'eau répugnante, il entend le bruit d'un ballon frappant une surface dure. Il se redresse lentement.

Planté sur le terrain de basket, Brett lui adresse un salut ironique. L'adolescent a une vilaine coupure au-dessus de l'œil gauche et la lèvre inférieure gonflée. Parfait. Il méritait tout ce que lui a fait Leo.

— Salut, monsieur Boucher, dit-il avec une chaleur feinte.

— Bonjour, Brett.

— Comment ça va ?

Clac, fait la balle.

— Très bien.

Seau rempli. Will recule vers la porte.

— Vous allez nous la donner, cette combinaison, monsieur Boucher ?

Il l'ignore.

— Oh, monsieur Boucher ?

Clac, clac.

— Quoi ?

— Elle baise bien ?

— *Hein ?*

Will se retourne. Avec une insouciance calculée, Brett fait rebondir le ballon sur le sol, puis pivote, le lance et marque un panier.

— Je dis : est-ce qu'elle baise bien ? La salope qui n'a que la peau sur les os. Je l'ai vue se glisser dans votre unité. Je sais ce que vous faites. (Il a un rictus.) Hé... vous croyez qu'elle me laisserait faire, moi, une fois ?

La rage bouillonne en Will, qui manque de tomber dans le piège. À deux doigts de jeter le seau d'eau et de charger Brett, il se retient juste à temps : c'est ce que cherche l'adolescent. Au lieu de cela, il passe sa fureur sur la porte, l'ouvrant à la volée et l'envoyant percuter le mur dans un grand vacarme.

Il monte l'escalier au pas de course ; l'eau déborde du seau, trempant son jean, et le rire de Brett résonne à ses oreilles. Lorsqu'il débouche en trombe à son niveau, il manque de renverser Leo. Que fait-il donc ici ? Will remarque soudain qu'il a le visage aussi chiffonné qu'un vieux papier et les yeux rouges.

— J'ai besoin de Trudi.

— Qu'est-ce qui se passe ?

— Allez chercher Trudi !

C'est un ordre. Will déverrouille la porte et fait signe à Leo d'entrer. Trudi est debout devant le comptoir de la cuisine, vêtue en tout et pour tout d'un tee-shirt de son amant.

— Papa ?

— Trudi. (Le menton de Leo frémit, puis il se met à pleurer.) C'est Mutti… ta mère.

La jeune femme n'hésite pas : elle sort de l'appartement en courant. Will reste planté au milieu de la cuisine, son seau à la main. Il n'a aucune idée de ce qu'il doit dire à Leo, qui s'est couvert les yeux d'une main. Il décide de suivre Trudi et monte l'escalier à la hâte. Une forte odeur d'excréments lui fait plisser le nez lorsqu'il s'engouffre dans l'unité des Dannhauser. Il entend Trudi qui répète « Maman, Maman, Maman », encore et encore.

Il s'avance à pas lents jusqu'à la chambre principale et regarde à l'intérieur : Caroline paraît paisible, étendue sur le lit, les cheveux éparpillés autour de la tête, le visage détendu. Sans la femme qui sanglote près d'elle et la puanteur des fluides corporels, on pourrait la croire endormie.

Est-ce ainsi que serait partie Lana ?

Non. Pas aussi paisiblement.

Lana n'aurait eu personne pour la pleurer, elle.

Quelque chose se brise dans la tête de Will.

Trudi lève les yeux vers lui. Son visage est couvert de larmes.

— Will ?

Il recule, incapable d'en supporter plus. Assumer en ce moment la douleur de quelqu'un d'autre lui est impossible. Il faut qu'il sorte d'ici.

— Will !

Refusant d'entendre la jeune femme, il se met à courir.

27

JAMES

Puisqu'ils sont à court de thon en boîte et de sauce tomate, James en est réduit à passer au micro-ondes un des plats cuisinés stockés dans la réserve. Il n'a aucune idée de sa nature ni du temps de cuisson – la seule inscription sur l'emballage de papier d'alu dit « Jour 3 Repas 4 » – mais il suppose que trois minutes devraient faire l'affaire. Pour une fois, il n'a pas la gueule de bois (ce n'est pas un choix : ils sont aussi à court de vodka), et son appétit lui est revenu à pleine puissance. Il regarde le paquet gonfler peu à peu tel un poisson-globe argenté, puis il en coupe l'extrémité et le retourne au-dessus d'un bol avant de triturer la mixture brune et flasque à l'aide d'une fourchette : elle abrite des particules vertes, peut-être des petits pois, et des masses grises susceptibles d'être du tofu, du Soleil Vert ou n'importe quoi d'autre. Non merci. Le tout atterrit dans la poubelle qui déborde. Il la descendra plus tard au compacteur de déchets. Cette corvée-là peut attendre.

— James ? appelle Vicki dans la chambre. Tout va bien ?

— Ouais.

— Tu es sûr ? J'ai cru entendre quelque chose.

— Pas de problème.

Merde. Sa paranoïa prend des proportions épiques depuis que ce connard de Tyson et les Guthrie l'ont agressée à propos de Claudette. À présent, elle insiste pour que l'un d'eux reste en permanence dans l'appartement, au cas où on tenterait de s'y introduire pour voler leur ration d'eau. Ils ont leur réserve personnelle secrète d'Évian, mais elle ne va pas durer longtemps, bien qu'il y ait une personne en moins depuis la mort de la vieille Mme Dannhauser. Ils tombent comme des mouches, songe James.

Claudette gît à ses pieds, apathique, le museau sur les pattes. Elle n'a pas mangé depuis hier ; la masse informe couverte d'une croûte sèche qui emplit sa gamelle ajoute un vague parfum de viande à la puanteur de l'appartement. Peut-être Tyson a-t-il raison. Peut-être devraient-ils se débarrasser de la chienne. Voilà des jours que Vicki ne se soucie pas de nettoyer ses déjections – s'il ne s'en occupait pas, ils seraient plongés jusqu'au cou dans les tampons-litières pleins de merde.

— Tu peux aller me chercher de l'eau ? lance Vicki. Je voudrais me laver les cheveux.

— Ouais, d'accord.

Bien sûr, aller chercher cette putain d'eau dans cette putain de piscine est un travail qui lui revient – mais cela lui donne une excuse pour sortir et rehausser son taux de nicotine. Tant qu'il y sera, il pourra aussi fouiner dans la réserve, voir s'il trouve quelque chose de mangeable. Cela fait maintenant deux jours qu'il ne s'est ni lavé ni même brossé les dents. La négligence de son hygiène personnelle ne le dégoûte pas autant qu'il l'aurait cru : se foutre de son apparence a quelque chose de libérateur. Dire qu'il gaspillait naguère des heures à choisir le costume parfait, à trouver le visagiste idéal (jamais il ne se serait abaissé à aller chez le coiffeur), sans parler des manucures, des massages, des gommages faciaux, du programme de rasage assurant qu'il ne subirait jamais l'indignité d'un poil incarné…

Il empoigne le seau et sort dans le couloir, respirant par la bouche. À ce niveau, l'humidité et le moisi sont les odeurs les plus puissantes, mais chaque étage cultive sa puanteur distinctive. Le cinquième, de loin le plus écœurant, schlingue comme des w.-c. publics. Vicki refuse d'utiliser les toilettes sèches du niveau huit, préférant jeter des seaux d'eau de la piscine dans leur cuvette. Il lui a suggéré d'aller chez Greg, au niveau deux, avant que quelqu'un d'autre n'en ait l'idée, mais elle ne s'y est pas encore résolue. Tout le bâtiment est désormais insalubre – quelqu'un va tomber malade, ce n'est qu'une question de temps. La dernière fois qu'il a sorti Claudette, excuse pour une cigarette clandestine, la chienne n'a pas arrêté de japper devant la cage d'ascenseur. Quelque chose couinait à l'intérieur. Des rats. Des putains de rongeurs qui habitent la base humide du conduit. Des gros.

James dépasse l'entrée du gymnase, entend le *clac clac* d'un ballon de basket qui rebondit. Sans doute Brett Guthrie – le Kid de Columbine, comme l'appelle désormais Vicki. James espère que ce petit salaud psychotique sera parti quand il aura achevé sa cigarette.

Il l'allume à la seconde même où il pénètre dans la réserve, n'en ayant plus rien à foutre de laisser une odeur de fumée. *Allez-y, traînez-moi en justice.* Derrière la porte de la salle des machines, retentissent le souffle et le grondement rassurants des générateurs. James lorgne les produits secs – surtout des lentilles et des haricots marbrés (Dieu sait ce qu'ils sont censés en faire) –, puis fouille dans la pile de repas mystères, espérant en trouver un étiqueté ou qui n'ait pas l'air de la bouillie répugnante obtenue un peu plus tôt. À l'autre bout de la salle, claquements et vibrations s'échappent de la chambre froide où Caroline Dannhauser partage le grand sommeil de Greg. Sans trop savoir ce qui l'y pousse, James est frappé du désir soudain de jeter un coup d'œil à l'intérieur. Il s'en approche avant de pouvoir s'arrêter et entrouvre la porte. La puanteur de la putréfaction et de la viande pourrie le frappe avant même que l'ouverture soit assez large pour lui permettre de voir.

— Merde !

Il claque la porte, se plie en deux, s'efforçant de ne pas vomir. À quoi pensait-il, nom de Dieu ? La chambre froide doit être en panne, comme le reste de ce putain de trou merdique. Alors qu'il tire une longue bouffée de sa cigarette, il sent qu'on lui tapote l'épaule et pousse un hurlement.

Il fait volte-face. Reuben se tient juste derrière lui.

James recule jusqu'à se retrouver collé contre la porte de la chambre froide. Il aurait dû apporter le Glock. *Est-ce que c'est ce qu'il a fait à Greg ?*

— Qu'est-ce qui vous prend d'arriver comme ça derrière les gens sans bruit ?

— Désolé. J'étais dans la salle des machines. Il faut bien que quelqu'un s'occupe des générateurs.

— Vraiment ?

— Oui. Vraiment. Personne d'autre ne le fait.

C'est la pure vérité. Depuis que Will et Leo ont officiellement pété les plombs, qui a pensé à remplir le réservoir de fuel – ou de quoi que ce soit dont cette merde a besoin pour fonctionner ? James en vient à admirer Reuben : ce type a des couilles d'acier. Lui ne prendrait pas de tels risques à sa place. Pas avec Cam et Brett en liberté.

— Vous auriez une cigarette pour moi ?

— Hein ?

— Une cigarette.

James se contraint à sortir de sa transe. La paranoïa de Vicki devient contagieuse. C'est la première fois qu'il voit Reuben de près, et il réalise à quel point il est petit. Son ossature est fine, quasi délicate. Greg était bâti comme un grizzli ; il est peu probable que le maçon ait pu en venir à bout. Et il n'est de toute façon pas en état d'attaquer qui que ce soit : la peau tendue sur les os, il paraît perpétuellement hors d'haleine. Non. C'est de ceux qui ont prouvé leur déséquilibre qu'il devrait s'inquiéter – par exemple les Guthrie : la Prédicatrice Folle, le Kid de Columbine et Cam la Gâchette.

Ses doigts tremblent quand il tend le paquet à Reuben.

— Ce sont des menthol, j'en ai peur.

Il se détend quand le petit homme sourit, révélant une incisive supérieure gauche absente (merci, Brett).

Reuben allume sa cigarette, inhale la fumée, ferme les yeux.

— Ah…

James cherche quelque chose à dire.

— Alors… Comment vous sentez-vous ?

— Mieux, dit le maçon, ce que dément aussitôt une toux hachée. (S'il a les poumons abîmés, il ne devrait pas fumer, mais ça le regarde.) C'est mal. Ce qui se passe ici.

— C'est l'euphémisme de l'année. Vous croyez qu'on finira par sortir ?

Reuben hausse les épaules.

— Je ne sais pas. Quelqu'un viendra forcément. Vous avez du monde dehors ?

— Personne qui sache où on est. Et vous ?

— Non.

— Pas de famille ?

— Non.

— Pas même à…

Il ne sait même pas d'où vient ce type. Du Mexique ? De Porto Rico ? D'un trou quelconque du tiers-monde.

— Non, mes parents sont morts. (Un haussement d'épaules.) Je suis seul.

James tire une dernière bouffée, écrase le mégot sous sa chaussure et tend le reste du paquet à Reuben.

— Pour plus tard.

— Vous êtes sûr ?

— Ouais.

Il s'apprête à ajouter qu'il lui reste une demi-cartouche, mais décide de n'en rien faire. Encore la paranoïa ; il ne veut pas donner à cet homme une raison de venir fouiner autour de leur appartement.

— Merci, monsieur.

— James.

— Merci, James.

— De rien. Bon, je ferais mieux de m'y mettre. (Il tapote du pied un des seaux.) Il faut que j'aille puiser de l'eau dans la piscine.

— Vous voulez un coup de main ? C'est agréable de parler à quelqu'un. Jae vient me voir de temps en temps. Les autres…

Les autres vous considèrent comme un assassin. Pour être franc, assassin ou pas, il préférerait l'avoir avec lui qu'affronter Brett Guthrie tout seul si le gamin est toujours au gymnase.

— Oui. Pourquoi pas ?

James sursaute à nouveau quand la porte s'ouvre à la volée et que Cait s'engouffre dans la réserve. Échevelée, haletante, hors d'haleine.

— Je… je viens juste chercher un truc sympa à manger pour Sarita.

— Sympa, c'est le dernier mot que j'emploierais pour ce qu'on trouve ici.

Elle ne paraît pas l'entendre et remarque à peine Reuben. Il n'en est pas surpris. Ils sont tous à cran, et Vicki se conduit comme une vraie garce avec la jeune femme depuis leur arrivée.

Les deux hommes remontent à l'étage supérieur. James constate avec soulagement que les bruits de ballon ont cessé : le gamin a dû se lasser. Il se prépare pour l'odeur du gymnase : varech pourri et moquette humide.

— Alors, Reuben, qu'est-ce qui vous a fait venir à…

— *Puta madre !* s'exclame le maçon en l'empoignant par le bras.

— Hein ?

Puis il le voit. Un corps flotte dans la piscine, sur le ventre ; des tentacules de sang serpentent dans l'eau verte qui l'entoure. James attend que son cerveau assimile la scène. C'est Brett – il n'a pas besoin de voir son visage pour le savoir –, et l'arrière de son crâne n'est plus qu'une masse spongieuse, d'où doit provenir ce sang.

Reuben se débarrasse de ses chaussures, court au bord de la piscine et saute à l'eau, patauge vers le cadavre.

— Aidez-moi !

Mais James est paralysé. Il regarde le petit homme retourner l'adolescent sur le dos, lui ouvrir la bouche, souffler dans ses voies respiratoires. Un mètre plus loin, le ballon de basket flotte à la surface. Reuben tourne la tête, crache du sang puis reprend son œuvre. La moitié inférieure du cadavre s'enfonce sous l'eau sale, alourdie par ses chaussures et son jean.

— James ! Venez !

Il se fait violence, lâche ses seaux, s'approche de la piscine et s'y laisse glisser. Brett a les yeux ouverts, une bulle de sang gonflée sous le nez. Évitant de regarder son visage, James lui soulève les jambes et le torse pour le stabiliser. Cela fait des années qu'il n'a pas pris de cours de secourisme, mais une partie de ses connaissances lui revient.

— Il faut le sortir de là, le mettre en position latérale de sécurité.

— Pas le temps. (Le visage violacé, Reuben n'est pas en état de continuer, et James sait ce qui va suivre.) Il faut que vous le fassiez. Que vous lui donniez de l'air.

Oh, Seigneur.

— Je ne peux pas.

Ils se regardent dans les yeux.

— Il le faut !

Sifflant comme un asthmatique, le petit homme patauge pour se placer sur le côté. Alors que la tête de l'adolescent retombe en arrière, que ses yeux s'enfoncent sous l'eau, un nouveau flot de sang s'épanouit autour d'eux, et James doit faire appel à toute sa volonté pour ne pas bondir hors de la piscine. Il cherche le pouls de Brett. Rien.

— C'est inutile. Il est mort.

Reuben le jauge durant une longue seconde.

— Vous êtes sûr ?

— Oui.

Il se signe et murmure quelque chose en espagnol.

— Un terrible accident. Il faut le sortir d'ici.

Ensemble, ils traînent Brett au bord de la piscine. Reuben le maintient debout tandis que James sort de l'eau avec difficulté, puis empoigne les bras du cadavre et tire, évitant à tout prix de regarder la masse sanglante qu'est l'arrière de sa tête. Enserrant de ses bras les cuisses massives, le maçon contribue à l'effort, tant et si bien que, peu à peu, ils parviennent à étendre l'adolescent au bord de la piscine. James s'écarte à reculons, s'essuyant les mains sur son pantalon trempé : la peau de Brett est encore un peu chaude et… Seigneur ! caoutchouteuse. Comme son talon heurte un obstacle, il manque de perdre l'équilibre, baisse les yeux et découvre un haltère abandonné sur la moquette.

Reuben s'extrait de l'eau à son tour et s'allonge sur le dos, luttant pour reprendre son souffle.

— Reuben ? dit James. (Le petit homme se hisse sur les coudes avec difficulté et tourne la tête ; sa poitrine se soulève et retombe en cadence.) Ce n'est pas un accident.

— Oh Seigneur, oh Seigneur, oh Seigneur !

Bien qu'il ne se rappelle pas avoir touché la blessure, le sang de Brett s'est frayé un chemin sous ses ongles, que James frotte encore et encore. Le Kleenex dont il se sert (trempé du démaquillant Clarins de Vicki) dépose une neige sanglante sur le comptoir. Il inonde le sol, créant des ruisseaux couleur rouille sur les carreaux blancs.

Son épouse revient vivement de la salle de bains et lui tend une serviette.

— Je n'arrive toujours pas à croire qu'il est mort.

Elle a été horrifiée quand il a fait irruption chez eux, trempé et à moitié hystérique, mais n'a pas paru si choquée quand il lui a dit qui était le cadavre qui flottait dans la piscine.

— Tu es sûr qu'il n'a pas pu tomber ? Se cogner la tête ?

— Comme Greg, tu veux dire ? Comme si c'était contagieux ?

— Ne sois pas bête, James.

Ayant utilisé le reste du démaquillant, il s'essuie les mains sur son tee-shirt trempé. Merde, il pue l'abattoir ! Il arrache le tee-shirt, se débarrasse de son jean en deux coups de pied et jette le tout dans un sac-poubelle. Nu, il s'entoure la taille d'une serviette. C'est mieux. À présent que toute trace de Brett a disparu, il commence à se sentir moins nerveux.

Vicki continue de s'agiter autour de lui.

— Alors c'est bien quelqu'un qui l'a tué ?

— Oui. Un des haltères était posé au bord de la piscine. On a dû s'en servir pour lui défoncer le crâne.

— Tu crois que c'était le Mexicain ? Reuben ?

— Non. Il était avec moi.

— Comment ça, il était avec toi ?

— Je... (Oh, autant dire la vérité.) Écoute, j'étais parti fumer en cachette dans la réserve, d'accord ?

Il attend une réponse agressive, mais Vicki se contente de lui faire signe de continuer.

— Je sais que tu fumes, James. Je ne suis pas idiote.

— Hein ? Depuis combien de temps tu le sais ?

— C'est important ?

— Non. Sans doute pas. Reuben vérifiait le générateur, et moi... (Il décide de passer sous silence son incursion au seuil de la chambre froide.) On s'est mis à discuter – ce n'est pas un mauvais bougre – et il m'a proposé de m'aider à porter l'eau.

— Comme c'est mignon ! Et alors ?

Alors seulement, il remarque qu'elle porte un tee-shirt noir, un jean et des chaussures de sport. Voilà des jours qu'elle n'avait rien mis d'autre que ce foutu kimono.

— Hé... tu es habillée.

Elle cligne des paupières, se colore légèrement.

— Oui, je me suis dit qu'il était plus que temps que je fasse un effort. (Est-ce qu'elle ment ? Avec elle, ce n'est jamais facile à déterminer.) Continue.

— Ça a dû se produire pendant que Reuben et moi étions en bas. J'avais entendu Brett dans le gymnase juste avant.

— Mon Dieu ! Tu aurais pu être attaqué aussi.

La pensée bondit dans sa tête avant qu'il ne puisse l'arrêter : *Pas si c'était toi.* Délirant. Il ne peut pas réfléchir comme ça. Non. Ça ne peut pas être Vicki. Elle est incapable d'une chose pareille et elle n'est pas stupide : elle savait qu'il était en bas, en train de puiser de l'eau. En outre pourquoi aurait-elle voulu tuer Brett ? Bon, non, oublions ça : tout le monde ici-bas aurait souhaité voir le Kid de Columbine hors course. Particulièrement Cait. Et elle est arrivée dans la réserve juste avant qu'ils ne trouvent Brett, non ? James envisage d'en parler à Vicki puis décide de n'en rien faire : elle n'est pas de mauvaise humeur pour une fois, et mentionner Cait pourrait déclencher une diatribe. Brett a tabassé Jae presque à mort (Yoo-jin a beau être d'une politesse à toute épreuve et se terrer dans son appartement vingt-quatre heures sur vingt-quatre, qui sait ce qui se passe dans sa tête ?), Will a perdu les pédales et Leo est un espion de la guerre froide. En fait, Reuben et Vicki sont peu ou prou les deux seules personnes à ne pas pouvoir être coupables.

— Il me faut un verre.

— Moi aussi.

Vicki fouille dans le placard à provisions, hausse les épaules, ouvre la caisse de champagne et pose violemment une bouteille de Cristal sur le comptoir.

— Est-ce que c'est vraiment approprié ?

— C'est tout ce qu'on a.

— Et merde. Pourquoi pas ?

Ils échangent un bref sourire. Bien sûr, il n'y a pas de coupes – Greg ne se préoccupait pas de tels détails –, aussi Vicki s'empare-t-elle de deux verres à whisky. Elle tourne le bouchon qui s'échappe avec un bruit creux, puis verse une écume de champagne chaud dans les verres.

— On ne peut faire confiance à personne, James. Et tu sais comment sont les Guthrie. Quand ils découvriront ce qui est arrivé à Brett, aucun de nous ne sera en sécurité.

Il est plus que temps de lui parler du Glock dans son sac de voyage. Ça la tranquillisera.

— Écoute, je…

Un coup frappé à la porte les fait sursauter tous les deux.

— Chut ! siffle Vicki. Tais-toi !

Comme Claudette pousse un jappement à moitié convaincu, elle la pousse du pied.

On frappe à nouveau, puis :

— James ? Vicki ? Vous êtes là ?

— C'est Will, chuchote James.

— Ne le laisse pas entrer.

— Attends. Voyons ce qu'il veut.

Vicki fronce les sourcils mais ne l'empêche pas d'approcher de la porte, qu'il entrouvre. La dernière fois qu'ils l'ont vu, Will semblait décidé à se suicider à l'alcool. Apparemment, il est en train de réussir.

— Je peux entrer ?

Après une hésitation, James élargit assez l'ouverture pour que le visiteur pénètre dans la pièce.

— D'après Reuben, vous étiez ensemble quand vous avez trouvé le corps, dit Will en saluant Vicki d'un signe de tête. Je voulais juste vérifier que…

Un hurlement résonne dans la cage d'escalier – un hurlement de douleur pure. James claque la porte pour ne plus l'entendre.

— Donc ils sont au courant.

— Oui. Reuben m'a averti et je leur ai dit.

— Vous ?

James n'imagine que trop comment cela a dû se passer.

— Qui d'autre ? Vous croyez que j'en avais envie ?

— Comment l'ont-ils pris ?

Question idiote. Cela s'entend.

— Comme on pouvait s'y attendre.

— Dites, Will… vous croyez qu'ils ont donné toutes leurs armes ? Vicki et moi… Ce que j'essaie de vous dire, c'est qu'on craint qu'il n'y ait des représailles.

— Oui, ils les ont données. Vous croyez qu'on ne serait pas au courant, à l'heure qu'il est, dans le cas contraire ?

— Et elles sont enfermées dans le coffre ?

— Oui. Greg et moi nous en sommes occupés nous-mêmes.

— Alors, il n'y a que vous qui ayez la combinaison, marmonne Vicki.

— Ouais.

James sait ce que pense sa femme : peut-on faire confiance à Will ? Si les secours n'arrivent pas avant que l'eau potable ne s'épuise, ce qui s'ensuivra est évident : les plus forts survivront. *Merde.*

— Il faut que je sache, reprend Will. Êtes-vous prêt à soutenir Reuben ?

— Hein ?

— Si les Guthrie l'accusent d'avoir tué Brett. Vous le soutiendrez ?

— Je préférerais rester en dehors de ça, soupire James.

Il aperçoit un éclair de mépris dans les yeux de son interlocuteur. *Va te faire foutre*, songe-t-il. *Ça te va bien de parler. Tu n'as rien fait depuis que tu nous as mis dans la merde à part te soûler la gueule, alors ne joue pas les Zorro avec moi.*

Il a un renvoi de champagne. Will n'est pas le seul à s'être planqué derrière une bouteille.

— Oui, pour ce que ça vaut, je le soutiendrai. Pourquoi est-ce si important pour vous ?

— La culpabilité, j'imagine.

— Hein ?

— Après… après l'explosion, je ne suis pas allé prendre de ses nouvelles. Du coup, je me sens mal.

James observe Will de la tête aux pieds. L'ancien bras droit de Greg a perdu du poids, ce qui lui va bien, et il y a quelque chose de… séduisant dans sa fragilité et son honnêteté. Des qualités que James lui-même n'a jamais possédées.

— Je vois. *Quelqu'un* a buté Brett.

— Ouais.

Le regard de Will, indéchiffrable, dérive vers la bouteille de champagne. Durant une folle seconde, James s'imagine en train de proposer : *Ça vous tente de prendre une coupe de champagne avec nous, mon cher, mon vieux ?*

— Une idée de qui il pourrait s'agir ? demande Vicki.

— Non. Mais Brett ne manquait pas d'ennemis.

— Eh bien, il faut qu'on trouve qui c'est. Il faut que vous fassiez quelque chose.

Un éclair d'irritation passe dans les yeux de Will.

— Pourquoi moi ? Je ne suis pas flic, merde.

Vicki cligne des paupières.

— Je ne suggérais pas que…

— Je ferais mieux de monter.

Sans rien ajouter, il sort de l'appartement et claque la porte derrière lui. Vicki en reste les yeux écarquillés.

— Le stress, commente James en tendant la main vers son verre. On en est tous là.

— Qu'est-ce que c'est que ça ? lance Vicki.

Elle se laisse glisser de son perchoir sur le comptoir de la cuisine, se dirige vers la porte d'une démarche incertaine et se penche pour ramasser quelque chose, manquant de perdre l'équilibre. Ils ont descendu deux bouteilles de Cristal depuis le départ de Will. Malgré la situation, James éprouve l'euphorie que lui procure toujours le champagne : un léger décalage de la réalité et l'envie de rire.

— Qu'est-ce que c'est ?

— Un message. Attends. (Elle parcourt le papier et dit, avant de le lui passer :) Tu ne vas pas le croire.

Le message est écrit en lettres capitales bien nettes.

> EN MÉMOIRE DE BRETT EPHRAIM CAMERON GUTHRIE, VOUS ÊTES CONVIÉS À VOUS JOINDRE À NOUS POUR PRIER À L'ENDROIT OÙ JÉSUS L'A RAPPELÉ À LUI. TOUT EST PARDONNÉ DANS LA GRÂCE DE DIEU.

— Les Guthrie nous invitent aux funérailles de Brett ?

— Incroyable, souffle Vicki.

— Ça vaut peut-être le coup. Si ça se trouve, il y aura un buffet après.

Après un instant de silence, ils éclatent tous les deux d'un grand rire. La plaisanterie n'était pas si drôle que ça mais James ne peut s'arrêter : l'hilarité semble remonter des profondeurs de son estomac, puissante, déchirante. Vicki et lui s'accrochent l'un à l'autre tandis que Claudette court autour de leurs jambes en jappant.

À peine capable de respirer, il reprend enfin le contrôle, vide son verre et songe à allumer une cigarette. Il décide cependant de ne pas le faire : certes, son épouse sait qu'il fume en cachette et (paradoxalement) ils s'entendent mieux que depuis des mois, mais ce serait peut-être l'écart de trop. Il verse la fin de la deuxième bouteille dans leurs verres.

Vicki s'essuie les yeux.

— Bon, on ne peut pas y aller. C'est peut-être un piège.

— Comment ça ?

— Tu sais. (Elle a un grand geste de la main.) Nous rassembler et tous nous punir pour la mort de Brett.

— Pas d'armes à feu. Qu'est-ce qu'ils vont faire ? Nous prêcher la parole de Dieu jusqu'à ce que mort s'ensuive ?

— Tu n'envisages pas sérieusement d'y aller, hein ?

Bon Dieu, il n'en sait rien.

— C'est moi qui l'ai trouvé.

— Et alors ?

— Alors… si les secours n'arrivent pas, la situation va se dégrader ici-bas. Se montrer compatissant n'est pas forcément une mauvaise idée.

— Hein ? Tu veux dire que, quand on se battra tous bec et ongles pour ce qui restera d'eau, qu'on soit venus aux obsèques de son fils dissuadera peut-être Cam Guthrie de nous trancher la gorge pendant notre sommeil ?

— Ouais. Quelque chose comme ça.

— Oh, Seigneur. Ça n'en arrivera pas là, hein, James ?

— Non. Cela dit, on pourrait faire une apparition.

Vicki médite sur la question quelques secondes.

— Mon Dieu ! Bon, d'accord.

Il considère son short et son tee-shirt.

— Tu crois qu'on devrait se changer ?

Sa femme renifle.

— Non. Merde alors. Ce salopard ne mérite pas ça.

Tous deux descendent les trois volées de marches qui les séparent du gymnase devant la porte duquel se tient Gina, vêtue d'une robe noire sévère trop grande de plusieurs tailles.

— Merci d'être venus, murmure-t-elle.

— Vraiment désolé, Gina, dit James d'une voix basse et sérieuse, comme s'il s'agissait d'un enterrement ordinaire et non de… ce putain de truc bizarre.

Il regarde du coin de l'œil Vicki qui s'accroche à sa main en grimaçant et il sait très bien ce qu'elle pense : *Ça ne s'invente pas, un truc pareil.* Au bord de la piscine, Will et Tyson, mal à l'aise, se tiennent près de Cam et Bonnie Guthrie, tous les deux endimanchés. Les Park, Reuben et les Dannhauser ne sont pas en vue, ce qui n'est guère surprenant. Et… Oh, Seigneur ! Ils ont installé le cadavre de Brett près du banc de musculation – enveloppé dans un drap, Dieu merci, mais à l'heure qu'il est, James l'aurait cru dans la chambre froide.

Vicki lui donne un coup de coude.

— Regarde, chuchote-t-elle, Wilson est là.

Un instant, il ne voit pas de quoi elle parle, puis il remarque le ballon de basket qui continue de se balancer à la surface de la piscine à l'eau rougeâtre[1].

Son rire explose, aussi violent que tout à l'heure – un volcan en éruption dans sa poitrine. Il se plie en deux, cherchant à le masquer derrière une quinte de toux tandis que Vicki lui tape dans le dos.

— Tout va bien, monsieur Maddox ? lui demande Gina, ce qui redouble son hilarité.

— Ça va, entend-il répondre Vicki. Il est bouleversé, c'est tout.

Oh Seigneur, Oh Seigneur. Les joues inondées de larmes, il s'essuie les yeux et se redresse. Le couple Guthrie l'ignore, mais Tyson les fixe, Vicki et lui, avec un insondable mépris.

— Joignons les mains, décide Bonnie d'une voix claire et ferme où ne perce aucune trace de chagrin.

Ils forment un cercle approximatif. James se retrouve près de Tyson qui, l'espace d'un instant presque comique,

1. Wilson est une marque de ballons de basket-ball et aussi le nom que donne Tom Hanks à son ballon dans le film *Seul au monde.* *(N.d.T.)*

grimace, recule, semble prêt à refuser de lui prendre la main. De l'autre côté, Vicki lui plante ses ongles dans la paume.

Sans préambule, Bonnie se met à réciter une longue prière sur le repentir et la vie éternelle. James se perd dans ses pensées. L'alcool lui vaut des bouillonnements acides dans l'estomac, et l'odeur de la pièce commence à l'incommoder. Elle n'est pas aussi terrible que la bouffée putride jaillie de la chambre froide, mais la puanteur métallique du sang flotte néanmoins dans l'air.

Soudain, Cam lâche un rugissement et s'écarte, brisant le cercle.

— Papa ! le rappelle Gina alors qu'il franchit la porte d'un pas furieux.

— Quoi encore ? souffle Vicki.

James hausse les épaules. Bonnie se tourne vers Tyson qui lève une main, elle ferme les yeux et part dans un délire où il est question de justice, de pardon et de Dieu sait quoi encore. James se laisse à nouveau dériver en se demandant ce que penserait la mère Guthrie si elle avait vu Tyson ce soir-là – pendant le week-end portes ouvertes –, soûl comme un cochon, le pantalon sur les chevilles, hurlant de rire et implorant…

Tout le monde sursaute quand la porte s'ouvre à la volée.

— Oh, merde, lâche Vicki.

Cam entre d'un pas lourd, poussant Reuben devant lui. D'une main, il le tient par les cheveux ; de l'autre, il lui pose un couteau sur la gorge. Le maçon, c'est tout à son honneur, arbore une expression assez sereine pour quelqu'un qui est sur le point de se faire égorger.

C'est Will qui, le premier, retrouve sa voix.

— Cam ! Lâchez-le, Cam.

— Dis-leur ce que tu as fait ! Dis-leur ce que tu as fait à mon fils !

— Ça ne peut pas être lui, Cam. James l'accompagnait. (Will se tourne vers l'intéressé.) Dites-le-lui !

Mais James ne peut pas. Il est incapable d'articuler un mot. Ce n'est pas son problème. Il ne devrait pas être ici… Oh, Dieu merci ! Cam écarte son couteau.

— Non ! Will hurle trop tard alors que la lame se plante dans le flanc de Reuben.

28

TRUDI

Elle aurait cru que leurs âmes épaissiraient l'air, mais ils ne laissent qu'un néant absolu. D'abord sa douce mère, puis le monstre, et il ne faudra pas bien longtemps à Reuben pour rejoindre ce répugnant garçon dans la chambre froide, en compagnie de l'homme qui est à l'origine de tout. Les cadavres s'empilent, mais il est impossible d'y croire vraiment. Il pourrait s'agir d'un ballet – une production moderne d'*Hamlet* ou de *Titus Andronicus*, une de ces orgies de violence d'où nul ne sort vivant – où tous les danseurs valsent et caracolent avant de s'effondrer en un esthétique arrangement de membres fins et de collants tachés de peinture. Mais un garçon au crâne défoncé n'a rien d'esthétique, pas plus qu'une vieille femme qui se chie dessus en rendant son dernier soupir.

Trudi s'allonge sur le dos, enserre ses genoux de ses bras. Voilà quelques jours qu'elle souffre du dos et se dispense des exercices qu'elle accomplissait naguère pour s'assouplir, mais celui-ci lui vient naturellement : s'enrouler en position fœtale – quoique cela provoque une douleur brûlante le long de sa colonne vertébrale et qu'elle sente la saleté de la moquette imprégner encore plus ses vêtements, sa peau et ses cheveux. Quatre litres d'eau par jour ne suffisent pas pour se laver.

Au moins, avec tous ces morts, la provision d'eau durera plus longtemps. À ce rythme-là, elle pourra bientôt prendre un bain, caquète en elle une voix amère. Serrant plus fort les genoux, Trudi se fait souffrir jusqu'à ne plus pouvoir le supporter, puis elle se lève. Elle devrait aller aider Jae et Cait à soigner Reuben, mais son cœur lui hurle de ne pas descendre afin d'éviter Will – la gêne et la honte d'avoir été rejetée. Toutefois, il faut qu'elle présente ses respects à Reuben avant sa mort. Elle n'en a pas eu la possibilité pour sa mère, et c'est peut-être le dernier geste humain qu'elle aura l'occasion de faire. Et il n'y a pas que Reuben : elle devrait aussi aller voir si Stella n'a besoin de rien. Cette femme, qui a été bonne pour sa mère, est à présent malade. La dernière fois que Trudi l'a vue, sa peau arborait un teint olivâtre. La jaunisse.

Par ailleurs, Will peut aller se faire foutre : elle a couché avec lui par pitié ; dans le monde réel, elle n'aurait pas même accordé un regard à un plouc pareil. Toutefois, elle n'arrive pas à s'en convaincre. Elle regrette sa chaleur, sa délicatesse. Elle a honte, oui, elle est gênée, mais elle est aussi en manque.

Elle se lève, un instant distraite par l'odeur du café, les restes d'un expresso d'hier soir sur le comptoir de la cuisine. Elle s'est enfin convertie à l'expresso grâce au rationnement de l'eau. Un demi-litre par jour pour dix cafés, un verre quand elle se brosse les dents, un litre pour se récurer dans les moindres recoins – cet acte désespéré qui ne fait qu'étaler la puanteur et les microbes d'une partie du corps à une autre.

— Je sors, Papa, annonce-t-elle d'une voix plate, sachant que Leo ne répondra pas.

Toujours couché en chien de fusil sur le lit, il a au moins cessé de gémir, désormais perdu dans un chagrin aussi noir qu'exclusif. Trudi se rappelle qu'il n'a jamais pris le temps de s'occuper d'elle ; elle ne devrait pas ressentir son absence de façon si vive. C'est sa mère qui lui manque, voilà tout, et cette perte-là est tellement immense qu'elle la stupéfie.

Elle peine à bouger, à convaincre son corps qu'il existe la moindre raison d'aller où que ce soit. Trudi s'est surprise à regarder dans le vide, et la voilà qui reste immobile sur le seuil de l'appartement, revoyant – quoique le souvenir, désormais usé, ait métastasé – le moment où elle a compris que Caroline était morte. Elle sent encore la puanteur d'excréments, de sueur et de sang, l'odeur des déchets corporels de sa mère, puis elle se rappelle où elle est ; les démangeaisons de sa peau, la douleur de ses os la ramènent à la réalité.

— Papa. Tu m'as entendue ? Je sors.

Il murmure quelque chose en allemand, mais Trudi reconnaît le nom de sa mère.

— Elle est morte, Papa.

Après le départ de Will – qui l'a abandonnée au moment où elle avait le plus besoin de lui –, elle a couru de nouveau à la chambre de ses parents. La première chose qu'elle y a vue n'a pas été le vieil homme ridé en costume, agenouillé au pied du lit, ni la femme corpulente aux longs cheveux gris éparpillés autour de ses épaules et à l'expression paisible, mais sa propre image dans le miroir mural : un squelette drapé dans un linceul. Trois Dannhauser morts, et c'était sa mère qui paraissait la plus vivante de tous.

Elle a alors senti une cavité se creuser à l'intérieur, si vaste qu'elle s'est demandé comment elle pouvait l'abriter. « Pourtant elle disait qu'elle allait mieux », s'est-elle plainte à Leo, comme s'il se trompait. Comme s'il s'agissait d'une erreur qu'il pouvait corriger. Mais il n'avait plus l'air capable de corriger quoi que ce soit, alors : il se contentait de fixer la main inerte de Caroline, écrasée entre les siennes.

— Papa… essaie-t-elle encore.

Elle ignore quand il a bu pour la dernière fois. La ration d'eau de sa mère est demeurée intacte.

— J'aurais dû être avec elle.

Ils auraient tous les deux dû être avec elle.

Soudain, il paraît sur le point de fondre en larmes, une perspective qui mortifie Trudi. Pour chasser sa gêne, tenter de ranimer une partie de l'intimité étrange qu'ils ont partagée la veille, elle tend vers lui une main timide – mais s'arrête avant d'achever son geste.

— Ce n'est pas ta faute, Papa.

— Je sais que ce n'est pas ma faute ! répond-il sèchement. Tu me prends pour un imbécile ?

En réalité, ce ne sont pas des larmes au coin de ses yeux, celles que Trudi croyait voir en l'imaginant triste : c'est la rougeur d'une rage silencieuse observée si souvent qu'elle aurait dû la reconnaître.

— Je reviens bientôt.

La porte s'ouvre pour révéler Will qui attend dehors, appuyé contre le mur.

Un éclair de fureur. Il ne les a même pas aidés à descendre sa mère à la chambre froide. Jae leur a donné un coup de main, lui. Béni soit ce garçon : Trudi sait que, grâce à lui, sa mère a été heureuse jusqu'au bout.

— Est-ce que Reuben… Est-ce que Reuben est parti ?

Pitoyable. Elle n'est même pas capable de dire le mot « mort ».

— Pas encore.

— Alors qu'est-ce que tu fais ici ?

Il ne répond pas, se contente d'avancer d'un pas, et avant de pouvoir se retenir, elle se plaque contre lui et enfouit le visage contre sa poitrine.

29

GINA

— Va chercher un verre d'eau pour M. Gill, me dit Maman.

— Mais Maman…

— Obéis.

Elle n'a pas besoin de se tourner vers moi. Elle garde la même expression depuis le décès de Brett, comme un visage de poupée figé entre joie et douleur. Mais les nuages qui habitaient son regard depuis deux ans se sont dissipés : ce sont désormais des yeux acérés comme des rasoirs qui percent à travers ce masque.

Le simple fait de voir l'eau couler dans le verre taché me rappelle la douleur de ma gorge sèche. Je décide de la boire moi-même avant d'en verser à nouveau pour M. Gill. Il n'est pas encore dix heures, mais j'économise le rinçage de deux verres, donc j'ai peut-être le droit. Je voudrais poser la question à Papa, lui demander la permission de boire mon eau plus tôt que prévu – il y a trois jours, il m'aurait donné une réponse dans un sens ou dans l'autre.

Je dépose le verre près de M. Gill, qui reste assis là à écouter Maman lire sa Bible à haute voix, et qui paraît regretter de ne pas être ailleurs.

Quand j'entre dans la chambre, Papa est encore recroquevillé sous la fine couverture verte, là où je l'ai laissé il y a trois heures. Il n'a pas touché ses céréales du petit-déjeuner, gonflées dans leur bol sur la table de nuit. Au passage de mon ombre, trois grosses blattes jaillissent de sous le récipient et s'égaillent sur le mur.

Quand je m'assieds près de lui, Papa ne cille même pas. Rien ne l'a fait réagir depuis Brett. Enfin… depuis qu'il a poignardé l'assassin de Greg – mais pas de mon frère, nous le savons à présent. Il a beaucoup pleuré, parfois crié, quoique sur rien en particulier. Il reste allongé là, à sangloter comme une femme sans lever le petit doigt pour découvrir le coupable. Maman ne sert à rien non plus ; elle se contente d'étudier les Écritures ou de prier devant le sas. Est-ce comme cela que nous obtiendrons la justice pour Brett ? Personne ne prend de décisions. J'ai besoin que Papa revienne parmi nous.

— Maman veut encore que je lave la vaisselle, dis-je. (Il ne bouge pas.) Tu m'entends, Papa ? Elle veut que je gaspille l'eau qu'aurait dû boire Brett juste pour impressionner M. Gill.

Enfin, il réagit, mais c'est juste pour se couvrir les oreilles de ses mains et se retourner.

— Va-t'en, Gina, marmonne-t-il.

Ce n'est pas grand-chose, mais c'est un début.

— Elle m'oblige à lui donner de l'eau de notre réserve, Papa, comme si ça n'avait pas d'importance. (Je fonds en larmes devant son mutisme.) Il est là tout le temps, ce type, il devrait apporter de l'eau. (Pour le faire réagir, j'ajoute :) Il n'est là que pour notre eau. Il devrait apporter la sienne, *nom de Dieu !*

Mais rien ne se passe.

Brett et moi allions naguère explorer ensemble le jardin. Il soulevait les branches sur mon passage quand nous marchions au milieu des arbres. Parfois, il prenait de jolies pierres au fond de la rivière et les installait là, veillant toujours à ce qu'il y en ait une pour moi et une pour lui.

— On est jumeaux, disait-il. On sera toujours ensemble.

Quelque chose a vrillé chez lui, et Papa n'a pas pu le sauver.

— Tu ne peux pas le laisser boire l'eau de Brett !

— Va-t'en, Gina, répète-t-il.

Mais j'enfouis mon visage dans les couvertures et je pleure jusqu'à ne plus pouvoir respirer.

— Gina…

Jae me fixe comme s'il avait du mal à croire que je suis là, debout devant sa porte. Ses enflures ont disparu, mais même sous la lumière tamisée, je constate que ses ecchymoses se sont étalées et ont adopté toutes sortes de couleurs, que ses coupures ne guérissent pas très bien. Je me retiens juste à temps de lever la main pour le toucher.

— Tu veux entrer ?

— Qui est-ce, Jae ? demande son père qui arrive à la porte et sursaute en me voyant.

Il a toujours été si calme, tout le contraire de Papa et de Brett, mais à présent, je n'arrive pas à savoir ce qu'il pense.

— Je suis désolé pour ton frère, Gina, dit-il.

— Merci, monsieur.

Je sais qu'il devait détester Brett à cause du passage à tabac de Jae, et pourtant, il paraît sincère. Après avoir jeté un coup d'œil à son fils, il retourne à l'intérieur de l'appartement.

— Tu veux entrer ? demande à nouveau Jae.

Non, je ne veux pas, pas tout de suite.

— Est-ce qu'on peut juste aller faire un tour ?

Comme si on était à la ferme et qu'on pouvait se balader dans les bois.

— Tu n'auras pas d'ennuis ?

Je secoue la tête.

— Mon père s'en fiche.

Et vraiment, je pense que j'aurais aussi bien pu lui dire : *À plus tard, je vais rouler des pelles au jeune Asiatique.*

— Donne-moi une minute.

Jae ferme la porte, me laissant dans le couloir. J'essaie d'entendre ce qu'il dit à ses parents, mais il ne tarde pas à réapparaître.

— Excuse-moi. Mon père et ma mère n'aiment pas que je sorte. Pas depuis… Mais je les ai convaincus que tout irait bien.

Son épaule frôle la mienne quand nous descendons l'escalier.

— Qu'est-ce que tu disais à propos de ton père ?

Je hausse les épaules.

— Je crois qu'il abandonne. Tout. Y compris moi. (Jae baisse la tête.) Et Maman n'essaie plus de m'arrêter.

Il me semble que je vais me remettre à pleurer, et j'en ai vraiment marre, alors je me mordille la lèvre inférieure.

— Hé, dit-il doucement en m'entourant de ses bras.

L'image de Brett, en moi, menace de me terrasser. Posant enfin les doigts sur les joues de Jae, je suis les contours de ses ecchymoses décolorées, trace un chemin entre les éraflures et les coupures. Pour ne plus songer à mon frère, j'embrasse le garçon qui m'enlace et qui commence à être excité, qui se presse contre moi – c'est dingue que je puisse lui donner envie de faire ça. Pourtant, lorsqu'il me prend la main et m'entraîne vers la porte du couloir, je l'arrête.

— Non ? demande-t-il.

— Pas encore, dis-je.

Je sens qu'il y a une promesse là-dedans, de notre part à tous les deux. J'ai l'impression qu'il y aura un après, un moment où nous serons tous les deux prêts. Déjà, mes sentiments pour lui ont changé. Ils ne sont pas aussi effrayés, ils ne vacillent plus. Ils sont solides.

— Et pas ici. Je ne veux plus jamais retourner à ce niveau. Descendons voir les poules.

— Reuben est mourant, m'apprend Jae en ajustant le devant de son pantalon tandis que nous descendons les marches. Ma mère est allée le voir alors qu'elle tient à peine sur ses jambes, et elle dit qu'il n'en a pas pour longtemps.

— C'est triste, dis-je.

Mais en toute franchise, la peine que j'éprouve pour Brett empêche les soucis des autres de me toucher. Quand j'entends parler de la vieille Mme Dannhauser, de la femme de Will ou de la maman de Jae, quand Cait se fait du souci pour sa famille, en fait, je n'écoute pas. Je sais que si je commence à compatir, je vais déborder – me noyer dans le chagrin, comme Papa.

— Je crois Cait. Je ne pense pas qu'il ait tué Greg, dis-je alors même que je ne sais rien.

— Tu imagines ce qu'il a ressenti ? Se retrouver enfermé là-dedans avec tous ces fous ?

Des fous comme Papa et Maman. Voilà ce qu'il veut dire.

— Arrête, s'il te plaît, dis-je. Parlons d'autre chose.

Il s'arrête et se tourne vers moi.

— Non mais sérieux, Gina. Ce n'est pas le problème de tout le monde, ici ? Tellement pris dans l'hystérie paranoïaque qu'on est tous prêts à s'enterrer.

Hystérie paranoïaque. Je crois que je sais à peu près ce que ça veut dire. Je me redresse et me tourne vers lui.

— Tu parles de nous, hein ? De ma famille ?

— Bon sang, Gina, je parle de nous tous ! On est tous là, non ? Alors que le monde se porte sûrement très bien sans nous.

Je fixe mes orteils. Ils sont sales et les ongles sont fendus.

— Bon, en fait, je parle de nos parents, reprend-il. Ce n'est pas moi qui ai acheté l'appartement. Personne ne m'a rien demandé. Et je suis sûr qu'à toi non plus.

— Non. Papa n'a même pas consulté Maman. Quand elle a appris ce qu'il avait fait, elle est devenue folle de rage. Il a dilapidé tout son héritage.

Jae hoche la tête. Je comprends qu'il se demandait comment ces ploucs de Guthrie avaient pu atterrir ici, pour mourir avec les riches et célèbres. Je pense à toutes les catastrophes qu'on a vues à la télé. Des tornades, des inondations, des bombardements ; tout cela tend à appauvrir les riches et à changer les pauvres en héros. Peut-être la fin du monde est-elle le seul événement dont les pauvres ont une chance de sortir gagnants. Je commence à comprendre pourquoi Papa s'intéressait tant au survivalisme. Et pourquoi Maman trouve un tel réconfort dans l'Apocalypse.

Je ne dis rien de tout cela à Jae, mais il me prend la main. Quoique nous soyons très différents, il me fait croire en un avenir, en une vie où je n'habiterai pas une caravane dans la ferme d'un étranger. Je lui presse les doigts et pose la tête sur son épaule.

Jae me guide, nous passons devant la chambre froide – j'essaie de ne pas penser à ce qu'elle abrite –, pénétrons dans la salle hydroponique où toutes les plantes se sont flétries et sont mortes faute d'eau, puis nous arrivons devant le poulailler.

— On va s'en sortir, assure Jae. Chaque jour qu'on passe à attendre ici augmente nos chances d'être découverts. Le filet se resserre, les secours se rapprochent. Ils vont nous trouver, ce n'est qu'une question de temps.

— Mais nous n'en avons pas ! C'est peut-être Maman qui a raison. Peut-être qu'on doit se repentir. On va mourir ici.

— Ce n'est pas vrai, affirme-t-il, mais je sais qu'il a des doutes.

Notre arrivée déclenche une effervescence de pas furtifs dans le poulailler. Des silhouettes sombres filent à toute allure et disparaissent parmi les ombres. Il n'y a pas de véritable odeur, ni les bruits qu'on attendrait de vieilles volailles stupides. Derrière le bol d'eau vide, un dernier rat, gras et courageux, ronge les entrailles d'une poule rouge dont il écarte les plumes à l'aide de ses petites griffes.

Je me détourne. Les hennissements de mort de mes chevaux résonnent à mes oreilles, et je sais que tout est terminé.

Quand je retourne à notre appartement, la grande pièce est vide. M. Gill est parti, et de cela, je me réjouis. Je trouve Papa dans ma chambre, debout près de la porte du placard, un tee-shirt à la main – le bleu pâle que Brett portait la veille de sa mort.

— Je me suis complètement trompé, me dit-il, comme s'il poursuivait une conversation que nous n'avons pas eue.

Je ne m'habitue pas à cette voix faible. Je ne l'aime pas.

— Où est Maman ?

— J'essayais de vous aider, les enfants. De vous aider à survivre. (Lâchant le tee-shirt, il sort le sweat à capuche rouge de Brett.) Je me suis trompé.

Il porte le vêtement à son visage et s'imprègne de son odeur. Incapable d'en supporter plus, je tourne les talons.

Maman est dans la salle de bains, penchée au-dessus de la baignoire, des bouteilles d'eau minérale de quatre litres empilées près d'elle. Des gouttes coulent de la pointe de ses cheveux et tracent de sombres ruisseaux dans la poussière grise qui couvre le mur carrelé et la paroi de la baignoire. Murmurant une prière, elle décapsule une des bouteilles. Je ne suis pas assez rapide pour l'arrêter : on dirait qu'une espèce de force bien-pensante me repousse tandis que je patauge vers elle à travers l'air épais.

Voilà, elle a retourné la bouteille. L'eau en jaillit.

— Arrête, Maman, arrête ! Qu'est-ce que tu fais ?

Sans faire mine de s'interrompre, elle tend le bras gauche vers moi. Quatre des bouteilles posées près d'elle sont déjà vides, une seule encore pleine.

— C'était son eau. C'était l'eau de mon fils.

Elle s'empare à présent de la dernière bouteille. La dernière bouteille d'eau de Brett. Alors qu'elle en dévisse la capsule, j'arrive enfin près d'elle, la plaque à demi contre le mur et lui empoigne la main en rugissant :

— Tu ne peux pas la jeter, Maman ! Tu ne peux pas !

Je lui tords les doigts en arrière jusqu'à ce qu'elle soit obligée de lâcher la bouteille. Elle me gifle alors avec force. Je recule vers la porte en titubant, la main sur la joue.

Quelque chose de sombre et chaud s'embrase en moi quand je la vois se retourner et vider la bouteille.

30

JAMES

Il ne peut plus ignorer la douleur dans sa vessie qui perce son cocon de Valium et d'alcool pour y laisser s'insinuer le monde réel. Dieu sait combien de temps il est resté inconscient cette fois, mais c'est plus facile ainsi.

James s'efforce de s'orienter et finit par comprendre qu'il est allongé à l'envers sur le lit, la tête pendante, les pieds sur les oreillers. Il se traîne sur les couvertures pour changer de position et chercher la boîte de comprimés sur la table de chevet. Plus que deux. Il en prend un, qu'il fait couler avec un fond de Miller *light*. Désormais, il n'y a plus d'alcool, plus rien dans la réserve, à moins que Will ne s'en soit mis de côté à son usage exclusif. Donc il va falloir supporter le manque.

James roule hors du lit, attend que le sol cesse de bouger sous ses pieds puis passe dans la salle de bains d'un pas traînant, une main devant la bouche et le nez pour se protéger de la puanteur. Il urine dans le bac à douche, tentant de ne pas regarder le jet brunâtre qui s'écoule dans la bonde. Une cigarette. Il lui en faut une, même s'il devrait vraiment se rationner. Depuis qu'ils sont revenus des funérailles de Brett, il fume clope sur clope. Vicki ne lui a pas dit un mot quand il en a allumé une pour la première fois dans l'appartement. À quoi bon ? *Voyons les choses en face, chérie, l'emphysème est le cadet de nos soucis.*

Il s'apprête à se remettre au lit quand l'unité, soudain, lui paraît trop calme. Vide, pour ainsi dire – trop vide.

— Vicki ?

Quand il entre dans la cuisine, il manque de trébucher sur le bol d'eau asséché de la chienne. Il jette un coup d'œil dans le salon encaissé : pas de Vicki. Et pas de Claudette.

— Vicki ? appelle-t-il à nouveau.

Ce n'est pas normal. Elle ne serait sortie pour rien au monde. Depuis les funérailles de Brett, sa paranoïa a atteint des niveaux pathologiques. Elle ne semble rien dire d'autre que : *On est enfermés avec un meurtrier, James.* La mort du jeune Guthrie l'a vraiment secouée. À moins que… Cela lui revient. Le vague souvenir qu'elle a voulu le faire lever parce qu'elle avait besoin d'aller aux toilettes – ils ne peuvent plus utiliser l'eau de la piscine pour chasser les excréments de leur cuvette car cette dernière s'est bouchée pour des raisons peu mystérieuses –, mais il titubait alors au bord d'un précipice induit par l'alcool et le diazepam. Oui, il se rappelle. Elle a parlé sèchement, crié même, lui reprochant de perdre les pédales au moment où elle avait le plus besoin de lui, ou quelque chose comme ça. Elle a dû descendre aux toilettes sèches du niveau huit et emmener la chienne avec elle.

James récupère dans sa poche un paquet de cigarettes froissé, en allume une et retient un haut-le-cœur quand la première bouffée envahit ses poumons. Il a un goût affreux dans la bouche mais il n'est pas censé boire d'eau en l'absence de Vicki. Et merde. Il ouvre avec violence la porte du réfrigérateur, empoigne la dernière bouteille d'Évian et boit une gorgée. Juste une. Sa femme ne le saura jamais. Mais quand l'eau atteint sa gorge, il ne peut s'empêcher d'en avaler encore avec frénésie, la laissant couler sur son menton. Il s'arrête tout de même avant qu'il ne soit trop tard, avant que la bouteille ne soit terminée.

Il en a bu presque la moitié.

Vicki va le tuer quand elle s'en rendra compte.

Il marche de long en large, attendant que le Valium fasse effet et atténue sa culpabilité.

Il devrait aller la chercher. Oui. C'est la chose à faire : elle lui en sera reconnaissante. Il enfile une paire de Nike et sort de l'appartement.

Il descend. Il devrait avoir la gueule de bois à l'heure qu'il est, mais un engourdissement pas désagréable s'est emparé de lui – la dernière étreinte ouatée du cocktail d'alcool et de médicaments. James ne sent pas ses pieds, ce ne sont que des blocs creux qui le propulsent. *Des pieds creux pour une tête creuse.* Son ricanement se change en quinte de toux. Qu'est-il arrivé à sa cigarette ? Il ne se rappelle pas l'avoir écrasée. Peut-être est-elle restée à se consumer sur le comptoir. Peut-être le bâtiment va-t-il flamber. Ou bien ils mourront tous étouffés par la fumée. Au moins, ce serait la fin de leur attente.

Une main sur la bouche, il visite les toilettes sèches, mais elles sont vides. Vicki a-t-elle décidé de rapporter un peu d'eau ? Il entre dans le gymnase d'un pas mal assuré. Aucun signe de sa femme, mais Jae est assis à proximité du tapis de course, un bras autour des épaules de la petite Guthrie. Même d'où il se trouve, James devine qu'elle est bouleversée et qu'il interrompt quelque chose. Ses yeux dérivent vers l'endroit où était allongé le corps de Brett. Était-ce hier ? Il y a deux jours ? Une semaine ? *Pas la moindre putain d'idée, chef.*

— Salut, lance-t-il.

— Salut, répond Jae sans enthousiasme.

— Est-ce que l'un de vous deux a vu Vicki ?

— Oui. Elle était là tout à l'heure.

— Il y a combien de temps ?

Le garçon hausse les épaules et interroge du regard Gina qui s'essuie les joues d'un revers de manche.

— Plusieurs heures, je crois.

— Hein ?

— Trois ou quatre heures.

Merde. James a vraiment perdu la notion du temps. C'est insensé. Jae est en train de dire quelque chose et il doit lui demander de répéter.

— Je dis que je l'ai vue avec Tyson.

— Hein ?

— Je dis qu'elle était avec Tyson, réitère encore Jae avec le soin exagéré qu'on réserve aux sourds et aux ivrognes.

— Qu'est-ce qu'elle foutait avec Tyson ?

— Comment voulez-vous que je le sache ?

— Où ? Où est-ce que tu l'as vue ?

— Au niveau six. Devant les unités vides.

— Tu as entendu ce qu'ils se disaient ?

— Non, mais ça n'avait pas l'air de rigoler.

Merde. Merde, merde, merde, merde.

— Si vous la revoyez, vous pouvez lui dire que je la cherche ?

— Pas de souci, dit Jae avec un haussement d'épaules.

James ressort du gymnase et gagne le niveau six à petites foulées.

— Vicki ? (Il passe la tête dans les profondeurs obscures de son ancienne cachette tabagique.) Vicki ? *(Je peux expliquer, Vicki. Je peux tout expliquer.)* Vicki ? Tu es là-dedans ?

Il n'a guère envie de s'aventurer plus loin et, de toute façon, il ne voit pas sa femme se cacher dans ce trou merdeux. Par ailleurs, elle ne fait confiance à personne ici :

impossible qu'elle se terre dans un des autres appartements. Il vérifie l'unité inoccupée voisine au cas où, mais il la sent vide à la seconde même où il en franchit le seuil.

A-t-elle pu accompagner Tyson chez lui ? C'est improbable, mais la panique commence à le gagner – autant vérifier. Il monte en courant l'escalier jusqu'au niveau trois et tambourine du poing à la porte des Gill.

— Tyson ! Ouvre ! (Il frappe à nouveau, plus fort.) Tyson !

— Qui est là ? lance la voix de Cait à travers la porte.

— James. Est-ce que Vicki est chez vous ?

Un temps.

— Non. Pourquoi est-ce qu'elle y serait ?

— Il faut que je parle à Tyson.

La serrure cliquette et Cait apparaît, la gamine serrée contre ses jambes.

— Il n'est pas là.

— Qu'est-ce qui se passe, Caity ? demande l'enfant en glissant le pouce dans sa bouche.

— Vous n'avez vraiment pas vu Vicki ?

— Non.

— Où est Tyson ?

— Parti chez les Guthrie, bien sûr, soupire-t-elle. Il espère sans doute les convaincre de partager l'eau de Brett. Qu'est-ce qui se passe ?

Sans se préoccuper de répondre, James file à la porte voisine et écrase son poing contre le battant.

C'est Bonnie qui lui ouvre. Il la bouscule pour entrer et découvre Cam Guthrie assis sur le canapé, la tête dans les mains, et Tyson près de lui.

— Tyson !

Celui-ci lève les yeux mais Cam garde la tête baissée. James a peine à reconnaître en cet homme voûté, brisé, le bravache rencontré le premier jour.

— Où est Vicki, Tyson ?

— Qu'est-ce que j'en sais ?

— Jae t'a vu lui parler. Qu'est-ce que tu lui as dit, Tyson ? Qu'est-ce que tu lui as dit ?

— Je lui ai dit qu'elle devait se débarrasser de son chien. On a besoin de cette eau.

— Quoi d'autre ?

— C'est tout.

— Tu mens. Qu'est-ce que tu lui as dit ?

Cam lève enfin la tête, dérangé par ces hurlements. Ses yeux paraissent rétrécis, enfoncés dans leurs orbites. James est conscient que Bonnie les observe avec attention, en se tordant les mains.

— *S'il te plaît*, essaie-t-il encore.

Tyson jette un coup d'œil aux deux Guthrie, puis soupire.

— Je voulais qu'elle avoue. (Il déglutit.) Qu'elle admette avoir raconté à Rani ce qui s'est passé pendant le week-end portes ouvertes. Je voulais l'entendre le dire.

— Pourquoi aurait-elle raconté quoi que ce soit à Rani ?

Elle ne l'aurait pas fait. Ce n'était pas son style. Elle n'était pas sournoise, mais directe. Si elle avait découvert la vérité, elle l'aurait fait payer lui, pas quelqu'un d'autre. Tyson ment.

— Rani a découvert ça d'une façon ou d'une autre. Elle savait, James. Et elle s'est suicidée peu de temps après.

— Et où est Vicki ?

— Je ne sais pas. Mais je sais que, si elle est responsable de la mort de Rani, elle doit payer.

— Œil pour œil, murmure Bonnie Guthrie.

James doit faire un effort pour ne pas lui hurler de se taire.

— Elle n'est responsable de la mort de personne, crache-t-il. Ta femme a pris sa décision, personne ne l'a assassinée…

— Qu'est-ce que tu en sais ? rugit Tyson et, malgré lui, James recule d'un pas. Vicki est une vraie salope. Elle s'en est prise à tout le monde depuis qu'elle est ici.

— Mon fils est mort, souffle Bonnie sans raison apparente.

— Vicki n'a rien fait du tout. Pas comme… Tu devrais peut-être demander à ta jeune fille au pair ce qu'elle faisait juste avant la mort de Brett, Tyson. Je l'ai vue. Reuben et moi, on l'a vue dans la réserve juste avant l'assassinat.

— Quoi ?

Bonnie s'est figée.

C'était une erreur. James n'aurait pas dû dire ça : il voulait punir Tyson, pas Cait. Il recule vers la porte, pressé de quitter cet environnement toxique, et ressort dans le couloir sans regarder où il va.

On est enfermés avec un meurtrier, James.

Elle va bien. Il ne peut pas aller là-bas.

On est enfermés avec un meurtrier, James.

Non. *Réfléchis.* L'appartement de Greg, bien sûr ! Elle s'y est rendue pour aller aux toilettes. Sentant toute l'eau bue à la hâte s'agiter dans son estomac, il monte les marches au pas de course. Une cale empêche la porte qu'il pousse d'un coup d'épaule de se refermer. Bien qu'il sente tout de suite que l'unité est vide, il explore toutes les pièces.

Pas de panique. Elle est peut-être dans la salle de détente. Il s'y rend, attend sur le seuil que ses yeux s'habituent à l'obscurité puis s'avance, écrasant sous ses semelles le verre brisé qui jonche encore l'entrée.

— Vicki ? Claudette ?

Soudain il entend un bruit furtif. Quelque chose bouge dans l'ombre près du bar. Il s'en approche à la hâte.

— Claudette !

La chienne gémit, tremblante, le dos arqué, la queue entre les pattes, le pelage semé de bris de verre et de saleté. James la prend dans ses bras et la serre contre sa poitrine.

— Où est Maman ? murmure-t-il.

Vicki n'aurait jamais laissé Claudette toute seule comme ça.

L'adrénaline a désormais éliminé sa cuirasse de Valium : la nausée tourbillonne dans ses entrailles et il commence à transpirer. Il faut qu'il se calme. Elle est furieuse contre lui, voilà tout. Voilà tout. Et… et elle peut très bien avoir regagné leur appartement pendant qu'il la cherchait. Oui, c'est ça. Il va y retourner, il la trouvera en train de l'attendre et il lui fera des excuses, dira qu'il a commis une erreur, qu'il était ivre, qu'il s'en souvient à peine, que ça ne signifiait rien.

On est enfermés avec un meurtrier, James.

Non, non.

Claudette serrée contre sa poitrine, il redescend à son étage en titubant, aux prises avec une nausée plus prononcée. La sueur ruisselle sur ses joues et ses jambes vacillent. Malade, il se sent malade – comme s'il couvait la grippe. Il n'a pas encore ouvert sa porte que le premier spasme le frappe, le pliant en deux, mais malgré le hoquet, rien ne sort. James peine à respirer, son cœur bat à tout rompre. Un nouveau hoquet le frappe. Cette fois, une bouillie humide s'abat à ses pieds. Des couteaux se plantent alors dans son ventre et il subit des spasmes successifs, au point qu'il est forcé de lâcher la chienne.

Enfin, alors que la douleur se dissipe, il réalise qu'il n'est plus seul. Tournant la tête, il voit Trudi Dannhauser qui se tient là, à le regarder.

— Ça va, James ?

Est-ce que ça a l'air d'aller, bordel ?

— Vous avez vu ma femme, Trudi ?

— Non.

— Je ne la trouve pas.

— Venez. Laissez-moi vous aider à entrer.

— Vous n'avez pas entendu ? Il faut que je trouve ma femme.

— Je vais aller chercher Will. Vous n'êtes pas bien. Venez.

James voudrait dire non, répéter qu'il doit partir à la recherche de Vicki, mais il consent pourtant à ce que Trudi l'escorte dans l'appartement – l'appartement *vide*, bien sûr, comme il s'en doutait. Il est plus facile de laisser les autres prendre les initiatives. C'est ce qu'il a fait toute sa vie.

Les mégots s'amoncellent dans la grande tasse qu'il utilise comme cendrier. Il les compte… neuf, dix, onze. Claudette, vautrée sur ses genoux, n'a pas touché à l'eau qu'il a versée dans son bol – le reste de l'Évian.

— Maman va bientôt rentrer, roucoule-t-il en caressant le pelage emmêlé. Elle se cache, c'est tout. Elle punit Papa qui a été méchant.

La nausée a disparu, laissant dans son sillage une cruelle clarté. Il a tenté d'imaginer la vie sans Vicki. Il en rêvait naguère ; plus de jalousie, plus d'obligation de surveiller ses propos. Plus… Mais à la place du soulagement attendu, il ne ressent que l'impression de tomber en chute libre, comme si le filin qui l'a empêché toute sa vie de s'écraser au sol venait de se rompre.

Il sursaute quand on frappe à la porte.

Claudette serrée sous un bras, James glisse le Glock dans son dos sous la ceinture de son jean et rabat son tee-shirt par-dessus. C'est inconfortable, mais il n'ira nulle part désarmé. Quand il ouvre la porte, il découvre Will et Trudi dans le hall. Le visage du premier lui dit tout ce qu'il a besoin de savoir.

— Je suis désolé, mais…

Will tend la main comme pour le toucher, mais James s'écarte dans un mouvement brusque.

Le filin se rompt pour de bon. Un instant, il tombe en vol plané autour de l'escalier, sans rien maîtriser, dans une folle spirale.

— Emmenez-moi la voir, s'entend-il dire.

— Ce n'est pas une bonne idée, dit Trudi. Il vaut mieux que…

— Emmenez-moi la voir ! (Il a hurlé. La chienne gémit. Il la serre plus fort contre lui, avant de murmurer :) Pardon, pardon, Claudette.

La porte des Dannhauser s'ouvre, et James entend la voix de Leo.

— Qu'est-ce qui se passe ?

Il a la vague impression que cette voix est celle d'un vieil homme désorienté. En être sûr lui est difficile car un rugissement emplit désormais ses oreilles.

Ils se trompent peut-être. Ils n'ont pas dit qu'elle était morte. Elle est peut-être juste tombée, elle est peut-être…

Mais il sait. Il sait.

— S'il vous plaît. Il faut que je la voie.

Will et Trudi échangent un regard, puis ils se mettent en marche et il les suit dans l'escalier. Ils montent un étage, deux, trois. Pénètrent dans la salle de détente où il a trouvé Claudette.

Will s'arrête devant le trou déchiqueté dans le mur qui ouvre sur la cage d'ascenseur.

— James…

— Montrez-moi.

Une torche attachée à une corde est posée par terre. Will la fait descendre dans le trou.

— Je crois que vous ne devriez pas voir ça.

— Poussez-vous.

Tenant le bout de la corde, Will s'écarte. James s'approche du bord d'un pas traînant et regarde à l'intérieur, tandis qu'une puanteur de merde et de brique humide monte à ses narines. La torche illumine une flaque d'eau tout au fond. Et autre chose… une masse. Non. Pas une masse. Un corps. Allongé sur le ventre, le nez dans la fange.

Vicki.

— On ne sait pas si elle est tombée ou si elle…

Will laisse sa phrase en suspens.

Mais James sait, lui. Ils l'ont tuée. Ils ont tué Vicki. Il n'aurait jamais dû la laisser quitter l'unité sans lui. C'est sa faute. Elle le lui a pourtant répété encore et encore. *On est enfermés avec un meurtrier, James.*

Elle avait raison.

Il enfouit le visage dans le pelage de Claudette. Les autres lui parlent, mais il refuse de les écouter.

Ils l'ont tuée.

Ils ont tué Vicki.

Un instant, il songe à se jeter dans le vide, à la rejoindre dans la vase obscure, tout au fond. Ce serait si facile.

Mais non. Ils doivent payer.

Ce qu'il doit faire est évident. Survivre. L'un d'eux doit survivre. Les occupants du Sanctuaire sont éliminés un par un. Ils ont eu Vicki mais ils ne l'auront pas. Serrant la chienne contre lui si fort qu'il sent les battements de cœur, il empoigne le Glock, se retourne et le pointe vers Will. Un frisson sauvage le parcourt quand Trudi et son compagnon reculent.

— James… s'il vous plaît. Posez ce…

— Allons-y ! ordonne-t-il.

— Où ça ?

— Au coffre, bien sûr. Je ne peux pas vous laisser récupérer les armes, vous et les autres. Vous comprenez, hein ? C'est évident. (Will comprend, il le lit dans ses yeux.) Emmenez-moi à la réserve ou je vous abats sur-le-champ.

Sa voix est calme et égale. Il sait sans l'ombre d'un doute que Vicki serait fière de lui.

— James, intervient Trudi, nous ne sommes pas l'ennemi. Nous sommes ici pour vous aider.

Les mains levées, elle marche vers lui, à pas mesurés.

En pareille situation, il ne faut pas hésiter – c'est la première chose qu'il a apprise à la Société survivaliste de Boston : si on hésite, on risque de se faire tuer. Il est bon tireur. Vicki était meilleure que lui, mais il reste très bon. Ôtant le cran de sûreté, il appuie sur la détente.

31

CAIT

Je me réveille en sursaut et fais glisser mon genou le long du drap. Près de moi, Sarita ronfle doucement. Par habitude, je jette un coup d'œil au réveil, mais depuis que la fillette l'a laissé tomber il y a je ne sais combien de jours, il n'affiche qu'un 08:88 clignotant. Sarita s'est mise à pleurer quand je l'ai éteint et m'a fait promettre de le laisser en marche.

— Il n'est pas cassé, Caity, m'a-t-elle déclaré. Regarde… il marche encore.

— Tu as raison, ma chérie, ai-je répondu. Ce n'est pas ta faute.

Je me suis habituée aux chiffres rouges clignotants : il me suffit de me coller un oreiller sur la tête. Je me suis habituée aussi à la demi-lumière permanente qu'exige Sarita. Il faut que je l'aide à sortir de là aussi intacte que possible. Rien d'autre ne compte pour moi à présent. J'ai tenté d'intégrer chaque nouvelle dispute, chaque nouvelle mort, toute la puanteur et la saleté dans un grand récit d'aventure qui finira par s'achever et nous laisser rentrer chez nous.

Déjà se dissipe le souvenir du bruit qui m'a tirée du sommeil. La chute d'un objet, peut-être. Je me laisse aller sur les oreillers en me demandant si je dois tenter de me rendormir, mais je suis à présent bien réveillée et j'ai soif. Me levant avec précaution pour ne pas déranger Sarita, je m'assure que la porte de notre chambre est verrouillée, ouvre le placard et vérifie notre réserve d'eau, sur l'étagère du haut, derrière un tas de couvertures. Six bouteilles de quatre litres – dont une aux trois quarts pleine seulement. La plupart du temps, je parviens à me faire croire que cette histoire finira bien.

Je verse vingt centilitres dans un verre, en bois un tiers, en transfère une bonne dose dans le gobelet de Sarita puis jette le reste dans le bol, près du lit, qui me sert de bassine miniature pour mes besoins d'hygiène les plus pressants. Plissant les yeux, je consulte les aiguilles minuscules de ma montre : deux heures moins vingt. Je ne vais pas me rendormir maintenant. Je n'ai pas été fatiguée pour de bon depuis notre arrivée. Sans air frais ni exercice, le sommeil n'est qu'un moyen de briser l'ennui.

Je tamponne la coupure aux bords jaunis de mon bras avec un coton humide quand j'entends le coup de feu. Ou est-ce le deuxième ? C'est peut-être ce bruit qui m'a réveillée. Je me fige, jaugeant la distance, me demandant si nous sommes en danger immédiat. Le bruit était fort mais étouffé, sans doute éloigné d'un ou deux niveaux.

— Caity ?

— Rendors-toi, ma chérie.

— Qu'est-ce que tu fais ?

— Je… euh… je me lave.

— J'ai entendu un monstre frapper à la porte.

— C'était juste un cauchemar, dis-je en posant mon coton et en me tournant vers elle.

— Non. Elle a dit qu'ils venaient pour nous.

Ses yeux s'écarquillent ; sa bouche commence à s'affaisser.

— Qui ? Qui a dit ça ?

— La grosse monstresse. Elle n'avait pas de visage. Il était à moitié en sang.

Sarita tente de ne pas pleurer, mais son menton se tord et une grosse goutte coule sur sa joue.

Oh, mon Dieu ! J'ai beau essayer de la protéger de ce qui se passe ici, elle absorbe tout. Je m'approche d'elle et la serre contre moi.

— C'était juste un cauchemar, promis.

Alors même que je prononce ces mots, j'entends un hurlement lugubre dans les étages supérieurs, des portes au loin qui claquent, claquent encore, et le bourdonnement bas de voix d'hommes qui se disputent. Mes entrailles se contractent sous la terreur instinctive de voir Brett Guthrie faire irruption ici. Puis je me rappelle : Brett est mort. Dieu merci, au moins, Brett est mort.

— C'est quoi, ce bruit ? demande Sarita.

— Juste les adultes qui jouent à un jeu. (Son front se plisse ; elle sait que je mens.) Bois un peu d'eau et rendors-toi.

Elle avale une gorgée de son gobelet sans enthousiasme, jugeant comme moi que le goût de plastique de l'eau tiède est mauvais.

— Rêve de dauphins et d'arcs-en-ciel, lui dis-je tandis que je la reborde sous les couvertures avant de poser Strawb et Simba sur son oreiller. Rêve du soleil et d'abeilles sur des fleurs. Il y a un champ avec des lapins, une brise fraîche. Sens les parfums, sens la chaleur du soleil.

Elle ferme les yeux. Je suis sur le point de dire *Rêve de ta maman*, mais je ne suis pas sûre que cela serve à grand-chose. Je remarque toutefois qu'elle serre son petit album photo sous les couvertures.

Passant dans le salon, je marche de long en large. Merde. Où est Tyson ?

C'est bien un coup de feu qui nous a réveillées, j'en suis sûre, j'en connais le bruit. Mais les armes sont censées être enfermées.

Incapable de rester en place, je fixe l'écran de télé noir. *On est enfermés ici-bas. Ne nous oubliez pas.*

Quand la porte s'ouvre à la volée, je sursaute, ravalant un hurlement. C'est Tyson.

— Où est-ce que vous étiez, merde ?

— Papa ?

Je me retourne pour voir Sarita debout sur le seuil de sa chambre. Elle se met en marche vers nous, Strawb à la main. Maîtrisant ma colère, je baisse la voix.

— Sarita ne savait pas où vous étiez.

— Qu'est-ce que vous avez fait, Cait ?

— Fait ? Qu'est-ce que *moi*, j'ai fait ? De quoi est-ce que…

Il me regarde les yeux écarquillés, comme s'il avait peur, puis me dépasse et se poste entre Sarita et moi. Comment ose-t-il ? Je suis la seule personne entre ces murs qui ne représente pas un danger pour elle ! La digue qui retient ma colère vole en éclats et j'ai envie de lui faire mal, de lui faire honte, d'exposer tous ses petits secrets dégoûtants.

— J'ignore où vous voulez en venir mais, puisqu'on en est à se balancer des accusations, moi, j'ai compris ce que vous avez fait. (Je parle d'une voix froide. Il veut m'interrompre, mais je monte le ton.) Je suis au courant. Pour Vicki et vous. Je ne me trompe pas, hein ? Vous avez eu une aventure avec Vicki Maddox au cours du week-end portes ouvertes et Rani l'a su. C'est pour ça qu'elle s'est suicidée, non ?

Tout son corps se tend. L'espace d'une seconde, je suis sûre qu'il va me frapper, puis il semble s'effondrer.

— Ce n'était pas avec Vicki. C'était avec James Maddox.

Il attend que je réagisse, et comme je reste muette – je ne peux pas parler, honnêtement, je ne trouve rien à répondre –, il poursuit :

— C'était bien pendant le week-end portes ouvertes du Sanctuaire, en avril dernier. J'aimerais dire que c'était ma première infidélité, mais ce serait un mensonge. Je pense que Vicki a dû… je crois qu'elle s'en est aperçue et qu'elle a averti Rani.

Je baisse les yeux vers Sarita qui l'écoute parler, comme étourdie, et qui, Dieu merci ! ne comprend pas ce que tout cela signifie. Plusieurs réactions se disputent en mon for intérieur. Je suis choquée malgré moi. Que l'aventure se soit produite avec un homme me dérange beaucoup moins que la vitesse avec laquelle je me suis précipitée vers une conclusion erronée. Voilà ce qui me choque. Ce qui me brûle le plus, cependant, c'est que Rani ait abandonné sa fille à cause de cela. Je dois exercer un suprême effort pour garder une voix égale.

— Rani… parce que vous avez eu une aventure ? Parce qu'elle s'est aperçue que vous étiez gay ? Elle a laissé sa fille seule au monde parce qu'elle avait *honte* ?

Avec des parents comme ceux-là, la fillette n'avait aucune chance.

Tyson lève la main et secoue la tête.

— Non, non, Cait. C'est ma faute. Ce n'est pas pour ça qu'elle l'a fait. J'ai voulu prendre Vicki comme bouc émissaire, mais… Écoutez, le fait est que Rani était déprimée depuis très longtemps. Depuis la naissance de Sarita. Je le savais, mais j'ai ignoré son mal. (Il se redresse.) Elle avait besoin d'aide et je ne l'ai pas aidée.

Nous sursautons tous les deux quand un coup violent fait vibrer la porte d'entrée.

— Qui est là ?

— Ils savent, Cait. Ils savent que vous avez tué Brett. James le leur a dit.

— Attendez… que j'ai *quoi* ?

Un coup de feu claque juste derrière la porte. Sarita pousse un hurlement.

— Comment ont-ils eu une arme à feu ? Est-ce que Will leur a donné le…

Tyson nous considère tour à tour, Sarita et moi, puis son expression s'affermit comme s'il avait pris une décision. Il soulève sa fille et elle lui passe les bras autour du cou.

— Rappelle-toi que je t'ai toujours aimée, Sarita. Je vous ai aimées, toi et ta maman. Je n'étais pas un type bien, mais j'ai fait de mon mieux et je vous aimais. (Il me la pose dans les bras.) Prenez-la et allez dans la salle de bains, dit-il, la voix désormais grave, pressante.

— Mais…

— *Allez !*

— Maman ! hurle Sarita d'une voix suraiguë.

— La porte est renforcée, n'est-ce pas ?

Tyson ne répond pas tout de suite. Je n'entends que le sang qui bat à mes oreilles. Et soudain, je réalise qu'ils n'ont pas besoin de balles pour entrer. Jae m'a raconté que Brett avait tranché le pouce de Greg. S'ils le veulent, ils peuvent s'en servir.

— S'il vous plaît, Cait, faites ce que je dis !

Tyson nous pousse vers la salle de bains, mais avant que nous puissions nous y engouffrer, la porte d'entrée s'ouvre à la volée.

— Caity ! hurle Sarita.

Tournant la tête, je la vois, debout sur le seuil : Bonnie Guthrie, un pistolet à la main.

32

GINA

— Jae ! Yoo-jin ! Stella ! Laissez-moi entrer !

La voix étouffée de Will Boucher résonne derrière la porte d'entrée. Yoo-jin consulte du regard Jae qui hoche la tête, puis il entrouvre la porte, assez pour qu'on voie le visage du visiteur.

Son visage est humide – aurait-il pleuré ? – et comme il change de position, je vois des taches sur son tee-shirt et sur son jean. Du sang, on dirait du sang.

— C'est l'enfer !

— Qu'est-ce qui se passe, Will ? demande Jae.

Nous avons tous été réveillés par les coups de feu et les cris. Depuis, nous attendons en silence dans le salon, Yoo-jin ayant jusqu'ici refusé de laisser Jae approcher de la porte.

— Trudi, sanglote Will. Bon Dieu. Trudi est…

— Trudi est où ?

— Elle… elle est morte. James l'a tuée. Vicki est morte aussi. On l'a retrouvée au fond de la cage d'ascenseur. James était bouleversé et il… quand Trudi s'est interposée, il lui a tiré dessus. (Il crispe les mâchoires, déglutit puis continue.) Elle est morte, et James s'est enfermé dans son unité. (Avant qu'aucun de nous puisse réagir, il reprend.) Et il y a un autre… euh… problème.

(Sa voix se brise, fine et flétrie comme celle de Papa.) Les Guthrie… euh…

Je pousse Jae pour me planter devant la porte.

— Qu'est-ce qui se passe, monsieur Boucher ? Est-ce que Papa et Maman vont bien ?

Will paraît s'étonner de me voir chez les Park, mais la lueur dans ses yeux s'éteint vite, succombant à nouveau sous le poids des événements. S'il me demandait ce que je fais ici au lieu d'être chez moi, que pourrais-je lui répondre de sensé ? Comment pourrais-je lui dire que mon père est vidé de sa substance et que ma mère a perdu la raison ? Il se racle la gorge.

— Jae ? Yoo-jin ? Pouvez-vous venir avec moi ?

— Je ne veux pas quitter ma femme, déclare Yoo-jin. Elle n'est pas bien.

— Qu'est-ce qui se passe, Will ? s'enquiert Jae.

— James avait un pistolet. Elle l'a trouvé.

— Elle ?

— Bonnie. Elle s'est introduite de force chez les Gill.

— *Maman ?* (Je suis incapable d'avaler ma salive.) Pourquoi ferait-elle une chose pareille ?

— Elle en a après Cait. Elle pense que c'est elle qui a tué Brett.

Cait a tué Brett ?

— Non ! s'exclame Jae. Non ! Ce n'est pas vrai ! Cait n'a pas pu faire ça. Qu'est-ce qui a donné cette idée à Bonnie ?

— Je ne sais pas. Je vous en prie, Yoo-jin. Je ne peux pas y aller tout seul.

— Ce ne sont pas nos affaires, répond Yoo-jin.

— Papa ! s'écrie Jae. Il faut aider Cait, Papa !

— Je… je ne peux pas.

— Il faut que tu y ailles, Yoo-jin. (C'est Stella qui vient de parler, appuyée au chambranle pour se maintenir debout.) Il y a une enfant là-bas.

Dans la deuxième chambre, Reuben gémit. Le docteur Park a insisté pour qu'on l'installe ici afin de continuer à s'occuper de lui, mais ses chances ne sont pas très bonnes. *C'est mon père qui a fait ça. S'il meurt, c'est mon père qui l'aura tué.*

Yoo-jin se tourne vers sa femme et ils échangent un long regard. Maman et Papa ne se sont jamais regardés ainsi. Pas autant que je m'en souvienne. On dirait qu'ils parlent une langue étrangère, en partie amour, en partie colère et en partie douleur. Puis Yoo-jin hoche la tête et recule pour laisser entrer Will.

— Tu as raison. Jae, Gina, restez ici.

Son fils secoue la tête.

— Pas question. Je ne te laisse pas partir tout seul, Papa.

— Bonnie Guthrie est armée.

Et soudain, je ne peux plus entendre tout ça. Je sais ce que pense Jae, ce qu'ils pensent tous. *Les Guthrie, ces ploucs, ces cinglés.* Courant à la porte, je la franchis avant qu'ils ne puissent m'arrêter.

J'entends Jae qui m'appelle, mais je suis rapide : en quelques secondes, j'ai descendu l'escalier pour arriver à la porte de Tyson. Près de la serrure, un trou percé par une balle évoque un œil noir. Je pousse le battant alors que Jae, Will et Yoo-jin arrivent en haut des marches.

— Maman ? Papa ?

Mais Papa n'est pas là, juste Maman. Le dos à la porte de la salle de bains, les mains levées devant la poitrine, Tyson lui barre la route. Je suis incapable de la regarder – cela me fait mal. Elle vit dans son monde fantasmé, aveuglée par ce qu'elle y voit – quoi que ce soit. Tout mon corps brûle de honte, une goutte de sueur coule le long de mon dos.

— Poussez-vous, Tyson, ordonne Maman. Je n'ai rien contre vous.

— Maman, dis-je en m'avançant vers elle. Ne fais pas ça, Maman, s'il te plaît. (Elle tourne brusquement la tête et la haine qui brille dans ses yeux me paralyse.) Où est Papa, Maman ?

J'entends Jae et les autres entrer. Maman ne frémit pas. Papa l'a bien entraînée. Il nous a tous bien entraînés. On ne s'affole pas dans une situation de combat.

— Écoutez, Bonnie… commence Tyson. Ce n'est pas Cait. C'est moi. C'est moi qui ai tué Brett.

— Vous mentez.

— Bonnie, écoutez-moi. Ce n'est pas Cait. C'est moi.

Tandis qu'il parle ainsi, on entend un *couic-couic-couic*, comme si quelqu'un faisait crisser sa chaussure ou grincer un ressort dans un siège. *Couic couic couic.* J'explore la pièce des yeux sans voir la source du bruit. Je voudrais que cela s'arrête.

Couic couic couic.

Couic couic couic encore, et voilà que deux rats trottinent sur le sol. Nul ne prend la peine de bouger ses pieds. Voilà où nous en sommes arrivés.

33

WILL

Will en arrive presque à souhaiter que Bonnie tourne l'arme contre lui. Seigneur ! il est épuisé. Non, il est plus qu'épuisé. Brisé. Voilà deux jours qu'il a les mains qui tremblent et les entrailles qui se tordent en permanence. Ce n'est pas d'eau dont il a besoin mais d'oubli, de néant. Les muscles de ses épaules et de son dos lui font mal d'avoir porté le corps de Trudi jusqu'à la réserve. Elle était très légère, moins de cinquante kilos, mais elle lui a paru bien plus lourde. Il s'en est chargé seul : sa pénitence pour ne pas être intervenu à temps. Leo l'a suivi comme son ombre le long des volées de marches successives, trébuchant, le visage ramolli. Il n'a pas dit un mot, pas même lâché une plainte quand la serviette enroulée autour du visage de sa fille a glissé, révélant les restes pulvérisés du visage : des os sanglants et un rictus de dents ivoire. Will l'a laissé là-bas, devant la chambre froide, seul.

Lana est sans doute morte, Trudi est morte. Il a couché avec la seconde alors que la première était à l'agonie. Quelle sorte d'homme est-il ? Et il a laissé le pistolet là où James l'avait lâché. Irresponsable. Criminel.

Les sanglots terrifiés de la fillette s'élèvent à travers la porte de la salle de bains. Il a une dernière carte à jouer, une seule.

— Si vous laissez Tyson tranquille, dit-il à Bonnie, je vous donnerai la combinaison du coffre aux armes, à vous et à Cam. C'est ce que vous voulez, non ? Vous voulez percer la porte blindée ? Eh bien essayons.

— Cet homme doit payer pour ce qu'il a fait à mon fils !

— Alors sortons d'ici et laissons les autorités s'en occuper.

— Œil pour œil, déclare Bonnie avec un calme glaçant. Il a assassiné mon fils.

— Cam était convaincu que Reuben avait tué Brett. Il se trompait. Il a tué – ou presque – un innocent. Vous voulez ça sur la conscience vous aussi ?

— Tyson a avoué. Vous l'avez entendu.

— Alors gardez-le enfermé dans son appartement, Bonnie... Réfléchissez... Je ne crois même pas que Tyson ait tué Brett. Ça n'aurait aucun sens.

— Il a avoué !

— Arrêtez ! (C'est Yoo-jin qui s'avance. Même Bonnie tourne la tête pour lui faire face. La scène est presque comique.) Vous avez perdu un fils, mais il vous reste une fille.

Elle s'essuie le front d'un revers de bras sans cesser de tenir en joue Tyson.

— Ma fille est irrécupérable.

Gina a un haut-le-corps et enfouit la tête dans l'épaule de Jae.

— Comment pouvez-vous agir ainsi ? Cet homme a une enfant ! Quoi que vous pensiez de Gina, qu'est-ce qui va arriver à la petite fille qui est là-dedans ?

— Papa ! s'écrie Sarita derrière la porte, à point nommé.

— Il est évident qu'il dit avoir tué Brett uniquement pour protéger Cait et sa fille.

— Maman ? essaie à nouveau Gina. S'il te plaît, Maman.

— Vous n'êtes pas obligée de faire ça, Bonnie.

— Qui va protéger la famille ? murmure-t-elle alors que des larmes ruissellent sur ses joues. Qui d'autre est là ? Il n'y a plus de famille.

Découragée, elle laisse le bras retomber à son côté.

Yoo-jin s'avance vers elle en douceur, la main tendue.

— Donnez-moi cette arme.

Elle la lui donne. Il jette au pistolet un regard de dégoût et le passe à Will. Tyson s'adosse à la porte de la salle de bains, chancelant.

Gina court vers sa mère, mais se voit repoussée. Un geste violent, plein de douleur et de haine.

— Maman, murmure-t-elle.

— Va-t'en ! Tu as choisi. Tu n'es plus ma fille.

Des vibrations et des claquements émanent de la chambre froide qui abrite Greg, Brett, Caroline et Trudi. Will est seul tout en bas : Leo n'est plus là où il l'a laissé. La surface du coffre est grêlée par les tentatives de Brett et de Cam pour le forcer, mais la porte s'ouvre sans difficulté quand il tape le code.

Il se passe un des *drag bags* des Guthrie en bandoulière puis ramasse un des fusils de chasse de Greg et autant de cartouches qu'il peut en porter. Il sait la tentative vouée à l'échec, mais une petite partie de lui, une dernière étincelle d'espoir tenace, se refuse à mourir. Le sac pesant lui scie l'épaule tandis qu'il monte les degrés successifs, une douleur qu'il accueille avec joie. En haut de l'escalier, Will ouvre le sac et prend le temps de faire son choix ; rien ne presse. Il sort un semi-automatique. Un de ceux de Brett, pense-t-il, bien le genre d'arme que le garçon aurait apprécié. Mais il le remet en place, préférant le fusil de Greg, plus familier. Sans se soucier de bouchons d'oreilles ou d'une protection pour les yeux, il s'agenouille à la moitié de la volée de marches, le béton mordant sa chair, deux boîtes de cartouches près de lui. Ses mains ne tremblent pas. Il charge l'arme et, respirant par la bouche, tire sur la porte verte. Dans l'espace confiné, le vacarme insoutenable lui déchire les tympans, mais il s'en moque. Il tire encore et encore, rechargeant quand il le faut, sentant le fusil lui marteler l'épaule et des particules d'acier se planter dans sa peau, se rendant à peine compte qu'il hurle. Lorsqu'il cesse enfin, il a les bras engourdis.

Soudain, il prend conscience d'une présence derrière lui. Jae et Gina l'ont rejoint. Sans un mot, la jeune fille s'approche du sac, en sort le semi-automatique, vérifie le chargeur puis se poste à son côté.

— Allons-y, dit-elle.

Du moins il le croit : il n'entend plus rien, sinon une espèce de plainte haut perchée. Ensemble, ils se remettent au travail.

Ils ne s'arrêtent pas avant que le chargeur de Gina soit vide et que des douilles jonchent le sol autour d'eux – des points de bronze luisant sur un paysage gris. Jae passe devant eux et s'approche de la porte du sas – qui rappelle à Will les pancartes criblées de trous des réserves de chasse d'Augusta. Gina s'est concentrée sur la zone qui entoure la poignée et le mécanisme de verrouillage : sans surprise, elle vise bien. Jae prend une profonde inspiration et donne un coup de botte dans le battant. Qui s'ouvre.

Nul ne pousse de cri de triomphe. Gina, muette, prend un autre chargeur dans le sac.

À présent, la porte blindée.

34

JAE

Jae se frotte les yeux. Il ne cesse de se déconcentrer alors qu'il voudrait composer un ultime message dans sa tête. Quelque chose comme : *Salut, futurs sauveteurs, vous arrivez trop tard pour nous sauver, merde alors, mais ne faites pas une attaque en regardant dans le frigo.* Ce qu'il devrait vraiment faire, c'est la liste des événements catastrophiques qui les ont conduits à ce terme, mais il est incapable de s'y résoudre. Et puis merde. Ceux qui finiront par les découvrir n'auront qu'à tout reconstituer. Qu'ils pensent ce qu'ils veulent. Il visualise un essaim de techniciens de la police en combinaisons protectrices occupés à ramasser leurs cadavres. *Son* cadavre.

Bon Dieu.

Parce que ça va arriver pour de bon. C'est bizarre, mais sa soif semble s'être apaisée : depuis deux heures, sa tête palpitante le dérange plus que sa gorge parcheminée.

Près de lui, Gina remue un peu. Voilà des heures qu'elle reste allongée sur le canapé, immobile, respirant à peine. Elle a les yeux enfoncés dans les orbites, les lèvres quasi exsangues. Ils se sont désaltérés pour la dernière fois hier – ou peut-être avant-hier, il ne sait plus trop – quand ils ont partagé le sirop d'une boîte de pêches. Ils ont tout bu, même le bain de bouche.

Durant un bref moment d'espoir, son père et lui ont tenté de décontaminer l'eau de la piscine, de la faire bouillir pour réduire sa teneur en sel et d'y ajouter des comprimés purifiants, mais ça n'a pas marché. Ils ont tous été malades. Jae a encore mal au ventre à cause des crampes d'estomac, des nausées sèches, et un goût infect imprègne sa bouche caoutchouteuse.

Observant son ordinateur portable, il envisage de le démarrer pour la première fois depuis plusieurs jours et de rédiger un message d'adieu destiné à Scruffy, avec une note demandant à quiconque découvrira leurs corps de le lui faire passer. Aucun autre de ses amis ne lui a vraiment manqué depuis qu'il est ici. Mais que dirait-il ? De toute façon, sa batterie est presque vide et l'installation électrique a subi une chute de tension, donc il n'y a pas assez de courant pour la recharger. Lorsqu'il rallumera l'ordinateur, ce sera pour la dernière fois.

Il entend Sarita pleurer de nouveau dans sa chambre. Quelques secondes plus tard, Cait apparaît sur le seuil. Tyson et elle sont arrivés il y a quelques heures, la fillette accrochée à son père tel un bébé singe. Puisque Reuben occupe la chambre d'amis, ils se sont installés dans celle de Jae. La chevelure de Cait forme comme une flaque de sang séché autour de ses épaules ; la faible luminosité accentue les cernes noirs de ses yeux.

— Où est Yoo-jin ?

Elle a la voix rauque et garde la main sur la gorge quand elle parle. Derrière elle gronde la voix grave de Tyson qui parle à sa fille.

— Il s'occupe de Reuben, répond Jae.

— Sarita a encore la nausée, mais plus rien à vomir. Tyson demande s'il reste de la poudre réhydratante qu'on pourrait lui donner.

— Non. Je suis désolé.

— Moi aussi.

Elle lui lance un petit sourire triste puis disparaît à nouveau dans la chambre, fermant la porte derrière elle.

Jae se laisse aller en arrière, les paupières closes. Il ne prend conscience de s'être assoupi que quand on lui touche l'épaule. Levant les yeux, il découvre près de lui son père – qui a fini par s'affirmer quand ça a été nécessaire.

— C'est l'heure ?

— Presque. Ta mère veut te voir.

Jae se lève et suit Yoo-jin dans la chambre, qui sent l'urine et la sueur. Il s'approche lentement du lit.

— Maman ?

Stella est allongée sur le côté, la main sur le visage, l'air paisible. Elle a le souffle court et, quand le garçon se penche pour l'embrasser sur le front, il sent la chaleur intense qu'elle dégage.

Ses paupières battent.

— Jae ? Tu es un bon garçon, Jae.

Il tressaille. C'est aussi ce que lui a dit Caroline la première fois qu'il lui a fait la lecture. Il attend que les larmes jaillissent, mais elles ne viennent pas. Elles ne viennent jamais.

— Toi, tu es une super-maman. (Elle ne réagit pas.) Au revoir, Maman.

Il se détourne ; son père et lui regagnent ensemble le salon. Ne sachant que faire d'autre, cherchant surtout le réconfort d'une activité familière, Jae se rassied près de Gina, prend le portable et l'allume. Ça a toujours été son mode d'évasion. La batterie durera encore cinquante-trois minutes : à peu près le temps qu'il lui reste à vivre.

Ils ne sentiront rien. Son père y veillera. Stella et Sarita auront les derniers comprimés de somnifères et d'analgésiques. Les autres, une balle. Will s'est assuré qu'il en reste assez après qu'ils ont épuisé la plus grande partie des munitions sur la porte blindée – dont ils ont à peine égratigné la peau métallique. Selon Gina, ils ont eu de la chance qu'aucun d'eux ne soit tué par un ricochet, même si Will a fini par leur faire ériger une barricade de tables et de chaises. Après qu'ils ont abandonné la partie, les oreilles de Jae ont bourdonné pendant des heures, rappel douloureux qu'il n'existe vraiment aucune possibilité de sortie.

Il sursaute quand une détonation feutrée résonne dans les profondeurs du Sanctuaire. Un coup de feu ? Hier, Will a donné une arme à tous les survivants, y compris James, Leo et les Guthrie.

Yoo-jin s'approche du comptoir de la cuisine et mélange les comprimés écrasés avec les restes d'une cannette de Mountain Dew préservée dans ce but.

Jae voudrait déglutir mais sa bouche est trop sèche.

— Est-ce que ça va marcher, Papa ? Et si elles se réveillent et nous voient tous…

— Elles ne se réveilleront pas.

Son père sera le dernier, et c'est sans doute le pire sentiment de solitude du monde. Stella sera la première, puis Sarita, puis Reuben, Gina, Cait, Tyson, puis…

Gina remue encore, ouvre les yeux et les pose sur lui.

— Salut, dit-il en lui caressant les cheveux.

— C'est l'heure ?

— Presque.

— Jae… Tu crois que je serai punie ?

— De quoi ?

— De… de m'être opposée à Maman. De ce qu'on a fait.

— Non. Bien sûr que non. Tu n'as rien fait de mal.

C'est la première fois qu'elle évoque ses parents depuis la crise de Bonnie. Il est inutile d'en discuter à présent, trop tard pour les récriminations. Il a vraiment tout fait pour essayer d'arranger les choses, mais il a échoué.

— Tu crois que j'irai en enfer, Jae ?

— Non.

— Tu crois qu'il y a vraiment un paradis ?

Non.

— Sans doute. Je veux dire, oui, bien sûr.

— Mais…

— Chut…

Il ne peut pas parler de ça maintenant. Vraiment pas.

Son père verse la mixture dans une grande seringue. Ni Stella ni Sarita ne réussiront à boire cela sans aide. Jae se penche sur l'écran du portable, aussi concentré que s'il se livrait à un intense duel, afin de ne pas voir son père entrer dans la chambre. Ouvrant un document, il le nomme « Message de fin de partie » et se met à taper.

19 octobre 18 h 35

À l'intention des personnes concernées.

Je m'appelle Jae-lin Park et je me prépare à mourir. Notre eau est désormais épuisée.

Vous trouverez la liste des noms et des signes particuliers des personnes présentes ici-bas sur l'ordinateur de Greg Fuller, qui a bâti ce refuge. Certains d'entre nous sont déjà morts. Il y en a d'autres dans la réserve, alors ne

C'est inutile, merde ! Il n'a pas assez d'énergie. Alors qu'il s'apprête à tout éteindre, une icône inattendue, au coin de l'écran, attire son regard. Il cligne des paupières, se frotte les yeux, clique sur l'icône et lit les mots « Réseau sans fil disponible ».

Pas possible. Un clic droit. Ce n'est pas le réseau du Sanctuaire mais – si impossible que ce soit – un autre. Zen-net7986.

Un réseau qui est là – qui est vraiment là.

Jae est d'abord incapable de parler, mais il faut qu'il retrouve sa voix, il le faut.

— Papa ! Papa ! *Arrête !*

L'instant d'après, il se met à hurler.

35

JAE

31 octobre

Presque deux semaines depuis qu'on est sortis. Je pense qu'il est temps de faire le point.

Papa nous oblige, Gina et moi, à voir une thérapeute spécialiste des traumatismes psychologiques, le docteur Levene. Elle est assez cool. En général, elle se contente d'écouter en disant sans arrêt : « Mmm-mmm, et donc, qu'est-ce que vous avez ressenti ? » Je lui ai dit que je néglige mon journal, et elle m'a demandé si c'est parce qu'écrire déclenche des flash-backs du Sanctuaire. Selon elle, je ne dois le faire que si je suis « à l'aise », mais tout écrire pourrait être utile à long terme car ce serait un moyen pour que mon cerveau « assimile tout » (bla-bla-bla, conneries).

Je n'écris pas parce que je suis trop occupé à reprendre le contact avec Scruff, à rendre visite à Maman à l'hôpital et à soutenir Gina pendant qu'elle s'accommode de la vie dans le monde réel. Elle demande encore la permission chaque fois qu'elle fait du thé ou qu'elle prend un truc à grignoter dans le frigo, et elle nous prévient quand elle va aux toilettes, comme si on tenait des comptes. La vie chez les Guthrie devait être sérieusement perturbée. Quand on est arrivés à la maison, Papa devait tout le temps lui répéter qu'elle n'était pas obligée de nous faire la cuisine et le ménage, et qu'elle avait le droit de télécharger et de regarder tout ce qu'elle voulait sur Netflix. Le docteur Levene l'a mise sous antidépresseurs, ce qui paraît lui faire du bien même si ça lui vaut quatorze heures de sommeil par jour. On n'en a pas parlé mais il est évident qu'elle va habiter avec nous un moment, vu que Bonnie est internée dans un hôpital pour psychotiques à Portland et que Cam est en prison pour avoir poignardé Reuben. Gina est en bonne santé mais nos rapports se sont un peu refroidis puisqu'elle est en permanence rêveuse et renfermée. D'après Papa, je devrais l'empêcher d'aller sur Internet ou de regarder les infos, car il y traîne beaucoup d'informations sur les événements du Sanctuaire.

C'est vrai. Il y en a vraiment beaucoup.

Heureusement pour moi, le détecteur de conneries de Levene est une merde, et tant que je garde le regard dans le vide et que je laisse un peu trembler ma lèvre inférieure, elle dit que je fais des progrès. En ce moment, son principal centre d'intérêt est de savoir comment Gina et moi vivons notre statut de célébrités. Je viens de vérifier : la vidéo de l'équipe de sauvetage en train de faire sauter la porte blindée a déjà été regardée plus de huit millions de fois sur YouTube. Tout le monde veut connaître les détails horribles, et nous sommes les seuls protagonistes à peu près normaux à interviewer. Les parents Guthrie sont cinglés, Cait est retournée en Afrique du Sud, Tyson refuse de parler aux journalistes et de les laisser prendre la moindre photo de Sarita, Leo a disparu derrière les murs de son entreprise et Will est plus ou moins devenu un vrai pochard, donc la presse se concentre sur nous. D'après Scruff, on devrait prendre un agent et tirer profit le plus possible de la situation. Vendre les droits de l'histoire pour un livre ou un film. Les tabloïdes anglais en sont obsédés eux aussi, avec des gros titres comme « Le paradis des survivalistes paranos se change en enfer », et ainsi de suite. Papa dit qu'on ne peut pas parler aux journalistes avant la fin de l'enquête sous peine d'avoir l'air sans cœur. Quand on est rentrés à la maison, il y en avait partout. Papa craignait qu'on ne soit obligés de déménager, mais en fait, on s'y est plus ou moins habitués. On dit juste « Pas de commentaires » s'ils nous abordent au moment où on quitte l'appartement.

Quoi d'autre ? Ah oui, la reconstitution a encore été retardée en attendant qu'un nouvel expert examine les éléments trouvés et qu'on effectue des tests ADN. Gina appréhende ce jour, car Cam sera présent, et ce sera la première fois qu'elle le verra depuis qu'on est sortis.

Il n'y a pas encore eu de rapport officiel, mais pour l'instant, il se dit les choses suivantes :

Greg Fuller : mort accidentellement ou assassiné par une personne non identifiée.

Caroline Dannhauser : indéterminé.

Reuben Montoya : mort suite aux blessures infligées par Cam Guthrie.

Brett Guthrie : assassiné par une personne non identifiée.

Victoria Maddox : morte accidentellement/ assassinée par une ou plusieurs personnes non identifiées.

Trudi Dannhauser : abattue par James Maddox.

James Maddox : suicidé. James a donné ce qui lui restait d'eau à la chienne de Vicki, autre survivante.

En toute franchise, les flics et le FBI - qui, au passage, n'ont rien à voir avec ceux qu'on voit dans les films - ont été super. Je pensais qu'ils nous feraient plus chier que ça, mais comme tous nos récits se recoupaient, ils ont été sympas. Pour l'instant, j'ai l'impression qu'ils considèrent Reuben comme le suspect principal des meurtres, bien qu'ils n'aient pas réussi à expliquer de quelle manière il aurait pu tuer Vicki si elle a été poussée dans la cage d'ascenseur et qu'elle n'est pas juste tombée.

Un truc bizarre : je n'ai pas envie de jouer à *WoW*, alors qu'il y a une nouvelle extension. Moi qui croyais que ce serait la première chose que je ferais en sortant.

1er novembre

Je reviens d'une visite à l'hôpital. Maman a l'air d'aller beaucoup mieux à présent qu'on lui a retiré la vésicule biliaire. On a beaucoup parlé de Papa. Elle dit qu'il a accepté de consulter à propos de ses problèmes (pas le docteur Levene, j'espère) et qu'à partir de maintenant, elle va cesser de négliger sa santé. Ensuite, elle a essayé de nous brancher sur la contraception, Gina et moi, ce qui était franchement gênant.

Un moment, j'ai envisagé de parler de Gina à Scruff, de lui demander un conseil pour percer sa carapace, mais ça me paraît un peu déloyal. Jusqu'ici, Gina ne s'offusque pas que Scruff et moi ayons repris contact et discutions énormément en *chat*. Elles ont même échangé un ou deux messages. Peut-être qu'après la reconstitution j'irai lui rendre visite en Angleterre et que Gina viendra.

2 novembre

Journée un peu chiante. Il pleuvait, donc il n'y avait pas de journalistes aux alentours quand Gina et moi sommes allés voir le docteur Levene. Encore du bla-bla-bla et du comment-ça-va à la con. Levene aime les détails, alors je lui ai raconté que le Mountain Dew me fait désormais vomir (ce n'est pas vrai, mais il faut bien que je lui dise quelque chose). Elle a planté ses griffes là-dedans et a voulu explorer les raisons du phénomène.

INFO : Papa est rentré stressé après une visite à Maman. La presse l'attendait devant l'hôpital : il paraît qu'*Inside Story* veut faire un gros dossier sur le degré de parano nécessaire pour acheter un appartement dans un truc comme le Sanctuaire. C'est un peu comme si on nous rendait responsables de ce qui nous est arrivé, comme si on l'avait cherché. À présent que c'est terminé, les gens semblent avoir oublié la panique que le virus avait provoquée chez tout le monde. Les barrages routiers, les morts, les merdes en Asie… On dirait que tout ça s'est effacé de leurs cerveaux. Nous tous, au Sanctuaire, nous ne faisions qu'essayer de nous mettre à l'abri. Ce n'est pas notre faute si ça a mal tourné.

Bref, Gina nous a entendus discuter, Papa et moi, et ça l'a bouleversée. Je l'ai suivie dans sa chambre, elle m'a laissé la prendre dans mes bras et on est restés allongés sur le lit jusqu'à ce qu'elle s'endorme.

3 novembre

Bon, ça, c'est sympa. On est allés chercher Maman à l'hôpital, et même si elle est un peu faible et a perdu une tonne de poids, elle a quasiment retrouvé son état normal. Je pensais que Papa allait peut-être retomber dans ses vieilles habitudes, mais il est franchement cool depuis qu'on est rentrés, il fait les courses et il répond au téléphone. C'est comme si la situation l'avait fait sortir de son obsession, et quoique Maman et lui n'aient pas l'air aussi amoureux qu'autrefois, il y a de l'espoir. Gina a passé toute la matinée avec Maman, à faire du thé et à s'occuper d'elle. Elle a demandé la permission de sécher la thérapie aujourd'hui. Maman a dit d'accord mais a insisté pour que moi, j'y aille quand même. Je ferai un rapport.

Le docteur Levene a voulu parler « d'affronter sa propre mortalité ». J'ai passé énormément de temps à fixer les stores de la fenêtre et à soupirer, donc j'imagine que ça s'est bien passé. Quand je lui ai demandé si tout ce que je lui racontais était confidentiel, elle a répondu oui et « y a-t-il quelque chose que vous voudriez me confier ? ». J'ai presque été tenté de tout lui balancer, mais merde, non.

Quand je suis rentré, Maman était levée. Gina et elle buvaient un thé à la cuisine et elles avaient toutes les deux l'air d'avoir pleuré. Gina m'a souri quand je suis arrivé : ça change et c'est vachement cool. Bravo Maman. Comme elles paraissaient avoir envie de rester seules, je me suis réfugié dans ma chambre pour écrire ceci et voir si j'arrivais à me remettre au jeu. Scruff appartient à une nouvelle guilde, et elle m'assure que ses membres ont accepté de m'y intégrer. Je n'en ai toujours pas vraiment envie. Comme si ça faisait partie de mon ancienne vie – d'avant le Sanctuaire. Je n'ai envie de rien télécharger. Je vais peut-être lire un livre ou quelque chose comme ça, je ne sais pas.

INFO : Je viens de recevoir un e-mail de Cait, qui a l'air d'avoir le moral. Elle discute tous les jours avec Sarita par Skype, et on dirait que la gamine et Tyson s'en sortent bien. C'est eux qui ont adopté la chienne de Vicki, et je pense que c'est une bonne chose. D'après Cait, Claudette ne quitte pas Sarita. Ils habitent chez la grand-mère de la petite. Tyson a dû faire comme Papa, finir par reprendre le dessus : il a prétendu avoir tué Brett au moment où Bonnie pétait les plombs parce qu'il ne supportait pas l'idée de voir Sarita perdre une deuxième figure maternelle. La presse sud-africaine a fait de Cait une héroïne, on lui a offert un contrat en or pour un bouquin. Elle est censée revenir ici pour la reconstitution mais son avocat essaie de persuader les services du procureur du district de la laisser témoigner à distance. Ça me colle encore des frissons de penser que nous devons notre sauvetage à sa maman, qu'il a fallu quelqu'un en Afrique du Sud pour pousser notre police à chercher au bon endroit. Elle n'a pas arrêté d'emmerder le monde, elle s'est même adressée au FBI parce qu'elle était convaincue que Tyson avait enlevé sa fille. Les flics ont fini par découvrir les coordonnées du Sanctuaire dans l'ordinateur de Tyson à son bureau et, quand ils les ont comparées au résultat des investigations indépendantes menées par Danntech, le FBI s'est très vite pointé dans le Maine.

Mais c'est aussi grâce à moi. Si je n'avais pas voulu rédiger ce dernier message et repéré le signal wi-fi mis en place par les équipes de recherche pour communiquer avec leur camp de base, on aurait été cuits. Dès que je me suis connecté au signal, j'ai appelé Police-Secours par Skype. On m'a passé les sauveteurs qui nous ont dit de rester groupés tout en bas pendant qu'ils faisaient sauter la porte blindée. Je me demande souvent quelle différence cela aurait fait si nous avions établi le contact deux jours plus tôt, au moment de l'arrivée des secours, puis je me rappelle que nous ne serions pas sortis plus tôt : pour défoncer la porte blindée, ils ont dû faire venir du matériel militaire spécial qui venait d'arriver quand j'ai appelé. Je n'ai rien à me reprocher.

Chaque fois que je repense à ces dernières heures, j'ai l'impression d'entendre de la musique de film en fond sonore. Même Maman a essayé de sortir de son lit, mais elle était trop faible. Heureusement, Papa n'avait pas encore pu se résoudre à l'empoisonner, donc on n'a pas eu à s'affoler pour ça. Lui et moi sommes allés avertir les autres. Personne n'a répondu chez James, mais Will, Sarita, Tyson, Cait, Leo et les Guthrie étaient tous avec nous à la fin, ce qui s'est avéré assez gênant : Bonnie n'arrêtait pas de nous pousser à prier, et Gina était incapable de les regarder, elle et Cam. Plus tard, on a appris que Reuben était mort durant son transport vers l'hôpital général de Portland. Maman, Sarita et lui avaient été emportés par hélicoptère, puisque c'étaient eux qui avaient le plus besoin de soins médicaux, mais il n'a pas terminé le voyage.

On n'a su que le lendemain que James s'était flingué.

4 novembre

La reconstitution a encore été retardée dans l'attente d'autres examens, mais le rapport d'autopsie de Greg a enfin été publié et BORDEL. A priori, Reuben disait la vérité : Greg est mort d'une rupture d'anévrisme et il a dû se cogner la tête en tombant. La mort de Caroline Dannhauser reste « indéterminée », mais que pourrait-on bien en dire ? Elle était vieille et malade avant même d'arriver au Sanctuaire.

Gina a été prise de tremblements quand Papa a fini de nous expliquer tout ça. Il semble que les autorités penchent à présent pour James comme Tueur du Sanctuaire. Son mariage battait de l'aile, et bien que ce soit lui qui ait trouvé le cadavre de Brett en compagnie de Reuben, il n'est paraît-il pas inhabituel que les tueurs trouvent « par hasard » leurs victimes. C'est un peu tiré par les cheveux, mais tout le monde souhaite résoudre l'affaire, alors pourquoi pas accuser un mort ?

INFO : j'ai eu un coup de fil de Will. Il voulait parler à Maman, mais ce n'était pas possible car elle avait accompagné Papa chez son psy. Il était ivre, mangeait ses mots, pleurait et tout un tas de conneries comme ça. J'ai dit qu'on était désolés de ne pas être allés à l'enterrement de sa femme, mais je ne suis pas sûr qu'il m'ait entendu. Elle est morte d'un arrêt cardiaque, ou quelque chose comme ça, le jour où Internet est tombé en rade au Sanctuaire. On aurait pu penser que savoir ça le soulagerait, vu qu'il n'a pas arrêté de flipper en se disant qu'elle était seule chez eux en train d'agoniser. Les autorités ont tenté un moment de le localiser, mais à ce moment-là elles étaient surmenées à cause du virus, donc elles ont laissé tomber. Ensuite, Will m'a demandé ce que je pensais de la culpabilité de James ou de Reuben en ce qui concernait les meurtres.

J'ai répondu que c'était possible, non ?

Il s'est carrément mis en rogne, il a dit qu'on avait la preuve que Reuben n'avait pas tué Greg et qu'il avait vu la tête de James après la découverte de Vicki. Pas possible que ce soit lui qui l'ait tuée.

Je lui ai raccroché au nez.

MERDE

Il faut que je garde mon calme.

5 novembre

MERDEMERDEMERDEMERDEMERDEMERDE

J'ai eu une alerte Google aujourd'hui. Will a parlé à un reporter du *New York*

Times. Je n'ai pas eu le courage de lire tout l'article mais j'ai saisi l'idée générale. Il affirme que ni James ni Reuben n'ont pu tuer Brett et Vicki, et que quelqu'un d'autre est coupable.

J'ai essayé d'en parler à Papa, mais il va tellement mieux que je ne veux pas le déprimer.

6 novembre

Jour de merde.

La reconstitution aura lieu la semaine prochaine, même si les résultats de l'autopsie de Caroline Dannhauser sont encore flous.

J'ai eu l'habituelle séance de bla-bla avec le docteur Levene, puis Gina et moi nous sommes assis sur le canapé pour regarder un film à la con avec Vince Vaughn.

INFO : il est plus de trois heures du matin. Je peux pas dormir. Je vais voir s'il y a quelqu'un qu'une petite expédition tenterait.

INFO : merde. Con, con, con. J'étais encore debout quand Papa est venu préparer le café de Maman. Sans doute parce que je n'avais pas dormi et que je n'avais pas les idées claires, au lieu de répondre « ouais » quand il m'a dit « ça va ? », je lui ai demandé si à son avis le FBI, les flics ou quelqu'un d'autre allaient nous faire passer au détecteur de mensonges à cause de ce qu'a dit Will.

COMMENT AI-JE PU ÊTRE AUSSI CON ???????

Papa n'a rien répondu pendant un long moment, et puis il m'a dit de ne pas m'en faire.

7 novembre

Journée bizarre et déconnectée. Le docteur Levene a annulé notre rendez-vous, si bien que Gina et moi sommes restés à la maison et que j'ai téléchargé pour elle la première saison de *Game of Thrones*. Elle ne l'avait jamais vue parce que, bien sûr, les dragons, c'est le mal, le diable et tout ça. Ça m'a fait un peu bizarre de regarder avec elle toutes ces scènes de sexe, mais elle a adoré et elle est restée collée à moi sur le canapé tout le temps. Elle m'a demandé de quoi nous parlons, Scruff et moi, et ce que j'écris dans mon journal. C'était sympa, parce que ça prouve qu'elle s'intéresse encore à moi et à ma vie.

Toute la journée, j'ai vu que Papa avait envie de discuter. Je l'ai évité et j'ai fait semblant de dormir quand il a frappé à la porte de ma chambre. Je ne pouvais pas me retrouver face à lui. Je n'ai même pas eu le courage d'échanger des messages avec Scruff.

8 novembre

Les allégations de Will sont devenues virales. On voit fleurir un peu partout des mèmes sur le thème « Qui est le véritable Tueur du Sanctuaire ? ». Jusqu'ici, le principal suspect est Leo, en raison de son passé trouble. Cait est aussi tout en haut de la liste, étant donné que Brett a essayé de la violer.

Le numéro 3, c'est moi.

Scruff trouve ça cool et n'arrête pas de se marrer en disant qu'elle n'a encore jamais fait partie de la même guilde qu'un assassin.

Les flics n'ont pas prévenu qu'ils allaient nous interroger à nouveau, mais si ce genre de conneries continue, ils pourraient bien décider de le faire.

9 novembre

Bon.

PUTAIN DE MERDE

Papa est sorti en douce ce matin, très tôt. Il est passé sur NPR pour expliquer qu'il est certain à cent pour cent que Leo est le Tueur du Sanctuaire. Il n'avait prévenu aucun de nous qu'il allait à l'émission, pas même Maman. Ça lui ressemble tellement peu, un truc pareil : elle doit comprendre qu'il se passe quelque chose. J'ai téléchargé ça dès que j'ai été au courant. Papa n'a pas dit carrément que Will est un alcoolique sujet à des illusions, mais il l'a sous-entendu.

10 novembre

Un type des services du coroner est venu nous parler de ce qu'on aura à faire pendant la reconstitution. Il a été très sympa, il a sous-entendu que le procureur du district ne prenait pas au sérieux les conneries de Will et qu'on ne saurait peut-être jamais qui a tué Brett et Vicki. Voyant Gina bouleversée, il lui a promis qu'elle ne serait pas obligée de voir Cam et sa mère si elle n'en avait pas envie. Après son départ, Maman a voulu parler à Gina mais elle s'est enfermée dans sa chambre. Elle n'en est pas sortie pendant plusieurs heures et elle a refusé de retourner voir le docteur Levene.

Par ailleurs, je commence à me dire que Levene, justement, n'est peut-être pas si bête que ça. Aujourd'hui, elle a remarqué que j'étais à cran et elle n'a pas arrêté de me demander pourquoi. J'ai brodé en disant que je m'inquiétais pour Gina à cause de la reconstitution, mais j'ai bien vu qu'elle ne me croyait pas. Elle veut que je passe un « test de personnalité ». Je lui ai dit que je n'y croyais pas.

Il faut que je sois plus prudent à l'avenir.

La reconstitution aura lieu dans trois jours.

11 novembre

Je suis resté dans ma chambre toute la journée, à jouer à *WoW*. J'ai foutu l'aventure en l'air parce que je n'arrêtais pas de me déconcentrer. Je vais laisser tomber pour de bon, passer à un autre jeu en ligne.

12 novembre

Je n'ai pas dormi de la nuit. Il est cinq heures du matin.

J'ai bien réfléchi, et la seule que je regrette, c'est Caroline, quoique ce ne soit pas très logique étant donné qu'elle serait sans doute morte de toute façon.

L'idée m'a frappé pendant que je lui faisais la lecture. Une impulsion. J'ai fait mine de partir et, quand Trudi a filé chez Will, je suis revenu en douce, je me suis faufilé dans la chambre de Caroline et j'ai agi sans hésiter. Je n'arrête pas de me demander ce que je ressentais quand je lui ai collé l'oreiller sur la tête, mais je ne me rappelle pas avoir ressenti grand-chose, alors que j'aurais dû avoir peur, vu que Trudi ou Leo auraient pu entrer n'importe quand.

Ça a pris plus longtemps que je n'aurais cru.

Brett, ça a été du gâteau. Je traînais au dernier niveau quand il est entré dans le gymnase. J'ai su que c'était lui à la seconde même où j'ai entendu rebondir le ballon de basket. Je comptais me cacher jusqu'à ce qu'il se tire, mais il a envoyé la balle dans la piscine, et ça m'a paru être la chose à faire. Je me suis glissé derrière lui sans bruit pendant qu'il essayait de la récupérer. Encore une fois, ce n'était pas prévu. J'ai agi, point. Ramassé un des haltères et *BOUM*. J'ai été obligé de le frapper deux fois, parce que le premier coup n'a fait que l'étourdir. Le second lui a fendu le crâne, et j'ai eu du pot que le sang ne gicle pas sur moi. Le faire rouler dans la piscine n'a pas été facile. Il était bien plus lourd que moi. Un poids mort.

Brett était complètement cinglé. Ça se voyait à son regard. J'ai rendu service au monde. Je savais que Reuben et Will avaient raison : si Cam et Brett avaient récupéré leurs armes, s'ils avaient forcé Will à leur donner la combinaison, ils auraient pu faire n'importe quoi. Ils auraient pu s'en prendre à Papa et Maman ou à n'importe qui. En plus, avec Brett disparu, je me disais qu'au moins il y aurait plus d'eau pour Gina, même si ça a foiré parce que Bonnie a pété les plombs.

Mais personne ne venait nous secourir et on ne trouvait toujours pas la sortie. Je devais penser à Maman, Gina, Cait et Sarita. Elles étaient ma priorité.

Pour être franc, je n'avais pas prévu le suivant. Cam aurait été mon premier choix – peut-être Reuben, vu qu'il était de toute façon mourant, ou Will, car on voyait qu'il avait envie de mourir. Tout est arrivé à cause de la chienne. Vicki était allée aux toilettes dans l'appartement de Greg. Je fouillais derrière le bar de la salle de détente une dernière fois, espérant trouver un soda oublié pour Maman. La chienne a déboulé en courant et s'est mise à aboyer devant le trou de l'ascenseur. Des rats. Sûrement des rats. Vicki est entrée et il est arrivé un peu la même chose qu'avec Brett. Pendant qu'elle essayait de tirer la chienne en arrière, je me suis approché sans bruit et je l'ai poussée. Elle avait été méchante avec Maman, Cait, Sarita et à peu près tout le monde. J'ai dû me dire qu'elle ne manquerait à personne.

Elle n'a pas hurlé. Là, j'ai encore eu de la chance, j'imagine.

Après Vicki, je n'ai pas vu l'intérêt de nous débarrasser de qui que ce soit d'autre. Je m'étais alors résigné à ce que personne ne vienne nous sauver, je crois.

Le docteur Levene avait raison. Écrire tout cela m'a remis les idées en place. Je ne suis pas un tueur en série, ni rien de tel. Je ne suis pas Hannibal Lecter, ni même Dexter ou Jeffrey Dahmer. Je n'ai pas fait ça pour m'amuser. Personne n'a souffert. J'ai fait ce que je devais faire pour sauver Maman, Papa et Gina. On raconte un tas de conneries sur la violence dans les jeux vidéo, etc., bla-bla-bla. Si jamais cette histoire devenait de notoriété publique, on accuserait *WoW*, comme quand on s'est aperçu que le Norvégien qui a descendu tous ces gamins sur une île était fan du jeu, mais ce que j'ai fait ne relève pas de la violence. Je ne me vengeais pas de Brett parce qu'il m'avait cassé la gueule quand il m'avait trouvé en train de baiser sa sœur. C'était de la survie. Caroline était âgée, elle avait eu un AVC et elle allait mourir quoi qu'il arrive. À quoi bon lui donner notre réserve ? Et j'ai eu raison, non ? Si je ne l'avais pas fait, on ne s'en serait jamais sortis. Les autres, c'étaient des dommages collatéraux.

Ce genre de truc arrive tout le temps. C'était la guerre. Quand on est en guerre, on fait ce qu'on peut pour survivre.

36

GINA

Je lis une dernière fois le récit de Jae et je referme doucement son ordinateur portable. Il s'est passé tant de choses, tant de choses ont changé en moi. Mais certaines, je m'en rends compte, restent identiques. Il grogne et gargouille derrière moi.

Les lumières éclatantes de la ville et les fenêtres de l'immeuble d'en face ressemblent à un palais de cristal. Je ne me lasse pas de marcher dans les rues. Il y a des gens partout, qui poussent des chariots chargés de cartons ou des portants de vêtements, qui marchent, qui fument, qui lisent des journaux, qui rient, qui crient, qui se bousculent. Je n'ai jamais vécu dans un endroit aussi… dense. Et l'odeur de l'air en mouvement, la lumière du ciel dont je ne me passerai plus jamais – je me fiche qu'il soit gris ou bleu. J'ai été enfermée toute ma vie. On est dimanche et je ne suis pas allée à l'église. Je crois que je n'irai plus. J'ai peur qu'on ne s'aperçoive que le diable est entré en moi, que j'ai fait la paix avec lui et que je le laisse tranquille. Je préfère rester assise près de la fenêtre et regarder passer le monde réel, tous ces gens qui vivent leur vie sans accorder une pensée à Dieu, au ciel ou à l'enfer.

Le ruissellement chaud et collant s'est propagé par terre jusqu'à ma chaise et coule désormais entre mes orteils nus. Je lève les pieds et les croise sous mes fesses. Je nettoierai ça dans un moment.

Jae n'a pas imaginé un instant qu'une fille de ploucs comme moi réussirait à entrer dans son ordinateur, mais le mot de passe était trop évident. Twinki – le nom de son espèce d'elfe dans son jeu idiot.

M'appelle-t-il du canapé pour que je l'aide ? Que veut-il que je fasse pour lui ?

Je ramasse le pistolet posé près de moi, le M1911 de Brett, que Papa lui a donné pour son quinzième anniversaire, celui avec la crosse alvéolée. Je le brique et le polis, vaporise un peu d'huile, vérifie la souplesse du mécanisme. Je l'ai toujours nettoyé après chaque usage, comme Papa nous l'a appris. Le portant à mes narines, je hume ce parfum magique d'huile et de roussi. Jamais je n'aurais cru que Jae avait cela en lui : défoncer la tête de Brett avec un haltère. Qu'est-ce que j'éprouve en sachant cela ? Tout le monde me pose cette question ces temps-ci.

Jae pousse un nouveau grognement dans mon dos et je me retourne. Sans réagir, je vois le fluide répandu derrière lui serpenter sur le parquet. Je devrais nettoyer, mais je n'en ai vraiment pas envie.

Papa m'a instillé ce sens du devoir. Il m'a appris à être utile, à respecter notre domicile, à tout garder en ordre. Maman m'a aussi appris beaucoup de choses. Un jour, sûrement, je serai une bonne épouse grâce à ce qu'ils m'ont enseigné.

Je suis du bout des doigts le motif de la crosse de l'arme, puis je me lève et l'emporte jusqu'à Jae. Papa dit toujours qu'il faut terminer ce qu'on commence.

Jae lève la tête vers moi. Comme je me tiens entre la fenêtre et lui, il lui faut un moment pour s'habituer à la luminosité. J'essaie de garder les faits bien présents à mon esprit, mais j'ai lu tant de choses nouvelles auxquelles je dois m'habituer. Cet homme-là a tué mon frère. Il dit l'avoir fait pour sauver sa famille… et moi. Mais il a aussi tué la vieille dame et Vicki, et Dieu seul sait s'il dit vrai pour le reste.

Il se retourne vers l'écran et grogne encore quand le marine qu'il joue se fait tabasser par un cadavre animé.

— Tu as encore renversé ton café, dis-je.

— Oui, désolé, répond-il en se penchant, comme s'il participait réellement au combat qui se joue sur la télé.

Ayant vérifié le cran de sûreté et glissé le pistolet à ma ceinture, je m'accroupis et embrasse Jae sur la joue. Soudain, je perçois un mouvement du coin de l'œil et je m'écrie :

— Il y en a un autre derrière toi ! Coupe-lui la tête !

— Merde !

Le soldat de Jae a été tué à coups de bâton par un zombie. *Game over*.

— Désolée, dis-je, je t'ai distrait.

— Ne t'en fais pas, me rassure Jae. J'ai une autre vie.

Composition et mise en pages
Nord Compo à Villeneuve-d'Ascq

Achevé d'imprimer en février 2017
par Normandie Roto Impression s.a.s.
61250 Lonrai
N° d'impression : 1700739

MIXTE
Papier issu de sources responsables
FSC™ C003309

Fleuve Éditions, une marque d'Univers Poche,
est un éditeur qui s'engage pour
la préservation de son environnement
et qui utilise du papier fabriqué à partir
de bois provenant de forêts gérées
de manière responsable

Fleuve Éditions
12, avenue d'Italie
75627 Paris Cedex 13

Dépôt légal : mars 2017
R09882/01